JULIA BRUNS

DIE RACHE DER WEIHNACHTS-GURKE

EIN ADVENTS-KRIMI

dtv

Ausführliche Informationen über
unsere Autorinnen und Autoren und ihre Bücher
finden Sie unter www.dtv.de

MIX
Papier aus verantwortungsvollen Quellen
FSC® C019821
FSC
www.fsc.org

3. Auflage 2020
Originalausgabe 2020

Dieses Werk wurde vermittelt durch die
Agentur Editio Dialog, Dr. Michael Wenzel
Umschlaggestaltung und -illustration: Katharina Netolitzky
Satz: Uhl + Massopust, Aalen
Gesetzt aus der Stempel Garamond LT Pro
Druck und Bindung: Druckerei C.H. Beck, Nördlingen
Printed in Germany · ISBN 978-3-423-21846-7

Für Marlene Saal,
wo immer Du jetzt auch bist

Der Thüringer Wald hat ein beschissenes Karma, das ist meine Meinung und dazu stehe ich. In der Adventszeit ist es besonders schlimm. Mit Ruprecht brauche ich darüber nicht zu reden. Er findet alles toll, insbesondere Weihnachten. Deswegen steht er auch gerade neben mir und zieht sich seine neue Thermounterwäsche an. Die hat er aus dem Discounter, aber das spielt eigentlich keine Rolle. Denn Ruprecht achtet nicht auf so etwas. Er guckt eher nach Farben, also in diesem Fall. Seine Aufmachung muss perfekt sein, hat er gesagt. Perfekt in Kackbraun, denke ich, sage aber nichts, um ihn nicht zu kränken.

Es ist der erste Dezember und ich stehe in einem weißen Sackkleid mit ziemlich viel Spitze vor dem großen Wandspiegel in Ruprechts Schlafzimmer. Ruprecht verheddert sich derweil mit dem nackten Bein in seiner langen Unterhose. Er sagt, die engen Bündchen seien schuld, nicht etwa seine großen Füße. Zwei halb nackte Männer und ein Bett. Ich gebe zu, das ist seltsam, also zumindest für mich. Ruprecht und ich sind aber nur Freunde. Mehr nicht. Das, was wir hier in seinem Schlafzimmer machen, ist schrecklicher als alles, was ich bisher mit Ruprecht erlebt habe, da bin ich mir sicher. Aber wir wurden dazu gezwungen. Also zumindest bei mir war das so. Ruprecht tut das freiwillig und ist begeistert. Es geht auf Weihnachten zu und wir haben dabei eine tragende Rolle, also Ruprecht und ich. Aber der Reihe nach.

Momentan schwitze ich nur, denn ich kämpfe mit dem Haken und der Öse des Samtumhangs, den ich mir über die Schultern werfen musste. Beides ist rostig und hinterlässt hässliche rotbraune Streifen auf meinen Fingern. Noch dazu sind die Teile so dermaßen verbogen, dass ich sie nachher mit Sicherheit nicht mehr aufbekommen werde. Im schlimmsten Fall muss dann Ruprechts Großvater heute Abend mit der Flex kommen. Beide hätte ich dann direkt vor meinem Gesicht, den halb blinden Greis und den 2000-Watt-Winkelschleifer.

Dennoch muss ich das weiße Spitzenkleid und die rote Stola irgendwann wieder loswerden. Eigentlich kotzt mich der alberne Fummel jetzt schon an. Das Zeug stinkt widerlich, nach nassem Hund und Schweißfüßen. Wieso hat nicht irgendeiner diese Lumpen einmal in die Waschmaschine gesteckt? Dazu war das ganze Jahr Zeit. Sechzig Grad hätten hier Wunder gewirkt, auch gegen das Getier, das hundertprozentig in dem Stoff siedelt. Eine Frau hätte das getan, aber bei Ruprecht und mir gibt es keine. Bei Ruprecht ist das ein Dauerzustand, bei mir eher eine Frage der Saison. Das ist aber nicht der Grund, warum wir in seinem Schlafzimmer abhängen. Garantiert nicht. In meinen Achselhöhlen fängt es an zu jucken. Am Hals krabbelt es auch. Das war's. Jetzt kriege ich gleich Ekelbläschen auf der Zunge. Das habe ich öfter. Ruprecht sagt, was das angeht, sei ich überempfindlich. So ein Quatsch. Bis zum Abendessen jedenfalls sind die da, todsicher. Damit kann ich die Hirschknackwurst vergessen. Hirsch mit Aphten, das kommt nicht gut. Verdammt.

»Dieses ganze Weihnachtszeugs hat ein beschissenes Karma«, sage ich und merke, wie es in meinem Mund anfängt zu brennen.

»Der Blaschke Bürgermeister hängt das Kostüm ab Totensonntag immer zum Lüften in die Sternrenette in seinem Garten«, sagt Ruprecht, und ich sehe, wie seine Nasenflügel wackeln, während er mich prüfend anschaut. »Nach Kot riechst du aber nicht.«

»Karma riecht nicht«, sage ich säuerlich und kann es nicht fassen, dass Ruprecht wirklich abcheckt, ob ich nach Kacke rieche.

»Na siehst du«, antwortet Ruprecht und steht nun in seinem braunen verschlissenen Mantel dicht neben mir. Der Geruch nach Mottenkugeln steigt mir in die Nase. Ich schaue ihn im Spiegel an und entdecke Dutzende Löcher in seinem Mantel. Auf anderthalb Metern Entfernung. Sauber, denke ich, und muss grinsen. Dann wird mir das zu viel Körper. Ich mache einen Schritt zur Seite. Die elektrische Ladung lässt den Spitzensaum des Kleides an meiner langen Wollunterhose haften, an beiden Beinen. Rechts oberhalb des Knies und links darunter. Was soll das denn? Ich fange an zu hüpfen, erst langsam, dann schnell. Die Spitze ist hartnäckiger als meine Tante Hildegard, wenn sie mir jeden Sonntag ihren grausigen Bananenpudding mit Schokostückchen aufzwingen will. Die Bananen, die sie da reindrückt, sind immer vom Montag, denn nur dann fährt sie zum Einkaufen in die Stadt. Alles, was am Ende der Woche übrig ist, die braunen, matschigen Früchte, landet in der Süßspeise. Beim bloßen Gedanken daran sprießt es in meinem Mund. Wenn das so weitergeht, wird der Platz eng für die Bläschen. Ich hasse Bananen, Nachtisch und Weihnachten. Tante Hildegard rangiert irgendwo dazwischen. Und Eckbert, aber den darf man nicht hassen, der ist tot.

Eckbert, der dieses Kostüm fast fünfzig Jahre lang getragen hat, war nicht nur einen halben Meter kleiner als ich, er hatte definitiv auch keine wollenen Unterhosen dazu an. Bei Eckbert saß das Kleid, wie ein Kleid bei einem Mann sitzen muss. Bei mir hängt es halb schräg auf der Kniescheibe. Ein echter Mann sollte kein Bein zeigen, nicht einmal in einem weißen Kleid, denke ich und zerre die Spitze übers Knie. Wie gesagt, Eckbert war deutlich kleiner, aber Eckbert ist tot.

Nach der Sitzung des Weihnachtskomitees hat es Eckbert auf dem Nachhauseweg dahingerafft. Der Heilige Nikolaus von Myra, also Eckbert, hat mit dem Gesicht im Schnee seinen Rausch ausgeschlafen und ist dabei qualvoll erstickt. Nicht einmal der Bestatter konnte die blaurot erfrorene Nase von Eckbert anständig überschminken. Mit der gruseligen Visage hätte er niemals mehr den Nikolaus geben können, vorausgesetzt natürlich, er hätte es überlebt. Aber Eckbert ist tot und damit war die Rolle des Heiligen Nikolaus vakant. Nicht lange. Genauer gesagt, nur bis Eckberts Sarg in der Erde versenkt war. Dann ist Armin Blaschke, der hiesige Bürgermeister, gekommen, hat sich vor mir aufgebaut und sein Gebiss unter schmatzenden Geräuschen solange im Mund hin- und hergeschoben, bis es einsatzfähig war. Zumindest dachte er das. Denn Blaschkes Gebiss ist so etwas wie ein autoaktiver Schlagring. Jeder, dem der Bürgermeister ein Gespräch aufdrückt, fürchtet, dessen Zähne gleich noch gratis dazuzubekommen. Ruprecht und den anderen vom Weihnachtskomitee ist das schon öfter passiert. Tante Hildegard hat sogar einen fetten Bluterguss auf dem Dekolleté gehabt, nachdem sich einer von Blaschkes Schneidezähnen hineingebohrt hatte. Aber das hat auch damit zu tun, dass sie ein alter zänkischer Drachen ist. Denn wenn man den Bürgermeister in Rage bringt, steigen die Chancen, dass seine Zähne sich selbstständig machen.

»Du bist nun der neue Nikolaus. Versau es nicht!«, hatte der Blaschke genuschelt und mich dabei angesehen, als verkünde er mein Todesurteil. Mir wird heute noch ganz anders, wenn ich daran denke. Auch die Trauergäste haben mich alle angestarrt und gleichmütig genickt. Nur Eckberts Frau hat einen Schreikrampf bekommen. Ich im Kleid von Eckbert, der Gedanke hat die trauernde Witwe wohl in eine noch größere Verzweiflung gestürzt. Oder sie wusste schon, dass mir der Fetzen nicht stehen würde. Frauen ahnen so etwas.

Bis zu Eckberts Beerdigung war alles gut. Vierundvierzig Jahre. So lange lebe ich im Dorf und so lange ist es mir gelungen, mich diesem Weihnachtsquatsch zu entziehen. Und nur, weil Eckbert lieber eine Flasche Gewürz-Bitter als seine Gattin im Arm gehabt hat, soll dieses Glück nun ein Ende haben. Seitdem bin ich nun Nikolaus, warum auch immer der Blaschke Bürgermeister mich ausgesucht hat. Im Dorf jedenfalls bedeutet das was. Ich zähle die Jahre. Maximal dreißig, wenn ich nach meinem Vater komme. Nach meiner Mutter – ach, darüber will ich lieber nicht nachdenken. Nur der Tod erlöst einen hier im tiefsten Wald vom Weihnachtsfluch. Immerhin teile ich mein Schicksal mit Ruprecht. Der spielt den Knecht Ruprecht, wegen des Namens oder so, und er sieht in seinem Kostüm noch bescheuerter aus als ich. Es wird Zeit für die Wahrheit, denke ich und sage: »Ein Perverser im Taufkleid und ein Wichtel in Kacke.«

Es ist alles wie immer. Ruprecht hört nicht zu. Er justiert lieber den Gummizug hinter seinen Ohren und richtet den schwarzen Vollbart, mit dem er eher an einen Taliban als an eine Weihnachtsfigur erinnert.

»Dieser Bart sieht zum Fürchten aus. Meinst du, ich kann wenigstens die Perücke weglassen? Unter dem Kunsthaar kratze ich mich jedes Mal wund und schwitzen tue ich auch wie verrückt«, sagt er. Dabei steht er wie angewurzelt und hält die Zweitfrisur etwa zehn Zentimeter über seinen Kopf, um die Optik zu prüfen. Das sieht total bescheuert aus. Aber noch bescheuerter ist, dass der eigentlich hellblonde Ruprecht nun einen dreißig Zentimeter langen dunklen Kunsthaarbart hat.

»Sieht kein Mensch«, sage ich und frage mich, wie lange ich diesen Blödsinn noch ertragen kann. Es steht eins zu neunundzwanzig, wenn es schlecht läuft. Und das erste Türchen ist noch nicht einmal geöffnet.

Ruprecht hat meinen modischen Einschätzungen noch nie vertraut und bleibt unschlüssig vor dem Spiegel stehen.

»Das fällt doch bestimmt auf.« Er lässt die Perücke immer noch schweben.

»Kaum«, antworte ich.

»Ich bin ganz schön aufgeregt.« Ruprecht packt die Haare nun doch zusammen und schlägt sie sorgsam in Zeitungspapier ein. »Wir wissen ja noch gar nicht, wie wir so als Paar miteinander harmonieren. Die gemeinsamen Jahre mit Eckbert waren sehr nett«, sagt Ruprecht, während er eine passende braune Fellmütze so weit über die Ohren zieht, dass kaum noch seine Augenbrauen darunter hervorgucken. »So könnte es gehen«, befindet er zufrieden, schiebt seine Hand unter das Fell und beginnt, sich ausgiebig zu kratzen.

»Bis zur Silberhochzeit habt ihr es immerhin fast geschafft«, bemerke ich und fummle mir ein Kunsthaar aus dem Mund. Dann kommt mir eine Idee. Wenn ich den langen weißen Bart und die gelockte Plastikperücke an den Koteletten miteinander verbinde und eine Sonnenbrille aufsetze, kann man nichts von meinem Gesicht sehen. Das erspart mir jegliche peinliche Wiedererkennungsszene, bei den Nichteinheimischen natürlich nur. Unsere Leute sind mir egal. Aber die aus den umliegenden Dörfern kommen extra mit einem Bus angefahren. Vorn in der Scheibe liegt dann immer ein großes Schild mit der Aufschrift »Weihnachtsexpress«. Der Busfahrer ist ein Wichtigtuer. Manchmal sind auch ein paar unwissende Städter im Bus. Ob die falsch einsteigen oder tatsächlich zu uns wollen, weiß ich nicht. Letztes Jahr jedenfalls hat die Sonderfahrt eine niedliche Brünette ausgespuckt. Das passiert nicht oft, also, dass uns das Frischfleisch, wie Ruprechts Großvater sagen würde, frei Haus in den Wald geliefert wird. Aber irgendetwas Gutes muss so eine Dorfweihnacht ja auch haben.

Meine Chancen jedenfalls, heute wieder eine abzukriegen, sind mittelmäßig bis schlecht. Da mache ich mir nichts vor. Das alberne Kostüm reißt mich rein. Ich brauche meine Sonnenbrille. Dann geht das auch mit der Mitra. Wenigstens die ist neu. Die alte hat neben Eckbert im Schnee gelegen und ist ebenfalls nicht mehr brauchbar gewesen.

»Seit meinem einundzwanzigsten Geburtstag gebe ich den Knecht Ruprecht. Das weißt du genau«, nörgelt Ruprecht halb beleidigt. »Eckbert war streng, aber ich habe viel von ihm gelernt.« Er greift nach dem Reisigbesen, der neben dem Spiegel lehnt, und ich befürchte kurz, er könnte mir damit eine verpassen. Denn er ist der strenge Ruprecht und ich bin der gute Nikolaus. Ob ich wider meine Natur handeln kann, weiß ich noch nicht. Ruprecht geht in seiner Rolle auf, wobei ich denke, ihm ist bis heute nicht klar, dass er böse sein muss. Egal. Anstatt mich zu schlagen, betrachtet er zufrieden sein Werk.

Ich kann nicht mehr hingucken und grüble lieber über mein Schicksal. Mir war nicht bewusst, dass dieser Rolle ein schauspielerischer Anspruch innewohnt. Außer vier Wochen im Jahr blöd neben dem Weihnachtskomitee zu stehen und hin und wieder ein paar Kinder zu erschrecken, gibt es doch keine inhaltliche Botschaft.

»Nimm das nicht auf die leichte Schulter«, mahnt Ruprecht, als ob er meine Gedanken lesen könnte. »Ich habe es gewusst, wir hätten proben sollen. Auch eine ausführliche Unterweisung in die Weihnachtsbräuche des Thüringer Waldes hätte dir nicht schaden können.« Er schnauft. »Aber ich bin davon ausgegangen, dass Studierte so etwas wissen.«

Ruprecht nennt mich immer so, wenn er sauer ist. Der Studierte. Achteinhalb Semester Germanistik. Na ja, immerhin. Nur der Pfarrer und der Tierarzt haben mich überholt. Ich glaube, die haben sogar einen Abschluss.

Aber auch das spielt jetzt keine Rolle. Ich kann die Panik in seinem Blick sehen und frage mich, ob er mich verarschen will. Will er nicht. Denn jetzt schreit er mit schriller Stimme: »Was ist das da an deinen Füßen?«

Ich denke an Ratten oder irgendwelche anderen Nagetiere. Wir sind im Thüringer Wald. Da gibt es jede Menge Natur, auch Vierbeinige. Ich schaue erschrocken an mir herunter und sehe nur meine Füße in meinen Schuhen stecken. »Man nennt es Turnschuhe, glaube ich.«

Ruprecht muss etwas Schlimmeres gesehen haben. Er ist knallrot und hyperventiliert. »Du kannst doch nicht ... Nikolaus! Wirklich!«

»Ich heiße Adam und ich trage immer Turnschuhe«, sage ich und befürchte, dass ich spätestens am 6. Januar eine Persönlichkeitsstörung haben werde.

Ruprecht schüttelt energisch den Kopf. »In der Adventszeit nicht, ausgeschlossen.«

Dieser Weihnachtsscheiß macht nur Probleme, denke ich und schleudere meine Chucks in die Ecke. Ruprecht reicht mir mit strenger Miene ein paar schwere Lederstiefel. Wenigstens hatte Eckbert, alias Heiliger Nikolaus, alias Alkofrost, große Füße.

»Jungs, antreten für den Schwachsinn des Jahres.« Ruprechts Großvater steht plötzlich im Zimmer. Er sieht aus wie der junge Heesters, also, als der noch achtzig Jahre alt war. Dass wir beide uns vor dem Spiegel anziehen, scheint ihn nicht zu jucken. Aber Ruprechts Großvater war schon mal in Paris, da hat er bestimmt weitaus Unanständigeres gesehen. Er hält uns eine offene Plätzchendose hin. »Stärkung gefällig?« Der Duft von Lebkuchen übertüncht meinen eigenen Muff. »Die Teile von Marga sind besser als die von der dicken Rosemarie. Dafür kann die besser Kuchen.« Er lächelt verschmitzt aus seinem frisch gestärkten weißen Kragen, zu dem er heute noch ein teures seidenes Halstuch trägt. Ich frage mich, wieso er sich immer so aufbrezeln muss, ausgerechnet heute an diesem scheiß ersten Dezember.

»Wie viele Probierpakete hast du schon abgestaubt?«, frage ich grinsend und denke dabei an die Dutzend vollreifen Schnecken, die Ruprechts Großvater seit Jahren umgarnen. Der Alte hat einen beneidenswerten Schneid bei den Frauen. Im Dorf nennen sie ihn den Schweinebraten-Gigolo, aber Heinrich nimmt auch Konfitüren, eingelegte Gurken, Schlachtwurst, Wildbret und alles andere, was ihm schmeckt und die alleinstehenden Damen jenseits der sechzig vor seiner Haustür abstellen. Bei geschenktem Essen ist der Großvater nicht wählerisch. Im Zweifel hat er ja Ruprecht. Der ist quasi sein Hausschwein. Und was der auch nicht schafft, kriegt Herr Fuchs, also Ruprechts Dackel. Ich weiß, der Name ist für einen Hund bescheuert, aber Ruprecht ist Förster. Deswegen geht das schon.

Jetzt setzt der Großvater einen generösen Blick auf. »Ein Ehrenmann genießt und schweigt.« Er schlägt den Mantelkragen verwegen nach oben und pfeift nach dem Hund.

»Opa!«, sagt Ruprecht vorwurfsvoll.

»In meinem Alter geht alles nur noch über den Magen, Junge«, antwortet der Alte abgeklärt.

In meinem derzeit auch, denke ich und nehme eine Hand voll Pfefferkuchen mit Schokoladenüberzug, deren Krümel mit Sicherheit in den fremden Haarbüscheln in meinem Gesicht hängen bleiben. Aber das ist mir egal. Auch der Heilige

Nikolaus darf etwas essen. Jetzt fange ich auch schon so an. Dieser Weihnachtskram macht einen ganz kirre.

Ruprecht reißt die Augen auf. »Du kannst doch jetzt nichts essen. Gleich ist unser erster Auftritt.« Er stemmt die Hände in die Hüften und schüttelt den Kopf. »Also ich kriege keinen Bissen runter.«

»Scheiß Advent«, resümiert der Großvater. »Scheiß Weihnachten.«

Wie wahr. Ich versuche zu fliehen und rutsche beim Laufen in Eckberts Stiefeln hin und her.

Der Großvater mustert mich. »Bei der Armee hatten wir auch solche Unterhosen. Die halten warm. Bei minus zehn Grad ist das was wert. Egal, wie man damit aussieht.« Er zieht seinen Flachmann aus der Innentasche des Mantels und nimmt einen kräftigen Schluck.

Ich raffe das Kleid etwas nach oben und begutachte meine Beine. Sie sehen aus wie immer.

»Opa! Kein Alkohol bevor das erste Türchen nicht geöffnet ist. Das hast du versprochen.« Ruprecht dreht sich nun wie ein zehnjähriges Mädchen im Prinzessinnenkostüm vor dem Spiegel.

»Natürlich, Junge.« Der alte Gmeiner zwinkert mir zu und setzt die Flasche erneut an. »Ansonsten ist das nicht zu ertragen.« Dann parkt er die Plätzchendose auf der Anrichte und kramt in seiner Manteltasche. Schließlich holt er einen I-Pod hervor, nickt mir wieder zu, hebt seine Ohrenschützer kurz an, sodass ich seine Kopfhörer sehe, und lässt das Gerät wieder im Mantel verschwinden. Schlitzohr, denke ich, und beschließe, beim nächsten Mal meinen alten Walkman mitzunehmen.

»Hast du Herrn Fuchs fertig gemacht?«, fragt Ruprecht, und schaut sich suchend um.

Der Großvater nickt im Takt.

»Opa!«

»Wenn Hunde Geweihe tragen sollten, hätte die Natur dafür gesorgt. Alles andere ist Tierquälerei«, sagt der Großvater viel zu laut, was auf die Lautstärke der Musik schließen lässt. »Außerdem ist der Dackel ein Diensthund des Freistaates Thüringen. Quasi ein Beamter. Der sollte sich nicht lächerlich machen.«

»Mach die Dinger aus den Ohren. Der Kindergartenchor singt gleich«, maßregelt Ruprecht, ohne weiter auf seinen Großvater einzugehen.

»Nikolaus und Knecht Ruprecht kommen ohne Rentier«, sage ich ruhig. »Es reicht, wenn wir uns blamieren. Lass Herrn Fuchs seine Ehre als Dackel.«

Ruprecht schaut enttäuscht. »Aber ich wollte mal eine Innovation, nach all den Jahren. Jetzt, nachdem Eckbert nicht mehr ist, können wir doch mal was wagen. Und einen Hund mit Geweih hat niemand hier bei uns.« Er zieht einen Flunsch.

»Ich muss noch mal nach Hause«, sage ich halblaut und hoffe, unauffällig verschwinden zu können. Ruprecht schaut mich an, als wäre er eine Braut, die man vor dem Traualtar stehen gelassen hat.

»Meine Sonnenbrille holen«, ergänze ich und stapfe entschlossen in Richtung Flur. Bloß nicht umdrehen, denke ich. Beim Laufen muss ich meine Zehen verkrampfen, damit mir die ollen Treter nicht von den Füßen fallen. Sauber. Morgen werde ich einen fetten Muskelkater haben. Ich hasse es, meine Muskeln zu spüren. Das kann nämlich nur bedeuten, dass ich etwas getan habe, was ich sonst nicht tue. Zum Beispiel den Nikolaus für eine bescheuerte Dorfweihnacht geben.

»Wie läufst du denn?«, fragt Ruprecht kritisch.

»Wie soll ich schon laufen? Wie immer«, sage ich.

»Unsinn. Das sieht aus, als stampfst du Sauerkraut«, meckert Ruprecht. »Nikolaus ist ein Bischof, ein Heiliger und ein Menschenfreund. Er bringt gute Gaben und auch Segen. Du wirkst eher wie ein besoffener Bauernbursche mit Hühneraugen. Von der farblich unpassenden Unterwäsche mal abgesehen.«

Ich drehe mich nicht um. Ein Gefangener sollte seinen Entführern nicht in die Augen gucken.

»Übrigens, eine Sonnenbrille ist für einen Nikolaus ein No-Go. Außerdem sind wir spät dran«, legt Ruprecht nach. Er betont die englischen Wörter total übertrieben.

Jetzt reicht es mir. »Ja, sind denn alle bekloppt hier?«, schreie ich, wobei ich mich nun doch umgedreht habe. »Ich kann die Unterhose gern ausziehen. Dann geht der Heilige Nikolaus mit nacktem Arsch und wenn es mich packt, reiße ich gleich in aller Öffentlichkeit das stinkende Kleid nach oben! Das wäre mal eine echte Innovation zum ersten Dezember.«

Der Großvater wippt schneller und formt mit den Lippen ein »Highway to Hell«.

Ruprecht knallt seine Rute auf die Dielen und schaut mich fies an. Er weiß nicht, dass das bei ihm eher dämlich als böse aussieht.

»Nikolaus, wenn du mir den wichtigsten Tag des Jahres

versaust, sind wir die längste Zeit Freunde gewesen. Das hier ist nicht irgendetwas. Es ist unsere Dorfweihnacht.«

Das Wörtchen »unsere« lässt sich enorm dehnen.

»Ich heiße Adam, verdammt. Adam«, sage ich und nehme mir noch ein Plätzchen.

»Die Engel rechts rum! Hallo, rechts herum, habe ich gesagt! Ja, schieß mir doch einer das Geweih weg, wisst ihr blöden Weiber denn nicht, wo rechts und links ist?«

Der Blaschke Bürgermeister steht auf dem Dorfanger und schreit sich förmlich die Lunge aus dem Leib, wobei ich schon von Weitem sehen kann, wie die Kauleisten bedrohliche Sprünge in seinem Mund machen.

»Das ist doch kein gleichmäßig leuchtender Weihnachtsbaum, Mensch. Welcher Volldepp hat denn die Lampen da dran gebammelt. Das sieht aus, wie aus zweitausend Metern abgeworfen. Das kriegt ja meine Großmutter besser hin.«

Der Blaschke Bürgermeister hat keine Verwandten mehr, außer seiner Frau, aber er glaubt, der Spruch mache Eindruck. Das tut er irgendwie auch, denn Ulf, der Gemeindearbeiter, und dessen Frau Else setzen sogleich zum Sprint auf die vierzig Meter hohe Fichte an. Die Fichte ist das Wahrzeichen von unserem Dorf. Solange ich denken kann, steht sie mitten auf dem Platz. Als Kinder haben Ruprecht und ich immer um die Wette an den Stamm gepinkelt. Wir haben gedacht, davon wächst sie schneller. Der Blaschke Bürgermeister wollte uns dafür jedes Mal verprügeln. Damals gehörten die Zähne noch zu seinem festen Inventar, aber gekriegt hat er uns trotzdem nie.

Die Aluleiter, an der Ulf seine Else hinter sich herzieht, klappert so laut, dass die nächsten Worte des Blaschke Bürgermeisters fast nicht zu verstehen sind. Da er nur nach den Schafen für die Krippe ruft, ist das nicht weiter wild, denn die Tiere müssen die Befehle unserer kommunalen Autorität nicht befolgen. Die Glücklichen. Sie hören einzig und allein auf Hasso, aber der hat bei der lebenden Krippenszene keine Rolle und darf, als einer der wenigen Dorfbewohner, zu Hause bleiben. Ein Deutscher Schäferhund in einem Bethlehemer Stall wurde vom Weihnachtskomitee für politisch unkorrekt erklärt. Schließlich könnte jemand von der Zeitung kommen. Das ist noch nie passiert, aber trotzdem. Hasso hat es gut. Ich beneide ihn.

»Ach, sieht das schon alles toll aus«, ruft Ruprecht begeistert, während er zappelnd neben mir steht. »Schau mal, wie süß sich die Englein hergerichtet haben. Der Goldflitter überall macht echt was her.« Er lächelt glückselig.

Die Engel, das sind die Frauen des Dorfes. Früher, als wir noch keinen demografischen Wandel im Thüringer Wald hatten, durfte die Engelsschar den Altersdurchschnitt von zwanzig Jahren nicht reißen. Da hat der Advent noch Sinn gemacht, vor allem mit den kurzen Röckchen und wenn die Mädels genügend Punsch gebechert hatten. Jetzt aber muss der Blaschke Bürgermeister nehmen, was er kriegt, und wenn es zehn unförmige Weiber in der Menopause sind.

»Gold trägt auf«, kommentiert Ruprechts Großvater lapidar.

Ich kann das nur bestätigen, komme aber nicht dazu, es

auszusprechen. Ulf hat in der Hektik Else mit der Leiter umgestoßen und nun liegt seine Frau neben unserem alten Pinkelplatz und wimmert. Ruprecht rennt los, um ihr zu helfen. Ich kann nicht rennen, denn dann verliere ich Eckberts Stiefel. Die Jungfrau Maria ist schneller mit der Wundversorgung. Ich bewege mich mit verkrampften Zehen zu Ulf. Der Bedauernswerte kriegt gerade die Rache von Blaschkes Gebiss zu spüren. Der Großvater nimmt derweil zwei Flaschen selbst gemachten Eierlikör von Anneliese entgegen.

Während Maria an Else herumzerrt und Ruprecht sie bedauert, schreit der Blaschke Bürgermeister in einer Tour deren Mann an. Der hat nun keine Augen mehr für die aufgeschürften Knie seiner Frau, sondern nur noch für die Verlängerungsschnur, die dafür sorgen soll, dass die Fichte nachher festliche Stimmung verbreitet. Irgendetwas stimmt wohl mit der Elektrik nicht und erstaunlicherweise juckt es den Blaschke Bürgermeister nun nicht mehr, ob die Glühbirnen gleichmäßig hängen, Hauptsache, sie leuchten überhaupt.

Die Illumination unseres Wahrzeichens ist immer der Höhepunkt am ersten Dezember. Der Blaschke Bürgermeister zählt dann von zehn runter, wobei er von einem Trommelwirbel begleitet wird. Der ist nicht echt. Denn bei uns im Thüringer Wald gibt es nur Jagdbläser und keine Jagdtrommler. Für den Wirbel müssen die Männer ihre Instrumente ablegen und in die Hände klatschen. Das klingt nicht annähernd nach Trommeln, aber der Blaschke Bürgermeister ist zu geizig, um welche anzuschaffen.

Wenn der Baum dann brennt, wird verlangt, dass die Anwesenden in Begeisterungsrufe ausbrechen. Ich habe zu diesem Zeitpunkt meistens schon drei bis fünf Becher Glühheidi intus und schreie: »Ich bin blind. Ich bin blind.« Das soll ein Witz sein, da der Baum so sehr blendet. Vor zwei Jahren hat sich die Gemeindekrankenschwester auf mich gestürzt, um mein Augenlicht zu retten. Sie war neu bei uns und wusste es nicht besser. Letztes Jahr hat sie mir nur noch einen Vogel gezeigt.

Ab heute bin ich allerdings der Nikolaus und habe ein Glühheidiverbot bis zum sechsten Januar. Das mit der Abstinenz weiß ich aber erst seit vorhin. So ein Weihnachtskomitee sagt einem auch nicht immer gleich alles. Erst, wenn du vor der Glühweinbude stehst, wird dir gesagt, dass du leer ausgehen wirst.

Mittlerweile steht der Kindergartenchor vor dem Pfarrhaus und übt sich in »O Tannenbaum«. Ein paar der Kinder sind aber ziemlich groß, denke ich und schaue Ruprecht fragend an. Dem ist vom Anblick der blutenden Else schlecht geworden, sodass Josef ihm Luft zufächeln muss. Die Jungfrau Maria prüft in der Zwischenzeit mit Ulf die Steckdosen.

»Was stimmt mit unserem Kindergarten nicht?«, frage ich den Blaschke Bürgermeister.

Der reißt den Kopf nach oben und starrt zu den Kindern rüber. Dann höre ich ihn drohend sagen: »Was soll mit denen sein?«

»Zwei von denen haben dieses Jahr Konfirmation. Mindestens drei sind volljährig.« Ich zähle im Geiste alle jene, die ich für jünger halte. »Na ja, die acht Zwerge könnten im Kindergartenalter sein.«

»Ja, soll ich mir den Nachwuchs aus den Rippen schneiden«, brüllt mich der Blaschke Bürgermeister an und rennt davon. »Mit acht Hanseln einen ordentlichen Chor auf die

Beine stellen. Was denkt der Kerl denn? So einen behämmerten Nikolaus hatten wir noch nie«, höre ich ihn noch schimpfen.

Eine der Kühe aus der Krippenszene hat sich losgemacht und setzt gerade einen fetten Fladen vor dem Rednerpult ab. Klasse Statement, denke ich, und schlendere hinüber zu dem Jagdbläsersextett, das eigentlich nur noch ein Quintett ist. Albert, die Nummer sechs unter ihnen, liegt neben Eckbert auf dem Friedhof, aber die Jungs geben die Hoffnung auf einen Nachfolger nicht auf, und so lange bestehen sie darauf, ein Sextett zu sein. Es ist eben alles nur eine Frage der richtigen Einstellung. Da die Männer lieber im Wald sind und einen erlegten Hirsch beblasen, sind sie fast so schlecht drauf wie ich. Das steigert eventuell meine Chancen auf einen Kräuterschnaps oder irgendetwas anderes aus den jagdlichen Flachmännern.

»Tag, Männer«, grüße ich freundlich.

»Vergiss es, du bist der Nikolaus«, blafft mich einer von ihnen an. »Von uns kriegst du keinen Schluck. Wir mussten das beim Blaschke Bürgermeister unterschreiben.«

Ich werde wütend. In unserem Dorf leben hundertzweiundfünfzig Menschen. Das weiß ich so genau, weil Ruprecht nicht nur Mitglied im Weihnachtskomitee, sondern auch noch im Gemeinderat ist. Wenn man die Minderjährigen, Bettlägerigen und Schwangeren abzieht, bleiben mindestens noch hundertdreißig Leute übrig. Jeder von denen darf sich im Advent zulöten. Nur ich nicht. Und Ruprecht. Aber der trinkt nicht einmal an seinem Geburtstag. Der Blaschke Bürgermeister ist ein Arschloch. Ich habe es immer gewusst.

»Der Heilige Nikolaus und Knecht Ruprecht möchten sich bitte in der Zone eins einfinden.« Die Stimme der Blaschke Ehefrau piepst durch eine Lautsprecheranlage über den Anger. Ich frage mich, wie man dieses Organ auch noch potenzieren kann, da kommt Ruprecht mit knallrotem Kopf angelaufen.

»Nikolaus, beeil dich. Wir müssen uns in Zone eins aufstellen«, japst er, wobei beim Sprechen ein Teil seines Oberlippenbartes in seinen Mund rutscht. »Es geht in zehn Minuten los.«

Ich frage mich, seit wann unser Dorf Zonen hat. »Wohin?«

Ruprecht hält in seiner Bewegung inne und kneift die Augen zusammen. »Du hast den C-Plan nicht gelesen, sonst wüsstest du es.«

Ich weiß nicht einmal, was ein C-Plan ist, halte aber lieber meine Klappe, nicht, dass Ruprecht gleich total ausflippt. Er flippt trotzdem aus.

»Immer am 1. Juni gibt das Weihnachtskomitee die Regieanweisungen bekannt, schriftlich, an alle Haushalte.« Er bekommt Schnappatmung. »Als verantwortlicher Bürger unserer Gemeinde hast du die Pflicht, das zu lesen. Du bist der Heilige Nikolaus! Du bist ein Vorbild!«

»Gut, dass du mich erinnerst. Ich hatte es gerade erfolgreich verdrängt«, antworte ich. Diese Schreierei geht mir gehörig auf die Nerven. Außerdem fühlt es sich an, als ob auf meinem Rücken die Motten Tango tanzen. Widerlich.

Ruprecht hört mich nicht. Das ist vielleicht auch besser so. »Der Dorfanger ist in fünf Zonen eingeteilt. Nummer eins, das Bürgermeisteramt mit Rednerpult, Nummer zwei, das Pfarrhaus, unser erstes Türchen im lebendigen Adventskalender, Nummer drei, der Chor und die Bläser, Nummer vier, die gastronomische Versorgung, Nummer fünf, die lebensgroße Krippenszene. Wir haben alles genau durchorganisiert, damit auch nichts schiefgehen kann.«

»Letzter Aufruf für den Heiligen Nikolaus und Knecht Ruprecht«, piepst es erneut, nun aber in schärferem Tonfall.

Ruprecht reißt mich am Arm. »Komm jetzt!«

Wenn das Bürgermeisteramt nebst Pult die Zone eins ist, dann sind wir so ungefähr zehn Meter davon entfernt. Ich weiß nicht, wie lange man für eine derartige Strecke unterwegs sein kann, aber trotz meiner zu großen Schuhe würde ich auf maximal zwanzig Sekunden tippen. Ich überlege, es auf die Spitze zu treiben und noch in aller Ruhe meinen Umhang zu richten, aber Ruprecht ist schon verschwunden. Mir bleibt also nichts anderes übrig, als ihm nachzugehen. Die Frage, wieso es für diesen Blödsinn einen C-Plan geben muss, stelle ich mir lieber nicht. Dann könnte ich mich auch gleich fragen, wer Hasso illegalerweise eingeschleust und ihm ein Geweih auf den Kopf gesetzt hat.

Die Rede vom Blaschke Bürgermeister dauert eine gute halbe Stunde. Mir war gar nicht klar, was man über die Weihnachtszeit in unserem Dorf alles sagen kann. Aber der Blaschke hat richtig auf den Schlamm gehauen. Seinen Worten nach stammen alle Weihnachtsbräuche aus dem Thüringer Wald, genauer gesagt, aus unserem Dorf. Ich bin nicht naiv und weiß sehr wohl, dass Politiker immer gern etwas übertreiben. Aber dass der hiesige Tischlermeister Funke den Schwibbogen erfunden und in nächtelanger Heimarbeit hergestellt haben soll, ist selbst mir zu fett. Als Kind war mir der Funke unheimlich. Eigentlich nicht er, sondern seine Finger. Die waren nämlich an der rechten Hand nach dem Prinzip Ein-Finger-kein-Finger angeordnet. Tante Hildegard hatte mir damals einzureden versucht, dass diese Verluste vom Befummeln der Frauen kämen. Sie ist schuld, dass sich mein erstes Mal um knappe vier Wochen verzögert hat. Cindy fand das nämlich nicht so toll, dass ich alle paar Minuten meine Finger nachgezählt habe. Noch bevor ich loslegen konnte, hat sie mich als Perversen beschimpft und ist abgehauen. Und bis ich Nicole dann so weit hatte, sind eben ein paar Wochen vergangen. Die beiden sind übrigens lange weggezogen. Nicht meinetwegen, aber das ist Geschichte.

Wo der Funke Tischler seine Finger überall hatte, weiß ich nicht genau. In jedem Fall in der Kreissäge. So viel steht schon mal fest. Seitdem ist der alte Pfuscher noch grobmotorischer und meistens so besoffen, dass er unmöglich Tannenzweige und Morgensterne aus Sperrholzplatten schnitzen kann. Was die im Erzgebirge zu unserer Erfindung sagen, sei auch dahingestellt. Aber keiner der Dörfler hat widersprochen, im Gegenteil, geklatscht und gejubelt haben sie, diese Idioten. Außer die Gattin von Eckbert, die hat die ganze Zeit nur geheult und mich dabei total komisch angesehen.

Nachdem der Blaschke Bürgermeister den ganzen feierlichen Sabbel auf uns herniedergelassen hat, wobei man ihm zugutehalten muss, dass er die Zähne am Mann behalten hat, hat der Kindergartenchor aus Pubertierenden »O Tannenbaum«, »Leise rieselt der Schnee« und »Ihr Kinderlein kommet« gesungen. Die Lieder finde ich für unser Dorf nicht einmal unpassend, quasi als Mantra. Schließlich haben wir viel weniger Schnee als früher und Kinder auch nicht mehr so viele. Die Bälger hätten nur vorher vielleicht mal etwas üben sollen. Auch den Text zu kennen, könnte nicht schaden. Aber was beschwere ich mich. Ich, die zweitwichtigste Figur nach dem Blaschke Bürgermeister, habe die ganze Zeit neben Knecht Ruprecht gestanden und geatmet. Weiter nichts. Wie die Models bei der Formel Eins, die dürfen auch nicht reden, nur geil aussehen.

Irgendwann gibt der Chor endlich Ruhe und die Bläser dürfen ran. Die Kerle sind jedoch schon so hacke, dass die Töne, wenn sie denn kommen, nur noch schief klingen. Zu allem Überfluss sind denen auch noch zwei Stücke durchgerutscht. Das habe ich dem Fluchen des Blaschke Bürgermeisters entnommen, den C-Plan habe ich ja nicht gelesen. Wir befinden uns also nun in einer etwas längeren Zwangspause und Ruprecht drückt nach wie vor ein paar Tränen ab. Die Feierlichkeit ist aber auch kaum erträglich, vor allem nüchtern. Ich sehe, wie Ruprechts Großvater zwei prall gefüllte Taschen im Bushaltestellenhäuschen abstellt.

»Kommen wir nun zum großen Moment«, beschwört der Blaschke Bürgermeister sein Wahlvolk. »Endlich!«

»Das erste Türchen«, kreischt eine der Engelsdamen.

Der Blaschke Bürgermeister macht eine Pause, für die Dramatik oder so, und nickt nur gebieterisch. Ich hoffe, Ruprecht hört nicht vor Spannung auf zu atmen. Die Jagdbläser beginnen zu trommeln.

Nichts passiert. Alle schauen auf das Pfarrhaus. Dem

Pfarrer gebührt die Ehre, das erste Türchen zu öffnen. Eigentlich ist es kein Türchen. Unmöglich, dass der Kerl vier Wochen lang seine Haustür offen stehen lässt. Nachher verirrt sich noch jemand zu dem. Das wäre unserem Seelsorger sicher unangenehm. Der Kerl hat eine ausgeprägte Soziophobie. Warum sonst wollte er freiwillig zu uns in den Wald?

Nun gut. Das mit dem Türchen jedenfalls ist symbolisch gemeint. Der Blaschke Bürgermeister nennt das einen lebendigen Adventskalender. Vierundzwanzig Häuser im Dorf machen mit. Eigentlich. Bei uns sind es fünfundzwanzig. Alfred Recknagel befindet sich mit seinem Haus im politischen Widerstand gegen den Blaschke Bürgermeister. Schon fünf Mal ist er bei der Wahl gegen ihn angetreten. Aber Alfred kriegt nicht einmal die Stimme seiner eigenen Frau. Deswegen hat er vor ein paar Jahren seine Strategie geändert und versucht es jetzt mit Zersetzung des Gegners. Alfred sabotiert unsere Dorfweihnacht in der Hoffnung, der Blaschke Bürgermeister bekommt einen Herzinfarkt. Bis jetzt ist diese Taktik nicht aufgegangen. Aber Alfred ist zäh. In jedem Fall ist das Pfarrhaus immer das erste Türchen. Dabei handelt es sich um einen großen über der Haustür hängenden Herrnhuter Stern, übrigens auch eine Erfindung von uns, zumindest habe ich das vorhin so verstanden. Der Herrnhuter jedenfalls leuchtet dann für vier Wochen. Die Kirche zahlt den Strom. Unser Blaschke Bürgermeister ist eben ein Stratege.

Der Blaschke Bürgermeister gibt den Bläsern ein Zeichen. »Noch mal! Lauter!«

Die trommeln wie verrückt.

Der Pfarrer lässt sich nicht blicken. Der Stern bleibt dunkel.

Der hat sich vier Wochen in die Karibik abgesetzt oder Alfred hat die Glühbirne herausgeschraubt, denke ich und freue mich über diesen Fauxpas. Das bringt Stimmung ins Dorf.

Ruprecht atmet jetzt wirklich nicht mehr. »Das ist ein schlechtes Omen«, haucht er mehrfach. »Außerdem stimmt die Choreografie nicht. Der Baum hätte zuerst brennen müssen. Es ist die falsche Reihenfolge, erst der Baum und dann das Türchen. O je.«

Ich zucke mit den Schultern. »Scheißegal, ob Baum oder Stern.«

Ruprechts strafender Blick trifft mich. Ich halte das aus. Ich kenne ihn seit dem Kindergarten.

Der Blaschke Bürgermeister scheint nichts von der falschen Reihenfolge mitzubekommen. Er kocht vor Wut und beschließt, dieser Peinlichkeit ein Ende zu setzen. Sein Marsch zum Pfarrhaus gleicht dem Gang zu einer Hinrichtungsstätte. Der Blaschke Bürgermeister ist dabei der Henker und der Pfarrer kann sich warm anziehen. Er wirft sich mit seiner ganzen Schwungmasse gegen die Tür und verschwindet im Haus. Ich behalte den Stern im Auge und hoffe insgeheim auf eine Massenschlägerei. Stattdessen tut sich eine Weile nichts. Dann ertönt ein Schrei. Ein entsetzlicher Schrei. Schließlich reißt der Blaschke Bürgermeister eines der Fenster im Obergeschoss auf und starrt uns kalkweiß an.

»Der Pfarrer ist abgenibbelt«, plärrt er über den Dorfanger. Die Zähne fliegen in hohem Boden in den Vorgarten. Die Jagdbläser beginnen wieder zu trommeln.

Das Badezimmer des Pfarrers misst keine zehn Quadratmeter. Ich zähle noch einmal die Fliesen. Achteinhalb in der Länge und fünfzehn in der Breite. Bei dieser Fliesengröße kommt das hin. Es ist billige Baumarktware zweiter Wahl mit Rissen und schmuddeligen Fugen in Trabantgrau. Noch dazu ist das Fenster nicht größer als ein A4-Hefter und von außen vergittert. Das Wort Nasszelle kriegt im Pfarrhaus eine ganz andere Bedeutung. Dabei habe ich die Wanne noch nicht einmal von dem zur Verfügung stehenden Platz abgezogen. Und die Fläche hinter der Tür auch nicht, denn die geht nach innen auf. Damit ist alles dahinter unbrauchbar. Ich bin enttäuscht. Nicht, dass ich dachte, so ein Kirchenmann lebe in Saus und Braus, schließlich sind wir ja nicht katholisch, aber das hier, nee, das geht echt nicht.

»1982 habe ich Ruprechts Großmutter ein Bad gebaut, das sah besser aus. Ochsenblutfarbene Fliesen. Alles unter der Hand organisiert.« Ruprechts Großvater steht neben mir und nickt sich selbst anerkennend zu. Zwischen seinen Waden klemmen zwei volle Beutel. Der Duft von frisch gebackenem Brot steigt mir in die Nase, wobei der es gegen den fauligen Geruch des Mini-Bades nicht aufnehmen kann. »Nur das Klobecken haben die nicht rangekriegt. Da half auch das Wildbret nichts.« Er winkt ab. »Aber egal. Der Anschluss war da und 1989 bin ich nach Coburg rüber und habe mir ein Porzellanbecken mitgebracht. Darauf sitze ich noch heute. Eins A.« Er hebt den Daumen.

»Die Leitungen sind auch hin«, antworte ich. »Das hätte nicht mehr lange gedauert und hier hätte alles unter Wasser gestanden.«

Der Großvater brummt zustimmend.

»Wie kann man denn die Wand in Moosgrün streichen?«, höre ich eine der Frauen sagen. Die anderen tuscheln.

»Und das Fenster hätte er auch mal putzen können«, bemerkt ein anderer.

»Ist er wirklich tot?« Ruprecht schluchzt. »Der arme Mann.«

Hinter der Tür jammern die Engel. Mir ist nicht klar, ob sie den Pfarrer oder ihre schlechte Sicht bedauern. Ruprecht und ich gehören für einen Monat zu den wichtigsten Leuten im Dorf. Wir dürfen neben dem Blaschke Bürgermeister in der ersten Reihe stehen. Es ist so eng, dass meine Kniescheiben gegen den Rand der Wanne gedrückt werden, weil sich immer noch mehr Leute in das Badezimmer des Pfarrhauses schieben, um einen Blick auf den Verblichenen zu werfen. Ruprechts Großvater gehört zu uns. Er hat Sonderrechte und steht ebenfalls in der ersten Reihe. Wenn er den Mund aufmacht, rieche ich den Inhalt seines Flachmanns. Hinter uns drängeln die Jagdhornbläser, die Frau vom Bürgermeister und die Eigentümer der Krippentiere. Darauf folgen die Statisten und das normale Volk. Erstaunlich, wie viele Leute in ein so kleines Bad passen, denke ich und halte nach dem Kinderchor Ausschau. Aber die haben es wohl nicht geschafft. Dafür sehe ich Hasso, der sich durch die auf einem Stuhl abgelegte dreckige Wäsche des Pfarrers schnüffelt.

Der Blaschke Bürgermeister schwitzt. »Ausgerechnet heute«, sagt er mit ehrlichem Bedauern in der Stimme. »Wenn man den Popen einmal braucht. Der wichtigste Tag des Jahres. Was soll das denn jetzt geben?«

»Er ist tot.« Ruprecht hat nun auch das Unübersehbare bemerkt. »Gott im Himmel.«

»Pfarrer im Himmel«, frotzle ich.

Ruprechts Großvater wackelt mit dem Oberkörper, so sehr muss er lachen. »Wenn der da hin kommt, holen mich die Engel persönlich ab«, sagt er zwischen zwei Lachern. »In neckischen grünen Bikinis.«

»Engel sind per se nackt«, sage ich.

»Noch besser«, antwortet der Großvater und schnalzt lüstern mit der Zunge. »Und bisschen fleischig wäre auch nett.«

Wieso die Bikinis grün sein müssen, frage ich nicht, jeder hat so seine Vorlieben. Dann schaue ich wieder den Pfarrer an. Ich konnte ihn noch nie sonderlich leiden, aber jetzt hat er irgendwie was Sympathisches.

»Warum legt der sich auch gerade heute zum Sterben in die Wanne«, blafft der Bürgermeister und ich kann aus dem Augenwinkel sehen, wie seine Zähne ans Licht drängen. Wo hat er die denn so schnell wieder herbekommen?

Der Pfarrer ist tot und er liegt in der Wanne, soweit kann ich die Beobachtungen des Blaschke Bürgermeisters teilen. Dass jemand jedoch ohne Wasser und dafür freiwillig bis zum Hals in Scherben badet, das halte ich für eine gewagte These. Dabei sieht das nicht mal schlecht aus, wenn man sich den speckigen Kopf des Pfarrers wegdenkt. Millionen von bunten Glasstückchen funkeln um die Wette. Wenn hier nicht nur eine 25-Watt-Birne von der Decke baumeln würde, wäre der Effekt noch besser. Aber der Pfarrer war geizig, schon immer. Ich beuge mich ein wenig nach vorn und betrachte das Glas. Dabei muss ich aufpassen, dass ich nicht beim Pfarrer lande, so sehr schieben die anderen von hinten. Ich habe es gleich vermutet, aber nun bin ich mir sicher: Das sind Weihnachtsbaumkugeln oder besser gesagt, die Reste davon. Der Pfarrer badet in Weihnachtsbaumschmuck. Na immerhin. Das sollte dem Weihnachtskomitee gefallen.

»Was isst der Kerl da?«, fragt der Großvater, ohne auf die Lautstärke seiner Worte zu achten. Hinter uns fängt die Meute zu spekulieren an.

»In seinem Mund steckt eine Weihnachtsgurke«, sage ich, und weil mehrere Nachfragen aus den Reihen der Engel kommen, wiederhole ich den Satz noch einmal lauter. Dann sehe ich die schmalen vertrockneten Rinnsale aus Blut an seinen Mundwinkeln. Mich würgt es. Wenn es um Blut geht, bin ich nicht so hart, wie ich aussehe. Exkremente kommen auch nicht so gut. Und natürlich Motten. Und wir begrüßen das nächste Herpesbläschen. Herzlich willkommen. Mal abgesehen von meiner möglicherweise leicht einsetzenden Ekelerregung, habe ich bis auf die Lebkuchen von Ruprechts Großvater heute auch noch nichts im Magen. Das kommt davon, wenn man auf die Glühheidi und Wildschwein am Spieß spekuliert und dann als Nikolaus ein Verzehrverbot auferlegt bekommt. Hoffentlich muss ich nicht in die Wanne kotzen.

»Die Weihnachtsgurken wurden bei uns im Thüringer Wald erfunden«, weiß der Blaschke Bürgermeister. Dann folgt eine ewig lange Erklärung über die Glasgurke, die man im Weihnachtsbaum verstecken muss und die dem Finder das ganze kommende Jahr Glück beschert.

Ich atme die Übelkeit weg. Glück würde ich das, was dem Pfarrer widerfahren ist, nicht direkt nennen. Aber wer weiß. Immerhin verpasst er die Adventszeit und Weihnachten natürlich auch. Da kann man schon mal in eine Weihnachtsgurke beißen.

»Das ist ein Fall für das Amt.« Der Blaschke Bürgermeister hat sich offenkundig nach dem ganzen Gesabbel um Weihnachten wieder im Griff.

Ich frage mich, welches Amt er wohl meint, und warte gespannt, was nun passiert.

»Ich muss das hier versiegeln«, sagt der Blaschke Bürgermeister wichtig. Er dreht sich um, wobei ich von seinem massigen Körper fast mitgerissen werde. »Hier gibt es nichts zu sehen. Verlassen Sie sofort das Objekt«, schreit er die Gemeinde an. »Alle raus und wieder auf die Plätze. Dass wir die Feierlichkeiten unterbrechen mussten, ist schlimm genug.«

Der Blaschke Bürgermeister will das wirklich durchziehen, denke ich noch, da reißt Ruprecht an meinem Umhang. »Wir müssen in Zone eins, beeil dich.«

»Hackt's denn bei euch allen«, schreie ich. »Der Pfarrer wurde umgebracht. Ich rufe jetzt die Polizei und dann gehe ich nach Hause.«

»Der muss sich wieder wichtigmachen«, höre ich Gerhard, meinen Nachbarn, von irgendwoher sagen. Ich kann ihn nicht sehen, aber seine nasale Stimme erkenne ich sofort.

Die Engel hinter der Tür kichern. So, wie das klingt, haben die meine Ration Glühheidi gehabt.

»Wie, umgebracht?«, fragt der Blaschke Bürgermeister und seine Zähne kommen mir gefährlich nahe.

Ich deute mit der Hand auf den Pfarrer und sage so was Sinnhaftes wie: »Er liegt in Glasscherben? Aus seinem Mund läuft Blut? Er beißt auf eine Weihnachtsgurke?« Das alles ist deutlich zu erkennen und ich frage mich, wieso nur mir diese ganzen Absonderlichkeiten auffallen.

Der Blaschke Bürgermeister sieht mich an, als wäre ich nicht ganz dicht.

»Wo du es sagst«, murmelt Ruprecht und ich bemerke, wie er seinen Kopf leicht hin- und herwiegt, als müsste er über meine Beobachtung noch einmal nachdenken.

Der Blaschke Bürgermeister scheint ebenfalls zu überlegen. Irgendwann sagt er: »Du meinst also, das ist kein Ritual, bei dem der Pfarrer friedlich eingeschlummert ist?«

Auf diesen geistigen Dünnschiss fällt mir nichts mehr ein.

»Ich dachte eher an was Sexuelles«, wirft der Großvater ein. »Seitdem seine Frau weg ist, kann er doch machen, was er will.«

»Freilich«, kommentiere ich. »Der Pfarrer steht auf Weihnachts-Sadomaso. Wie wir alle hier.«

»Also jetzt entschuldige mal«, bläst sich der Blaschke Bürgermeister künstlich auf. »Das kann man ja wohl überhaupt nicht vergleichen.«

Ich betrachte Ruprecht, dem schon wieder ein guter Teil seines Oberlippenbartes in den Mund gerutscht ist. Er kaut darauf herum und jammert. »Wenn das die Leute mitbekommen.«

Ich drehe mich um und schaue die Leute an.

»Nikolaus hat sicherlich recht. Wir müssen die Polizei rufen«, sagt der Blaschke Bürgermeister dann und ich kann hören, wie viel Überwindung ihn dieser Satz kostet.

»Irmgard«, haucht der Großvater neben mir und es hört sich an, als würde er von seinen Hämorrhoiden reden.

»O nein, nicht am ersten Dezember«, mosert Ruprecht.

»Das Stadtweib«, sagt der Blaschke Bürgermeister von einem Würgelaut begleitet.

Hinter mir werden Entsetzensschreie laut.

Irmgard Gmeiner ist Ruprechts Schwester. Sie ist bei der Kripo und keiner kann sie leiden, am wenigsten Ruprecht und sein Großvater. Warum das so ist, weiß ich nicht genau. Wahrscheinlich, weil sich Irmgard Gmeiner nichts aus männlichen Autoritäten und Familienbanden macht. Aber wer kann schon in die Köpfe gucken. Was den Blaschke Bürgermeister angeht, na ja, der hat einfach etwas gegen Städter. Seine Frau faselt, immer wenn es um das Thema geht, von einer natürlichen Aversion. Dabei spricht sie das Wort mit einem fiesen »v« und tut von oben herab. Ich bin mir sicher, dass sie keinen Schimmer hat, was das bedeutet, aber sie sagt oft Dinge, die sie nicht versteht.

Irmgard lebt seit ewigen Zeiten in Suhl. Für den Blaschke Bürgermeister ist das in etwa so dekadent wie München, Hamburg oder Berlin. Dabei bin ich mir sicher, dass er den Thüringer Wald noch nie verlassen hat. Was soll's? Ich habe es auch nicht so mit Irmgard. Sie hatte als junges Mädchen schon dieses viel zu lange Pferdegesicht mit der überdimensionierten Nase, wie alle aus der Familie Gmeiner. Noch dazu ist sie von jeher so klapperdürr, dass ich immer unwillkürlich denken muss, sie übersteht den nächsten Winter nicht. Irmgard Gmeiner ist richtig hässlich. Dagegen ist Ruprecht eine Augenweide. Und der sieht schon nicht besonders aus. Aber Ruprecht ist mein Freund und Irmgard ist mir egal.

»Wer ruft die Städterin an?«, fragt der Bürgermeister und ich spüre, wie sich alle Augen auf mich richten.

Ich tippe mit dem Zeigefinger gegen meine Stirn, um allen unmissverständlich klarzumachen, was ich davon halte.

»Ich rede seit Jahren nicht mit der«, murmelt der Großvater. »Außerdem habe ich kein Handy.«

Ich weiß, dass er über WhatsApp die Lebensmittelversorgung mit seinen Bräuten regelt, schweige aber höflichst.

»Du kannst dich am besten ausdrücken. Dich versteht sie«, sagt Ruprecht und streichelt meinen Arm. »Bitte, Nikolaus.«

»Ich heiße Adam, verdammt«, knurre ich und spüre, wie der Blaschke Bürgermeister seine Hand, die etwa die Größe einer Schaufel hat, auf meine Schulter legt und so viel Gewicht draufgibt, als müsse er mir die Bedeutung dieses Moments mithilfe einer gebrochenen Schulter vor Augen führen.

»Nikolaus und Knecht Ruprecht, ihr seid momentan die wichtigsten Männer im Dorf. Bitte nehmt euch dieser Aufgabe an und rettet damit unsere Weihnacht«, sagt er und schaut dabei, als wollte er uns seine Frau, Haus und Hof sowie sämtliche Ersparnisse anvertrauen.

Das hat sich der Blaschke Bürgermeister fein ausgedacht, denke ich. Irgendwo findet der immer ein paar Dumme. Der Weihnachtsscheiß allein ist schon schrecklich genug. Jetzt habe ich auch noch die hässliche Irmgard und einen toten Pfarrer an der Backe.

»Ein Weihnachtsspezialauftrag mit einem Toten«, haucht Ruprecht ergriffen. »Gut, dass Herr Fuchs zu Hause geblieben ist.«

Ich frage mich nicht einmal mehr, ob er zu heiß geduscht haben könnte. Ruprecht hat seinen Hund schon immer wie einen Menschen behandelt. Er nimmt sogar beim Fernsehprogramm Rücksicht auf ihn. Nur, weil er sich einbildet, Herr Fuchs würde nach einem Krimi schlechter schlafen. Dabei ist Ruprecht die Lusche. Der Dackel hält sogar die härtesten Thriller aus. Das weiß ich, weil ich ihn ab und zu über Nacht behalten muss und so einiges getestet habe. Also eigentlich maximal zwei Mal im Jahr, wenn Ruprecht wegen seines Jobs zwangsläufig woanders pennen muss und der Opa mit seinen Siebzig-plus-Single-Reisen unterwegs ist. Der Dackel jedenfalls ist ein echter Hardcore-Typ. Nur mit Tiefkühlpizza hat er es nicht so. Aber davon kriege sogar ich Sodbrennen. Egal. Trotzdem nicke ich.

»Natürlich, das ist kein Anblick für einen Dackel«, pflichte ich Ruprecht bei.

Hasso niest derweil in die alte Unterhose des Pfarrers.

Seit etwa zehn Minuten sind die Lichter am Weihnachtsbaum nicht ausgegangen. Ebenso lange steht Ulf, der Gemeindearbeiter, mit in den Nacken gelegtem Kopf unter dem Baum und starrt. Wenn ich es nicht besser wüsste, würde ich denken, er meditiert beim Anblick einer der ältesten mitteleuropäischen Weihnachtsbräuche. Doch in Ulfs Gesicht steht die nackte Angst. Fast eine Stunde hat er sich an den Kabelverbindungen zu schaffen gemacht, bevor die Lämpchen an unserem Wahrzeichen geleuchtet haben. »The show must go on«, hatten Maria und Josef im Duett gebrüllt und Ulf hatte die Verlängerungsschnüre gestreichelt, als seien sie das Jesuskind. Der Blaschke Bürgermeister war schon so in Brass gewesen, dass er sogar vergessen hatte, die Jagdhornbläser zum obligatorischen Tusch aufzufordern. Das hätte ohnehin nichts mehr gebracht, denn seitdem die Männer das Pfarrhaus verlassen hatten, kannten sie in puncto Glühheidi erst recht kein Halten mehr. Das Glück der Überlebenden muss gebührend gefeiert werden. Dem Rest des Dorfes scheint es ebenso zu ergehen. Niemand achtet mehr auf das Pfarrhaus und den noch immer dunklen Herrnhuter über dessen Tür. Der Herr hat's gegeben, der Herr hat's genommen. Prost. Es lebe unsere Dorfweihnacht.

Während sich alle außer mir vergnügen, kommt ein fetter Opel mit einem Suhler Kennzeichen angefahren. Viel zu schnell, wie ich meinen würde, aber was weiß ich schon. Hinter dem Steuer sitzt Irmgard Gmeiner. Ich kann ihre Nase deutlich erkennen. Keine zwei Meter vor dem Auto taucht unerwartet Hasso auf, der gegen sein Geweih kämpft und nicht auf den Verkehr achtet. Ich schließe die Augen, denn Hasso ist in Ordnung und ich habe keine Chance, ihn in diesen Stiefeln vorm Tode zu bewahren. Plötzlich kommt Ruprecht angelaufen, zerrt den Hund weg und kann damit Schlimmeres verhindern. Auch das Zusammentreffen mit seiner Schwester. Die hupt und ich will mich für Ruprecht schon freuen, immerhin hätte ich nie gedacht, dass seine

Schwester ihn grüßt, da sehe ich ihre geballte Faust hinter der Frontscheibe. Das kann ja heiter werden.

Ich bin schon eine ganze Weile allein mit dem toten Pfarrer. Der Blaschke Bürgermeister war der Meinung, jemand müsse Wache halten. Nicht zur Ehre des Toten, sondern damit niemand etwas klaut. Da ich die Wahl zwischen einem kalten Pfarrer und einer Dorfweihnacht hatte, fiel mir die Entscheidung nicht schwer. Der Blaschke Bürgermeister war sichtlich gerührt von dem Opfer, das ich für die Feierlichkeiten zu bringen bereit war. Dass ich bei ihm einen guthabe, bezweifle ich jedoch. Der Blaschke vergisst einen Gefallen schnell.

Alle anderen waren erleichtert und haben sich in Sekundenschnelle aus dem Staub gemacht. Sogar Ruprecht. Seitdem stehe ich am Fenster, beobachte das Treiben auf dem Dorfanger und warte. Die Frauen haben recht, die Fenster könnten wirklich einmal etwas Wasser vertragen. Aber ich bin da nicht so. Der Pfarrer lebte, seitdem seine Frau abgehauen war, allein und ich glaube nicht, dass er hier bei uns eine neue gefunden hätte. Im Thüringer Wald sind die Männer in der Überzahl. Tante Hildegard sagt, das verdirbt den Charakter der Frauen. Sie werden wählerisch. Der Pfarrer war damit chancenlos. Dass er sich deshalb gleich mit Weihnachtsschmuck geißelt, glaube ich trotzdem nicht. Aber was geht mich das verkorkste Liebesleben anderer Leute an, zumal mein eigenes gerade die Lebendigkeit eines Igels im Winterschlaf hat. Ich grüble und erfreue mich an der Erinnerung. Das passiert mir in letzter Zeit öfter, obwohl ich früher immer dachte, diese Marotten bekommen Männer erst im asexuellen Endstadium. Möglicherweise kommt man da heutzutage schon mit Anfang vierzig hin. Die Umweltverschmutzung und die genmanipulierten Lebensmittel greifen empfindliche Männerorganismen besonders an. Davon bin ich überzeugt. Ich bedauere mich ein wenig und versuche, mich mit der Erinnerung an die runden Hüften von Sabine, meiner Ex, zu trösten.

Aus.

Irmgard klettert aus dem Auto und betrachtet das Pfarrhaus. Scheiße, das wird ja mit den Jahren immer schlimmer. Glücklicherweise offenbaren die verschmierten Fensterscheiben nicht alles. Ich bin dem Pfarrer dankbar dafür. Wenigstens etwas. Den Pfarrer juckt es nicht mehr, er sieht jetzt nur noch die Engel und seinen Herrn. Das vermute ich jedenfalls. Wenn es bei mir mal so weit ist, würde ich gern Mike sehen. Er war bis zur elften Klasse mein bester Freund, also nach Ruprecht. Bis zu dem Moment, in dem er die Geschwindigkeit seines Mopeds und den dichten Baumwuchs bei uns im Thüringer Wald unterschätzt hat. Mike war aus der Stadt. Er konnte es nicht besser wissen.

»Adam Märker. Dich hätte ich für schlauer gehalten.« Irmgard taucht wie die Offenbarung von Quasimodo im Badezimmer des Pfarrers auf. Sie muss in den ersten Stock geflogen sein. Gehört habe ich jedenfalls nichts, dabei knacken die alten Dielen hier jämmerlich. Möglicherweise braucht es dafür jedoch ein Mindestgewicht. Egal, wie hoch dies ist, Irmgard liegt darunter.

Ich ahne, wie das hier alles auf sie wirken muss. Ein Nikolaus in einem zu kurzen Kleid steht neben einem toten Pfarrer mit einer Weihnachtsgurke im Mund und unter dem Fenster kreischen ein paar unförmige Fünfzigjährige mit

Engelsflügeln »Last Christmas«. Eigentlich ist bei unserer Dorfweihnacht jegliches fremdsprachige Liedgut strengstens untersagt, aber bei dem misslungenen Start kommt es wohl darauf auch nicht mehr an.

Ich habe die Schreckschraube im Augenwinkel, drehe mich langsam um und kneife dabei die Augen vorsichtshalber leicht zusammen. Schließlich will ich nicht gleich den geballten Anblick abbekommen. Es funktioniert. Wenn man die Augen Stück für Stück daran gewöhnt, ist es nicht ganz so schlimm. Wobei ich glaube, Irmgards Nase ist noch gute zwei Zentimeter gewachsen. Das kann aber auch an dem eingefallenen, faltigen Gesicht liegen. Da täuscht die Optik. Dafür wiegt sie bestimmt keine vierzig Kilo und sieht aus, als stehe sie auf Besenstielen.

»Hast du was mit deinen Haaren gemacht? Du siehst so anders aus«, frage ich und muss nicht einmal lügen.

»Arschloch«, faucht Irmgard. »Ich war zur Jugendweihe meines Bruders das letzte Mal in diesem Kaff und ich habe nichts vermisst.«

Ich rechne. Die blöde Kuh will mehr als dreißig Jahre nicht hier gewesen sein? Möglich. Damals hingen ihre dünnen schwarzen Haare jedoch schon genauso unmotiviert an ihrem Kopf. Nur heute sehen sie aus wie gefärbt. Ich muss grinsen, weil mir wieder einfällt, wie Ruprecht seine Schwester immer genannt hat. Schrumpfkopf. Daran kann ich mich gut erinnern. Auch daran, wie Ruprecht seine Schwester aus allen Familienfotos herausgeschnitten hat. Ich sollte die Schwesterteile entsorgen. Das habe ich auch gemacht, im Aquarium von Ruprechts Großvater. Das sah echt cool aus zwischen dem verrosteten Panzermodell, der

Flak und den gelben Sandsteinen. Ruprechts Großvater hat, seitdem ich denken kann, in seinem Aquarium den Afrikafeldzug aus Polyesterharz nachgestellt. Als Jungs mussten wir früher immer, wenn Besuch kam, eine Decke darüber werfen, aber heute juckt das keinen mehr. Die schrumpfköpfigen Bilder seiner Enkelin jedenfalls passten perfekt zu dem afrikanischen Motto, vor allem, wenn die gelben Lampen von hinten durch das Fotopapier gestrahlt haben.

Der Schrumpfkopf ist wieder zu Hause, denke ich und spüre, wie sich mir die Nackenhaare hochstellen. Schrumpfkopf, das hat Ruprecht während der Jugendweihefeierstunde sogar durch das Mikrofon geplärrt. Vor hundert Zuhörern. Er war betrunken, aber immerhin hat er sich mal etwas getraut. Das erste und letzte Mal, würde ich meinen. Meine Erinnerungen an Irmgard sind ansonsten nicht sonderlich präsent, also die guten. Die schrecklichen Eindrücke prägen sich ja meistens am besten ein. Sie scheint mir anzusehen, was ich denke.

»Ich hätte dich für klüger gehalten«, wiederholt sie, aber nun mit deutlich mehr Aggression in der Stimme.

Was Irmgard von mir hält, ist mir völlig egal. »Heute ist der erste Dezember und der Pfarrer ist tot«, sage ich, als würde ich den Wetterbericht herunterbeten.

Sie wendet sich von mir ab und betrachtet die Leiche in der Badewanne. »Name?«, blafft sie wie auf dem Exerzierplatz.

Ich beobachte sie und frage mich, ob das die modernen Polizeimethoden sind? Wenn heutzutage schon die Todesopfer befragt werden können, dann ist die Täterfindung ja ein Kinderspiel. Der Pfarrer antwortet natürlich nicht und ich bin mir sicher, dass seine Schweigsamkeit nicht nur an der in seinem Mund steckenden Weihnachtsgurke liegt.

»Name?« Irmgard scheint ein explosives Wesen zu haben. Das kann sie nur von Ruprechts Mutter geerbt haben. Seinen Vater kenne ich und der hat meistens geschlafen. Weinbrand macht müde. Das weiß ich aus einigen Selbstversuchen. Nun dreht sie mir wieder den Kopf zu und fixiert mich mit strengem Blick. Ich versuche, nicht zu zucken. Meine Güte, wie kann man nur so hässlich sein.

»Bist du besoffen oder blöd?«, fragt sie harsch.

»Ach, du meinst mich?«, säusle ich mit gespielter Naivität und reiße die Augen dabei überrascht auf. Das bringt die Frauen auf die Palme. Das weiß ich. Es klappt.

»Wie heißt der Kerl hier in der Wanne, verdammt?«, herrscht Irmgard mich an und beginnt, aufgeregt in den abgelegten Klamotten des Pfarrers zu wühlen.

»Da ist Hasso schon durch«, sage ich und grinse. Nie und nimmer hatte der Pfarrer eine Brieftasche und Papiere bei sich. In seinem eigenen Badezimmer? Unsinn. Hier im Dorf kennt ihn außerdem jeder. Ich sage allerdings nichts. Denn ich glaube, sie stellt sich gerade vor, wie sie mir eine in die Fresse haut. Ich warte, bis sie mit dem dreckigen Schlüpper des Pfarrers fertig ist, und antworte: »Magnus Sebastian Feller, vierundsechzig Jahre alt, geschieden, evangelischer Pfarrer von Eliasborn, seit zwanzig Jahren oder so.«

»Arschloch.«

»Bitte schön.«

Sie beugt sich weit über den Wannenrand und begutachtet das Opfer. Schließlich nimmt sie ihm die Weihnachtsgurke aus dem Mund, betrachtet diese eine Weile und legt sie auf dem Waschbecken ab. »Und du hast ihn also gefunden?«

»Nee. Der Blaschke Bürgermeister. Der Pfarrer hat seinen Einsatz, also das erste Türchen, verpasst und da ist der Blaschke hier rein.« Mir sind die Füße vom vielen Herumstehen eingeschlafen und außerdem muss ich aufs Klo. Seltsamerweise denkt bei einem Nikolaus niemand daran, dass er geschwollene Füße oder auch dringende Bedürfnisse haben könnte. Wenn ich das nächste Mal in einem Supermarkt auf einen Weihnachtsmann treffe, wo sonst sieht man die denn heutzutage noch, bekunde ich ihm meine Anteilnahme für diesen beschissenen Job.

»Was machst du dann hier? Wo ist der Blaschke?«, fragt Irmgard sichtlich wütend.

»Ich passe auf, dass der Pfarrer nicht abhaut«, entgegne ich. Die muss doch tatsächlich meinen, dass es ein Vergnügen ist, hier abzuhängen. »Der Blaschke musste den Weihnachtsbaum in Betrieb nehmen.«

Irmgard schaut, als ob ich sie auf den Arm nehmen will. Das will ich bestimmt nicht. Was kann ich denn dafür, wenn die hier alle bekloppt sind.

»Hast du was angefasst?«, fragt Irmgard weiter.

Ich schüttle den Kopf. Das fehlte noch, bei meiner Neigung zu Ekelbläschen. Widerlich. »Für die anderen kann ich allerdings nicht sprechen.«

»Welche anderen?«, will Irmgard mit hochgezogener Augenbraue wissen. Wenn das bleibt, wird sie aus dem Polizeidienst entlassen, denke ich. Das ist rufschädigend für den gesamten Freistaat.

»Alle. Schließlich sind wir eine Dorfgemeinschaft«, antworte ich und habe Mühe, bei dem letzten Satz nicht zu lachen.

»Diese Dorfdeppen latschen mir durch meine Spuren«, faucht Irmgard und gerade als sie mir eine schlimmere Beleidigung an den Kopf knallen will, kommt der dicke Spelzer, der Arzt aus dem Nachbardorf, herein.

»Adam«, murmelt er und hebt die Hand zum Gruß, ohne dass man ihm irgendeine Irritation über meine Anwesenheit beziehungsweise meinen Aufzug anmerken kann. Das hätte mich auch gewundert, denn Spelzer muss schon ohne Mimik auf die Welt gekommen sein. Zumindest schaut er immer gleich lethargisch drein, egal, ob er jemandem ein Krebsgeschwür oder eine Schwangerschaft verkündet.

»Arzt«, murmelt er in Richtung Irmgard, was eine Mischung aus Grußformel und Vorstellung sein soll, und ich kann sehen, dass er sie dabei keine zwei Sekunden anschaut. Sauber.

»Was geht?«, fragt Spelzer, wobei er direkt neben der Wanne steht und den Pfarrer eingehend betrachtet.

Ich halte nicht viel von diesen neumodischen Redewendungen, die unsere Sprache bis auf das Minimum reduzieren. Abgesehen davon kann ich den Zusammenhang zwischen der Situation, in der wir uns befinden, und der Frage nicht erkennen. Was soll bei dem toten Pfarrer schon noch gehen? Oder hat der Doktor mich gemeint?

»Ich ziehe mir heute vor dem Fernseher noch ein paar Glühheidis rein. Je nachdem wie schnell das hier geht, schaffe ich vielleicht noch die ›Sportschau‹«, antworte ich und bemerke, wie Irmgard zwischen mir und ihm hin- und herschaut.

Der Doktor runzelt die Stirn und reibt sich das Kinn. »Der FC Köln steigt ab, was?«, sagt er und schaut mich herausfordernd an. »Ich setze hundert Euro, dass sie drinbleiben.«

Darüber muss ich nicht nachdenken. Der Doktor verzockt sich immer und ich brauche dringend Kohle. Ich schlage ein.

Aus Irmgards Ecke kommt ein undefinierbares Geräusch. Der Doktor scheint das auch gehört zu haben, denn schlagartig wendet er sich wieder der Wanne zu. Dabei macht er ein erstaunlich interessiertes Gesicht. »Und ihmchen?« Er deutet auf den Pfarrer im Weihnachtskugelarrangement.

»Schwer zu sagen«, antworte ich. »Tot?«

»Möglich«, erwidert der Spelzer, wobei er immer noch keine Anstalten macht, den Pfarrer zu untersuchen.

Der Doktor ist eine coole Sau, da kann man nichts sagen. Ich beschließe, noch einen draufzusetzen. »Aber echt gute Performance zum ersten Dezember«, sage ich und freue mich, Irmgard weiter provozieren zu können. Das war ein Fehler.

Sie schreit und dabei benutzt sie Schimpfwörter, die nicht einmal Tante Hildegard geläufig sind. Mir macht das nichts, aber der Spelzer bekommt es mit der Angst zu tun und wird plötzlich ganz geschäftig.

»Fass mit an. Der Kerl muss da raus, damit ich ihn untersuchen kann«, fordert er.

Ich frage mich, ob diese ungesunde Eile sein muss. Dann merke ich, wie bei mir ein Brechreiz aufkommt. »Ich bin nur für das Aufpassen abgestellt«, wiegle ich ab. »Ich darf nichts anfassen, Verbot vom Blaschke.«

Irmgard grinst mich fies an.

Ich rühre mich nicht von der Stelle.

»Worauf wartest du?«, fragt Spelzer. »Der Mann hat eine ausgeprägte Adipositas.«

Das sehe ich selbst, denke ich, und beschließe, mir einen neuen Arzt zu suchen. Doch zunächst muss ich, wenn ich mich nicht komplett blamieren will, den Pfarrer aus seiner Wanne hieven. Ich halte die Luft an und schreite zur Tat. Mein roter Samtumhang stört gewaltig dabei, da er entweder halb in der Wanne liegt oder sich irgendwo verheddert. Ich versuche, das Teil loszuwerden, aber wie ich schon befürchtet hatte, sind Haken und Öse so verrostet, dass ich das Ding allein nicht abbekomme. Der Doktor schaut sich mein Gewürge nicht lange an, greift in seine Arzttasche und zieht eine Kneifzange raus. Ich will mir nicht ausmalen, was der noch alles bei sich hat, und bin nun absolut sicher, dass ich einen neuen Arzt brauche. Mit einem Handgriff des Doktors stehe ich nur noch im weißen Spitzenkleid da. Das hängt nach den ganzen hektischen Bewegungen natürlich wieder auf meinen Knien. Ich fühle mich nun nicht nur quasi nackt, sondern auch noch irgendwie unpassend feminin, um es mal so auszudrücken. Vermutlich sehe ich aus wie mein Nachbar Gerhard, wenn er meint, die Jalousien in seinem Schlafzimmer seien blickdicht, und er die Kleider seiner verstorbenen Mutter aufträgt.

»Das hätten wir«, kommentiert der Doktor sein Werk. »Nun mach hin.«

Irmgard lacht bei meinem Anblick schallend und kriegt dabei die Anmutung einer dunkelhaarigen Hyäne, sollte es so etwas überhaupt geben. Die Natur ist ja auch nicht blöd.

»Ich fasse ihn am Hals und du nimmst die Beine«, befiehlt der Spelzer.

»Hast du genügend Pflaster mit oder willst du mir gleich danach die Hände amputieren?«, frage ich sauer. Das Rindvieh meint doch nicht ernsthaft, dass ich in die Scherben lange.

Spelzer schaut eine Weile, dann nickt er verständig und holt ein paar dicke Gummihandschuhe aus seiner Tasche. »Damit sollte es gehen.«

Ich kenne derartige Handschuhe nur von Gotthilf aus der Abdeckerei, verzichte aber auf die Nachfrage und suche unter dem zerborstenen Weihnachtsschmuck die Beine des Pfarrers.

»Eins, zwei…«, zählt der Doktor und als ich noch auf die Drei warte, zerrt er schon wie wild an dem Pfarrer herum. Da ich an den Beinen des Kerls hänge, zieht es mich fast in die Wanne. Ich will den Knaben schon loslassen, da sehe ich, wie Irmgard mich schadenfroh beäugt. Scheißegal. Da muss ich jetzt wohl durch und stemme mich mit meinem gesamten Gewicht gegen das unkoordinierte Gezerre des Arztes. Schließlich heben wir die Leiche gemeinsam heraus und legen sie auf dem Fußboden ab. Der Pfarrer ist, wie zu erwarten, nackt und überall in seinem massigen Körper stecken bunte Scherben. Ich kann nicht sagen, dass mich der Anblick gruselt, auch der Ekel hält sich erstaunlicherweise in Grenzen. Stattdessen überlege ich, woran mich dieses Bild erinnert. Natürlich. Jetzt fällt es mir ein. Der Pfarrer sieht aus wie die Mettigel, die meine Mutter immer auf den kalten Platten angerichtet hat. Ein rosafarbenes Hackepeterschwein, in dem abgebrochene Salzstangen stecken. Es fehlen nur noch die sauren Gurken, die in feinen Scheiben um den Igel herum drapiert waren. Aber der Pfarrer hat eine grüne Badematte, insofern passt das. Ich freue mich über diese Erinnerung an meine glücklichen Kindheitstage, die die Tragik, die die Angelegenheit für den Pfarrer ohne Zweifel hat, ein wenig in den Hintergrund rücken lassen. Wie gesagt, ich mochte ihn nicht, aber dass er wie ein Mettigel endet, habe ich ihm auch nicht gewünscht.

Der Doktor betrachtet den Pfarrer skeptisch. »Seltsam.«

»Was ist seltsam?«, fährt Irmgard ihn an.

»Das hat der doch nicht freiwillig gemacht«, bemerkt der Doktor scharfsinnig.

Ich bin froh, dass es neben mir noch jemanden bei uns gibt, dem das sofort auffällt. Wir haben also noch Hoffnung.

Irmgard macht ein Gesicht, das so grässlich ist, dass ich es nicht beschreiben kann.

»Leute gibt es«, murmelt der Doktor und beginnt mit der Untersuchung. Irmgard steht dicht daneben und lässt ihn nicht aus den Augen. Ich fange an zu frieren. Der Doktor tut mir leid, so könnte ich nicht arbeiten. Jetzt bemerke ich erst, dass der Pfarrer nicht einmal die Heizung im Badezimmer angestellt hatte. In seinem jetzigen Zustand wäre das wohl auch nicht klug, denke ich, und werfe mir widerwillig das Cape über die Schultern.

Irmgard kriegt das mit und sagt: »Nikolaus und Knecht Ruprecht. Ihr seid doch hier alle immer noch grenzdebil.« Mit einem verächtlichen Grinsen unterstreicht sie den Satz. »Du kannst nach Hause gehen, wenn ich noch Fragen habe, melde ich mich.« Sie dreht mir den Rücken zu und fachsimpelt mit meinem ehemaligen Hausarzt.

Leck mich, denke ich und lehne mich mit verschränkten Armen gegen die Wand. Ich hasse es, meine Zeit sinnlos zu vergeuden, und eigentlich wollte ich mir schon lange auf dem Sofa ein paar DVDs reinziehen, aber das muss ich mir nicht bieten lassen. Schon überhaupt nicht von so einer. Diese dumme Ziege hat doch tatsächlich meinen Freund Ruprecht und mich beleidigt. Über die anderen im Dorf kann sie denken, was sie will. Da mische ich mich nicht ein. Aber bei Ruprecht und mir hört der Spaß auf.

»Der Mund ist voller Scherben. Das Zahnfleisch ist blutig und sogar zwischen den Zähnen finden sich die Reste der Weihnachtsbaumkugeln«, sagt Spelzer und schaut dabei mehr auf mich als auf Irmgard. Wer kann es ihm verdenken. Der Doktor ist auch nur ein Mann und begrenzt leidensfähig. »Der Pfarrer hat das Zeug gekaut und geschluckt.« Er leuchtet mit einer Taschenlampe in dessen Rachen. »Ganz eindeutig. Je nach Menge dürfte er innerlich verblutet sein.«

Ich muss grinsen. »Der Pfarrer konnte fressen wie ein Scheunendrescher.«

Spelzer nickt wissend. »Die Cholesterinwerte waren eine Katastrophe.« Dann sagt er: »Aber wieso kommt jemand auf die Idee, Glasscherben zu essen?«

»Frei von Blutfetten«, witzle ich. »Meine erste Kiwi habe ich mit Schale gegessen. Das ging auch irgendwie«, lege ich zu seiner Freude nach. Der Arzt lacht nicht etwa, sondern drückt sein Amüsement verbal aus.

»Guter Witz, Adam«, sagt er und nickt dazu. »Sehr guter Witz.«

Das war kein Witz, aber ich lasse es gut sein.

»Dieser Schwachsinn ist ja nicht zum Aushalten«, kommentiert Irmgard giftig. Dann blafft sie mich an: »Hau endlich ab, du Armleuchter im Weihnachtsmannkostüm.«

»Nikolaus«, sage ich belehrend und denke nicht daran, Irmgard den Gefallen zu tun. Warum denn auch? Unterhaltsamer als das hier ist meine DVD-Sammlung auch nicht. Im Laufe der nächsten Minuten gebe ich also noch mehr Unfug von mir. Darin bin ich mühelos zu Steigerungen fähig. Auch als ein ganzer Tross an Polizisten eintrifft, um die Spuren aufzunehmen, lehne ich noch an der Wand und rede Blödsinn. Wenn die arrogante Irmgard einen schwachsinnigen Dörfler im Nikolauskostüm haben will, dann kriegt sie ihn.

Irmgards Kollegen schauen mich nur mitleidig an, aber sie selbst scheint kurz davor, mich zu erwürgen. Vor allen Dingen, als ich die Meute wissen lasse, dass wir uns seit Kindertagen kennen und Irmgard ein ganz zauberhaftes Engelchen bei unserer Dorfweihnacht abgegeben hat. Ich bin mir sicher, dass keiner der Kerle mir das mit dem Engelchen abnimmt. Die von der Polizei sind ja auch nicht blöd. Außerdem haben die alle Augen im Kopf und Frauen werden im Alter nicht schöner, also nicht die, die ich kenne.

»Ist die weg?« Irgendwann steht der Blaschke Bürgermeister wieder im Badezimmer des Pfarrhauses. »Wir sind mehr als zwei Stunden über der Zeit. Der Herrnhuter muss an.«

Bevor ich dem Blaschke ein Zeichen geben kann, schnellt Irmgards Kopf hinter der Badewanne hervor. Sie hat Erde gefunden und will, dass die Kriminaltechniker die einpacken. Eigentlich hätte ich ihr sagen müssen, dass der Dreck von Rudolfs Stiefeln stammt. Der hat an dieser Stelle gestanden. Der Alte ist und bleibt ein ungehobelter Bauer, der, ohne seine Schuhe abzutreten, anderer Leute Badezimmer betritt, aber ich schweige höflich.

Obwohl ich mich mittlerweile an ihren Anblick gewöhnt habe, erschrecke ich über ihre schnellen Bewegungen. Den Blaschke Bürgermeister jedoch trifft es härter. Er wird unvorbereitet mit ihrem Gesicht konfrontiert, taumelt und bekommt Atemnot.

»Irmgard, wie schön dich zu sehen. Trägst du deine Haare anders?«, sagt er nach gefühlten zwei Minuten, wobei seine Mimik total krampft. Bei einem echten Politiker sollten die Lügen geschmeidiger laufen, denke ich und frage mich, ob sein ewiger Konkurrent Alfred das besser draufhätte. Eher nicht, denn das Einzige, was der hinkriegt, ist Opposition und das auch nur im Dezember.

»Spar dir das Süßholz, Blaschke«, keift Irmgard. »Was war hier los?«

Der Blaschke Bürgermeister schnauft. »Unsere Dorfweihnacht, aber das weißt du doch, Irmchen. Nikolaus und Knecht Ruprecht, die bunten Lichter und die Musik.«

Der Blaschke versucht es jetzt mit einer infantilen Gesprächsführung. Mir ist nicht klar, was das bringen soll. Irmgard ist neben dem Großvater die einzig Intelligente in Ruprechts Familie. Sie kapiert das Gequatsche vom Blaschke so oder so, zumal der die Weisheit nicht mit Löffeln gefressen hat. Möglicherweise verstehe ich es aber auch nur falsch und der Blaschke will sich schützen, indem er versucht, den Hilflosen zu geben. So oder so, der Blaschke ist erledigt, denn Irmgard sieht aus, als platze sie gleich.

»Wenn du meinst, du kannst dich an meiner Brust ausweinen, hast du dich geschnitten. Was hast du gesehen oder gehört, als du ins Haus gekommen bist, um den Pfarrer zu suchen?«

Ein entsetzliches Kopfkino startet. Der Gedanke an Irmgards Brüste ist schlimmer als ein Mettigel-Pfarrer. Das nächste Ekelbläschen sucht sich eine der wenigen noch freien Stellen in meinem Mund. Ich schließe die Augen und versuche an etwas Schönes zu denken. Sabines Hintern. Nein. Irmgards magere Mini-Brüste schieben sich immer wieder ins Bild. Ich gucke auf den Blaschke Bürgermeister und verfluche ihn einmal mehr.

»Im Haus stank es nach Kohl«, sagt der Blaschke vorsichtig, als könnte ihm Irmgard schon allein deswegen wieder eine reinwürgen. Er wartet ängstlich und als nichts passiert, redet er weiter. »Der Pfarrer lag in der Wanne und unter dem Fenster haben die Jagdbläser getrommelt. Weiter nichts.«

»Die Haustür war nicht abgeschlossen«, beeile ich mich zu sagen, denn je schneller wir hier fertig sind, umso eher habe ich meine Ruhe. Abgesehen davon wird meine volle Blase so langsam echt zum Problem.

»Ist das normal?«, fragt Irmgard.

»Wir haben keine Trommeln. Aber wenn du meinst, ich sollte im nächsten Jahr welche anschaffen.« Der Blaschke zittert vor Angst.

»Nein. Normalerweise schließt sich der Pfarrer immer ein. Er hasst Menschen«, sage ich, worauf Irmgard mir wieder den Rücken zudreht und den Polizisten etwas zuwispert.

»Kannst du dich mal zusammenreißen, Blaschke«, raune ich dem Bürgermeister zu. »Wenn du dich weiter so blöd anstellst, werden wir den Schrumpfkopf nie wieder los.«

»Aber was soll ich denn gesehen haben?«, jammert der Blaschke Bürgermeister.

»Den Mörder vielleicht«, entgegne ich wütend.

Irmgard ist wieder bei der Sache. »Wann habt ihr den Pfarrer zum letzten Mal gesehen?«

Ich zucke mit den Schultern. »Muss wohl letztes Jahr Weihnachten gewesen sein.«

»Beim Treffen des Weihnachtskomitees. Der Pfarrer ist der zweite Vorsitzende«, antwortet Blaschke leise. »Letzte Woche. Da war aber noch alles in Ordnung mit ihm.«

»Ach, hatte er da keine Weihnachtsgurke im Mund?«, fragt Irmgard gehässig.

Der Blaschke Bürgermeister tritt von einem Bein auf das andere. »Aber ...? Wieso ...?«

Irmgard winkt ab. »Was gibt es hier im Dorf mit dem Pfarrer für ein Problem?«

Blaschke schaut mich an, als würde Irmgard Chinesisch reden. »Bei uns im Dorf?«

»Alles in bester Ordnung. Wir haben uns alle so lieb wie eh und je. Es ist ja bald Weihnachten«, sage ich, um dem Blaschke beizuspringen.

»Offenkundig ja nicht«, entgegnet Irmgard und ich sehe, wie ihre Augen irgendwie krank funkeln. »War der Pfarrer ein Gegner oder ein Befürworter dieses Weihnachtsquatsches? Für mich sieht das hier verdammt danach aus, dass man ihn verhöhnen wollte.«

Der Blaschke Bürgermeister kippt fast aus den Schuhen. »Gegner?«, schreit er und seine Zähne landen auf dem Bauch des toten Pfarrers. »Er hat unf unvertfichtbare Dienfte geleiftet. Ein Mann der erften Ftunde, fotfufagen, immer dabei, wenn ef um daf Wohl unferef Dorfef ging. Weihnachten war ihm quafi heilig. Er war der tfeite Vorfitfende unferef Weihnachtfkomitteef!«

Worte sind eine Waffe, denke ich und muss grinsen. Der Spelzer nimmt das Gebiss auf und betrachtet es eingehend.

»Du solltest mal die Aufhängung überprüfen lassen«, bemerkt der Doktor ungerührt. »Das Teil läuft unrund.« Er friemelt zwischen den Zähnen herum, puhlt etwas heraus, das wie Rotkraut aussieht, wischt sie an seiner Jacke ab und hält dem Blaschke die Kauleisten entgegen. »Ich persönlich mag ja lieber Rosenkohl zum Sonntagsbraten«, lässt uns der Doktor noch wissen, dann ist der Pfarrer wieder dran.

Der Blaschke schwitzt vor Angst und der Glaubenskrieg zwischen den beiden Kohlarten geht gerade vollkommen an ihm vorbei. Er scheint nicht mal zu bemerken, dass ihm ein Körperteil abhandengekommen ist, sondern schaut den Doktor nur ratlos an. Spelzer ist geduldig, aber irgendwann legt er die Ersatzteile des Bürgermeisters einfach auf dem Wannenrand ab.

»Nicht nur quasi«, sage ich. Dann erst schnalle ich, was Irmgard gemeint hat. Der Schrumpfkopf denkt doch tatsächlich, dass jemand aus unserem Dorf den Pfarrer um die Ecke gebracht hat. Hier mag ja so einiges seltsam sein, aber das muss ich erst mal verdauen.

»Was denkst du über den Pfarrer?«, fragt Irmgard in meine Richtung.

Ich zucke mit den Schultern. »Ein Pfarrer eben.« Was Klügeres fällt mir nicht ein, zumal es zu dem Kerl wirklich nichts Außergewöhnliches zu sagen gibt. »Bisschen spießig vielleicht.«

»Aha«, antwortet Irmgard schnippisch. »Das konnte ja nur von dir kommen, ein ungekämmter, arbeitsloser Mittvierziger im Weihnachtsmannkostüm.« Sie rümpft die Nase.

Es ist ein Nikolauskostüm, denke ich, lasse es aber gut sein.

»Er ist mindestens zwei Stunden tot«, meldet sich der Doktor zu Wort.

Ich habe keine Uhr, aber mein Zeitgefühl sagt mir, dass der Pfarrer elendig abgekratzt sein muss, während wir unter seinem Fenster Weihnachtslieder geträllert haben. Also ich nicht, aber die anderen. Demzufolge müssten die schiefen Töne von ein paar altmodischen Weihnachtsliedern das Letzte gewesen sein, was er in seinem Leben gehört hat. Das ist für meine Begriffe an Armseligkeit nicht zu überbieten. Fast tut mir der Pfarrer leid. Es gibt schönere Tode. Selbst bei uns im Thüringer Wald.

»Gott fei Dank«, sagt der Blaschke Bürgermeister und lächelt doch tatsächlich breit, was allen Anwesenden einen traumhaften Einblick in seine rabenschwarze Mundhöhle beschert. »Da waren alle meine Bürger auf dem Dorfanger.«

»Und das kannst du mit absoluter Sicherheit sagen?«, fragt Irmgard skeptisch.

»Ftimmt doch, Nikolauf, oder?« Der Blaschke Bürgermeister schaut mich unsicher an. »Der Mörder ftammt nicht auf Eliafborn.«

Ich weiß hundertprozentig, dass Tante Inge und Onkel Walter, meine beiden betagten Nachbarn, nicht bei der Eröffnungszeremonie waren. Die beiden haben seit Jahren das Haus nicht verlassen. Tante Hildegard auch nicht. Die hasst den Blaschke. Gut, die drei sind alle weit über achtzig und sicherlich allein schon körperlich nicht mehr in der Lage, einen übergewichtigen Mittsechziger in ein Wannenbad aus Scherben zu treiben, aber man kann ja nie wissen. Darüber hinaus gibt es bestimmt noch den einen oder anderen, der dem Wahnsinn entkommen ist. Der Blaschke Bürgermeister hat schließlich nicht nur willfährige Anhänger. Ich werde einen Teufel tun, das laut zu sagen, aber Irmgard versteht auch so.

Sie kneift die Augen zusammen. »Wenn sich herausstellen sollte, dass du mir was verschweigst, Blaschke, dann war das deine letzte Dorfweihnacht«, sagt sie und die Schadenfreude steht ihr ins Gesicht geschrieben.

Ich frage mich, was der Mord an dem Pfarrer mit Blaschkes Blödheit und mit der Tradition unserer Dorfweihnacht zu tun hat. Es kann eigentlich nur darum gehen, dass sie dem Blaschke Angst machen will. Für so bösartig hätte ich sie nicht gehalten. Meine Güte! Da ist aber eine auf dem Rachebesen unterwegs. Aber wofür will sich der Schrumpfkopf eigentlich rächen? Dafür, dass wir alle in dem Dorf geblieben sind, in dem sie nie sein wollte? Dass noch niemand unser Eliasborn oder gleich den gesamten Thüringer Wald abgefackelt hat? Ich beschließe, besser aufzupassen, denn solange das Weib im Dorf ist, kann das gefährlich werden. Es ist ja nicht so, dass ich ein Verfechter des Dorflebens bin, schon gar nicht des unseren, aber ganz so fertigmachen lassen müssen wir uns auch nicht. Nicht einmal, wenn jemand den Pfarrer um die Ecke gebracht hat.

Der Blaschke Bürgermeister läuft knallrot an und ringt nach Luft. »Feit achtundviertfig Jahren …«, japst er. »Meine Weihnacht … daf kannft du nicht …«

Wenn Alfred das sehen könnte, würde er schon mal seinen Sonntagsanzug anziehen und seine Rede zur Amtsübernahme einstudieren, denke ich und erwäge einen kurzen Moment, den Blaschke Bürgermeister zu stützen. Der jedoch ist eine Kämpfernatur und bevor der Feind ihn in die Knie zwingt, dreht er ab und stapft aus dem Zimmer. Recht hat er. Vor Irmgard Gmeiner darf man keine Schwäche zeigen.

»Das hätten wir hier«, frohlockt sie und lächelt. Na ja, ein richtiges Lächeln ist das nicht, sondern eher ein Zähnefletschen. »Für's Erste.« Und da war sie, die nächste Drohung.

Ich warte, bis sie verschwunden ist, und gehe dann auch, zunächst einmal auf die Toilette der Kirchgemeinde im Untergeschoss. In dem Moment, als ich vor das Haus trete, sehe ich noch die Rücklichter von Irmgards Auto aufleuchten. Dann treibt der Blaschke Bürgermeister die mittlerweile schwer alkoholisierte Dorfbevölkerung vor das Pfarrhaus. Just als die Bestatter den Pfarrer im Zinksarg aus dem Haus tragen, stimmt der Blaschke den Trommelwirbel an, wobei nur noch er und der bedauernswerte Ulf dazu in der Lage sind, in die Hände zu klatschen. Die anderen haben motorische Störungen und treffen mit der einen Hand die andere nicht mehr. Die Blaschke Ehefrau scheint sogar komplett steif zu sein und Ruprecht hat mit Heulen zu tun. Die Polizisten, die etwas später kommen und die Pfarre versiegeln wollen, schauen nicht schlecht, als der Blaschke Bürgermeister noch schnell seinen Arm an ihnen vorbei in den Flur schiebt und die Außenbeleuchtung betätigt. Der Herrnhuter Stern brennt. Das erste Türchen ist geöffnet. Unsere Dorfweihnacht kann beginnen.

Ich habe schlecht geschlafen. Das hat aber nichts mit der Ermordung des Pfarrers zu tun. Das regt mich nicht sonderlich auf. Bei uns im Thüringer Wald geht es etwas robuster zu. Da wirft einen so etwas nicht gleich aus der Bahn, also mich zumindest nicht. Bei Ruprecht ist das anders. Der wollte reden, über den Pfarrer. Ruprecht mochte ihn gern, aber Ruprecht mag alle Leute bei uns im Dorf. Die halbe Nacht hat er bei mir gesessen, Tee getrunken und Monologe gehalten. Ruprecht erwartet von seinem Gesprächspartner eigentlich keine Antworten. Hauptsache, jemand hört sich sein Gequatsche an. Das könnte auch eine Schaufensterpuppe sein. Die Kirchturmuhr hatte schon eins geschlagen, als er dann endlich abgehauen ist. Aber von wegen Nachtruhe. Ich konnte nicht einschlafen. Die Hirschknackwurst, die ich, so ausgehungert wie ich war, komplett aufgegessen hatte, hat mir schwer im Magen gelegen. Na ja, vielleicht war es auch die Tube Mayonnaise, die ich da immer draufschmiere. Egal. In jedem Fall war es eine beschissene Nacht. Und eine kurze. Denn ab sechs hat Tante Hildegard unter mir die Türen geknallt.

Tante Hildegard und ich leben ja zusammen, also in einem Haus. Diesen Umstand verdanke ich meiner Mutter, Tante

Hildegards Schwester, die der Meinung war, Familie müsse zusammenhalten und mir Tante Hildegard aufgedrückt hat. Na ja, eigentlich war Tante Hildegard schon vor mir da. Es ist ihr Elternhaus. Tante Hildegard zumindest ist überzeugt, dass sie so etwas wie meine Familie ist. Nur, weil sie die Einzige auf der Welt ist, mit der ich mir ein paar Gene teile, werde ich nicht automatisch emotional. Die Natur ist nicht nur fair. Sie kann einem auch ziemlich übel mitspielen. Zum Beispiel mit einer Tante Hildegard. Mit Ruprecht und seinem Großvater bin ich nicht verwandt, nicht ein bisschen, auch wenn böse Zungen behaupten, dass wir im Thüringer Wald alle, na ja, das spare ich mir. Aber die Gmeiner-Männer gehören, solange ich denken kann, zu meinem Leben.

Diesen Familienzusammenhalt hätte Tante Hildegard auch gern. Deswegen nennt sie mich »Junge« und stellt mir jeden Sonntag eine Portion ihres widerwärtigen Bananenpuddings auf die Treppe. Habe ich ja schon erzählt. Ich jedenfalls bin gut darin, die Pampe zu ignorieren. So ist es schon vorgekommen, dass drei oder vier Schüsseln nebeneinander aufgereiht dastanden und die erste schon ganz grün war. Dann vergießt Tante Hildegard ein paar Tränen und schreit, ich sei undankbar. Schauspielern kann sie gut. Aber anstatt den Kram wegzuräumen, wartet sie darauf, dass ich das tue. Und das bei meiner Neigung zu Aphten. Das macht sie mit Absicht, da bin ich mir sicher. Das ist ein Teil ihrer Mobbingstrategie. Das Schlagen der Türen übrigens auch. Und die Volksmusikbeschallung.

Tante Hildegard will nämlich eigentlich schon lange hier weg. Sie träumt von einem schicken Seniorenheim in der Stadt, mit Zentralheizung und Balkon. Das kann sie sich mit mir aber nicht leisten. Nicht, dass ich sie begleiten will, so weit kommt's noch. Nein. Tante Hildegard müsste dafür das Haus verkaufen. Tja, Spaß kostet. Ohne mich geht das aber nicht und ihre Hälfte kann ich nicht bezahlen, zumal ich so viel Platz auch nicht brauche. Jetzt geht es nur noch darum, wer zuerst aufgibt. Entweder macht mich Tante Hildegard mit ihren Stänkereien mürbe oder sie geht. In einem Sarg. Tante Hildegard ist sechsundachtzig Jahre alt. Wer wird da wohl den längeren Atem haben?

»Adam!« Tante Hildegard steht im Hausflur und plärrt.

Ich hasse das. Sie hat ein Telefon und kann mich anrufen. Das wäre dann auch schonender für meine Ohren. Auch für die der Nachbarschaft, denn Tante Hildegard hat ein Organ wie ein Verkäufer auf dem Hamburger Fischmarkt. Ich schaue auf die Uhr. Es ist kurz vor halb sieben. Draußen ist noch tiefste Nacht. Normalerweise schlafe ich mindestens bis zehn, vor allem im Winter. Sie weiß das. Kann man Mobbing zwischen Verwandten eigentlich auch anzeigen?

»Adam! Du unnützer Kerl! Du musst etwas unternehmen.«

Ich krieche langsam aus meinem Bett und schlurfe hinaus in den Flur. Ein übles Aufstoßen begleitet mich. Der Hirsch hatte zu viel Knoblauch, ganz eindeutig.

»Was ist?«, frage ich mit dem Oberkörper über das Geländer gebeugt und blicke ihr direkt ins schrumpelige Gesicht. Die Körperhaltung tut meinem Magen nicht gut und ich richte mich wieder auf.

»Ich kann dich nicht mehr sehen, Junge«, ruft Tante Hildegard.

»Was ist los?«, sage ich angefressen.

Sie stockt einen Moment. Dann fährt sie in unangemessener Lautstärke fort. »Irgendjemand hat gestern den Pfarrer umgebracht.«

»Und was ist jetzt die Neuigkeit?«, frage ich und gähne ausgiebig. Tante Hildegard war früher zweifelsohne einmal besser informiert. Aber seit sie mit der überwiegenden Mehrheit der Dorfbevölkerung im Clinch liegt, läuft der Informationsfluss extrem schleppend. Ein Wunder, dass sie das mit unserem Pfarrer schon weiß.

»Wie? Du weißt das und sagst kein Wort?« Tante Hildegard klingt nun sauer und murmelt ein paar üble Schimpfwörter vor sich hin.

»Ich kann das hören«, sage ich.

Das Gebrabbel endet und sie schreit: »Ich lasse neue Sicherheitsschlösser einbauen und du zahlst die Hälfte.«

»Ja geht's noch?« Nun werde ich sauer. Ich habe letzten Monat kaum etwas verdient und wenn ich die paar Kröten jetzt auch noch für Schlösser ausgeben soll, gibt es Ärger.

»Wir sind in Gefahr und du zahlst. Denk bloß nicht, dass ich mich in diesem Kaff abmurksen lasse, nur weil du nicht in der Lage bist, einer anständigen Arbeit nachzugehen.«

Da war er wieder, der tägliche Vorwurf. Was das nur immer soll, anständige Arbeit? Ich bin Journalist. Also irgendwie. Freischaffend. Ich schreibe für diverse Magazine, je nachdem was gefragt ist. Mal über den neuesten Sportwagen von BMW, mal über irgendeine Rosensorte, die keine Dornen hat. Ich bin nicht so festgelegt. Hauptsache, die zahlen anständig für die Texte. Für den Dezember habe ich einen fetten Fisch an der Angel. Ein Erotikmagazin ist über meinen Artikel zum Thema Barbecue für Anfänger auf mich aufmerksam geworden. Zumindest hat der Redakteur das behauptet. Was ein Flank Steak vom Thüringer Weiderind mit einer erotischen Weihnachtsgeschichte zu tun hat, weiß ich zwar nicht, ich hinterfrage das aber auch nicht. Die Sex-Xmas sichert mir sogar die Einnahmen für Januar. Eigentlich könnte ich irgendetwas über ein Nikolauskostüm als Fetisch schreiben. Ich muss grinsen. Lieber nicht. Manchmal will Ruprecht meine Artikel lesen. Er würde es nur in den falschen Hals bekommen.

»Bist du noch da?«, keift Tante Hildegard.

»Nein«, antworte ich.

»Was willst du nun unternehmen in der Sache?«, fragt sie weiter.

Ich will ihr gerade vorschlagen, dass ich im Baumarkt für ein paar Euro Vorhängeschlösser hole und damit ihr Badezimmer verrammle, als sie nachlegt.

»Wenn du wieder dein Zeugs da in deinen Computer hineinschreibst, könntest du die Sache erwähnen«, schlägt Tante Hildegard vor.

»Was erwähnen?«, frage ich und der Hirsch macht sich erneut bemerkbar.

»Die Ermordung eines Geistlichen im Thüringer Wald«, sagt Tante Hildegard.

Ich denke an die Sadomaso-Theorie von Ruprechts Großvater. Möglicherweise ist die Weihnachtsgurke der Kick, der mir in meiner Geschichte noch gefehlt hat.

»Du schreibst, dass man hier seines Lebens nicht mehr sicher ist, weil ein paar Besessene das Weihnachtsfest verunglimpfen. Du kannst ruhig Namen nennen. Mit dem Blaschke fängst du an.« Ihre Stimme wird immer schriller.

»Der Pfarrer ist nur das erste Opfer dieses Wahnsinns. Das können ruhig alle wissen. Möglicherweise machen die da oben diesem Spektakel dann endlich mal ein Ende.«

Was für senile Hirngespinste, denke ich und beschließe, mich noch einmal ins Bett zu legen.

»Du musstest da ja mitmachen. Der Ruprecht ist plemplem, aber dich hätte ich für schlauer gehalten. Jetzt hast du den Killer auf deine Fährte gelockt und ich hänge mit drin. Wir lassen die Schlösser einbauen. Punkt.«

»Häh?«, murmle ich kopfschüttelnd.

»Werd bloß nicht frech, Junge«, antwortet Tante Hildegard. »Der Mörder ist uns auf der Spur. Denk an meine Worte, Nikolaus.« Das letzte Wort klingt, als müsste sie sich übergeben.

Ich krieche wieder unter meine Bettdecke und beschließe, dazubleiben, bis der Advent rum ist. Unten knallt die Haustür ins Schloss. Noch dazu kann ich hören, wie Tante Hildegard zwei Mal zuschließt. Als ob das etwas bringen würde, wenn der Hintereingang unseres Heims mangels funktionierenden Türschlosses immer offen steht. Egal. Tante Hildegard kann machen, was sie will. Hauptsache, sie lässt mich in Ruhe. Ich knipse meine Nachttischlampe aus, ziehe die Daunen bis über meine Nase und atme in mein warmes Bett. Diese Ruhe ist herrlich. Das Letzte, was ich sehe, sind strippende Engel und der Gemeindearbeiter Ulf, der im Schein einer flackernden Lichterkette mit freiem Oberkörper posiert. Dann bin ich eingeschlafen.

»Nikolaus!«, ruft jemand vorsichtig aus der Ferne.

Unruhig werfe ich mich in meinem Bett hin und her.

»Nikolaus!« Die Stimme kommt näher, bleibt aber zaghaft. »Nikolaus, nun wach endlich auf.«

Ich erwäge in schlaftrunkener Freude, die Brünette nun doch getroffen und mit nach Hause genommen zu haben. Offenkundig ruft sie mich zum Frühstück. »Ich mag gern Rühreier mit Schinken, süße Maus«, säusle ich und räkle mich entspannt.

»Nikolaus«, ertönt es erneut und ich spüre, wie mich jemand zärtlich an die Schulter fasst.

»Ach ja«, seufze ich wohlig.

»Adam, du Ferkel, lass das gefälligst und steh endlich auf«, blafft eine tiefe Stimme.

Die klingt wie der Blaschke Bürgermeister. Das kann nicht sein. Ich muss mich irren. Die Brünette soll zurückkommen. Ich schiebe den Gedanken an den Blaschke beiseite und gebe mich meiner Müdigkeit hin.

»Ja, Adam, verdammte Axt, beweg dich, Mensch!«, brüllt er.

»Armin, bitte. Du siehst doch, dass er noch nicht richtig wach ist«, sagt Ruprecht fürsorglich.

Das gibt es doch nicht, denke ich und reiße die Augen auf. Vor meinem Bett stehen Ruprecht und der Blaschke Bürgermeister und starren mich an, wobei in Blaschkes Gebiss ziemlich viel Bewegung ist.

»Ja, spinnt ihr beide. Was macht ihr hier?«, nuschle ich unter meiner Decke und merke dabei, wie mein Herz mir vor Schreck bis in den Hals schlägt.

»Wir wollten dich nicht stören, Adam, entschuldige«,

stammelt Ruprecht, dem die Situation sichtlich unangenehm ist. »Aber der Blaschke Bürgermeister hat gesehen, wie Tante Hildegard das Haus verlassen hat, und da wir nicht wussten, wann sie wieder zurück sein wird, sind wir lieber gleich rein.« Er seufzt.

Ich brauche kurz, um mich zu sammeln. Es ist Montag und draußen ist es noch nicht einmal richtig hell. Wer ist Tante Hildegard?, frage ich mich, wobei so eine dösige Seligkeit ja leider nie lange anhält.

»Wieso bist du nicht im Büro?«, will ich von Ruprecht wissen.

Was Sinnvolleres fällt mir auf die Schnelle nicht ein. Er bedenkt mich dafür mit einem vorwurfsvollen Gesicht. Richtig. Es ist Dezember. Advent. Dafür spart Ruprecht immer seinen Jahresurlaub auf. Bis zum sechsten Januar lebt er nur für unsere Dorfweihnacht. Ich versuche mich in einer klügeren Frage. »Was macht ihr beide hier?«

»Wir brauchen deine Hilfe, Nikolaus«, schießt es aus dem Blaschke Bürgermeister heraus. »Es geht um eine Angelegenheit von kommunaler Bedeutung.«

Ruprecht nickt wichtig dazu.

»Ich hatte noch keinen Kaffee«, sagt der Blaschke Bürgermeister und ich kann sehen, wie er sich in meiner Bude umschaut. »Dann redet es sich besser.«

Wenn ich keinen Kaffee mache, hat sich das mit dem Gespräch vielleicht auch erledigt, denke ich, und rühre mich nicht vom Fleck. Dabei reibe ich mir die Augen, fahre einmal mit der Hand durch meine Haare und schaue Ruprecht an. Er sieht heute irgendwie anders aus. Wie gesagt, ich gehöre von Natur aus nicht zu den Frühaufstehern und mein

Gehirn ist noch im Tiefschlaf, aber an den Blicken meines morgendlichen Besuchs kann ich deutlich sehen, dass ich meine Gehirnzellen auf Trab bringen sollte. Ich richte mich auf und bemühe mich um ein interessiertes Gesicht. Für Ruprecht. Der Blaschke hat nichts von mir zu erwarten.

»Es geht um den Tod des Pfarrers«, beeilt sich Ruprecht zu sagen. Seine Betroffenheit ist dabei kaum auszuhalten. »Es war Mord.«

Ich kann sehen, wie seine Oberlippe zu zittern anfängt. Nicht auch das noch, denke ich, und nun fällt mir auf, was an ihm heute nicht stimmt. Er hat neben dem Parka und der Jeans, die er gefühlt seit unserem letzten Schultag aufträgt, die dunkelbraune Kostümmütze von gestern über seinen Kopf gezogen. Ja ist denn nicht einmal werktags Schluss mit dem Blödsinn? »Warum hast du das Ding da auf?«, frage ich.

Ruprecht scheint zunächst nicht zu wissen, was ich meine. Er greift an das verfilzte Fellteil und sagt: »Nie hörst du mir zu.« Dann kratzt er sich demonstrativ am Kopf, als müsste das meiner Erinnerung auf die Sprünge helfen.

Ich verstehe nichts und schaue notgedrungen den Blaschke an.

»Ich habe in der Chronik geblättert«, hebt der bedeutungsschwanger an. »Noch niemals in der Geschichte von unserem Eliasborn wurde ein Geistlicher umgebracht.« Er macht eine Pause, als müsste er überlegen.

Ich frage mich, wieso ich diese Information noch vor dem Frühstück, welches ohne die Brünette nur aus drei bis vier Tassen Kaffee bestehen wird, benötige. Da ich aber noch immer nicht richtig wach bin und keinesfalls das Blaschke-Gebiss in meinem Bett haben will, warte ich schweigend ab.

»Na ja, was ich sagen will, einen Mord, also einen richtigen, so was gibt es hier eigentlich nicht.« Der Blaschke kneift die Augen zusammen und schaut mich prüfend an. »Ausgeschlossen.«

Ich habe keinen blassen Schimmer, wie ich darauf reagieren soll. »Irmgard wird es schon wissen«, sage ich vorsichtig.

»Nikolaus, äh Adam, was der Herr Bürgermeister meint ist, dass der Tod des Pfarrers eine Bedeutung hat. Das ist ein Zeichen …«

Mir kommen die Worte von Tante Hildegard wieder in den Sinn. Seit wann haben der Blaschke und sie zu irgendetwas die gleiche Meinung? Das ist beängstigend.

»Quatsch, Zeichen!«, brüllt der Blaschke Bürgermeister. »Das ist ein Angriff auf unsere Dorfweihnacht. Du hast doch das Stadtweib gehört.« Er beugt sich über mein Bett.

Mir ist das unangenehm, denn ich mag keine Fremden und ihre Gerüche in meinem Schlafzimmer, schon überhaupt nicht im Luftraum über meinem Nest.

»Der Pfarrer kann uns eine fünfzigjährige Tradition kaputt machen«, fährt Blaschke fort.

»Achtundvierzig«, verbessere ich.

»Sei doch bitte nicht so kleinlich«, maßregelt mich Ruprecht, wobei er aussieht, als hätte er die letzten zwei Stunden nur geheult.

»All das, was ich in den ganzen Jahren hier aufgebaut habe, mit einem Federstrich«, Blaschke fuchtelt mit seinem Arm vor mir herum, »weg. Einfach weg, verstehst du, Märker?«

Nun ist der Blaschke schon bei meinem Nachnamen angekommen, denke ich. Die Freundlichkeit verflüchtigt sich auch immer schneller. Ansonsten begreife ich noch immer nicht, was er von mir will.

»Der Mord ist ein guter Anlass für die Gegner unserer Dorfweihnacht, das Ganze zu verbieten«, sagt der Blaschke Bürgermeister nun und ich komme nicht umhin, ihm seine Betroffenheit darüber abzunehmen.

»Mir war nicht klar, dass wir etwas Illegales tun«, werfe ich ein.

Ruprecht schaut den Blaschke fragend an.

»Unsinn. Natürlich nicht. Wir leben die lange Tradition des deutschen Weihnachtsfestes. Daran ist nichts Verwerfliches. Im Gegenteil. Noch dazu verschwenden wir auch keine öffentlichen Gelder. Alles korrekt«, wiegelt der Blaschke ab.

Ruprecht atmet erleichtert aus.

»Aber?«, frage ich und nehme zur Kenntnis, dass der Blaschke und Tante Hildegard etwas anderes gemeint haben. Überdies hätte ich dann schon einmal gern gewusst, wer eigentlich den ganzen Dezemberblödsinn bezahlt. Aber dafür ist jetzt der gänzlich falsche Zeitpunkt.

»Meine Güte, Märker!« Der Blaschke Bürgermeister fängt an, mit seinem massigen Oberkörper zu kreisen. »Bist du wirklich so dämlich?«

Ich behalte seine Zähne im Auge.

»Leute wie das Stadtweib warten nur darauf, unsere Traditionen zu zertrampeln. Ein Mann wie ich hat nicht nur Freunde.« Er bückt sich leicht, als müsste er sich vor etwas verstecken, und kneift erneut die Augen zusammen. »Die Gegner lauern in allen Ecken und warten nur darauf, mich zu richten. Selbstverständlich fangen sie dabei bei meiner größten Errungenschaft an. Vor allem Irmgard.« Er klopft Ruprecht auf die Schulter. »Nichts für ungut, Ruprecht, aber deine Schwester konnte mich noch nie leiden.«

»Na ja«, sagt Ruprecht, »eigentlich mag sie dich erst seit dem Zeitpunkt nicht mehr, als du ihr Kaninchen geklaut hast, genauer gesagt seit ihrem vierzehnten Geburtstag.«

Nicht diese alte Leier, denke ich. Wir reden jetzt nicht über ein seit drei Jahrzehnten totes Karnickel. Aber wir tun es doch.

»Ich habe es konfisziert. Ein Amtmann klaut nicht«, antwortet der Blaschke Bürgermeister angefressen.

»Dann hättest du Erich wiederbringen oder seinen Wert ersetzen müssen«, entgegnet Ruprecht mit der nöligen Stimme, die er immer hat, wenn er sich ungerecht behandelt fühlt.

Jetzt pumpt sich der Blaschke förmlich auf. »Im gesamten Thüringer Wald war der Kaninchenschnupfen ausgebrochen. Die Karnickel des Dorfes mussten evakuiert werden. Was meint ihr, wenn sich die Krankheit unkontrolliert verbreitet hätte? Das war eine Anordnung von oben. Abgesehen davon könnt ihr froh sein, dass ich euch damals aus dem Namen des Viechs keinen Strick gedreht habe. Der Rammler Erich. Das hätte denen von der Partei mit Sicherheit nicht gefallen.«

»Erich war nicht krank«, antwortet Ruprecht trotzig.

»War er doch«, widerspricht der Blaschke.

Ich hebe meinen Zeigefinger und versuche, wieder zum eigentlichen Thema zurückzukommen, auch wenn das nicht weniger bescheuert ist. Niemand scheint mich zu sehen. Ich frage mich jetzt nicht, wieso die beiden dann in meinem Schlafzimmer stehen, klettere aus dem Bett und gehe ins Bad. Nachdem ich zehn Minuten später so leidlich gewaschen und angezogen wieder zurückkomme, streiten sie gerade über die Frage, ob die Blaschke Ehefrau das Karnickel Erich mit Klößen und Rotkraut oder mit Rosenkohl serviert hat und wie viele der konfiszierten Tiere tatsächlich in Blaschkes Gefrierschrank gelandet sind.

»Irmgard hat gesehen, wie deine Frau den Erich in die Röhre geschoben hat«, faucht Ruprecht.

»Ach bitte, woran will sie den denn erkannt haben«, kreischt der Blaschke Bürgermeister. Er lacht affektiert.

»Irmgard hatte schon immer einen guten kriminalistischen Spürsinn«, blafft Ruprecht zurück.

»Deswegen wird sie auch unsere Dorfweihnacht verbieten lassen«, werfe ich mit unschuldigem Gesicht ein. Das schlägt ein wie eine Bombe.

»Wie meinst du das?«, fragt Ruprecht.

»Der weiß was«, ergänzt der Blaschke Bürgermeister wutentbrannt. »Spuck es aus, Märker, sonst setzt es was.«

Ich koche mir erst einmal in aller Ruhe einen Kaffee und tue, als wäre ich völlig allein.

Der Blaschke Bürgermeister springt förmlich im Kreis. »Ich habe es gewusst, ich hätte dich niemals mit Irmgard allein im Pfarrhaus lassen sollen. Wer weiß, was du ihr erzählt hast. Du hast den Nikolaus in Wirklichkeit nur gespielt, um dich wichtigzumachen. Um unser Dorf ging es dir dabei doch keine einzige Minute. Und jetzt bist du schuld, wenn hier alles den Bach runtergeht.«

Ruprecht schaut mich an, als hätte ich Erich gegessen. »Ist das wahr, Adam?«, haucht er.

»Ihr bleibt jetzt mal schön auf dem Teppich. Niemand vermutet, dass der Mord an dem Pfarrer etwas mit eurem Weihnachtstamtam zu tun haben könnte.« Außer Tante Hildegard. Und vielleicht Irmgard. Ich bin auch schon auf den Gedanken gekommen, aber das zählt nicht. »Irmgard wollte nur provozieren. Sie wird den Mord aufklären, so wie sie das mit ihrem Erich auch aufgeklärt hat, und dann kehrt hier wieder Ruhe ein.« Ich hatte doch tatsächlich gehofft, dass meine Ansprache fruchtet, aber das tut sie nicht, stattdessen geht es jetzt erst richtig los.

»Das glaubst du doch selbst nicht«, ereifert sich Blaschke. »Wir müssen für unsere Dorfweihnacht kämpfen. Das geht nur, wenn wir uns auch um den Pfarrer kümmern. Man muss schneller sein als seine Gegner, wenn du bei der Armee gewesen wärst, wüsstest du das, Märker. Aber …« Er winkt ab, verzieht das Gesicht, verkneift sich dann aber glücklicherweise den Rest.

Der Blaschke kann mir nichts. Ich trinke meinen Kaffee. Er kriegt keinen.

Ruprecht wischt sich die Hände an seinem Parka ab, so aufgeregt ist er. »Adam. Du musst uns helfen.«

»Du musst uns helfen«, wiederholt der Blaschke Bürgermeister und es hört sich eher nach einer Drohung als nach einer freundlichen Bitte an.

»Ja, ja, ich bin pünktlich um achtzehn Uhr beim Kindergarten für das zweite Türchen«, sage ich und hoffe, die beiden damit endlich loszuwerden.

»Du bist für die Mordermittlung eingeteilt«, bescheidet der Blaschke.

Ich verschlucke mich an meinem Kaffee und huste erst

einmal ausgiebig, um die Ausreden in meinem Kopf zurechtzulegen. Dass hier alle mehr oder weniger komisch sind, das wusste ich ja, aber dass der Wahnsinn so ausgeprägt ist, hatte ich nicht auf dem Schirm. Ich sehe erst Ruprecht an, dann den Blaschke Bürgermeister und schließlich wieder Ruprecht. Die machen keine Scherze, so viel ist sicher. »Ich muss arbeiten«, sage ich schließlich im Brustton der Überzeugung. Aber schon an der Körpersprache der Gegenseite kann ich erkennen, dass sie das nicht gelten lassen.

»Das tust du nie«, kontert der Blaschke Bürgermeister. »Dann brauchst du auch so kurz vor Weihnachten damit nicht mehr anfangen.«

Ruprecht seufzt. »Der neue Sexauftrag, nicht wahr?«, fragt er leise. »Das ist wichtig für dich. Ich weiß.«

Der Blick des Blaschke Bürgermeisters ist unbezahlbar.

»Genau«, bekräftige ich grinsend. Der Blaschke kann denken was er will, Hauptsache, die beiden verschwinden endlich wieder. Am besten noch bevor Tante Hildegard zurückkommt. Wenn die dem Blaschke hier in die Arme läuft, gibt es Mord und Totschlag.

»Schwein«, kontert der Blaschke Bürgermeister. Dann scheint ihm aufzugehen, dass man Leute, von denen man etwas will, nicht beleidigen soll. »Im Ernst, Adam.« Sein Tonfall hat nun etwas von dem meiner alten Kindergärtnerin, wenn sie mich überreden wollte, Himmel und Erde, also Kartoffelbrei mit dazwischen gemengtem Apfelmus, zu essen. Die Gemeinheit daran ist, dass das Apfelmus in diesem lecker nach Butter duftenden Kartoffelstampf versteckt ist, irgendwo mittendrin und man keine Chance hat, dem süßen Zeug zu entkommen. Im Mund wird das dann immer mehr. Aber ich sollte aufhören, daran zu denken. Neue Ekelbläschen brauche ich wahrlich nicht.

»Wir können Irmgard die Sache nicht überlassen. Sie hatte noch nie einen Sinn für unsere Angelegenheiten«, fährt der Blaschke Bürgermeister fort.

Der Schrumpfkopf ist bei der Kripo. Ein ermordeter Pfarrer gehört zweifelsohne zu ihrem Repertoire. Die Worte liegen mir auf der Zunge, aber ich warte lieber ab, was Blaschke noch vorbringt. Vielleicht wird es wider Erwarten sinnhafter.

»Das Stadtweib hasst unser Dorf«, fügt Blaschke hinzu. »Sonst wäre sie nicht weggezogen.«

Verblüffende Logik, denke ich und werfe ein, dass es nicht genügend Jobs für alle in einem Hundertfünfzig-Seelen-Dorf gibt. Abgesehen davon haben die Menschen unterschiedliche Lebensvorstellungen und nicht jeder schlägt Purzelbäume, wenn die einzige Abwechslung in seiner Umgebung darin besteht, ob das Brotauto im Schnee stecken geblieben ist oder der Nachbar neue Hühner hat. Mit Kultur ist es ja bei uns auch nicht so weit her, bis auf den Unsinn zu Weihnachten. Wir können noch zu Kurt in den »Hirschen« auf ein Bier, aber dann ist es auch schon gut.

»Irmgard konnte Weihnachten als Kind schon nichts abgewinnen«, ergänzt Ruprecht.

Ich zucke mit den Schultern. Irmgard hat also auch eine sympathische Seite.

»Sie hasst uns alle«, donnert der Blaschke Bürgermeister nun. Seine Schneidezähne befinden sich schon in bedrohlichem Abstand zu den Lippen. »Auf so eine Sache hat sie nur gewartet, um uns plattzumachen.«

»Irmgard hat auf die Ermordung des Pfarrers spekuliert?«, frage ich unbedarft.

»Genau!« Der Blaschke Bürgermeister hält sich jetzt vorsichtshalber die Hand vor seinen Mund. »Sie wird mir die Schuld in die Schuhe schieben, ich verliere mein Amt und Eliasborn seine Dorfweihnacht. So einfach ist das. Dann könnt ihr alle sehen, wo ihr bleibt. Dann werden hier andere Saiten aufgezogen.«

Ich kann mich nicht erinnern, wie es ist, wenn der Blaschke bei uns nicht den Bürgermeister macht. Mir ist nicht einmal klar, ob ich jemals bemerkt habe, dass ich regiert werde. Ich weiß nur, wenn der Blaschke weg ist, besteht meine Adventszeit wieder allein aus Glühheidi im Tetra Pak, den geschnorrten Plätzchen von Ruprechts Großvater und alten amerikanischen Western. Die Aphten sind dann auch Geschichte. Ich spüre, wie in mir eine leichte Vorfreude aufkommt.

»Ach, du hast den Pfarrer umgebracht?«, frage ich mit gespieltem Entsetzen.

Ruprecht erschrickt.

»Unsinn, Märker«, blafft der Blaschke und wackelt dabei energisch mit dem Kopf. »Ich war die ganze Zeit auf dem Anger.« Er schaut fragend auf Ruprecht, worauf der eilig nickt. »Das Stadtweib wird sagen, ich hätte mein Dorf nicht im Griff. Sie will Rache oder was weiß ich was. Die ist doch unzurechnungsfähig. Du musst das geradebiegen.«

»Wieso ich?«, frage ich. »Ich mache euch schon den Nikolaus. Das ist Opfer genug.«

Ruprecht setzt seinen bösen Blick auf, den, der ihn etwas debil wirken lässt.

»Du bist ein Studierter. Dich nimmt sie ernst«, entgegnet der Blaschke und ich kann ihm ansehen, dass der letzte Satz eine glatte Lüge ist.

Ich will widersprechen und anbringen, dass der Tierarzt und der Pfarrer sogar vermutlich einen Abschluss haben und deswegen zur Rettung des Blaschke besser geeignet wären, denn um nichts anderes geht es unserem Dorfoberhaupt. Da der Pfarrer jedoch bald neben Eckbert liegen wird, fällt dieses schlagkräftige Argument aus. Was den Tierarzt angeht, das käme auf einen Versuch an. Ein Neunzigjähriger im Rollstuhl freut sich bestimmt über eine neue Herausforderung. Außerdem heißt es doch immer, dass die heutigen Neunzigjährigen die eigentlichen Siebzigjährigen sind.

»Normalerweise wäre das ja eine Aufgabe für den Pfarrer gewesen«, lässt der Blaschke Bürgermeister fallen. »Leider klappt das ja nun nicht.«

»Leider«, kommentiert Ruprecht.

Mir fehlen die Worte.

»Du sollst Irmgard nur im Auge behalten und aufpassen, dass sie keinen Blödsinn macht. Das ist doch nicht weiter wild. Vielleicht kannst du sie auch positiv beeinflussen.« Der Blaschke Bürgermeister zwinkert mir schmierig zu.

Ruprecht schaut betreten zu Boden. »Wir müssen nur ein bisschen rumfragen und schneller sein als Irmgard. Dann kann sie nichts anstellen. Ich brauche dich, Adam. Ich kann das nicht allein« flüstert er wie damals, als ihn seine Schwester immer auf dem Schulweg verdreschen wollte. Und als ob das in puncto Manipulation nicht genug ist, sagt er noch: »Es ist sehr, sehr wichtig für mich.«

Ich schlucke.

Jetzt grinst der Blaschke.

Ich bewege mich nicht. Nikolaus und Knecht Ruprecht jagen einen Mörder. Das übersteigt mein Vorstellungsvermögen, meinen Intellekt und überhaupt alles. Bis vor wenigen Tagen konnte ich mir nicht mal diesen Weihnachtsquatsch vorstellen und nun stehe ich knietief in der Scheiße. Ach, das ist sogar noch untertrieben. Bis zum Hals stecke ich drin, bis zum Hals. Aber ich bleibe standhaft. »Tut mir leid, Ruprecht, wirklich, aber das ist der blanke Irrsinn und es ist gefährlich.«

Der Blaschke zieht die linke Augenbraue nach oben und schaut mich herausfordernd an. »Möglicherweise würde der Becher Mirko gern deine Rolle als Nikolaus übernehmen. Der hätte auch Eckberts Statur«, säuselt er, als hielte er einem Hund eine Scheibe Wurst unter die Nase.

»Na dann, ich räume umgehend mein Amt«, beeile ich mich zu sagen. »Ich will niemandem im Wege stehen.«

Der Blaschke grinst breit und neigt den Kopf immer wieder von der einen zur anderen Seite. »So schnell geht das nicht«, trällert er jubilierend. »Erst erledigst du deinen Auftrag und dann …« Er schaut zur Decke. »Leb wohl, Nikolaus!«

Der Blaschke ist ein Erpresserschwein.

»Gut. Ich bin dabei, was bleibt mir wohl anderes übrig. Du Sau«, sage ich und beschließe, dass Ruprecht und ich nun endlich einmal erwachsen werden müssen. Aber erst einmal müssen wir aus der Sache ungeschoren herauskommen.

Unsere Kindergartenkinder, also die echten Acht, wie ich sie im Geiste tituliere, haben eine riesengroße Zwei aus Tannenzapfen in den frischen Schnee gelegt. Das sieht nett aus. Da die aber naturgemäß nicht leuchten und der Blaschke Bürgermeister eine effektvolle Adventszeit angeordnet hat, eine, die er mit Trara aktivieren lassen kann, hat sich die bedauernswerte Kindergärtnerin mit einem roten Lichtschlauch geholfen. Der schlängelt sich nun wie eine überdimensionierte Blutspur um die Zapfen herum. Das Arrangement wirkt damit eher wie die Reste eines Massakers, was nicht nur hinsichtlich unseres verblichenen Gemeindemitglieds, sondern auch im Hinblick auf die dahinter stehenden Sprösslinge absolut unpassend ist. Außer mir scheint das jedoch niemandem aufzufallen. Zumindest ergehen sich alle, also die Mitglieder des Weihnachtskomitees und ein paar stolze Mütter, in Begeisterungsrufen. Die Muttis, wie sich die Frauen zu meinem Erstaunen gegenseitig nennen, übertreiben es dabei kolossal. Bei dem, was die Weiber abziehen, könnte man meinen, Marvin, Angelo und Klaus hätten ein Wundermittel gegen irgendeine schwere Krankheit entdeckt oder wären nach einer hunderttägigen Exkursion vom Mars zurückgekehrt. Stattdessen haben die Knaben ein paar Tannenzapfen in das Körbchen von Tante Mandy, der Kindergärtnerin, geworfen. Mehr nicht. Bei einer Körpergröße von etwa einem Meter ist ja nicht mal das Bücken an sich erwähnenswert. Wir sollten lieber Tante Mandy danken, denn die hat mit ihren in die viel zu enge Hose gepressten Rundungen und den Pfennigabsätzen mit Sicherheit ein paar Schweißperlen mehr abgedrückt, bis das zweite Türchen zur Zufriedenheit aller fertig war.

»Oh, ist das alles herzallerliebst«, jauchzt Ruprecht. Er steht neben mir und sieht heute in seinem Kostüm gar nicht mehr so schlimm aus. Aber möglicherweise bin ich auch einfach schon abgestumpft. Am zweiten Tag. Erschreckend, wie schnell ein Mensch seine Würde verlieren kann. Oder ich empfinde das alles als nicht mehr so schlimm, weil ein grausigerer Auftrag auf mich wartet. Den ganzen Tag habe ich darüber nachgegrübelt, wie ich aus der Nummer mit dem Pfarrer herauskomme. Dabei habe ich sogar für einen Moment erwogen, die schreckliche Irmgard anzurufen und ihr die Anordnung des Blaschke Bürgermeisters zu beichten. Das war aber wirklich nur ein sehr kurzer Moment der Verzweiflung. Irmgard einzubeziehen gleicht einem Verrat an meinem besten Freund. Das geht nicht. Niemals. Auch wenn ich damit meinen bescheuerten Nikolausauftrag ebenfalls los wäre. Denn Ruprecht würde nie wieder ein Wort mit mir wechseln, geschweige denn, dass er mich als seinen Nikolaus haben wollen würde. Wie ich es auch drehe und wende, ich komme da nicht mehr raus. Mir bleibt allein die Hoffnung, dass Irmgard ihren Job gut macht und sie den Mörder des Pfarrers schleunigst findet. Dann könnte ich dem Blaschke erzählen, dass ich die entscheidenden Informationen geliefert hätte.

Natürlich müsste ich mich zusätzlich auch weiterhin bei der Nikolausrolle blöd genug anstellen. Wenn der Becher Mirko schon auf seine Chance wartet, dann soll er sie gern bekommen. Ich sollte mal ein Bier mit ihm trinken gehen und abchecken, wie ernst ihm das ist. Möglicherweise hat der Blaschke Bürgermeister diesbezüglich ja gelogen, um mich weichzuklopfen. Dass Ruprecht und ich, also das

Loser-Duo, wie Ruprechts Großvater uns öfter nennt, einen Mörder schnappen, ist jedenfalls absolut aussichtslos. Bei Ruprecht sowieso. Noch dazu, da ich nicht ansatzweise bereit bin, unsere Leben in Gefahr zu bringen. Wegen einer bekackten Dorfweihnacht? So weit kommt es noch.

»Also Nikolaus, du wirkst viel stattlicher als unser alter Eckbert.« Mandy, unsere korpulente Kindergärtnerin, spricht mit mir in der gleichen fisteligen Stimmlage wie mit den Kindern. Dabei steht sie vor mir, lächelt glückselig und reicht mir eine Tasse mit einer dunklen, dampfenden Flüssigkeit. Ich schaue mich nach allen Seiten um, aber das Weihnachtskomitee hat sich mit den Muttis festgequatscht und Ruprecht versucht Marvin daran zu hindern, auf den roten Lichtschlauch zu pinkeln. Niemand achtet auf mich.

»Glühwein mit Amaretto oder Jagertee?«, frage ich voller Vorfreude.

Mandy schaut mich an, als hätte ich ihr etwas Unanständiges ins Ohr geflüstert. »Tee aus Kräutern, die die Kinder im Sommer bei uns im Wald gesammelt haben. Ich kann dir aber einen Löffel Honig reinmachen, wenn du magst.«

Ich sehe aus dem Augenwinkel, wie Marvin ein Loch in den Schnee pinkelt, während Ruprecht alle Mühe hat, den kleinen Klaus von seinem künstlichen Bart fernzuhalten, an dem der Junge ständig zieht.

»Nee, lass mal«, antworte ich und kassiere einen enttäuschten Blick der Kindergärtnerin.

»Sie ist wieder schön, unsere diesjährige Adventszeit.« Mandy versucht offensichtlich, mir ein Gespräch ans Knie zu nageln, und so wie sie dabei mit den Augen rollt, kann da für mich noch mehr drin sein. Ich habe seit zwanzig Jahren nichts mehr mit einer Frau aus unserem Dorf angefangen. Nicht nur, weil die Auswahl wirklich mäßig ist und sich zum größten Teil auf die Restposten beschränkt. Mal ehrlich, nichts gegen die pummelige Mandy, wenn man auf solche Frauen steht, aber ich will schon ein wenig fischen und nicht warten, bis der Bofrostmann die abgelaufenen Fischstäbchen im Sonderangebot bringt. Nein, ich bin generell der Meinung, dass man in den eigenen Gefilden nicht wildert. Da sind Probleme vorprogrammiert.

»Schön. Na ja, wenn du meinst«, antworte ich und überlege, wie ich mich schleunigst absetzen kann. Der Zauber hier geht ohnehin dem Ende entgegen und ich will noch in den »Hirschen« auf ein Bier. Abgesehen davon muss ich irgendwann einmal mit meinem Artikel anfangen, sonst kann ich mir bald keine Hirschknackwurst mehr leisten. Den ganzen Tag bin ich nicht dazu gekommen, aber was ich eigentlich gemacht habe, fällt mir jetzt so spontan auch nicht ein.

»Na klar, gestern die feierliche Eröffnung, das war wirklich eine Schau«, erwidert Mandy fröhlich.

Der Blaschke Bürgermeister, der seine Ohren überall zu haben scheint, bestätigt das voller Stolz mit seinem nach oben gestreckten Daumen.

»Die vielen Leute und die tolle Stimmung, einfach herrlich.« Mandy wippt ein wenig und ich habe Sorge, sie könnte jeden Moment zu singen anfangen. Sie beschränkt sich jedoch auf leises Summen. Ich frage mich, wieso eine zartbesaitete Frau, das zumindest würde ich jemandem unterstellen, der vorwiegend Rosa trägt, eine Gruppe Kinder durch den Wald führt und aus Klopapierrollen Weihnachtsschmuck bastelt, wieso so jemand einen grausamen Mord komplett ausblenden kann. Das ist mir unheimlich. Ich erwäge, sie zu fragen, ob sie auch mit im Badezimmer des Pfarrers war, verkneife es mir angesichts der Kinder aber lieber.

»Der Pfarrer denkt darüber bestimmt nicht so. Also, wenn er noch denken könnte«, sage ich. Ja, ich will Mandy provozieren, irgendwo muss ich ja mit meiner Ermittlungsarbeit anfangen und wenn es bei einer dicken Kindergärtnerin ist. So was muss man schließlich auch üben.

Sie hört auf zu wippen und ihre Gesichtsfarbe ändert sich. Nervös nestelt sie eine Schachtel Zigaretten aus ihrer Manteltasche, steckt sich mit zittrigen Fingern eine an und hüllt die Kinder in eine fette Rauchwolke.

Ich schaue auf Marvin und warte, wie er auf das Nikotin reagiert. Bei Passivrauchern scheint die beruhigende Wirkung nicht ganz so intensiv zu sein. Marvin verprügelt ein kleines Mädchen. Mandy starrt ins Nichts und pafft wie eine Wilde.

»Rauchst du immer im Kindergarten?«, frage ich, um den Gesprächsfaden wieder aufzunehmen.

»Der tut mir nicht leid«, presst Mandy angestrengt hervor. »Der nicht.«

Vor lauter Rauchschwaden fange ich an zu husten.

»Marvin!«, kreischt Mandy ungewohnt laut und aggressiv. »Zieh deine Hose hoch. Du erkältest dich.«

Marvin, der gerade dabei ist, die Kleine zu würgen, kann sich offenkundig nicht auf zwei Sachen gleichzeitig konzentrieren. Die Hose bleibt unten.

Eigentlich wäre ich jetzt vollkommen raus. Hysterische

Frauen regen mich auf. So was brauche ich nicht. Aber Mandy fühlt sich bei dem Thema sichtlich unwohl. Das wird einen Grund haben und ich bin der Idiot, der ihn herauskriegen muss. Dann war's das mit dem Nikolaus.

»Na hör mal«, antworte ich. »So was wünscht man doch keinem.«

Sie schaut mich mit tiefster Verachtung an und schweigt. Da Mandy aber zu jenen Frauen gehört, die Aufmerksamkeit brauchen und deswegen nie lange den Mund halten können, mache ich ein verständnisvolles Gesicht und warte. Als ich gerade erwäge, durch das Streicheln ihres Armes etwas nachzuhelfen – meine Verzweiflung ist wirklich immens –, legt sie los. Ich atme tief aus. Man muss auch mal Schwein haben.

»Er ist der gemeinste und fieseste Mensch, den ich kenne«, schnauft sie aufgebracht. »So richtig, richtig widerwärtig.« Sie wirft die Kippe in den Schnee, setzt mit übertriebener Wucht ihren rechten Fuß darauf und tritt den Stummel platt. Im gleichen Moment zündet sie sich eine neue Zigarette an.

Ich bin mir nicht sicher, ob wir immer noch vom Pfarrer reden. Er war vielleicht nicht gerade ein Sympathieträger, aber im Dorf habe ich noch nie jemanden etwas Negatives über ihn sagen hören.

»Ein Schwein war das. Jawohl, ein Schwein«, giftet Mandy wohl etwas zu laut, denn Marvin schaut sie an, lässt von dem Mädchen ab und fängt an zu heulen. Mandy bemerkt es nicht einmal, so sehr ist sie in Rage.

Mir gehen die wildesten Dinge durch den Kopf. Der Pfarrer ein Kinderschänder? Ein Vergewaltiger? Ein Perverser, der durch den Thüringer Wald schleicht und vor arglosen Kindergruppen nebst rosa Kindergärtnerin sein Gemächt freilegt? Das wäre ja mal was ganz Neues hier draußen bei uns. Das hätte ich dem langweiligen Kerl gar nicht zugetraut. Aber stille Wasser sind ja bekanntlich tief. Und dreckig. Und mir hat der doch tatsächlich leidgetan, glücklicherweise aber nur kurz. Wenn ich das zu seinen Lebzeiten geahnt hätte, wäre er fällig gewesen. Umso besser, dass er nun tot ist.

Mandy, die ihrem Gesichtsausdruck nach jeden Moment losheult, kommt ganz nah an mich heran und flüstert: »Ich vertraue dir, hörst du. Ich weiß, dass du ein Geheimnis für dich behalten kannst.« Sie schaut mich an, als müsste ich sie beschützen. Bei mir weckt das eher einen Fluchtinstinkt, aber ich deute ein Nicken an. Sie sammelt sich kurz und haucht: »Der hat ganz böse Dinge zu mir gesagt, erst letzte Woche wieder bei den Proben für das Krippenspiel. Einfach so, ohne einen Anlass.«

Sie zieht den Mund breit und mit den dicken Tränen, die ihr über die Wangen laufen, verabschiedet sich ihre Wimperntusche. Bei dem Anblick fällt mir unwillkürlich Pennywise, der Horrorclown aus »ES«, ein. Scheiße, ist das schräg. Außerdem kann ich ihr jetzt nicht mehr so richtig folgen. Er hat vor den Ohren der Kinder Schweinskram abgelassen, um Pennywise, also Mandy, in die Kiste zu bekommen? Weiter nichts? Offensive Anmache würde ich so etwas nennen. Dass das nicht bei jeder funktioniert, hätte ich ihm vorher sagen können. Vor allem bei Mandy nicht. Der Kerl musste ja absolut keine Menschenkenntnis gehabt haben. Aber wenn das schon ein Grund für einen Mord ist, dann sollte ich mich künftig, wenn ich in der Stadt durch die Kneipen ziehe, etwas zurückhalten.

»Findest du mich zu dick, Nikolaus?«, schluchzt Mandy und ich merke, wie sie versucht, sich an meine Schulter zu lehnen.

Marvin liegt immer noch im Schnee und schreit.

O Kacke, böse Falle. Bei mir gehen alle Alarmglocken an. Zu mehr als einem lang gezogenen »Puh« bringe ich es nicht.

Jetzt heult sie richtig los.

In dieser Adventszeit bleibt mir aber auch nichts erspart.

»Hat der Pfarrer das gesagt?«, frage ich, um irgendwie die Kurve zu kriegen.

»Jaaa«, greint sie. »Und dass ich so nie einen Kerl bekomme, nicht einmal einen von uns aus dem Dorf, obwohl die sich ja für fast nichts zu schade sind.« Sie nimmt ihr Taschentuch und wischt sich ihre Augen. »Das war nur gerecht, dass er sterben musste. Dann kann er niemanden mehr beleidigen. Dabei war er doch total dick, findest du nicht?«

Ich denke an die Aktion mit Doktor Spelzer, antworte aber nicht. Männerfiguren sind nicht so mein Interessensgebiet. Ich bin erstaunt, was der Pfarrer so über seine Schäfchen gedacht und vor allem gesagt haben soll. Ein Pfarrer? Echt jetzt? Nett ist anders. Trotzdem hatte er, was Mandy angeht, ja irgendwie recht. Wir Männer sollten überhaupt ehrlicher mit den Frauen sein. Der Pfarrer hat es vorgemacht. Das hätte ich ihm gar nicht zugetraut. Aber dass er deswegen sterben musste, halte ich für ziemlich unwahrscheinlich. Außerdem war das ja Mandy gegenüber nur die reine Nächstenliebe. Irgendjemand muss ihr das ja einmal sagen. Mordet eine Frau wegen so etwas? Ich schaue Mandy verstohlen von der Seite an. Sie ist aber auch wirklich dick. An ihrem Make-up könnte sie auch mal arbeiten. Und einen Mann hatte sie mit Sicherheit seit Jahren nicht. Da kann man schon Hass entwickeln und den Pfarrer zum Essen von Weihnachtsgurken zwingen. Zum Essen, den fetten Pfarrer? Ich grüble. Womöglich ist die Kindergärtnerin Mandy eine gemeingefährliche, durchgeknallte Psychopathin?

Mandy hat das Summen wiederaufgenommen. »Stille Nacht, heilige Nacht«. Dazwischen mischen sich ein paar Klagelaute. Und Marvins Toben. Meine Güte, hat der Ausdauer.

»Ihr hattet am Sonntag ziemlich viel zu tun, also vor der Eröffnung der Weihnachtsfeierlichkeiten?«, frage ich scheinheilig und denke an den um diese Zeit mit dem Tod kämpfenden Pfarrer.

»Total, ja«, sagt Mandy etwas entspannter. »Die Kinder mussten ja noch üben und bis wir dann alle unseren richtigen Platz auf dem Anger gefunden hatten.« Sie winkt ab.

»Warst du zwischendurch noch einmal woanders?«, will ich wissen und hoffe, dass sie den Hintergrund meiner Frage nicht schnallt.

Mandy nickt eifrig. »Kurz nach vier, im Pfarrhaus, den gebastelten Schmuck für den Weihnachtsbaum abgeben«, entgegnet sie leichtgläubig. »Die Kinder konnte ich das nicht machen lassen. Die waren seit der letzten Probe für das Krippenspiel ja total verängstigt. Ich bin dann wohl oder übel selbst hingegangen. Aber ich habe nur das Nötigste mit dem gesprochen und nur wegen unserer Dorfweihnacht.

Wer bin ich denn?« Mandy wirft den Kopf in den Nacken und kneift die Augen zusammen. »Das ist ja dann mal nun durch. Für alle Ewigkeit«, sagt sie vor Selbstbewusstsein strotzend.

Mandy hat ein Motiv. Glasklar. Und sie war kurz vor dem Tod des Pfarrers im Haus. Im Geiste notiere ich meine erste Verdächtige. Da ich nicht weiß, was man in solchen Fällen weiter macht, beschließe ich jetzt erst einmal zu verschwinden. Demonstrativ schaue ich auf die Uhr und sage: »Ich muss dann«, deute ein Nicken an und verdrücke mich.

Auf dem Weg in den »Hirschen« wird mir abwechselnd heiß und kalt. Die Kindergärtnerin rächt sich am Pfarrer dafür, dass sie zu dick ist? Das kann schon sein. Menschen sind schon für weniger ermordet worden. Vielleicht wäre es doch besser, mal mit Irmgard zu sprechen. Sie kennt sich mit Mördern aus. Wo bin ich da nur reingeraten? Und alles nur, weil Ruprecht mein Freund ist. In meinem Kopf dreht sich alles. Was hier auch immer gerade passiert, ich will es eigentlich nicht wissen. Aber ich werde es erfahren, da bin ich mir sicher.

Ich stapfe durch den hohen Schnee in Richtung Kneipe und dabei saust es in meinen Ohren. Meine Mutter hat immer gesagt, jedes Dorf braucht eine Seele; und die kommt von einer Kirche, dem Kriegerdenkmal und dem Gasthof. Irgendwie mag da was dran sein wegen der Traditionen und der Gemeinschaft, aber ich habe mich damit nie wirklich auseinandergesetzt. Ob Dorf oder Stadt, das spielt für mich keine Rolle. Ich bin eigentlich nur aus Bequemlichkeit hiergeblieben. Und weil ich meine Ruhe haben will. Gut, ich gebe es zu, vielleicht auch ein bisschen wegen Ruprecht und seinem Großvater, aber das werde ich denen nicht auf die Nase binden. Ich kann es nicht leiden, wenn Ruprecht heult.

Was unsere Seele angeht, na ja, die Kirche haben wir. Ich laufe gerade daran vorbei. Rein gehe ich eher selten. Den Teil mit Christus müssen die bei meiner Erziehung irgendwie vergessen haben. Ich komme trotzdem zurecht. Der Einzige, den das gestört hat, war der Pfarrer. Er mochte mich nicht. Warum, weiß ich nicht. Zum Glück hat er mich nicht mehr als Heiligen Nikolaus erlebt, das hätte ihn womöglich geärgert. Mal davon abgesehen, dass mir das Kleid wirklich nicht steht. Auf der Straße habe ich ihn immer freundlich gegrüßt. Aber jetzt plappere ich schon den gleichen Bockmist wie Tante Hildegard. Sie ist es auch, die behauptet, die Pfarrersfrau wäre eine Heidin gewesen, der persönliche Antichrist des Pfarrers. Seltsam. Zu Lebzeiten habe ich mich überhaupt nicht mit dem Pfarrer auseinandergesetzt. Aber seit er tot ist, geht er mir gehörig auf den Sack. Permanent spukt er in meinem Kopf herum. Unangenehm ist das. Ich muss endlich wieder auf schöne Gedanken kommen.

Nehmen wir das Kriegerdenkmal zum Beispiel. Das haben wir nämlich auch. Es steht in Zone eins, aber das nur am Rande, und ich mag es gern. Da sich das in unserem kleinen Dorf anbietet, hat man die Gefallenen aus beiden großen Kriegen auf einem Denkmal vermerkt. Für Ruprecht jedenfalls waren die vielen Namen gut. Er hat mit ihnen lesen gelernt. Stundenlang haben wir als Kinder davor gehockt und er ist mit dem Zeigefinger die Reihen abgefahren.

Einige Alte im Dorf haben gedacht, wir wären siebenjährige Irre. Es gab sogar Beschwerden beim Blaschke Bürgermeister. Da er politisch immer up to date ist, hat er uns den Zugang zum Denkmal verboten. Ruprechts Lesefähigkeiten gingen aber vor.

Wenn ich es mir recht überlege, verbinde ich eines meiner schönsten Kindheitserlebnisse mit unserem Kriegerdenkmal. Das war nämlich der Moment, als Ruprecht erstmals ohne zu Stocken von Wilhelm Recknagel bis Bodo Brütting gekommen war. Meistens, wenn ich wie jetzt beim Denkmal vorbeikomme, denke ich daran. Heute sieht es nur nicht mehr so schön aus wie damals. Der Blaschke Bürgermeister hat einen Zaun darum ziehen lassen und Ulf, der Gemeindearbeiter, braucht einen Schlüssel, um die vor dem Gedenkstein gepflanzten Blumen zu gießen. Mit Ruprecht und mir hat das nichts zu tun. Ruprecht liest heute so fehlerfrei, dass man ihn verbeamtet hat. Aschenbachs Wilfried, genannt der irre Willy, ist schuld. Der hat nämlich irgendwann damit angefangen, seinen Namen mit einem dicken goldenen Edding unter den letzten Gefallenen zu schreiben. Willy kann man das nicht übel nehmen. Er wollte einmal wichtig sein und in seiner einfachen Logik ist der wichtig, der auf einem Denkmal steht. Und wenn es nur ein Gefallenendenkmal ist. So verrückt kann Willy dann aber doch nicht gewesen sein, denn immerhin hat er einen wasserfesten Stift genommen. Ulf hatte ganz schön zu tun, das Gekrakel wieder wegzubekommen. Drei Mal musste er ran, dann hat der Blaschke verfügt, Willys Vandalismus mittels einer Einfriedung abzuwehren. Kurz darauf ist Willy gestorben. Nicht deswegen, das will ich nicht behaupten. Ich bin ja nicht Tante Hildegard, die so wilde wie haltlose Gerüchte unters Volk bringt. In jedem Fall hat es das Leben am Ende gut mit Willy gemeint. Er hat nun große goldene Buchstaben allein auf einem Stein. Aber das gehört nun wirklich nicht hierher.

Montagabend treffe ich mich immer mit Ruprecht und seinem Großvater in unserem Dorfgasthof »Zum grünen Hirsch«. Wir essen Hackepeter und trinken Bier. Ich mag eigentlich kein rohes Hackfleisch, aber das ist das einzige Gericht, bei dem ich absolut sicher sein kann, dass es frisch ist. Montag kommt nämlich das Fleischauto, so nennen die bei uns den Verkaufswagen der Landfleischerei, und Kurt, der Wirt, ist immer der Erste in der Schlange. Cordon Bleu und Würzfleisch gibt es bei Kurt auch, aber die wandern direkt vom Gefrierfach in die Mikrowelle. Früher war alles besser, sagt Ruprechts Großvater immer, und zumindest was die Küche des »Hirschen« angeht, hat er recht. Noch dazu hatte Kurt auch mal eine Zapfanlage und wir mussten uns nicht mit Flaschenbier begnügen, aber man darf auf dem Dorf nicht wählerisch sein. Zumal unser »Hirsch« eigentlich kein richtiges Gasthaus mehr ist. Wir sitzen alle in Kurts Wohnzimmer. Schuld ist er selbst, denn eigentlich war das früher hier der Gastraum. Bis zu dem Moment, als Kurts Frau Trude entschieden hat, dass Kurt kein Wirt mehr sein will. Das hat nicht lange gehalten. Trude war noch nicht unter der Erde, da hat Kurt den alten grünen Schriftzug an seiner Fassade neu gestrichen und seine rissige Lederschürze wieder angezogen. Das mit der neuen Einrichtung hat er sich geschenkt. Die Anschaffung lohnt sich für die paar Leutchen nicht. Mir ist das sowieso egal, Hauptsache, Kurt ist wieder Wirt. Es kann eben keiner aus seiner Haut. Die Gäste auch nicht. Und so versammeln sich die Männer des Dorfes mehrmals in der Woche auf dem Sofa von Kurt und tratschen. Also Ruprecht tratscht. Der Großvater und ich reden über Geschichte, Politik, Literatur und die Frauen, wobei Opa zu Letzterem deutlich mehr als ich beizusteuern hat. Aber er hat ja auch ein paar Jahre Vorsprung.

Wie ich so um die Ecke zum »Hirschen« biege, sehe ich, wie Irmgard gerade aus dem Haus kommt und in ihr Auto steigt. Natürlich, der Hirsch ist der Treffpunkt des Dorfes. Das weiß man auch, wenn man dreißig Jahre nicht hier war. Irmgard ist schnell, zu schnell für jemanden wie mich, der gegen die Polizei antreten muss, um von der Last des Heiligen Nikolaus befreit zu werden. Ich drehe mich um, aber vom Blaschke Bürgermeister ist nichts zu sehen. Sicherlich steht er noch beim Kindergarten und genießt seinen Auftritt. Die eigene Eitelkeit wird ihm irgendwann ein Beinchen stellen. Alfred, sein politischer Gegner, wartet darauf. Ich beobachte meistens die Dinge nur aus der Ferne. Wenn ich überhaupt etwas mitbekomme. Wenn der Blaschke spitzkriegt, dass Irmgard schon da war, kann ich mir wieder sein Gejammer anhören. Eigentlich müsste ich mich beeilen, um die Männer auszufragen, bevor er im »Hirschen« eintrifft; oder sollte ich zusehen, dass ich Irmgard noch erwische? Scheiße. Ich habe den Fummel noch an. Dieser Weihnachtsmist nimmt einem jeglichen eigenen Willen.

»Du bist zu oft mit Ruprecht zusammen«, begrüßt mich der Großvater von Kurts Fernsehsessel aus. Die Couch und der Esstisch sind voll besetzt, wie ich mit Erstaunen feststellen muss. So ein Mord kurbelt das gesellschaftliche Leben in einem Dorf erstaunlich an. »Lass dich bitte von seinem Weihnachtsfanatismus nicht anstecken. Ein Mann sollte auch ein Mann bleiben. Immerhin hast du noch keine Frau gefunden. Bei Ruprecht habe ich, was das angeht, jegliche Hoffnung aufgegeben.«

Ich ziehe mir einen Hocker heran und lasse mich daraufplumpsen. »Ich habe vergessen, mich umzuziehen«, sage ich schwer atmend wegen der Hitze von Kurts Kachelofen und löse die Sicherheitsnadel, die seit gestern meinen Umhang zusammenhält. Das Teil fällt, ohne dass ich es anfassen muss, auf den Boden. Die Mitra werfe ich daneben. »Dieser ganze Stress ist nichts für mich.«

»Sage ich ja«, antwortet der Großvater. »Weißt du, wer den Pfarrer umgebracht hat?«

Ich schaue ihn nur verwundert an und bedeute Kurt mit Daumen und Zeigefinger, dass ich zwei Bier haben möchte. Dabei fällt mir der Becher Mirko auf. Er kauert auf der Lehne des Sofas und starrt mich mit einer schrecklichen Leidensmiene an. Mich schüttelt es.

»Tagesgericht auch?«, fragt Kurt. Ich konzentriere mich wieder auf das Wesentliche und bestelle auch das für den Opa und mich.

»Seit wann gibt es hier wieder ein Tagesgericht?«, will der Opa wissen. »Hat er eine neue Trude?«

»Wo soll die denn herkommen?«, frage ich und denke an meine eigene verzweifelte Situation. Als Single-Mann im Thüringer Wald hat man nicht viel zu erwarten.

Kurt bringt eine Flasche Bier, eine Cola und das Essen.

Ich muss nichts sagen. Kurt sieht mein Gesicht, drückt uns daraufhin zügig das Bestellte in die Hand und verschwindet mit einem: »Beschwer dich beim Blaschke Bürgermeister.«

»Nikolaus von neun bis fünf. Du glaubst wohl auch noch an den Klapperstorch«, lacht der Großvater und setzt sein Bier an. »Der Blaschke war schon immer ein Diktator. Da nützt die ganze Demokratie nichts.«

Ich drücke mit der Gabel das Ei in das rosa Fleisch und stelle mir dabei vor, wie der Blaschke Bürgermeister vor Schmerzen schreit. Hackepeter und Cola ist eine Kombination, die mir überhaupt nicht liegt. Angefressen schiele ich auf das Bier von Ruprechts Großvater und überlege, was mein eigener Kühlschrank noch so an Alkoholischem hergibt. Da ich seit Wochen nicht einkaufen war, ist die einzige Möglichkeit, an etwas mit Prozenten zu kommen, Tante Hildegards Franzbranntwein. Damit reibt sie mehrmals täglich ihre steifen Gelenke ein. Das weiß ich, weil die Ausdünstungen in unserem Haus hängen und niemals wieder verschwinden werden. Franzbranntwein kriecht in jedes Möbelstück und von der Tapete in den Lehmputz. Wenn Tante Hildegard dann endlich einmal verschwunden ist, steht eine Kernsanierung an, damit ich sie nicht mehr riechen muss.

»Du hast hier einiges verpasst«, sagt der Großvater schmatzend. »Der Schrumpfkopf war da.«

Ich nicke und balanciere dabei den Teller mit dem Essen auf meinen Knien. »Hast du mit ihr gesprochen?« Mirko hat sich nicht bewegt. Meine Güte, dieser Gesichtsausdruck macht einen ja wahnsinnig. Ich drehe ihm leicht den Rücken zu.

Der Großvater kichert. »Irmgard hat uns alle verhört. Mich besonders streng. Sie war als Kind ja schon schrecklich. Aber jetzt, meine Güte. Sie meint, sie müsste superprofessionell rüberkommen, sogar hier bei uns im Wald. Dafür hat sie dann ihren einzigen Großvater gegrillt. Tolle Show. Ein Haufen Zeugs über den Pfarrer wollte sie wissen, mit wem er befreundet war, ob er eine Freundin hatte, wer mit ihm zerstritten war und so weiter. Ich habe ihr natürlich gleich gesagt, dass der Kerl ein Depp war, genauso wie ihr Vater. Männer, die Schalenwild nicht von Federwild unterscheiden können und bei einem roten Hirsch an einen Kommunisten denken, sind Deppen. Ruprecht und du, ihr seid übrigens mein Alibi. So etwas braucht ja nun jeder bei uns im Dorf.«

Ich bestätige das per Kopfnicken und werde das Gefühl nicht los, dass Mirkos trauriger Blick sich in meinen Rücken bohrt.

»Hast du gesehen, wie sie aussieht? Die ist ihrem Vater wie aus dem Gesicht geschnitten. Wirklich bedauernswert. Fast schon tragisch.« Der Großvater wischt über seinen Mund. Kurt muss unbedingt Servietten anschaffen.

»Was haben die anderen gesagt?«, frage ich.

Der Großvater hält inne und schaut mich streng an. »Du machst doch jetzt nicht tatsächlich für den Blaschke den Affen?«, fragt er.

Ich beuge mich zu ihm herüber und flüstere: »Ich tue zumindest so und dann auf Nimmerwiedersehen Heiliger Nikolaus. Irmgard ist clever genug. Sie findet den Mörder. Dafür wird sie den Blaschke etwas ärgern, aber unsere Dorfweihnacht zu verbieten, das schafft nicht einmal das Stadtweib. Leider.« Ich lege meinen Zeigefinger auf die Lippen und zwinkere dem Opa zu. Dabei wünsche ich mir inständig, dass ich mir nicht selbst etwas vorlüge.

Er salutiert. »Auf mich kannst du zählen.« Er stellt demonstrativ seine Bierflasche neben dem Sessel ab.

Ich bücke mich weit hinter die Lehne und nehme einen tiefen Schluck. Herrlich. Dann nuckele ich weiter an meiner Cola. Der Großvater ordert eine neue Flasche Bier.

»Die haben sich alle so weggeduckt, dass sie unter der Türschwelle durchgepasst hätten«, sagt der Großvater lachend. »Allesamt Feiglinge und Arschkriecher. Niemand will etwas gesehen haben und alle hatten den Pfarrer lieb. Irmgard hat bei den Dörflern auf Granit gebissen. Mir ist nur nicht klar, ob die Kerle aus reiner Angst um den eigenen Hals wirklich nichts mitbekommen haben oder ob sie Irmgard einfach nur ärgern wollen. Der eine oder andere hat mit dem Schrumpfkopf garantiert noch ein Hühnchen zu rupfen, so wie sie die Kerle früher immer rangenommen hat.«

»Sie hat nichts herausbekommen?«, frage ich erstaunt nach. »Die haben den ganzen Sonntagnachmittag alle auf dem Anger herumgelungert. Da muss doch einer etwas mitbekommen haben? In diesem Kaff bleibt sonst auch nichts geheim.«

Der Großvater verneint. »Der Mord am Pfarrer ist die Konsequenz aus dem Blaschke seinem Treiben. Du hast die Weihnachtskugeln gesehen, auch die Gurke. Das Ganze hat was mit dem Wahnsinn hier zu tun«, sagt er leise. »Aber das ist nur meine Meinung.«

»Das sehe ich genauso. Irmgard auch, zumindest hat sie so was in der Art gefaselt.« Ich beiße von meinem Brötchen ab und kaue. Kurt bringt eine neue Flasche Cola. Ich schaue ihn fragend an.

»Von Mirko«, erklärt Kurt und drückt mir das Teil in die Hand.

Ich proste Mirko mit der Cola zu und nehme einen Schluck, nur aus Höflichkeit, denn das süße Zeug verdirbt mir den schönen Zwiebelgeschmack. Er erwidert den Gruß mit einem leiderfüllten Senken seiner Lider. Mirko war schon immer ein wenig depressiv, kein Wunder, er hat fünf Töchter, aber dass er einen ausgibt, das ist neu. Die Weiber halten ihn knapp.

»Irmgard ist hässlich, aber klug«, sagt der Opa. »Mir ist es ja eigentlich andersherum lieber, also so generell.«

»Der Mord könnte aber auch etwas mit Essen zu tun haben, oder?«, frage ich. Ich weiß, wie bescheuert das klingen muss, aber soll ich dem Opa sagen, dass die Kindergärtnerin den Pfarrer mit Weihnachtsgurken vollgestopft hat, weil sie zu fett ist?

Der Großvater hält inne und schaut mich an, als rede ich Suaheli.

»Na ja, ein Racheakt oder so was«, schiebe ich nach.

»Mhm. Weil ihm das Essen nicht geschmeckt hat?«, fragt der Opa und ich spüre, dass er an meinem Verstand zweifelt.

Ich überlege, ob ich ihm doch von Mandy erzähle, lasse es dann aber lieber. Stattdessen sage ich: »Wenn das ein militanter Gegner der Blaschke-Weihnachtsfestspiele war, dann kann schnell ein Serienmord daraus werden, zum Beispiel an den Mitgliedern des Weihnachtskomitees«, und erschrecke vor meinen eigenen Worten. Ruprecht gehört zu den engagiertesten Mitgliedern. Und ich bin der Nikolaus. Wenn der

Mörder nicht weiß, dass ich dazu genötigt wurde, könnte ich auch … O Gott, vielleicht hat meine fiese Tante Hildegard doch recht.

Der Opa scheint das Gleiche zu denken wie ich. »Am besten du ziehst, so lange wie die Sache nicht klar ist, zu uns ins Forsthaus. In einer Gefahrenlage muss man sich zusammenrotten. Und du weißt, ich habe mein altes Jagdgewehr. Ich habe es noch drauf, Junge, da kannst du sicher sein.« Dann winkt er ab. »Hildegard, na ja. Verluste gibt es immer.«

Ich gehe im Geist die anderen Mitglieder des Komitees durch. Die Blaschke Ehefrau, Marlies Kranz, die Köchin des Kindergartens, Ulf, der Gemeindearbeiter, Maria und Josef, also Inge und Walter Zenker, und natürlich der Blaschke Bürgermeister sowie Ruprecht und der Pfarrer. Aber Letzterer ist ja Geschichte. Sieben Leute könnten rein theoretisch in Lebensgefahr sein. Acht mit mir.

»Aber wenn es um das Ende unserer Dorfweihnacht gehen würde, dann müsste man nur den Blaschke abmurksen. In dieser Hinsicht ist der Pfarrer ein unsinniges Opfer«, überlege ich laut.

»Beifang quasi«, kommentiert der Großvater.

»Eine Verwechslung?«, frage ich.

»Mhm. Liegt der Blaschke sonst in der Badewanne des Pfarrhauses?«, will Opa wissen.

Kurt kommt erneut angelaufen, bringt das Bier und sammelt das benutzte Geschirr ein. »Ich finde es gut, dass du dich unter Einsatz deines Lebens für unser Dorf engagierst. Das hätte ich dir gar nicht zugetraut«, sagt er und schaut mich dabei mit feuchten Augen an. Das mit dem Tränenfluss kann aber auch an Erwin Lenzers Tabak liegen. Er stopft alles, was er im Wald findet, in seine Pfeife. Einmal habe ich gesehen, wie ein paar Ameisen aus dem Pfeifenkopf gekrabbelt kamen. Erwin scheint das nichts auszumachen. Den anderen Gästen aber schon. Sie fangen an zu krächzen. In Kurts Wohnzimmer herrscht übrigens kein Rauchverbot. Da er keine Kneipe betreibt, kommt die EU hier nicht rein. Obwohl es in diesem speziellen Fall besser wäre.

»Wirklich große Klasse, Nikolaus«, wiederholt Kurt noch einmal. »Das mit dem Pfarrer tat nicht not. Er war einer von uns, ein anständiger Kerl. Erst verlässt ihn seine Frau und dann so etwas, in der Adventszeit. Dabei mochte er Weihnachten immer so gern. Der hat das Pech aber auch angezogen.« Kurt scheint die Welt nicht mehr zu verstehen. Dann wird er von einem Hustenanfall geschüttelt und verschwindet wieder in die Küche.

Der Blaschke Bürgermeister ist also nicht nur blöd, sondern auch noch geschwätzig wie ein altes Marktweib. Das kommt ja immer fetter. Kurt ist gewissermaßen so etwas wie der Social-Media-Kanal des Ortes, nur dass er ein gutes Dutzend Nachrichten in der Minute unters Volk bringen kann. Zuckerberg kann einpacken, wenn er gegen Kurt antreten soll, zumal Kurt ganz ohne Internetverbindung auskommt. Wir sind im Thüringer Wald, da muss man sich zu helfen wissen. Bei Notfällen mag Kurt ganz praktisch sein, zur Warnung und so. Aber was den Mord angeht … Ich fange an zu schwitzen. Wenn die Dorfbewohner nun allesamt wissen, dass Ruprecht und ich Irmgard bei der Ermittlungsarbeit ausstechen sollen und der Mörder aus unserem Dorf kommt, na dann gute Nacht.

»Was ist nun«, fragt Opa noch einmal, »badet Blaschke normalerweise im Pfarrhaus?«

Ich sammle mich kurz und versuche, mir nichts anmerken zu lassen. »Nein, keine Verwechslung. Du hast recht. Zudem war der Pfarrer eindeutig als Pfarrer zu erkennen. Ich meine, jemand hat ihn mit Weihnachtsgurken gefüttert. Bis man daran stirbt, dauert das doch. Das wäre dem Mörder während des Essens auch aufgefallen, wenn irgendetwas nicht gestimmt hätte«, sage ich.

Der Pfarrer sollte also sterben. Bleiben wir beim Serienmord an den Mitgliedern des Weihnachtskomitees. »Der Pfarrer ist der Einzige, der allein gelebt hat«, sage ich, damit der Opa den Faden nicht verliert. »An ihn war am leichtesten ranzukommen.«

Der Opa hebt den Zeigefinger, stockt dann aber. »Nein, vergiss es, du hast ja Hildegard.«

Irgendwie bin ich gerade das erste Mal in meinem Leben froh darüber und über die fünf Euro für das Vorhängeschloss für unseren Hintereingang werde ich auch nachdenken.

Ruprecht sitzt nun schon eine geraume Zeit neben uns und kaut an einem Stück dunkelbrauner Masse, die Kurt ihm als Cordon Bleu serviert hat. Vor allem die Panade musste darunter leiden, dass Kurt beim Einstellen der Mikrowelle seine Brille nicht getragen hat. Die Panade und ich. Denn das Teil ist nicht wirklich ansehnlich und einen seltsamen süßlichen Geruch hat es auch. Wie Pferdepisse, denke ich und merke, wie der Ekel langsam in mir aufsteigt.

Ruprecht jedenfalls findet das Fleisch vorzüglich. Aber der verlangt auch bei Tante Hildegards Bananenpudding einen Nachschlag. Kurt, der nun ein richtig volles Haus hat, freut sich und rennt mit knallrotem Kopf von einem Gast zum anderen. Mittlerweile hocken sogar schon ein paar Leute im Flur auf der Treppe und man kann kaum noch seine Hand vor Augen sehen. Ich schere mich ansonsten nicht um die Regelungen der EU, aber was das Rauchen angeht, da muss ich ihr uneingeschränkt zustimmen. Nikotin sollte auch in privaten Wohnzimmern verboten werden. Ruprechts Großvater ist das beste Beispiel dafür, was die giftigen Dämpfe alles anrichten können. Er schläft. Und während Ruprecht schweigend sein Abendessen vertilgt, belausche ich meine Mitbürger, denn die kommen in der Kombination aus Hitze, Alkohol und Erwins Tabak so richtig in Fahrt.

»Der Pfarrer stand kurz vor der Rente. Wurde Zeit, dass der wegkommt. Besser jetzt als nie«, plärrt der Tischlermeister Funke mit leuchtend rotem Gesicht und schwerer Zunge. »Umso mehr Geld bleibt für uns.«

Nicht wenige Männer pflichten ihm lautstark bei. Ich bin froh, dass sich die über Sechzigjährigen nicht alle gegenseitig die Köpfe einschlagen, um ihren Rentenanspruch zu sichern. Die restlichen Anwesenden übertreffen sich in ihren Theorien über das Mordmotiv. Etwas Brauchbares ist nicht dabei, schon gar kein Hinweis auf unsere Kindergärtnerin. Das Ganze gipfelt aber in dem überaus sinnhaften Ausruf von Erwin, einem ehemaligen Schulkameraden von mir: »Alle Hundehasser wie der Pfarrer sollten elendig verrecken«, ruft er, wobei er von seinem Stuhl aufgesprungen ist und sich die Hand auf die Brust gelegt hat, als ginge es darum, die Nationalhymne zu singen.

»Erwins Hunde sollen nächstes Jahr den Schlitten ziehen, mit dem der Blaschke Bürgermeister auf den Anger gefahren kommen will«, haucht Ruprecht mir zu. »Rentiere sind zu teuer. Du darfst aber nichts sagen. Das ist noch geheim.«

»Die drei Pinscher?«, frage ich wohl etwas zu laut, denn Ruprecht versetzt mir mit seinem schweren Stiefel einen derben Tritt.

»Er stellt die Zucht um und setzt nun auf Doggen«, nuschelt Ruprecht, wobei er sich verstohlen umschaut.

Noch bescheuerter geht es kaum, denke ich, und hoffe inständig, nächstes Jahr von diesem Wahnsinn erlöst zu sein.

»Dann sollten die Tiere aber Geweihe tragen«, sage ich, »das sieht echter aus.« Ich habe den Satz kaum raus, da bereue ich ihn schon wieder, denn Ruprecht angelt sich Stift und Zettel aus Kurts Zeitungsständer und schreibt.

»Du hast immer so tolle Ideen, danke, Adam«, sagt er und lächelt mich glückselig an.

»Das sollte ein Witz sein«, stelle ich sofort klar.

Er hört mir nicht zu.

»Es gibt tausend Gründe, einen Menschen abzumurksen«, wirft unser alter Schäfer, Hassos Herrchen, ein. »Die Frage ist doch, wer ausgerechnet bei uns in die Pfarre marschiert ist und sich den Pfarrer geschnappt hat?«

Das hört sich verdammt beliebig an, denke ich. Aber immerhin hat er das Problem knallhart auf den Punkt gebracht. Kompliment. Wer hatte einen Grund und die Zeit dazu, während wir alle mit den Feierlichkeiten beschäftigt waren?, frage ich mich. Es kann nur jemand gewesen sein, der nicht von hier ist oder mit dem Weihnachtsklimbim nichts am Hut hat, aber genau wusste, dass der Großteil des Dorfes abgelenkt sein würde. Einer der Blaschke-Jünger hätte niemals auf die große Eröffnung unseres Advents verzichtet. Dafür hätte ein eingefleischter Fan sogar einen Mord verschoben.

»Es wird seine Alte gewesen sein«, meldet sich Kurt. »Für die Witwenrente.«

»Die gibt es nicht bei Geschiedenen«, weiß Ruprecht.

»Nicht?« Kurt ist perplex. »Also mit den neumodischen Gesetzen soll sich einer auskennen.«

»Der Pfarrer hatte ein großes soziales Umfeld«, konstatiert Josef, alias Walter Zenker. »Das müsste man nach Verdächtigen abgrasen. Die meisten Morde sind Beziehungstaten.«

Walter hat früher auf der Sparkasse gearbeitet. Deswegen hat er so gut klingende Begriffe wie »soziales Umfeld« und »Beziehungstaten« drauf. Das hat ihm auch die Rolle als Josef eingebracht. Für den Stiefvater des Gottessohnes kann man nicht irgendeinen dahergelaufenen Handwerker nehmen. Dafür braucht der Blaschke einen Banker. Der macht mehr her.

»Wie ist der Mörder eigentlich ins Haus gekommen?«, fragt Kurt. »Die Pfarre war doch besser gesichert als Fort Knox.«

Kurt hat nie Englisch gelernt und bei ihm klingt das wie Vordt Gnocks oder so, aber ich sollte nicht zu anspruchsvoll sein. Kurt ist in Ordnung. Und bei ihm schmeckt sogar der Hackepeter.

»Der Blaschke Bürgermeister ist auch einfach so reinmarschiert«, bemerkt Ruprecht. »Das haben wir doch alle deutlich gesehen.«

Wenn ich ein bisschen mitdenken würde, hätte mich genau das am Sonntag schon stutzig machen sollen. Dafür gibt es nur eine Erklärung: Der Pfarrer kannte seinen Mörder und hat ihn reingelassen. Nach seinem Tod ist die Tür natürlich offen geblieben und da die Spurensicherung, nach allem, was ich mitbekommen habe, keine Einbruchsspuren finden konnte, macht das so auch Sinn. Die Frage ist nur, wen der Pfarrer freiwillig ins Haus gelassen haben könnte? Jemanden von unseren Leuten? Möglich. Aber der Pfarrer hat immer streng auf seine Privatsphäre geachtet und den Gemeinderaum nur nach vorheriger Anmeldung beziehungsweise zu festen Terminen geöffnet. Einfach so klingeln und seinen Seelenmüll beim Gottesmann abladen, das war bei uns nicht drin. Er nannte das Work-Life-Balance. Für mich ist das einfach nur Faulheit.

Seine Frau scheidet auch aus, die hat meines Wissens unser Dorf nach ihrem Weggang nie wieder betreten. Aber Mandy, die war dort. Das hat sie unumwunden zugegeben. Der Pfarrer wird über diese unangemeldete Störung nicht erfreut gewesen sein und möglicherweise sind die beiden in Streit geraten. Was, wenn er all die bösen Dinge über ihre Figur und ihre Chancen bei den Männern noch einmal wiederholt und Mandy damit in Rage gebracht hat?

»Der hatte bestimmt eine kleine Freundin«, kichert der Tischlermeister Funke und macht dazu eindeutige Handbewegungen. »Letzten Samstag habe ich so ein Häschen vor der Pfarre gesehen. Meine Fresse, sah die scharf aus. So ein Teufelskerl aber auch. Unser Pfarrer.«

»Hast du bei uns im Dorf schon mal eine Prostituierte gesehen?«, frage ich Ruprecht bemüht diskret. Der Funke hat mich doch tatsächlich auf eine Idee gebracht. Dass der Pfarrer mit seinem Aussehen eine scharfe Braut abbekommen haben soll, halte ich für ausgeschlossen, also zumindest keine, die das freiwillig gemacht hätte. Funkes Augen funktionieren, nach allem was ich weiß, im Gegensatz zu seinen Fingern perfekt. Möglicherweise bin ich hier nicht frei von Neid, aber trotzdem, der Pfarrer, nein, wirklich nicht.

Ruprecht fährt zusammen, als hätte ich ihm gesagt, dass er nach Mottenkugeln stinkt. »Ist es bei dir so schlimm?«, will er besorgt wissen.

Na sauber, denke ich, und hebe abwehrend die Hand. »Ich komme zurecht.«

Ruprecht atmet erleichtert aus. »Ich dachte schon. So was ist doch teuer. Aber wenn du deinen neuen Auftrag fertighast …«

»Hast du nun oder hast du nicht?«, falle ich ihm ins Wort. Das fehlt noch, dass ich mit Ruprecht meinen sexuellen Notstand diskutiere. Es gibt schließlich Grenzen. Auch für Ruprecht.

Der läuft knallrot an. »Über so etwas redet man nicht.« Dann lehnt er sich zu mir herüber, hält die flache Hand schützend an den Mund und fährt noch schneller als erwartet fort: »Ich glaube, der Zenker hatte mal so eine da.« Er richtet sich auf und hebt abwehrend die Hände. »Sicher bin ich mir aber nicht.«

Was habe ich gesagt? Ruprecht tratscht gern. Ich schaue auf unseren stolzen Josef. »Der?«

Ruprecht nickt verstohlen, wagt es aber nicht, Josef ebenfalls anzusehen. »Maria war zur Kur, ist aber zwei Jahre her. Josefs Besuch war ziemlich mollig für den knappen Rock und hatte rote Stiefel mit riesigen Absätzen an. Zuerst habe ich gedacht, es ist Mandy vom Kindergarten, die sich so rausgeputzt hat, weil sie in die Stadt fahren will. Ich habe ihr zugewinkt und gefragt, ob sie mir Schrundensalbe aus der Apotheke mitbringen kann.« Ruprecht stoppt und ich kann sehen, dass es ihm peinlich ist.

Ich weiß, dass er unter Schrunden leidet, seitdem wir in der ersten Klasse waren. Ich warte.

»Na ja, sie wollte fünfzig Euro dafür haben. Und wenn sie mich eincremt noch mal hundert.« Er zieht einen Flunsch. »Mandy wollte immer nur die 9,90 Euro für die Salbe.«

Das ist zu viel Information für mich. »Hast du so eine Frau mal beim Pfarrer gesehen?«, antworte ich und frage mich, wie man sich in unserem Dorf eine Nutte bestellen und davon ausgehen kann, dass es keiner mitbekommt. Es ist doch nicht jeder so drauf wie Ruprecht.

Ruprecht schlägt die Hände vors Gesicht. »Du lieber Gott. Du hast eine Fantasie. Der Pfarrer? Nie im Leben. Dafür hatte der keine Zeit. Vor allem nicht, da das erste Türchen noch nicht geöffnet war. Das ist doch für uns alle immer eine aufregende Sache.« Er überlegt kurz. »Darf man das in dem Beruf überhaupt?«

Ich antworte nicht. Ruprecht war schon immer mit einer erstaunlichen Naivität gesegnet. Den Gedanken an eine Prostituierte halte ich jedoch nicht für abwegig. Immerhin war der Pfarrer nackt. Dass er in der Badewanne lag, muss nichts heißen. Wasser hatte die nämlich, so trocken wie alles war, lange nicht gesehen. Womöglich war das Teil des Spiels. So wie die

Horde Deppen, die unter seinem Fenster Weihnachtslieder geträllert hat. Vielleicht hat ihn das angemacht.

»Ein paar Orte weiter gibt es einen Hausfrauenstrich. Die nehmen kein Geld«, murmelt der Großvater mit geschlossenen Augen.

Das alte Schlitzohr hat nicht geschlafen, denke ich und grinse.

»Opa!«, ruft Ruprecht entsetzt aus. »So etwas gibt es bei uns im Thüringer Wald ganz sicher nicht. Das hast du im Fernsehen gesehen.«

»Naturalien gegen Naturalien. Die Kerle dürfen ran, wenn sie dafür den Rasen mähen oder die Autoreifen wechseln. Man hilft sich halt in so dünn besiedelten Regionen.« Der Opa ist putzmunter und ich kann sehen, wie viel Spaß er bei dem Gedanken an die Hausfrauen hat.

»Das ist ja widerwärtig«, haucht Ruprecht. »Wo sind die denn?«

Ich finde das eher praktisch, aber für jemanden wie mich, der in allen handwerklichen Dingen zwei linke Hände hat, fällt diese Art der Nachbarschaftshilfe aus. »Dann hätte der Pfarrer kein Geld bezahlen müssen für …«

»Eben«, fällt mir der Opa ins Wort. »Der Kerl hatte zwar nicht viel drauf, aber einen Rasenmäher kriegt jeder Idiot zum Laufen.«

»Der Blaschke wollte mal eine heiße Zitrone, also nur, weil er krank war und die Sitzung des Weihnachtskomitees nicht ausfallen durfte«, hebt Ruprecht an. »Aber der Pfarrer hat das irgendwie mit dem Wasserkocher nicht hingekriegt. Das war so einer, bei dem man die Temperatur einstellen kann.«

»Das mit den Liebesdienerinnen ist also passé. Adam, deine Theorie trägt nicht. Dennoch, mit einer Sache liegst du richtig – er muss jemanden empfangen haben, von dem er sich einen Vorteil versprochen hat«, sagt der Opa nachdenklich.

»Oder jemanden, der seine Hilfe brauchte«, wirft Ruprecht ein.

»Unser Pfarrer? Du glaubst auch noch an den Klapperstorch«, sagt der Großvater. »Der war doch froh, wenn er seine Ruhe hatte. Wer kann es ihm verdenken?«

»Wer in Eliasborn kommt auf die Idee, dem Pfarrer freiwillig etwas Gutes zu tun«, entgegne ich.

Ratloses Schweigen.

»Wer weiß, was der Funke gesehen hat«, sagt der Opa und klingt dabei ein wenig enttäuscht. »Der halluziniert doch öfter und mit seiner Sehkraft steht es auch nicht zum Besten.«

Ich will gerade etwas darauf sagen, als es um uns herum plötzlich laut wird. Zwischen Kurts Gästen ist ein handfester Streit ausgebrochen. Sie beschuldigen sich gegenseitig des Mordes am Pfarrer, schreien sich an und beginnen einander zu schubsen und mit Boxhieben zu traktieren. Ich verschränke die Arme und schaue zu, während Ruprecht aufgestanden ist und nun vom einen zum anderen läuft, um zu beschwichtigen. Er braucht nun mal Harmonie. Ich stehe eher auf Action. Opa ordert noch ein Bier. Dann fachsimpeln wir über die unterschiedlichen Kampftechniken. Hassos Herrchen hat gerade den Josef mit einer harten Rechten niedergestreckt, da steht der Blaschke Bürgermeister im Raum.

»Die Frau Bürgermeister wurde entführt. Ohne Jacke«, schreit er in das Durcheinander. »Und die Heiligen Drei Könige sind auch verschwunden.«

Aus der Küche kommen dicke graue Rauchschwaden.

»Du hättest lieber den Opa mitnehmen sollen«, flüstert Ruprecht, während ich mit meinem Taschenmesser vorsichtig die Versiegelung der Kripo am Hintereingang des Pfarrhauses löse. Wenn das hier vorbei ist, sollte ich Irmgard einmal stecken, dass die Aufkleber nicht für den Thüringer Wald taugen. Bei zweistelligen Minusgraden bröckelt das Zeug und jeder Dorfdepp, also auch ich, kann die Anordnungen der Polizei zunichtemachen. Aber besser wird es sein, ich sage nichts. Denn Irmgard konnte es schon als Kind nicht verknusen, wenn jemand etwas besser wusste als sie. Wenn der Fall gelöst ist, soll der Schrumpfkopf wieder in die Stadt verschwinden, am besten die nächsten dreißig Jahre. Dann könnte es knapp werden, dass wir uns in diesem Leben noch einmal sehen. Mir würde nichts fehlen.

Ruprecht echauffiert sich jetzt über das Unrecht, das wir begehen.

»Der Opa muss beim Suchtrupp für die Blaschke Ehefrau mitmachen. Sonst fallen wir auf. Derweil schauen wir uns hier etwas um und keiner wird es bemerken«, sage ich und heble mit dem Schraubenzieher das alte Kastenschloss aus. Nachdem ich vorhin mit dem Großvater an der Schuppentür des Forsthauses geübt habe, geht das leichter, als ich dachte. Es ist schon erstaunlich, was man alles lernen kann, wenn man sich darauf einlässt. Aber ich stehe eigentlich auf dem Standpunkt: Was man nicht kann, muss man nicht machen. Und damit bin ich bis heute immer gut gefahren. In diesem Fall muss ich über meinen Schatten springen. Es ist sozusagen eine Notlage. Der erste Schritt auf dem Weg zu meiner Erlösung von einer debilen Dorfweihnacht. Oder ist das mittlerweile sogar zweitrangig und eigentlich sollte es mir nur noch darum gehen, Ruprecht und mich vor einem durchgeknallten Mörder zu schützen? Ich kann mich mit dieser Frage jetzt nicht auseinandersetzen, dann kriege ich Panik und verletze mich womöglich noch mit dem Werkzeug. Wenn Blut fließt, bin ich raus. Ich zögere. Womöglich wäre es doch besser gewesen, den Großvater mitzunehmen. Der ist im Krieg geboren. Aber nun ist es zu spät.

Aus einiger Entfernung höre ich, wie der Blaschke immer wieder den Namen seiner Frau in die Nacht brüllt. Auch das laute Klappern von Stöcken dringt zu uns herüber. Ich wusste nicht, dass die Suche nach einer vermissten Person eine Geräuschkulisse wie bei einer Treibjagd notwendig macht. Dass die Blaschke Ehefrau just einen Tag nach der Ermordung des Pfarrers verschwunden ist, halte ich nicht für Zufall. Wieso der Blaschke aber davon ausgeht, dass sie entführt wurde, das ist mir schleierhaft. Dafür müsste es doch irgendeinen Hinweis geben.

Natürlich könnte der Mörder wieder zugeschlagen haben und sie liegt irgendwo mit aufgeschnittener Kehle im Wald. Dann kann es ewig dauern, bis man sie findet, wenn nicht sogar die Wildschweine schneller sind. Ich denke aber eher, dass sie spitzgekriegt hat, dass es hier um eine Mordserie am

Weihnachtskomitee gehen könnte und sich aus Schiss aus dem Staub gemacht hat. Oder sie hat etwas mit dem Mord am Pfarrer zu tun? Warum aber die Krippenfiguren vom Blaschke mit ihr verschwunden sind, ist mir ein Rätsel. Womöglich hat sie diese sogar zur Erinnerung mitgenommen. Wer kann schon die Frauen verstehen? Der Krach wird lauter. Mit den ersten Schüssen, deren Zweck mir ebenfalls nicht einleuchtet, drücke ich die Tür auf und schiebe Ruprecht ins Dunkel.

»Meinst du, Frau Blaschke ist auch tot?«, fragt Ruprecht nervös.

»Auf der Suche nach ihr aus Versehen erschossen«, sage ich, um Ruprecht abzulenken. Von neun Leuten ist einer tot und eine verschwunden. Normalerweise müsste der Rest einen Personenschutz bekommen, aber wenn ich das laut sage, laufen die Dörfler Amok, allen voran mein Freund Ruprecht. Abgesehen davon würde Irmgard das niemals zulassen und am Ende hätten wir hier eine wild gewordene Bürgerwehr. Immerhin kann das ja alles auch Zufall sein. Nach wie vor ist Mandy meine einzige Verdächtige, aber was hat die mit der Blaschke Ehefrau zu tun? Also schweige ich lieber über das alles, damit Ruprecht nicht vor Angst das Weite sucht.

»Sie wird den Blaschke verlassen haben«, lasse ich beiläufig fallen. »Wer kann es ihr übel nehmen? Ein Wunder, dass sie es so lange mit dem ausgehalten hat.« Wieso sie dann aber bis auf die Krippenfiguren angeblich nichts mitgenommen haben soll, keine Ahnung.

»Aber das geht doch nicht! Wer näht dann denn die Weihnachtskostüme?«, ereifert sich Ruprecht.

An seiner Stimme kann ich hören, dass er einen weiteren Mord besser verkraftet hätte als einen bewussten Ausstieg der Bürgermeistersgattin aus der Dorfweihnacht. Der Mensch muss Prioritäten setzen.

»Was suchen wir eigentlich?«, will Ruprecht wissen und ich höre, wie er gegen irgendetwas rumpelt. »Das war der Weihnachtsbaum der Pfarrgemeinde,« meckert er. »Wenigstens kann der Baumbehang nicht kaputtgehen. Der fühlt sich an wie Pappe.«

Ich weiß, dass der dürre Baum mit dem Innenleben von Klopapierrollen bestückt ist. Schließlich habe ich den halben Sonntag im Pfarrhaus verbracht und ich weiß auch, wo das Zeug herkommt. Mandy und die echten Acht haben ganze Arbeit geleistet. Womöglich war es die letzte Amtshandlung des Pfarrers, ausgediente Klopapierrollen an eine verkrüppelte Kiefer zu hängen. Wie erbärmlich. Aber Ruprecht das jetzt zu erklären, führt zu weit. Dabei sollte er eigentlich über die Dekorationsvorlieben der Dorfbewohner Bescheid wissen. Die sind garantiert alle im C-Plan des Weihnachtskomitees vermerkt und werden penibel überwacht. Wenn es in unserem Dorf um Weihnachten geht, dann ist der Mossad ein Scheißdreck gegen unseren Blaschke Bürgermeister.

Es raschelt. »Es ist eine Kiefer. Die hält ja auch länger«, sagt Ruprecht und rammelt erneut irgendwo gegen.

Als ob das noch von Bedeutung wäre. Die Kerze des Pfarrers brennt nicht mehr. Das ist nun mal Fakt. Und bei drei aktiven Kirchgängern in unserem Dorf glaube ich nicht, dass er einen Nachfolger bekommt. Unser Pfarrer mochte Bestandsschutz gehabt haben, aber jetzt sind der Wegrationalisierung Tür und Tor geöffnet. Und mal ehrlich, wer soll denn nach der Meuchelnummer noch freiwillig zu uns in den Wald kommen? Erst recht, wenn man das Blaschkeweib auch noch irgendwo findet. Auch ohne einen Mord braucht das schon ziemlich viel Idealismus. Ich fasse Ruprecht am Jackenärmel, um ihn die Treppe zur Wohnung des Pfarrers hinaufzuführen, bevor er noch irgendeinen Schaden anrichtet.

»Du gehst in die Küche und ich ins Bad«, sage ich knapp. Ich habe keine Ahnung, wie viel Zeit zwei Einbrecher haben, die einen Tatort auskundschaften wollen, aber ich denke, wir sollten uns beeilen.

»Hast du auch schon wieder Hunger?«, will Ruprecht wissen und schickt sich an, in Richtung Schlafzimmer abzubiegen.

Ich ziehe ihn zurück. »Wenn der Pfarrer denjenigen kannte, der ihn umgebracht hat, dann könnte er ihm auch etwas angeboten haben«, versuche ich mich in einer Erklärung und drehe ins Bad ab. »Wir suchen nach irgendetwas, das auf Besuch hindeutet. Verstehst du?« Die Frage kann ich mir selbst beantworten. Ruprecht hat andere Sorgen.

»Niemals. Seit fünfundzwanzig Jahren tagt das Weihnachtskomitee einmal in der Woche im Pfarrhaus und wir haben noch nie was gekriegt.« Ruprecht redet mit sich selbst. Das ist ihm nicht bewusst. Egal. Ich habe keine Nerven zuzuhören. Ich will nicht mehr der Nikolaus sein, beuge mich über die Badewanne und lasse ein paar Scherben in meiner Jackentasche verschwinden. Bei uns im Thüringer Wald erkennt man sich an den Vorlieben für den Glasschmuck. Das weiß auch Irmgard. Aber womöglich kann ich schneller sein. Dann schleiche ich ins Schlafzimmer. Meine Fresse, ist das ein Gestank hier. Der Pfarrer hatte Schweißfüße, ganz eindeutig. Das Bett allerdings ist akkurat gemacht, was auch gegen meine Theorie mit der Prostituierten sprechen würde. Es sei denn, sie hatte einen Ordnungsfimmel. Die paar Klamotten im Kleiderschrank sind nicht erwähnenswert. Ansonsten gibt auch dieser Raum nichts her. Im Wohnzimmer steht nicht einmal ein Fernseher. Dafür stapeln sich die Bücher bis an die Decke. Wer's mag. Es ist nicht so, dass ich nicht lese. Comics können durchaus auch einen Lerneffekt haben. Das wird unterschätzt. Der Pfarrer hat nur intellektuelles Zeugs und die Bücherwand ist schon rein Feng-Shui-mäßig der Supergau. Viel zu viel negative Energie, die aus der dunklen Eiche kommt. Ich gebe auf und gehe zu Ruprecht in die Küche.

Den Umrissen nach sitzt er am Küchentisch und wartet auf mich. Ich quetsche mich in die Speisekammer. So wie es hier aussieht, hat der Pfarrer auf das Spanferkel vom Grill spekuliert, ansonsten hätte er wohl zum ersten Dezember hungern müssen. Ein paar seidige Fäden bleiben an meinem Gesicht kleben. Allein der Gedanke an die Spinnweben macht mir Gänsehaut und … nicht schon wieder. Hektisch schlage ich mir mit der Hand auf meine Wangen.

Ruprecht scheint das zu hören. »Fängst du Fliegen?«, fragt er, redet dann aber weiter, ohne meine Antwort abzuwarten. Ihn beschäftigt bereits die Dorfweihnacht im nächsten Jahr. Ich habe gerade erst zwei Tage der diesjährigen überstanden und benötige nicht noch mehr Drohgebärden. Nach allem, was ich im Schein des Mondes sehen und vor allem ertasten kann, ist die Küche des Pfarrhauses von der gleichen Armseligkeit wie das Badezimmer. Womöglich gibt es in der evangelischen Kirche auch Bettelorden. Das wäre eine Erklärung. Wenn nicht, dann muss der Pfarrer ein echt armes Schwein gewesen sein.

»Wo ist die Pfarrersfrau eigentlich hingezogen?«, frage ich, während ich mir die Küchenschränke einzeln vornehme.

»In die Stadt«, antwortet Ruprecht und ich könnte schwören, dass er dabei irgendetwas im Mund hat. »Angeblich in eine große Wohnung am Markt.«

»Eigentumswohnung?«, hake ich nach und bin mittlerweile überzeugt, dass der Pfarrer nicht freiwillig so armselig gehaust hat. Seine Ex hat ihn abgezockt. So sieht es aus. Und das, was wir hier durchwühlen, sind die spärlichen Reste eines Männerlebens. Bis jetzt hatte ich kein Mitleid mit dem Kerl, aber das ändert alles. So eine Scheidung ist schlimmer als Mord. Nicht mal die lebenswichtigen Dinge wie ein paar Dosensuppen oder ein Fernsehgerät hat die Frau ihm gelassen. Der Wasserkocher ist auch weg. Wer so endet, kann auch gleich Weihnachtsgurken essen.

»Das interessiert mich nicht«, schmatzt Ruprecht. Es hört sich an, als ob etwas Metallisches aneinanderschabt.

»Was machst du? Isst du was?«, frage ich, wobei ich mich aufrichte und seinen schemenhaften Umriss anstarre.

»Mhm.« Er kaut so schnell, dass die Kiefergelenke knacken. »Sag schon?«

»Wildschweinbraten.« Ein Deckel klappert.

Ruprecht kann nicht lügen.

»Woher hast du den?«, will ich wissen.

»Steht hier auf dem Tisch. Er ist ausgezeichnet. Willst du probieren?« Ruprechts Stimme klingt so fröhlich wie immer, wenn er isst.

Ich will gerade etwas Vernünftiges sagen, als unter uns eine Tür quietscht. Kurz darauf rascheln die Kiefernzweige.

»Adam«, haucht Ruprecht.

»Schnapp dir den Braten und komm mit«, sage ich und hoffe, dass Ruprecht es kapiert hat und ein einziges Mal das tut, worum ich ihn bitte. Kurz darauf stehen wir wieder auf dem Dorfanger und sehen den Lichtkegel einer Taschenlampe durch das Pfarrhaus wandern. Der Mörder ist an den Ort seiner Tat zurückgekehrt. Ruprecht hat den Topf mit dem Braten unter den Arm geklemmt. Ich höre seine Zähne klappern.

»Das Schwein ist von Marlies«, sagt der Großvater zwischen zwei Löffeln Soße, auf denen er herumschmatzt wie bei einer Weinverkostung. »Marlies hat eine Schwäche für Wacholder. Sie verschätzt sich immer mit der Menge. Wollt ihr Brot dazu?« Der Opa steht vor dem Herd und erwärmt das Essen des Pfarrers.

Natürlich will ich. Ruprecht sicher auch, aber der kann vor Angst noch nicht wieder sprechen. Ich stehe auf und teile den Laib in vier nahezu gleich große Stücke. Dann entferne ich von Opas Teil die Rinde und lege sie Herrn Fuchs in seinen Napf. Solange ich denken kann, pflegen wir bei einem gemeinsamen Abendessen dieses Ritual. Ich mag das irgendwie, denn es hat für mich etwas Vertrautes. Früher war es Opa, der das Brot geschnitten und für Ruprecht die Rinde entfernt hat. Aber so ist das im Leben, alles ändert sich und bleibt trotzdem immer, wie es war.

Ruprecht schaut mich mit glasigen Augen an. »Das hätte unsere letzte Stunde sein können«, haucht er.

Der Opa bringt den Topf mit Schwung auf den Tisch. »Ich kriege die dicke Scheibe und ordentlich Soße«, sagt er und hockt sich zu uns. »Aber dass die Marlies wirklich für den Pfarrer gekocht haben soll, kann ich mir nicht vorstellen.«

»Wieso?«, frage ich nach und reiche ihm das gewünschte Stück Fleisch rüber.

»Sie hat in letzter Zeit kein gutes Haar an dem Kerl gelassen«, antwortet der Opa, steht auf, holt drei Flaschen Bier aus dem Kühlschrank und stellt jedem eine hin. Dann bröselt er das Brot in die über den Tellerrand schwappende Soße, drückt es mit seiner Gabel breit und schiebt sich die Pampe in den Mund. »Ganz eindeutig, die Marlies.« Er wiegt den Kopf und lächelt dabei fast schon ein wenig lüstern. »Ohne Soße ist alles nichts.«

Marlies ist beim Opa gut im Rennen, denke ich. Sie kocht, seit ich denken kann, für unseren Kindergarten und nach dem, was ich gerade zwischen den Zähnen habe, macht sie das ganz ausgezeichnet. Ansonsten ist sie so hoch wie breit und von schlichtem Gemüt, aber das ist nebensächlich bei einer Frau, Hauptsache, sie kann anständig kochen. Das ist Opas Meinung, nicht meine. Was Ruprecht darüber denkt, weiß ich nicht.

»Wie alt ist Marlies eigentlich?«, frage ich zwischen zwei saftigen Wildschweinhappen.

»Süße siebzig«, murmelt der Großvater hinter seiner Serviette. »Genau das richtige Alter.«

»Marlies ist auch im Weihnachtskomitee«, ergänzt Ruprecht. »Das ist nett von ihr, dass sie dem Pfarrer ein Adventsessen gemacht hat. Aber wir haben uns ja immer alle geholfen.«

»Schön, dass er vor dem Verzehr gestorben ist«, frohlockt der Großvater. »Das gute Zeug ist viel zu schade für den Kerl.«

»Opa«, sagt Ruprecht mit echtem Entsetzen und packt sich jetzt doch ein Stück Fleisch auf seinen Teller. Er kann eben nicht aus seiner Haut.

»Was ist?«, fragt der Opa mit unschuldigem Gesicht. »Habe ich etwa nicht recht?«

»Marlies und der Pfarrer sind einander nicht grün«, sage ich laut denkend. »Was hatten die denn für ein Problem miteinander? Und wieso stellt sie ihm dann einen guten Braten hin?«

Der Opa lässt die Gabel auf seinen Teller fallen, sodass die Soße weit über den Tisch spritzt. An der Zornesfalte auf seiner Stirn kann ich sehen, was er denkt. »Lass mir bloß die Marlies da raus. Hörst du!« Er fuchtelt mit dem Messer vor meiner Nase herum. »Die macht uns am Heiligen Abend den Kartoffelsalat. Wehe!«

»Sie wollte ihn vergiften«, kreischt Ruprecht mit weit aufgerissenen Augen, schiebt den Teller mit Karacho von sich, schnappt sich die Flasche Bier und trinkt gierig, bis nichts mehr darin ist.

»Und was soll das Bier jetzt gegen das Gift ausrichten?«, fragt der Großvater, ohne von seinem Essen aufzusehen, und gabelt sich ein Stück Fleisch von Ruprechts Teller. »Marlies ist ein Gemütsmensch. Sie wird schon ihre Gründe gehabt haben.«

»Der Pfarrer war Vegetarier«, wirft Ruprecht ein, ohne seinen halb vollen Teller weiter zu beachten. Stattdessen stopft er sich das trockene Brot in den Mund.

»Häh?«

Der Großvater verschluckt sich.

»Zumindest solange er verheiratet war«, erklärt Ruprecht. »Wenn es um das Essen zur Dorfweihnacht ging, hat er immer Vorträge über Grünkernbratlinge gehalten. Die sollen wohl mit Lebkuchensoße ganz gut sein. Das Rezept stammt von seiner Frau.«

»Da hat sich der Blaschke aber gefreut«, sagt der Opa schadenfroh.

»Der ging noch, aber Marlies hat sich furchtbar darüber aufgeregt«, weiß Ruprecht. »Sie hat gesagt, Vegetarier sind keine richtigen Männer.«

»Recht so!«, brummt der Opa und knallt sein Besteck auf die Tischplatte. »Wenn er Vegetarier war, braucht sie ihm den Wildschweinbraten auch nicht zu vergiften«, schiebt er nach und isst genüsslich weiter.

Ruprecht stutzt kurz und zieht dann seinen Teller wieder heran.

Wieso bringt sie ihm dann aber einen?, frage ich mich. Außerdem stand die Kasserolle auf dem Tisch und nicht im Kühlschrank oder auf der äußeren Fensterbank. Das bedeutet doch, dass Marlies erst am Sonntag beim Pfarrer gewesen sein kann. Allem Anschein nach kurz vor dem Mord, denn ansonsten hätte der Pfarrer etwas von dem Zeug gegessen. Nach allem, was ich gesehen habe, war der Braten aber unversehrt, also bis auf die Kostproben, die Ruprecht davon genommen hat. Abgesehen davon, dass er ihn kühl gestellt hätte. Der Pfarrer ist angeblich Vegetarier und Marlies findet ihn doof. Gut, das könnte erklären, warum sie ihm einen Schweinebraten schenkt. Sie will ihn ärgern. Aber mit einem super leckeren Schweinebraten? Der ist doch dann viel zu schade. Nee, das macht keiner bei uns im Thüringer Wald. Verschwendung von Lebensmitteln, noch dazu von Wildbret, nein, ausgeschlossen. Erst Mandy und jetzt auch noch Marlies. O je, mir schwant Schlimmes.

»Die Marlies«, der Großvater hüstelt, »die mag gern ein anständiges Stück Fleisch.« Er legt das Besteck ab und formt mit seinen Händen etwas, das ich nicht deuten will.

»Womöglich hat sie den Pfarrer zuletzt lebend gesehen, also neben seinem Mörder.« Ich staune selbst über meine Kombinationsgabe, aber so eine Mordermittlung regt echt die grauen Zellen an. Dass sie auch die Mörderin gewesen sein könnte, behalte ich für mich. Ich denke an den Kartoffelsalat an Heiligabend und an das Herz vom Opa.

»Wenn du sie befragst, komme ich mit«, beschließt der Großvater. »Marlies wird in meinen Armen butterweich. Da gibt es kein Halten mehr. Und Stollen gibt es bestimmt auch.«

Das will ich mir nicht vorstellen, also das mit den Armen vom Opa. Den Stollen würde ich auch nehmen.

»Na toll«, ereifert sich Ruprecht. »Ich darf die gefährlichen Sachen machen und den Braten stehlen. Was wäre, wenn man uns in der Pfarre erwischt hätte? Ganz sicher ist der Mörder an den Ort seiner Tat zurückgekehrt, um Spuren zu beseitigen. Und ihr esst Stollen.«

Ich zucke mit den Schultern. »Es wird einer von denen gewesen sein, die von dem Braten wussten. Das lässt keiner bei uns hier draußen verkommen. Möglicherweise hat Marlies ihn sich sogar wiedergeholt.«

Der Opa nickt. »Du hättest ja auch mit den anderen durch die Kälte wackeln und nach der Alten vom Blaschke suchen können. Aber da muss ja der Greis ran.«

»Kälte konserviert«, bemerke ich.

Der Opa grunzt. »Na ja, dann bleibt uns der Blaschke noch lange erhalten. Es hat schon eine ganze Weile gedauert, bis wir den aus dem eiskalten Löschteich gefischt hatten. Nicht, dass ich mit angefasst hätte, aber die anderen hatten schon ganz schön zu tun.«

»Er ist ins Eis eingebrochen?«, frage ich erstaunt.

»Ein herrlicher Anblick«, lacht der Opa. »Er dachte, die Olle könnte aus Verzweiflung über die vor dem Aus stehende Dorfweihnacht ins Wasser gegangen sein.«

»In den zugefrorenen Löschteich?« Sollte ich jemals nur eine Gehirnzelle beim Blaschke vermutet haben, so muss ich mich korrigieren.

»Ich habe den Kerl noch nie gewählt«, erwidert der Großvater. »Und wenn ihr mich fragt, hat die Blaschke den Absprung geschafft. Die Glückliche.«

Ich hoffe, er meint damit nicht, dass sie im Jenseits angekommen ist. Das würde mir dann wirklich langsam zu viel. Schließlich muss ich auch mal an meinen Sexartikel denken.

Ich habe bis früh um vier Pornos geguckt. Die Recherche ist immer der wichtigste Teil meiner Arbeit. Ich nehme das ernst. Zugegeben, es gibt schlimmere Beschäftigungen. Deswegen beklage ich mich auch nicht. Den Aufhänger für die besondere Weihnachtsgeschichte habe ich noch nicht gefunden. Möglicherweise sind die entsprechenden Angebote im Pay-TV intellektuell ansprechender. Das käme auf einen Versuch an. Ausdauer gehört zum Job. Ich habe nur noch zwei Wochen für den Artikel und das war nur die Vorrecherche. Na ja, müde bin ich trotzdem. Entsprechend übel sehe ich heute Morgen aus.

In der Nacht hat es frischen Schnee gegeben. Ich mag das gern, wenn die Landschaft um mich herum aussieht, wie mit Puderzucker dekoriert. Da muss ich immer an den Gugelhupf denken, den meine Mutter für mich gemacht hat. Ich erfreue mich an dieser Kindheitserinnerung. Mein Magen macht sich leider immer noch bemerkbar, obwohl Wildschwein an sich gut verträglich ist. Aber möglicherweise habe ich eine Wacholderallergie. Ich weiß nicht, ob man dagegen allergisch sein kann, aber heutzutage hat ja jeder irgendeine Unverträglichkeit. Das ist modern. Dementsprechend würde ich im Trend liegen. Egal.

Ich habe nach dem Aufstehen jedenfalls beschlossen, den Doktor Spelzer einmal aufzusuchen. Ich gebe zu, meine Blähungen beunruhigen mich nicht wirklich und vor allem brauchen sie keinen Arzt, schon gar nicht einen, der mich Leichen aus einer Badewanne hieven lässt, aber der Spelzer kann mir vielleicht ein paar medizinische Details zum Tod des Pfarrers verklickern. Keine Sorge, ich entwickle mich nicht langsam zu einem willfährigen Sklaven vom Blaschke Bürgermeister. Ganz im Gegenteil. Mich treiben der Überlebenswille und die Neugier. Obwohl der Opa gestern Nacht zum Erstaunen Ruprechts eindringlich darauf bestanden hat, dass ich im Forsthaus bleibe, bin ich nach Hause gegangen. Das war kein Leichtsinn, so blöd bin ich nicht, sondern eher ein bewusst in Kauf genommenes Risiko. Denn jeder, der bei uns einbricht, muss zuerst an Tante Hildegard vorbei und auch ein nach einem Nikolaus suchender Mörder kann sich irren. Tante Hildegard jedenfalls schläft wie eine Ente, also nur mit einer Gehirnhälfte und einem offenen Auge. Bei jedem anderen hätte ich auf eine Kriegsmacke getippt, aber bei uns im Thüringer Wald war dahingehend nicht viel los. Tante Hildegard bewacht eher ihr Eigentum, wobei ich mich frage, was man ihr klauen soll. Alles, was Tante Hildegard besitzt, kann man bei jeder Straßensperrmüllsammlung mühelos und sicherlich in besserem Zustand finden. Geiz ist auch eine Krankheit. Aber wenn ich Tante Hildegards Alleinerbe bleibe, soll sie meinetwegen auch noch anfangen zu hungern. Wie dem auch sei, Tante Hildegard ist besser als jeder Dobermann und ich hasse es, in einem fremden Bett zu schlafen.

Als ich vor die Haustür trete, schaufelt Tante Hildegard gerade unter Stöhnen und Ächzen den Schnee vom Fußweg. Ich weiß nicht, was das bringen soll, lasse sie aber machen. Mit einem verschluckten Morgengruß steige ich über den Stiel der Schaufel und mache mich auf den Weg.

»Schneeschippen ist Männerarbeit«, höre ich sie noch hinter mir zetern.

»Viel Glück bei der Suche«, sage ich so laut, dass sie es mitbekommt. Dann fällt mir das Tauschgeschäft der Hausfrauen wieder ein, von dem der Opa gestern erzählt hat und ich muss lachen.

»Noch hast du was zu lachen. Aber warte nur, wenn sie

dich erst kriegen«, schreit Tante Hildegard aufgebracht. »Dann geht es dir wie dem Pfarrer und dem Blaschkeweib.«

Sie droht mir regelmäßig, mal mit der Steuerbehörde, dem Ordnungsamt, der Abfallwirtschaft oder auch der Polizei, aber heute, ich gebe es zu, trifft sie damit einen wunden Punkt. Glücklicherweise weiß sie das nicht.

»Und spiel dich bloß nicht so auf, nur weil du jetzt für den Blaschke den Hilfssheriff machst«, ruft sie noch, als ich schon auf der anderen Straßenseite bin. »Mitläufer.«

Sie weiß es doch. Ich frage mich, wer ihr Informant ist. Mit irgendeinem im Dorf muss sie noch in Kontakt stehen. Dass sich das jemand antut, hätte ich nicht für möglich gehalten. Ich werde einmal Ruprecht danach fragen. Es ist immer besser, den Feind im Auge zu behalten.

Mandy kommt mit den echten Acht über den Dorfanger gelaufen und winkt mir euphorisch zu. Dabei leuchtet ihr Kopf dunkelrot. Klaus und Marvin machen Grimassen und strecken mir die Zunge raus. Na ja, ohne mein Kostüm bin ich eben keine Autorität, denke ich, und beschränke mich auf ein zaghaftes Nicken. Ich will Mandy nicht unnötig Hoffnung machen.

Die Blaschke Ehefrau ist nach allem, was ich weiß, bis jetzt noch nicht wieder aufgetaucht und vielleicht liegt sie ja bei Mandy in der Kühltruhe. Gleich neben der Weihnachtsgans, versteht sich. Klaus und Marvin können sich überhaupt nicht beruhigen. Den Knaben auf offener Straße eine Backpfeife zu verpassen, kommt vielleicht nicht so gut, zumal das eigentlich Ruprechts Part ist. Ich bin für klare Zuständigkeiten. Alles andere regt mich auf. So wie damals im Theater in Weimar: Dana, ein Date von mir, war ganz versessen auf Kultur, und da die an diesem Abend nur in Form von ›Faust I‹ zu haben war, habe ich auf dicke Hose gemacht und zwei sauteure Theaterkarten erstanden. Ich bin in Ansätzen ein Germanist, da sollte man sich schon einmal Goethe reingezogen haben, aber eigentlich ging es mir dabei nur um meine Begleiterin. Goethe macht willig, war meine irrige Annahme. Na ja, ich will dem alten Dichterknaben nicht unrecht tun, aber eventuell wäre Schiller ein besseres Aphrodisiakum gewesen. Wer weiß das schon. Ich jedenfalls teste das nicht mehr aus. Dabei sah das Ganze am Anfang recht vielversprechend aus. Bis zum zweiten Akt, um genau zu sein. Dann haben Faust und Mephisto ohne erkennbaren Grund die Rollen getauscht. Einfach so. Auf mich wirkte das absolut verstörend. Widernatürlich sozusagen. Dana hat es nicht einmal bemerkt. Nichts für ungut, ich wollte keine superintellektuelle Theaterkritikerin in die Kiste kriegen, aber den Unterschied zwischen Faust und Mephisto sollte man schon ausmachen können. Bei Dana war dahingehend Fehlanzeige. Ansonsten auch, wie ich mit größtem Bedauern feststellen musste. Entschuldigung, aber mit einfältigen Frauen kann ich nicht. Ich bin gern zu Abstrichen bereit, aber das, nein, wirklich, da kann ich nicht. Der Abend war gelaufen. Die behämmerte Idee des Regisseurs hat mir alles versaut. Ich hätte das Geld zurückverlangen sollen. Es gibt nun einmal klare Regeln, Faust und Mephisto, Nikolaus und Knecht Ruprecht … Und ich gehöre zu denen, die sich daran halten. Na ja, Marvin und Klaus erspart das heute die Backpfeife. Alles ergibt am Ende eben irgendwie Sinn.

Der Spelzer hat seine Praxis im Nachbardorf. Bis dahin sind es nur zwei Kilometer. Die schaffe ich mühelos, auch bei Neuschnee. Ich laufe gern, denn das macht einen klaren Kopf. Zudem habe ich kein Auto und damit keine Alternative. Ich könnte jetzt dazu eine schöne rührselige Geschichte über mein ökologisches Bewusstsein und die Verantwortung für nachfolgende Generationen erzählen. Aber die Wahrheit ist einfacher: Ich habe keine Kohle. Dafür habe ich Ruprecht. Normalerweise nehme ich für längere Strecken seinen Wagen, doch heute war mir nicht danach. Zudem hätte Ruprecht dann wissen wollen, wo ich hinfahre, und er hätte sich wieder schrecklich aufgeregt. Etwas Privatsphäre ist schon nicht schlecht.

Ich bin auf der Höhe des Pfarrhauses angelangt. Es sieht friedlich aus, wie es da so einsam vor mir liegt mit dem brennenden Herrnhuter und so. Ich frage mich, ob das gestern wirklich der Mörder war, der nach uns eingestiegen ist. Das wäre nicht besonders klug von ihm, was wiederum dafür sprechen würde, dass er aus unserem Dorf stammt. Und wenn uns jemand verfolgt hat? Aber dann hätte derjenige einfach vor der Hintertür warten können. Wir saßen im Pfarrhaus ja quasi in der Falle. Ich werde diesen Vorfall wohl oder übel an Irmgard melden müssen. Nicht unser illegales Eindringen, Gott bewahre. Aber dass jemand zwischen den materiellen Überbleibseln unseres Pfarrers herumgeschlichen ist, sollte die Polizei wissen. Möglicherweise hatte der Pfarrer sogar geheime Geldvorräte oder ein Drogendepot. Ich will nicht mutmaßen, aber die einsamen Weiten des Thüringer Waldes bieten sich schon irgendwie für illegale Geschäfte an. Eventuell war er sogar der Kopf eines Pornorings. Oder auch nicht. Ich denke an Shila, Shinzia oder wie auch immer die Hauptdarstellerin in einem der Streifen gestern hieß. Den Namen kann ich mir nicht auch noch behalten. In jedem Fall hatte der Pfarrer ein Geheimnis – das mich, offen gestanden, eigentlich nicht die Bohne interessiert.

»Du siehst schlecht aus«, begrüßt mich Schwester Marga kurze Zeit später in Spelzers Praxis.

»Das kommt von den vielen Pornos«, antworte ich und schiebe meine Krankenversicherungskarte über den Tresen.

Marga lächelt. Wir kennen uns lange und sie hält diesen Spruch erstaunlicherweise dennoch für einen Witz. Mit einem Augenzwinkern deutet sie auf das vollkommen überfüllte Wartezimmer. »Ich habe keine Ahnung, was die heute hier alle wollen. Du wirst etwas Zeit haben müssen.«

»Unser Pfarrer ist tot und vielleicht halten sie das für eine Epidemie«, antworte ich. Solange ich pünktlich zum Mittagessen bei Ruprechts Großvater bin, soll es mir recht sein. Aber die Reste vom Wildschweinbraten zu verpassen würde mich ärgern. Ich trotte ins Wartezimmer und wie ich so eintrete, sehe ich, wie eine Mutter ihrem halbwüchsigen Sohn den Ellenbogen in die Seite rammt, um ihn zum Aufstehen zu bewegen. Der arme Kerl befolgt die Aufforderung mit dermaßen ungelenkem Geschlacker, dass ich mich frage, ob er es jemals schaffen wird, für meine Rente aufzukommen.

»Bitte schön, Herr Nikolaus«, sagt die Frau schließlich, als es der Junge endlich geschafft hat, sich zu erheben, und zeigt dabei auf den freien Stuhl. Alle anderen starren mich neugierig an.

Unsicher schaue ich an mir herunter. Ich bin Anfang vierzig, groß, muskulös, zumindest denke ich das, habe volles Haupthaar, ohne das kleinste Anzeichen von Grau, und noch alle meine Zähne. Sollten sich die schwarzen Augenringe, die ich heute früh im Spiegel gesehen habe, nicht zu einem körperübergreifenden Ekzem ausgebreitet haben, weiß ich nicht, wieso man mir einen Platz anbieten muss. Die Frau nickt mir auffordernd zu und wenn ich nicht noch mehr Aufmerksamkeit erregen will, muss ich ihrer Bitte nachkommen. Schweigend hocke ich mich neben sie, was mir die grenzenlose Verachtung ihres Sohnes, der nun im Türrahmen lehnt, einbringt.

»Ich hoffe, es ist nichts Ernstes«, raunt mir die Dame von der Seite zu.

Ich tue so, als ob sie nicht mich gemeint hat.

Sie ist hartnäckig. »Momentan grassiert ja so einiges. Nicht, dass Sie sich etwas eingefangen haben. Ausgerechnet in der Adventszeit, in der Sie doch sicherlich pausenlos unterwegs sein müssen.«

Ich hätte es wissen müssen, als sie mich mit Nikolaus angesprochen hat. Aber darauf, dass ein altmodischer Heiliger Groupies haben könnte, wäre ich nie gekommen. Ich scanne sie aus dem Augenwinkel.

»Ohne Ihr Kostüm sehen Sie fast noch netter aus«, jauchzt sie, um, nachdem der Satz in der Welt ist, zu kichern wie ein Schulmädchen.

»Sie müssen mich erst einmal nackt sehen«, sage ich und bin überzeugt, sie damit abzuschrecken. Aber das zieht nicht.

Jetzt lacht sie aus voller Kehle. »Und Sie mich erst!«

»Das käme auf einen Versuch an«, antworte ich. Mir ist

klar, dass ich auf unverschämte Art pokere, doch das ist es mir wert. Und immerhin hat sie angefangen.

Sie erwidert nichts, hantiert dafür hektisch mit ihrer Handtasche, um mir wenig später einen Zettel mit ihrer Telefonnummer zuzuschieben. Ich bin kein Dummkopf und greife zu. Erst Mandy, unsere Kindergärtnerin, und jetzt die unbekannte Schönheit neben mir. Dass die Frauen auf einen Nikolaus stehen, hätte ich nicht zu träumen gewagt. Und irgendwie ist das ja auch verkehrte Welt. Eigentlich müssten die Kinder scharenweise zu mir laufen und sich in Ehrbekundungen ergießen, aber Autoritäten sind heutzutage out und Respekt ist ein Fremdwort. Mich stört das nicht. Heute ist erst der dritte Dezember und wenn die Sache so weiterläuft, kann ich den Weihnachtsterror locker aushalten. Ich werde dem Blaschke Bürgermeister vorschlagen, dass wir eine Exkursion über die Dörfer machen. Marketing ist schließlich alles.

Geraume Zeit später sitze ich vor dem Doktor und bemühe mich um ein leidendes Gesicht.

»Marga sagt, du guckst zu viel Fernsehen«, sagt der Spelzer, ohne mit der Wimper zu zucken.

»Ich arbeite hart, ja«, antworte ich. »Außerdem hat mich die Sache mit dem Mord ziemlich mitgenommen.«

»Ging doch mit dem Pfarrer. Der sah noch ziemlich proper aus. Es hätte ekliger sein können, offene Wunden, eingeschlagener Schädel und so«, erwidert Spelzer. »Aber wenn du einmal hier bist, zieh mal den Pullover aus. Ich horche dich ab.«

»Ich habe Durchfall«, antworte ich unwillig. »Der sitzt tiefer.«

»Mhm. Abhorchen«, murmelt Spelzer und baut sich mit seinem Stethoskop vor mir auf.

Ich beuge mich dem Diktat. »Weißt du nun, an was der Pfarrer genau gestorben ist? Das mit der Gurke war ja schon ziemlich skurril, oder?« Ich plappere so unbedarft wie möglich, um keinen Verdacht zu erwecken.

»Der Blaschke erpresst dich. Ich weiß«, antwortet Spelzer. »Pass bloß auf, dass du da nicht in etwas hineingerätst. Irgendeiner könnte dich erwischen und ich weiß nicht, wer schlimmer ist, der Mörder oder Irmgard Gmeiner.«

Ich widerspreche nicht, sondern schaue den Doktor nur fragend an.

»Ruprecht war gestern bei mir. Ich habe ihm ein Beruhigungsmittel verschrieben«, sagt der Doktor.

Tratsche, denke ich.

Der Spelzer lässt von mir ab und schaut aus dem Fenster. »Ich habe gestern lange mit dem Kollegen von der Rechtsmedizin telefoniert. Von mir stammt schließlich das erste Gutachten, wenn du so willst. So was macht man ja nicht alle Tage.« Er atmet tief, verzieht aber keine Miene. »Der Magen und die Speiseröhre des Pfarrers waren voller Scherben. Er ist innerlich verblutet. Das muss die Hölle gewesen sein und das dauert.« Der Doktor winkt ab. »Ewig. Schmerzhaft. Grauenvoll. Da hat es jemand richtig böse mit eurem Vertreter Gottes auf Erden gemeint.«

»Keine anderen Verletzungen, nichts?«, frage ich nach, wobei mein Mund trocken ist und das Behandlungszimmer um mich herum zu schwanken anfängt. Von den neuen Ekelbläschen ganz zu schweigen.

»Nichts. Und nicht mal ein anständiges Mittagessen soll

er gehabt haben, der arme Mann«, antwortet Spelzer. »Drogen und Alkohol waren auch Fehlanzeige.«

Natürlich hatte er kein Mittagessen, denn die Reste vertilgen wir gleich, denke ich, und bin mir nicht mehr sicher, ob ich überhaupt noch Appetit auf das Schwein habe. »Für Genussmittel war er zu geizig«, antworte ich. »Der Pfarrer war bei dir Patient, nicht wahr?«, schiebe ich noch nach, damit der Gesprächsfluss nicht abreißt.

Spelzer nickt, geht zum Schrank mit den Karteikarten und sucht. »Siehst du, gute Idee. Die Krankenakte könnte ich den Kollegen noch zur Verfügung stellen. Aber da findet sich nichts. Er war kerngesund.«

»Wer isst freiwillig Weihnachtsgurken?«, frage ich mich und als Spelzer antwortet, fällt mir auf, dass ich meine Überlegung laut ausgesprochen habe.

»Jemand, den man dazu zwingt, zum Beispiel mit einer Waffe oder so«, entgegnet der Doktor.

»Dann lasse ich mich doch lieber erschießen, als diesen Blödsinn in mich hineinzustopfen, vor allem, wenn du sagst, dass es wehtut«, sage ich verwundert.

»So was von. Aber die Chance, das zu überleben, ist da, eine geringe, aber immerhin. Hingegen, wenn der Mörder mit einer Waffe umgehen kann, na ja …« Spelzer zuckt mit den Schultern. »Wir wollen eben alle nur leben.«

»Schießen können bei uns die meisten. Aber wie wahrscheinlich ist ein Schuss, wenn unter dem Fenster Dutzende Weihnachtsgroupies stehen?«, frage ich.

»Das musst du den Mörder fragen«, entgegnet Spelzer erstaunlich unbewegt. »Im Fernsehen habe ich aber mal gesehen, dass es dafür Schalldämpfer gibt.«

»Bei uns hier?«, frage ich ungläubig. »Doch eher bei den russischen Berufskillern. Aber die hätten doch auch gleich draufgehalten und wären abgehauen. Wer setzt sich denn stundenlang neben sein Opfer und wartet, dass es Weihnachtskugeln isst?«

»Jemand, der Zeit hat«, entgegnet der Spelzer. Er war schon immer ein Pragmatiker.

»Die Blaschke Ehefrau ist auch verschwunden«, sage ich. Der Doktor kennt hier jeden und möglicherweise hat er etwas mitbekommen. Ich weiß, die Suche nach einer Vermissten gehört nicht zu meinem Auftrag, aber irgendwie werde ich das Gefühl nicht los, dass das eine mit dem anderen etwas zu tun haben könnte.

»Mhm.« Spelzer stört sich nicht an dem abhandengekommenen Gemeindemitglied. Die Blaschke Ehefrau gehört nicht zu seinen Patienten, ganz klar. Er durchsucht derweil seinen Medikamentenschrank. »Ich würde dir ein Stärkungsmittel mitgeben. Auch wegen deines Fernsehkonsums«, sagt er schließlich.

Für einen Moment glaube ich doch tatsächlich, ein Lächeln um die Mundwinkel des Doktors gesehen zu haben.

Das angebliche Stärkungsmittel ist ein Vitaminpräparat. Nichts weiter. Dem Aufkleber auf der Packung nach waren die Teile eine kostenlose Probe. Der Spelzer muss eben auch sehen, wo er bleibt. Noch im Vorgarten des Doktors pfeife ich mir brav die ersten beiden Kapseln rein, aber nur, weil ich sehen kann, wie er am Fenster steht und mich beobachtet. Haben die Hausärzte im Thüringer Wald nun schon so wenige Patienten, dass sie jedem Gehenden sehnsuchtsvoll nachschauen müssen? Unsinn. Ich tue so, als hätte ich ihn nicht bemerkt, und ziehe von dannen. Mein Schreibtisch ruft. Wenn ich in den nächsten Wochen nicht wieder aus Ruprechts Kühlschrank leben will, muss ich den Artikel fertig bekommen. Ehrlich gesagt hätte ich vermutet, das Thema ginge mir leichter von der Hand, aber womöglich bin ich schon zu lange raus. Irgendwann verlernt man eben alles.

Es vibriert in meiner Hose. Mir war nicht bewusst, dass ich mein Handy dabeihabe. Normalerweise liegt es auf meinem Schreibtisch und wartet auf interessierte Verlage mit lukrativen Aufträgen. Das Gerät ist jetzt acht Jahre alt, aber auf diesen Anruf musste es bislang vergeblich warten. Da das Teil penetrant weiterklingelt, ziehe ich es aus der Tasche und schaue mir die Nummer an. Ja, ich gehöre auch zu denen, die nur abnehmen, wenn sie den Anrufer kennen. Ich bin kein wilder Draufgänger, der sich mit abenteuerlustiger Neugier in die Welt stürzt. Würde ich ansonsten im Thüringer Wald leben? Noch dazu hasse ich Überraschungen. Wer auch immer nach mir verlangt, er bleibt hartnäckig. Widerwillig springe ich über meinen Schatten.

»Du Depp bist der einzig halbwegs kluge in diesem bescheuerten Kaff und du wirst mir jetzt erzählen, was da los ist, sonst bestelle ich dich in die Polizeiinspektion und grille dich so lange, bis du nicht mehr weißt, ob du Männlein oder Weiblein bist.«

Irmgard. Und offenkundig tappt sie, was den Mord am Pfarrer angeht, noch immer im Dunkeln. Ich muss grinsen.

»Im ersten Halbsatz ist ein Widerspruch«, sage ich überlegen.

Ich höre sie atmen. »Ich habe mit Ruprecht telefoniert.«

Eins zu null für den Schrumpfkopf.

»Ich will Namen, Märker! Jetzt.«

Ich könnte anfangen, Ruprecht zu hassen. Aber er ist mein Freund und das wäre unfair. Ich pokere, zumal ich nicht sicher bin, was Irmgard alles aus Ruprecht herausgequetscht hat. Wenn ich es mir recht überlege, sind seine Wahrnehmungsdefizite eigentlich eine gute Sache. »Die Blaschke Ehefrau ist weg. Ohne Jacke«, sage ich und dabei gelingt es mir erstaunlich gut, Betroffenheit zu heucheln.

»Erzähl mir was Neues!«, fordert Irmgard.

Ich weiß, dass Irmgard die Frau des Bürgermeisters genauso wenig leiden kann wie ihn selbst. Immerhin war sie es, die den Rammler Erich mit brauner Soße serviert hat. Ich weiß auch, dass die Polizei bei vermissten Erwachsenen erst nach achtundvierzig Stunden tätig wird. Und ich weiß, dass der Blaschke nicht einmal nach Ablauf dieser Frist eine Vermisstenanzeige aufgeben würde. Die Diebstahlsmeldung für die Heiligen Drei Könige läuft hingegen schon lange. Denn es ist etwas gänzlich anderes, wenn die Lichterkette von unserem Weihnachtsbaum geklaut wird oder irgendetwas anderes von Blaschkes Weihnachtsdevotionalien. Dann dreht er komplett frei. Aber bei seiner Frau? Ein bisschen Schwund ist eben immer.

»Mit ihr sind die Heiligen Drei Könige aus der selbst gebauten Krippe vom Blaschke seinem Urgroßvater verschwunden, angeblich wertvolle Unikate«, ergänze ich.

»Den Diebstahl hat er angezeigt«, murmelt Irmgard gedankenversunken, um dann in gewohnter Manier nachzulegen. »Wieso stehen die am ersten Advent auch schon in der Krippe?«, blafft sie. »Dann ist das seine eigene Schuld.«

Ich staune über ihre christliche Bildung, bin mir aber recht sicher, dass die gesamte Krippenszene vor Heiligabend keinen Sinn ergibt. Aber ich will das mal nicht so genau nehmen. »Jetzt hör auf mit den Ablenkungsmanövern und erzähl!«

»Bei uns gibt es heute Wildschweinbraten zum Mittagessen.« Schwieriges Fahrwasser, ich weiß, aber ganz so blöd bin ich nun mal auch nicht.

»Unsere Kantine macht Jägerschnitzel und Tomatensoße«, sagt Irmgard und ihre Stimme klingt wie die von Klaus Kinski in »Nosferatu«.

Der gute Ruprecht hat unseren Einbruch verschwiegen. Ich atme durch. »Gestern Abend muss jemand in das Pfarrhaus eingestiegen sein. Als ich vom »Hirschen« nach Hause gegangen bin, habe ich den Lichtschein einer Taschenlampe wandern gesehen.«

Irmgard stutzt, das kann ich förmlich durchs Telefon sehen. Sie hat nicht erwartet, dass ich tatsächlich etwas Sinnvolles von mir gebe. Das ist schon klar.

»Noch was?«, fragt sie mürrisch.

»Den Pfarrer hat die Frau letztes Jahr verlassen. Hier sagt man, er hätte eine Freundin gehabt. Einige wollen die sogar letzte Woche vor seinem Haus gesehen haben.« Natürlich plappere ich den Blödsinn nur nach, ohne ihn für wirklich bedeutungsvoll zu halten. Ich glaube so etwas nennt man Verschleierungstaktik. Oder Behinderung der Polizeiarbeit? Quatsch. Ich sage einfach nur, was ich weiß, also ein bisschen was. Dass der einzige Zeuge der besoffene Funke Tischler ist, muss ich ja nicht auswälzen. Abgesehen davon kann ich doch nicht einfach so Marlies und Mandy dem Schrumpfkopf ausliefern, zumal das alles auch nur meine Hirngespinste sein können. Ich bin kein schlechter Kerl, nicht einmal in der Not.

»Seine Frau lebt auf Mallorca«, murmelt Irmgard. »Die scheidet aus.«

»Sauber, aber dem Pfarrer nicht einmal ein paar Konservendosen im Schrank lassen«, sage ich, wobei mir das ehrlich gesagt jetzt nur so herausgerutscht ist. »Also, das erzählen die Leute«, schiebe ich vorsichtshalber nach.

Irmgard hat anderes im Sinn, als sich auf mein Geschwätz einzulassen. »Du machst mit dem Weihnachtsmannquatsch weiter und hältst die Augen und Ohren offen. Ich will jede noch so kleine Abweichung von der Norm wissen. Verstanden!«

Na, das wird eine riesige Liste, denke ich. Norm. Lachhaft. Bei uns im Dorf? Hier gibt es nichts, was andere außerhalb der Gemeindegrenzen für üblich beziehungsweise allgemein anerkannt halten würden. Und überhaupt, was denkt der Schrumpfkopf eigentlich von mir? Sehe ich aus wie ein Verräter? Die soll mir bloß nicht so kommen.

»Hast du das gecheckt?«, kreischt sie in mein Ohr.

Habe ich und genau deswegen ist Irmgard Gmeiners Nummer in meinem Mobiltelefon ab sofort blockiert.

Die Frau unseres Tierarztes sieht aus wie er. Mir ist das noch nie aufgefallen, aber ich muss auch zugeben, dass ich die alte Dame keine fünf Mal in meinem Leben gesehen habe; gemeinsam mit ihrem Mann wird es wohl noch seltener gewesen sein. Heute jedenfalls habe ich den direkten Vergleich. Erstaunlich, wie ähnlich sich Paare mit der Zeit werden, denke ich und gerate schon in Versuchung, Ruprecht zu fragen, ob die beiden Bruder und Schwester sind. Wir sind im Thüringer Wald, wer weiß? Ich möchte nicht unhöflich sein und verkneife mir die Bemerkung schließlich, da die Greisin nun mit einer Triola vor ihren im Rollstuhl sitzenden Mann tritt und zu spielen anfängt. Ich meine Bachs ›Weihnachtsoratorium‹ zu erkennen, und staune, dass sie das über die paar bunten Tasten gewuppt bekommt. Mit der blauen Taste scheint sie jedoch so ihre Probleme zu haben, denn der Ton klingt etwas schief. Das könnte aber auch an ihrer arthrotischen Hand liegen oder der Menge Spucke, die sie unweigerlich da reinbläst. Ich weiß das, weil ich als Kind auch so ein Teil hatte und meine Mutter immer die fette Aule rausklopfen musste, damit ich wieder Musik machen konnte. Der Geifer lässt sich nun mal nicht aufhalten. In jedem Fall hat sie noch genügend Luft, um den ersten Teil durchzuhalten, was bei Bach eine echte Leistung ist, auch wenn ihre eingefallenen Wangen am Ende vor lauter Anstrengung feuerrot glühen.

»Bravo!«, schreit der Blaschke Bürgermeister und ergeht sich in begeistertem Klatschen, als die Tierarztfrau die Triola endlich nach unten nimmt. »Bravo! Was für ein stimmungsvolles ›O du Fröhliche‹ wir hören durften. Herzlichen Dank dafür.«

Ruprecht, der mangels Blaschke Ehefrau heute zur Linken des Bürgermeisters stehen darf, pflichtet unserem Dorfoberhaupt bei. Die ältere Dame schaut etwas betreten in die Runde, wobei ihr Mann, nachdem die Jubelrufe des Weihnachtskomitees verstummt sind, seinerseits mit Begeisterung reagiert. Er geht auf die hundert zu. Wer kann es ihm übel nehmen, dass der Film für ihn in Zeitlupe abläuft.

Das Haus des Tierarztes ist das dritte Türchen in unserem lebendigen Adventskalender und bis auf dem Blaschke seine Ehefrau ist uns noch keiner des Gefolges abhandengekommen. Nun gut, der Pfarrer, aber der zählt nicht richtig. Der war ja vor dem Anpfiff schon ausgeknockt. Das ältere Paar hat sich nicht nur mit dem Ständchen wirklich Mühe gemacht. In jedem Fenster ihres Hauses hängt eine große Drei, die, wie ich nach genauerem Hinsehen feststellen muss, aus Teig zu sein scheint. Damit das Backwerk die Anforderungen des C-Planes erfüllt, haben die beiden Teelichter darunter platziert, die die Zahlen anstrahlen. Das macht schon was her, das muss ich zugeben, vor allem, da ich an der riesigen Hütte zwölf Fenster zähle und die beiden konsequent mit offenem Feuer arbeiten.

»Euch ist schon klar, dass es durchaus sein kann, dass es nicht alle Türchen bis zum Heiligen Abend schaffen?«, frage ich Ruprecht.

»Wie meinst du das?«, erwidert der irritiert. »Die beiden sind topfit für ihr Alter. Und sie sind echte Profis, von Anfang an dabei.«

»Ich meine ja nur. Hauptsache, unsere Feuerwehr ist einsatzfähig«, sage ich und greife in das Körbchen, das mir die Tierarztfrau mit einem freundlichen Lächeln reicht. Darin befinden sich Plätzchen. »Das ist schon schrecklich mit dem Pfarrer«, sage ich und langweile sogar mich selbst damit. Aber was soll's? Durch den lebendigen Weihnachtskalender treffe ich eine Menge Leute, die ich alle mehr oder weniger unauffällig über ihr Verhältnis zu unserem Gottesmann befragen kann. Eine andere Idee, wie ich an Informationen kommen sollte, habe ich momentan nicht, und einem Nikolaus unterstellt ja auch keiner etwas Böses.

Der alten Dame sinken die Mundwinkel nach unten. »Walter Wilfried, kommst du einmal, bitte«, schreit sie und schaut dabei ungeduldig auf ihren Mann. Bis der Tierarzt in seinem Rolli herangekommen ist, vergeht einige Zeit, in der sie mich konsequent ignoriert. Ich traue mich nicht einmal mehr, ein paar von ihren Plätzchen zu nehmen, so sehr scheine ich ihr die Adventsstimmung versaut zu haben.

»Was ist denn, Liebes? Brauchst du neue Plätzchen?«, fragt ihr Mann mit brüchiger Stimme. Von Nahem sieht er noch gut und gern zehn Jahre älter aus.

»Der Nikolaus hat eine Frage zum Pfarrer«, sagt sie und betont dabei das letzte Wort, als hätte sie »schwerer Brechdurchfall« gesagt.

»Was ist mit dem?«, herrscht mich der Tierarzt Walter Wilfried an und nimmt dafür offenbar all seine Kräfte zusammen.

»Er ist tot«, sage ich leicht verwundert.

Die beiden fangen aus voller Kehle an zu lachen.

»Er ist tot«, sage ich noch einmal, aber diesmal so laut, dass die anderen mit langen Gesichtern zu mir herüber sehen. Wenn man älter ist als die Erfindung der V2-Rakete, dann können schon mal ein paar Schallwellen verloren gehen, denke ich und bemühe mich um mehr Rücksichtnahme.

Die ausgelassene Heiterkeit der beiden steigert sich noch. Irgendwann japst Walter Wilfried mit Lachtränen in den Augen: »Den hat es vor uns dahingerafft. Der liebe Gott ist eben gerecht.«

»Er wurde umgebracht«, sage ich und ich gebe zu, dass ich mich dabei etwas unwohl fühle. Je mehr Tragik ich reinbringe, umso mehr schütten die beiden Alten sich aus.

Walter Wilfried hat sich zuerst wieder im Griff. »Entschuldigung, Nikolaus, aber die Ironie des Schicksals ist wirklich zu komisch.«

Ich muss auf diesen Satz hin ein unheimlich kluges Gesicht machen.

»Wir haben uns mit dem Pfarrer überworfen«, müssen Sie wissen, lieber Nikolaus«, wirft die Frau des Tierarztes ein. »Wegen unserer Beerdigung.«

»Ach«, murmle ich. »Was es alles gibt. Wann ist die denn?«

»Das ist ein echtes Thema in unserem Alter«, erwidert Walter Wilfried kichernd. »So was muss genau geplant werden. Man hat ja nur einen Schuss frei. Dann sollte es schon perfekt sein.«

»Freilich«, sage ich und frage mich, worüber ich mich hier eigentlich unterhalte.

»Er wollte uns nicht auf christliche Weise von dieser Welt verabschieden«, erklärt seine Frau und ich kann ihr das Ungemach darüber ansehen.

Wie denn dann?, frage ich mich.

»Wir sind in den Sechzigerjahren aus beruflichen Gründen aus der Kirche ausgetreten. Also wir mussten. Selbstverständlich sind wir getauft und alles, aber eben nie mehr zurückgekehrt. Irgendwie müssen wir das verpasst haben«, sagt der Tierarzt.

»Dennoch muss ein Pfarrer für alle da sein. Wir hätten ihm ja sogar eine großzügige Spende überlassen«, echauffiert sich die Tierarztfrau.

Ich nicke.

»Es ist uns nun mal wichtig, mit Gott zu gehen«, ergänzt Walter Wilfried. »Aber jetzt klappt das ja dann alles.« Er reibt sich zufrieden die Hände. Der Pfarrer aus dem Nachbardorf hat sich nicht so. Bei dem haben wir letzte Woche schon vorgesprochen. Unser Pfarrer war richtig wütend darüber und hat es seinem Kollegen untersagt. Aber jetzt …« Er fasst mich an der Hand und drückt sie fest. »Eine schönere Nachricht hätte mir der Nikolaus am dritten Dezember nicht bringen können, dabei sind Sie doch normalerweise erst in drei Tagen dran.«

Die beiden lachen noch, als ich mit dem Korb Plätzchen abmarschiere und mich auf ihrer Gartenbank niederlasse. Gehören die beiden Greise jetzt auch zu den Mordverdächtigen? Wenn das hier noch die nächsten einundzwanzig Tage so abläuft, blicke ich überhaupt nicht mehr durch. In jedem Fall hatten mehr Leute ein Problem mit dem Pfarrer, als ich gedacht hätte. So ein Mist aber auch.

Normalerweise bräuchte ich jetzt einen anständigen Schnaps. Aber der Süßkram tut es bestimmt auch. Zu meiner Überraschung haben die Plätzchen ebenfalls die Form einer Drei. Bei den älteren Generationen herrscht eben noch Ordnung. Beherzt beiße ich in meine Drei und bereue es in dem Moment, in dem meine Zähne nicht einmal einen Millimeter in den Teig eindringen können. Der Schmerz fährt mir bis ins Gehirn, aber da die Tierarztgattin keine zwei Meter von mir weg steht und mich erwartungsvoll anschaut, bemühe ich mich um ein Lächeln und lasse den Keks komplett in meinem Mund verschwinden.

»Die schmecken Ihnen wohl so gut«, ruft sie und ich sehe ihr an, dass sie mich am liebsten herzen möchte. Das liegt nicht an der Freude über ihre Backkunst, da bin ich mir sicher.

Ich presse die Lippen aufeinander und bemühe mich, das riesige Teil nicht mit Schwung wieder auszuspeien. Ich atme und speichle so gut es geht in der Hoffnung, den Keks weich zu kriegen. Während ich kämpfe und ihr dabei immer wieder durch Kopfnicken zu verstehen gebe, dass sie eine hervorragende Bäckerin ist, setzt sich der Blaschke Bürgermeister neben mich.

»Für zu Hause«, sagt er, greift mit seiner riesigen Pranke in den Korb und lässt eine ganze Handvoll Plätzchen in seiner Jackentasche verschwinden. Die Schweine freuen sich. Dann zwickt er mich in die Wange. »Schon was rausbekommen bei deiner Recherche, oder soll ich dem Becher Mirko absagen?«

Durch diese künstlich herbeigeführte Platzverknappung rutscht das noch immer steinharte Süßzeug, das mittlerweile auch noch aufgequollen zu sein scheint, ein wenig zu weit in Richtung meines Zäpfchens. Mir laufen die Tränen. Ich schlage die flache Hand vor meinen Mund und schlucke das Wildschwein, welches nach oben geschleudert gekommen ist, qualvoll wieder herunter. Zu meiner Erleichterung hat es einen Teil des Plätzchens gleich mitgenommen. Ruprecht bemerkt meine Not, kommt angerannt und reicht mir eine Tasse alkoholfreien Glühwein, mit dem ich erleichtert nachspüle. Während ich kaue, als ginge es um mein Leben, fordert die alte Dame den Blaschke Bürgermeister auf, sich mit dem Gebäck zu stärken. Ich nehme den zweiten Alkoholfreien auf Ex. Nun ist der Blaschke dran und ich kann sehen, wie er den Keks zwar artig nimmt, aber das Teil just in dem Moment, als die Frau ihm den Rücken zudreht, mit Schwung hinter sich über die Hecke zum Nachbarn feuert. Dieser Sack hätte mich warnen können, aber stattdessen grinst er mich nur hämisch an. »So langsam gefällt dir deine Nikolausrolle, nicht wahr?«

Ich ringe mit mir, ihm die Zähne auszuschlagen. Aber was ist das in seinem Fall schon für eine Herausforderung.

Eine gute halbe Stunde später befinden wir uns auf dem geordneten Rückzug. Gerade als ich Ruprecht von meinen neuen Erkenntnissen berichten will, bekommt der Blaschke Bürgermeister vor uns einen Schreikrampf. Einwohner sind damit beschäftigt, die üppige Weihnachtsdekoration aus ihren Vorgärten zusammenzuräumen. Wer kann es ihnen verdenken. Mir würden die bunten Lichter auch auf die Ketten gehen, zumal es Tausende in den unterschiedlichsten Farben sind.

»Was ist hier los?«, brüllt der Blaschke Bürgermeister enthemmt.

Der jungen Frau fährt der Schreck sichtlich in die Glieder. Ihr Mann sucht gleich in der angrenzenden Garage das Weite. Schließlich fängt sie sich und baut sich vor dem Blaschke und den anderen Weihnachtskaspern auf. »Angesichts des Todesfalles in unserer Gemeinde, der nach allem, was man hört, gewaltsam vonstattenging, halte ich es für meine Bürgerpflicht, auf die überschwängliche Dekoration meines Hauses zu verzichten.«

Nicht schlecht, denke ich. Ihre Ansprache klingt nach einem formellen Akt und könnte den Blaschke beeindrucken. Das tut er jedoch nicht.

»In zwei Minuten ist hier alles wieder hergerichtet«, brüllt der wie von Sinnen. »Die Rentiere leuchten vom Dach und der Weihnachtsmann klettert wieder an der Dachrinne. Hier gibt es keine Extrawürste. Verstanden?«

Er gestikuliert wie wild, um ihr zu verdeutlichen, was er meint. Ulf, der Gemeindearbeiter, prescht gemeinsam mit seiner Frau auf das Grundstück, reißt der Dame eines der bereits verpackten Rentiere aus den Händen und schleppt es zurück an seinen Bestimmungsort. Die Bürgerin ist den Tränen nahe und schaut sich immer wieder Hilfe suchend nach ihrem Mann um. Der bleibt verschwunden, sodass Ulf und Else genügend Zeit haben, die Weihnachtsdeko wieder anzubringen.

»Der Pfarrer wurde ermordet und Ihre Frau ist verschwunden«, schreit die Frau nun sichtlich hysterisch. »Soll man da so einfach darüber hinweggehen, als ob nichts wäre?«

»Genau«, kontert der Blaschke Bürgermeister. »Denn es ist Advent.« Dann lässt er sie einfach stehen und marschiert weiter.

Ich bleibe stehen, da ich mir nicht sicher bin, ob seine Zähne bei den renitenten Bürgern verblieben sind. Ich kann sie aber nicht sehen, bedeute der Frau mit einem Schulterzucken, dass ich es leider nicht ändern kann und schlendere mit bewusstem Abstand hinterher. Trotzdem kriege ich mit, dass der Blaschke seinen Gemeindearbeiter Ulf anweist, alle zwei Stunden die Häuser auf eine ansprechende Dekoration hin zu kontrollieren. Rund um die Uhr. Bürgerwehr einmal anders, denke ich, und hoffe inständig, dass ein Serienmörder bei uns herumschleicht und der Blaschke der Nächste ist. Danach sollte aber Irmgard übernehmen.

Marlies ist nett. Und ein wenig drall. Also ganz so, wie der Opa es gern mag. Seit einer geschlagenen Stunde sitze ich nun bei ihr in der Küche und probiere mich durch alles, was sie in der letzten Zeit gebacken hat. Der Opa weiß nichts davon. Ich will ihn nicht da hineinziehen und außerdem glaube ich, dass er meine verdeckten Ermittlungen nur stören würde. Nicht aus Boshaftigkeit, eher dadurch, dass er mir die potenziellen Zeuginnen jenseits der sechzig allein durch seine Anwesenheit ganz wuschig macht. Das brauche ich nicht. Für mich, einen Dreiviertel-Germanisten, ist die Arbeit der Polizei schon Herausforderung genug.

Nachdem ich mit dem dritten Stück Stollen durch bin, klopft Marlies mir auf die Schulter und sagt: »Nun ist es Zeit für etwas Herzhaftes, Nikolaus.« Ich kann nicht verhehlen, dass ich darauf spekuliert habe. Nach dem Wildschweinbraten des Pfarrers weiß ich, wozu Marlies fähig ist. Und sie übertrifft sich noch. Es gibt Sauerkraut, Hefeklöße und gekochtes Kassler. Das habe ich seit meiner Kindheit nicht mehr gegessen. Ich glaube, ich könnte mich in Marlies verlieben. Nach dem dritten Bier wird das immer wahrscheinlicher.

»Der schöne Heinrich kommt auch gern her«, sagt Marlies

und zwinkert mir verwegen zu, während sie mir eine zweite Portion auftut.

Das ist ein Liebesnest, denke ich, und der Opa ist der Auserwählte. Wie ich gerade so zwischen Freude für den alten Knaben und einem Anflug von peinlicher Berührung schwanke, geht die Küchentür auf und ein grauhaariger Mann in Strickjacke und Hausschuhen schlurft herein. Mir bleibt fast ein Stück Hefekloß im Hals stecken. Dabei weiß ich nicht einmal, bei was man Marlies und mich erwischt haben könnte? Beim Essen?

»Das ist Franz, mein Mann«, sagt Marlies und lächelt dabei zufrieden.

Franz grüßt knurrig, geht zum Kühlschrank und verlässt mit einem Bier den Raum. Er scheint den Anblick von fremden, essenden Männern in seiner Küche gewohnt zu sein, auch mein Kostüm hat ihn offenkundig nicht im Geringsten irritiert. Die dreißig Jahre Altersunterschied zwischen seiner Frau und mir auch nicht. Nun gut, bei der Nahrungsaufnahme spielen die ja auch keine Rolle.

»Franz ist sehr tolerant«, sagt Marlies und schält nun Kartoffeln.

Swingerclub mal anders, denke ich. All you can eat. Nichts muss, alles kann. Mahlzeit! Ich setze das Bier an und noch bevor die Flasche leer ist, hat Marlies mir ein neues hingestellt. Eine Traumfrau.

Der Alkohol steigt mir so langsam zu Kopf, kein Wunder, ich bin seit dem ersten Türchen fast abstinent, und muss mich darauf konzentrieren, was ich eigentlich von Marlies wollte. Ach so, der Pfarrer.

»Kochen Sie eigentlich für alle Männer im Dorf?«, frage

ich und ertappe mich im gleichen Moment dabei, dass das etwas zu plump gewesen sein könnte. Hoffentlich ist Marlies jetzt nicht beleidigt, weil sie denkt, ich halte sie für beliebig.

Ist sie nicht. Im Gegenteil. »Nur für die, die mir gefallen«, sagt sie und wieder kann ich ihre dritten Zähne sehen, was bei einem lasziven Lächeln zugegeben etwas irritierend wirkt. Aber die Geschmäcker sind glücklicherweise verschieden.

»Der Pfarrer war ja auch ein ansehnlicher Kerl und charmant konnte der sein«, fahre ich fort. Dieser Satz geht mir erstaunlich leicht über die Lippen. Die Promilleanzahl ist offensichtlich hoch genug.

Marlies' Mimik nach zu urteilen sieht sie das etwas anders. Dennoch bemüht sie sich erkennbar, ihre Meinung nicht allzu deutlich werden zu lassen. »Man soll über Tote nicht schlecht reden.« Sie senkt den Kopf und lässt eine Kartoffel in einen großen Topf mit Wasser gleiten. »Morgen gibt es Thüringer Klöße«, fügt sie noch an und zeitgleich hellen sich ihre Züge wieder auf.

»Die haben bei dem Wildschweinbraten für den Pfarrer am Sonntag aber gefehlt«, erwidere ich kauend. Das Sauerkraut ist aber auch wirklich erste Sahne.

Marlies fühlt sich ertappt. »Das war lediglich ein Dienst für das Weihnachtskomitee und eine Anordnung des Blaschke Bürgermeister«, sagt sie mit beleidigtem Unterton und ich kann sehen, wie sie immer wieder verstohlen auf meinen noch halb vollen Teller blickt, als gönne sie mir plötzlich das Essen nicht mehr. Ich beeile mich und spachtle, was das Zeug hält. Sie zu fragen, ob sie mir die Reste einpackt, kommt ja nunmehr kaum noch infrage. Leider. Erstaunlicherweise fragt sie mich auch nicht, woher ich das weiß. Aber das scheint Nebensache zu sein, denn sie legt nach und das klingt verdammt nach Rechtfertigung.

»In einem so kleinen Dorf muss man zusammenhalten, erst recht, wenn es um Weihnachten und unsere Traditionen geht. Für mich war das ja kein großes Aufheben, ich bin am Sonntag nur eine Stunde eher aufgestanden«, fährt sie fort und fuchtelt dabei mit ihrer Hand, als wäre das kein besonderes Opfer. »Abgesehen davon hätte dieser Mensch ja auch Brot dazu essen können. Das ist ja auch mal nicht schlecht.«

»Das verstehe ich gut mit den Traditionen«, antworte ich und verschaffe mir so noch etwas Zeit für den zweiten Kloß.

»Der Blaschke hat gesagt, der Pfarrer solle am ersten Dezember etwas Ordentliches essen. Von Beilagen war keine Rede gewesen. Es ging nur darum, dass er niemanden mehr zum Kochen hat. Mal abgesehen davon, dass man das, was die Pfarrersfrau da zusammengerührt hat, kaum Kochen nennen konnte. Der Pfarrer wird sich möglicherweise daran gewöhnt haben. Aber ein Genuss …« Sie winkt ab. »Für die meisten alleinstehenden Männer ist das mit den gesunden Mahlzeiten ein echtes Problem. Eine Waschmaschine zu bedienen ist nicht schwer, da stehen ja alle Programme dran. Aber mit einem Stück Fleisch oder einem Sack Kartoffeln geht das nicht. Kein Wunder, dass alle Männer ohne Frauen unzufrieden und fett werden. Diese Fertiggerichte sind nichts Reelles. Ein Mann braucht etwas Handfestes.« Um das zu unterstreichen, haut sie mit ihrer Faust ordentlich auf den Tisch.

Ich verkneife es mir, an mir herunterzuschauen. Ein Spitzenkleid, noch dazu in Weiß, wirkt sich nicht gerade vorteilhaft auf die Figur aus. Marlies könnte da was fehlinterpretieren. Dass ich unzufrieden bin, kann ich auch nicht wirklich von mir sagen. Ich komme zurecht, mit den Pizzen, den Pornos und so.

Wie Marlies so weiter vor sich hin plappert, bemerke ich, wie die Sätze bei mir nur so durchrauschen und ich ins Grübeln komme. Der Blaschke Bürgermeister hat für Marlies eine Anordnung ausgesprochen. Das passt, der Blaschke war schon immer ein Despot. Sie erledigt alles brav und bringt dem Pfarrer am Sonntag das Schwein, definitiv spätestens irgendwann um die Mittagszeit. Marlies gehört zu den Frauen der alten Schule, die essen vor eins. Ganz klar. Sie geht zum Pfarrhaus, klingelt, und da der Pfarrer gegen einen leckeren Wildschweinbraten nichts einzuwenden hat, lässt er sie möglicherweise sogar rein. Treffer. Aber so weit war ich heute Mittag schon. Mensch, Nikolaus, scheiße, Adam, konzentrier dich. Genau.

»Da Sie mit dem Pfarrer nicht so konnten, war das eine echte gute Tat von Ihnen, also das mit dem Braten«, sage ich. »Das hätte nicht jede Frau gemacht.«

»Wie gesagt, der Blaschke hat es angeordnet«, antwortet Marlies schnippisch. »Und wir alle müssen ja früher oder später mal ans Fegefeuer denken und vorbauen.«

Fegefeuer? Alles klar. Ich sollte auf alkoholfrei umsteigen.

»Ich hätte es trotzdem nicht gemacht. Der Pfarrer war nicht mein Fall, menschlich gesehen«, bohre ich weiter.

Schweigen. Irgendetwas liegt in der Luft, das kann ich spüren. Das Blümchendekor auf meinem Teller ist schon sichtbar. Der Verlust, wenn Marlies mich gleich rauswirft, wäre verkraftbar. Ich wage trotzdem nicht, sie anzusehen, und kämpfe mit meinem Besteck.

Die Schüssel mit den Kartoffelschalen knallt direkt vor mir auf den Tisch. Ich zucke zusammen. Marlies springt auf. Ich halte unwillkürlich Ausschau nach ihrem Kartoffelmesser. Ich kann es nicht sehen. Sie muss es in der Hand haben. Ich bin der Nikolaus, will ich schreien, dem darf man nichts tun. Was für eine Schnapsidee. Wenn bei uns sogar echte Pfarrer ins Jenseits befördert werden, wen interessiert dann eine verlauste Heiligenattrappe? Hätte ich mich nur nie auf diesen Unsinn eingelassen. Knecht Ruprecht ist schuld, wenn der Nikolaus gleich von einer Seniorin massakriert wird. Die Nachricht in der Zeitung will ich nicht lesen. Hauptsache, die bringen das ohne Bild. Das wird eher eine Lachnummer als ein Nachruf.

Marlies steht mit in die Hüften gestützten Händen vor mir. Entwarnung. Ich darf leben, noch. Sie schreit: »Genau! Endlich spricht es einmal jemand aus. Da muss erst der Heilige Nikolaus die Wahrheit ans Licht bringen. Du hast verdammt noch mal einen gut bei mir, Junge.« Sie macht eine für ihr Alter erstaunlich flinke Wendung und geht in Richtung Küchenzeile. Ich behalte den darauf stehenden Messerblock im Auge. Man kann ja nie wissen. Frauen ändern ihre Meinung mitunter wie das Wetter. Der Block interessiert Marlies aber gar nicht, sondern sie hat es auf eine Flasche Kräuterschnaps abgesehen, die auf dem Kühlschrank steht. Freudig eilt sie mit der Flasche und zwei Gläsern zurück zu mir an den Tisch.

Was habe ich eigentlich so Geistreiches von mir gegeben, das diese Euphorie hervorgerufen hat? Ich habe die Frauen noch nie verstanden, aber in meinem Alter gibt es auch Reizvolleres, als mit ihnen zu reden. Mit Marlies nicht, schon klar.

Hoch die Tassen. Marlies braucht zwei Doppelte, dann ist sie richtig in Fahrt. »Der Pfarrer war ein boshaftes Arschloch«, schmettert sie und ich habe den Eindruck, dieses Statement hat ihr schon lange auf der Seele gelegen. »Und alle haben sich das gefallen lassen, sogar der Blaschke Bürgermeister. Es war ekelhaft, wie die alle bei ihm hintendrin gesteckt haben.«

Schönes Bild, denke ich und nippe am Kräuter. Ich muss etwas aufpassen, die Blümchenschürze von Marlies und die Tischdecke verschwimmen vor meinen Augen schon zu einem bunten Brei.

»Dieses falsche Getue. Pfarrer hin, Pfarrer her. Von wegen, direkter Draht zu Gott. Wer das glaubt, glaubt auch noch an den Weihnachtsmann.« Mich streift ein unsicherer Blick. »Wir sind alle nur Menschen und wenn sich einer danebenbenimmt, dann muss man ihm das auch sagen und seine Konsequenzen daraus ziehen.« Marlies gießt sich so schwungvoll einen nach, dass das Glas überschwappt. Sie fängt an, die Lache mit ihrem Zeigefinger aufzutupfen und sich tropfenweise in den Mund zu schieben. Bei uns kommt nun mal nichts um.

»Gab es Streit im Weihnachtskomitee?«, lalle ich.

Marlies stutzt. »Nee, wieso?«

Sie beugt sich über den Tisch zu mir rüber. Ich habe das Gefühl, die Gänseblümchen auf ihrem Oberkörper sind lange Krakenarme, die bedrohlich auf mich zukommen.

Der Blaschke Bürgermeister hat recht, im Advent sollte man nichts trinken.

»Keine Ahnung«, antworte ich und momentan habe ich echt keinen Plan mehr, warum ich mir hier mit einer Oma die Kante gebe.

»Der Drecksau hat mein Essen nicht geschmeckt«, poltert Marlies und setzt ihr Glas an. »Jedes Mal hatte er etwas anderes daran auszusetzen. Mal waren die Kartoffeln nicht richtig durch oder die Nudeln zu weich. Fisch mochte er auch nicht, nur Fleisch. Aber ich kann den Kinderlein doch nicht jeden Tag Fleisch vorsetzen, das ist doch ungesund.«

Richtig, Marlies ist ja die Köchin des Kindergartens. Jetzt dämmert es mir langsam. »Der Pfarrer hat bei euch mitgegessen?«, kombiniere ich zögerlich, wobei meine geistige Retardierung hoffentlich nur mit der Sauferei zu tun hat.

»Na freilich«, blafft Marlies. »Auch so eine bescheuerte Idee von dem Blaschke. Und der Pfarrer musste dafür nicht mal etwas zahlen. Das haben wir auf die Eltern umgelegt, ganz wie der Herr Bürgermeister es gewünscht hat. Deswegen bin ich ja so wütend. Der Kerl haut sich umsonst den Magen voll und meckert noch ungeniert an meinem Essen rum. Noch nie hat sich einer meiner Männer über meine Kochkünste beschwert. Und dann muss ich dem auch noch das Adventsschwein machen. So ein tolles Stück Fleisch. Das war viel zu schade für den.« Die letzten beiden Sätze klingen weinerlich.

Ich greife über den Tisch nach Marlies' Hand und tätschle sie. »Dein Essen ist ganz großes Kino«, bringe ich mit meiner schweren Zunge gerade noch so heraus.

Schlagartig kriegt sie rote Wangen. »Darauf trinken wir noch einen.«

»Sowieso«, rufe ich und strecke ihr mein leeres Glas hin. »Auf den Pfarrer, den miesen Sack, möge er bleiben wo der Pfeffer wächst.«

Marlies kichert.

Wenn sie dreißig Jahre jünger wäre, könnte ich es mir echt überlegen. Puh. Alkohol ist gefährlich. Da haben wir es mal wieder.

»Aber das ging ja alles noch, mit meinem Essen und so«, fährt Marlies fort. »Ich bin eine alte Frau und kann einiges wegstecken.« Sie hält inne. »Nach dem Krieg war es auch nicht einfach, vor allem hier bei uns im Wald.«

Ich bin glücklicherweise noch in der Lage zu parieren. »Alt? I wo!«

Jetzt kann Marlies und mich nichts und niemand mehr auseinanderbringen.

»Aber die Mandy, das arme Kind«, redet sie weiter. »Die hat das alles sehr mitgenommen.«

»Dass dem Pfarrer das Essen für die Kinder nicht schmeckt?« Warum muss das Leben aber auch so kompliziert sein.

»Quatsch, das doch nicht«, grunzt Marlies mit einer wegwerfenden Handbewegung. »Der Schwachmat hat ihr doch tatsächlich vorgehalten, dass sie nur wegen meines Essens so fett ist. Dabei hat sie einfach nur starke Knochen.« Marlies lehnt sich zurück, fährt mit ihren Händen über ihre ausladenden Hüften und schaut, als verstehe sie die Welt nicht mehr.

Ich kann den Zusammenhang zwischen den Geschmacksnerven des Pfarrers und der Kindergärtnerin nicht erkennen, fange aber keine Diskussion an. Dafür bin ich entschieden zu dicht.

»Das hat alles nur mit der abtrünnigen Pfarrersfrau zu tun«, sagt Marlies verschwörerisch. »Seitdem die weg ist, hat der Pfarrer jeglichen Halt verloren und hat permanent über die Stränge geschlagen. Das halbe Dorf hat er auf diese üble Tour beleidigt. Wie ein Berserker ist er auf die Leute losgegangen, ohne jegliche Grenze. Die arme Mandy. Ich musste ihr einfach helfen.«

Ich höre nur »halbes Dorf« und »Mandy«. Dann bin ich mit dem Kopf auf Marlies' Küchentisch liegend eingeschlafen.

Ich sitze an meinem Schreibtisch und ersinne ein erotisches Abenteuer mit einem Weihnachtsengel. Das gestaltet sich schwieriger als gedacht, zumal Flügel ein ziemlich sperriges Körperteil sind, an einer Frau zumindest. Vor mir blubbert eine Kopfschmerztablette im Wasserglas. Das ist schon die dritte am heutigen Morgen. In meinem Schädel hämmert es wie im Bohrfutter eines Presslufthammers. Mein Nacken ist auch steif, aber mir von Tante Hildegard den Franzbranntwein zu borgen, auf die Idee käme ich nicht. Wie die alte Schabracke zu riechen wäre der Anfang vom Ende meiner Würde, ganz sicher. Dennoch kann ich froh sein, dass meine Knochen die unbequeme Nacht am Küchentisch meiner neuen Freundin Marlies ansonsten gut verkraftet haben. Gefroren habe ich auch nicht. Als ich heute früh dort erwacht bin, hatte jemand eine dicke Wolldecke um mich gelegt. Marlies ist nun mal ein echter Kumpel. Und das Rührei, das sie mir noch auf die Schnelle gezaubert hat, war spitze. Marlies geizt nicht mit dem reingeschnippelten Wildschweinschinken. Dennoch hätte ich noch mehr vertragen können, aber ihr Mann muss eben auch zu seinem Recht kommen. Der hatte ohnehin die viel kleinere Portion. Dafür hat sie mir Thüringer Klöße für den Opa eingepackt. Und Stollen.

Mit der ersten festen Nahrung ist dann auch meine Erinnerung zurückgekehrt. Leider bedeutet das, dass ich höchstwahrscheinlich bald ein gutes Dutzend Verdächtige haben werde, mindestens. Nach allem, was Marlies erzählt hat, war der Pfarrer mit der Auswahl seiner Opfer nicht wählerisch. Wer weiß, wen er bei uns noch alles beleidigt hat? Wieso der Pfarrer aber mit dem Abgang seiner Frau jegliche Hemmungen verloren haben soll, verstehe ich nicht. Dass darunter die Dorfbevölkerung leiden musste, noch weniger. Aber womöglich stand er bei seiner Frau unter dem Pantoffel und musste nach dem Ende seiner Ehe die gesammelten Jahre der Unterdrückung wieder wettmachen. So was kennt man ja.

Oder es war ganz anders und den Pfarrer hat die Scheidung psychisch so sehr mitgenommen, dass er nicht mehr wusste, was er tut? Blackout. Kurzschluss. Psychopath. Ich weiß nichts über die Ehe des Pfarrers, aber das kriege ich raus. Mein Opfer heißt Ruprecht und sobald ich die ersten tausend Zeichen habe, gehe ich ins Forsthaus rüber. Dann wird es auch Zeit für das Mittagessen sein. Ich schlage also zwei Fliegen mit einer Klappe, perfekt.

Ohne anzuklopfen, steht unerwartet Ruprecht im Zimmer. »Das Wildschwein war doch vergiftet«, schreit er wie besessen und verschwindet begleitet von hektischen Lauten in meinem Badezimmer.

Ich halte meinen Kopf und warte, bis das Dröhnen sich wieder gelegt hat. Eine gute halbe Stunde später, ich bin gedanklich gerade bei der Frage angekommen, welche Farbe die Unterwäsche eines Weihnachtsengels haben sollte, kommt er mit langem Gesicht wieder hereingeschlichen.

»Opa hat es noch schlimmer erwischt«, sagt Ruprecht, während er sich die Hose zuknöpft und sich dann auf mein Sofa fallen lässt. Dann erläutert er mir Einzelheiten, die jede erotische Fantasie, die ich für meine Schreiberei irgendwie aufbringen muss, verfliegen lässt. Die Verdauung eines Greises und ein paar Strapse gehen einfach nicht zusammen, sosehr ich mich auch bemühe.

»Hast du Spelzer angerufen?«, frage ich und versuche dabei wenigstens meine letzten Gedanken in die Tastatur zu hämmern.

»Opa hat gesagt, der Autist soll kommen, wenn der Totenschein ausgeschrieben werden muss, vorher will er sich aber erst mal anständig ausscheißen. Und du sollst es nicht wagen, die Marlies zu verunglimpfen.« Ruprechts aufgeregte Stimme vibriert in meinen Ohren. »Hast du denn nichts?«

Ich muss überlegen, komme dann aber darauf, dass mein flauer Magen etwas mit der unmäßigen Menge Alkohol vom gestrigen Abend zu tun haben muss.

»Nein, alles okay. Aber der Opa hat auch richtig zugelangt bei dem Schwein.«

»Mhm. Möglichweise war das zu wenig Gift für vier Personen. Deswegen sind wir noch am Leben«, mutmaßt Ruprecht. »Dieses Mal hatten wir Glück, aber wer weiß, was noch alles kommt.« Ruprecht seufzt. »Das alles macht meine schöne Adventsstimmung kaputt, weißt du. Dabei freue ich mich das ganze Jahr auf den Dezember. Sogar ordentlich Schnee haben wir. Das hätte richtig romantisch werden können.«

»Wenn der Pfarrer anderthalb Kilo Schwein in einem Rutsch verspeist hätte, hätte das Gift womöglich gewirkt«, sage ich und mir fällt es schwer, die Ironie in meiner Stimme zu unterdrücken. Den Rest ignoriere ich ganz. »Wie geht es Herrn Fuchs?«

»Ich kann im Garten gut sehen, wo er gewesen ist, scheint also alles raus zu sein«, antwortet Ruprecht.

»Das war kein Gift«, sage ich. »Womöglich war eine der Zutaten nicht mehr ganz so taufrisch. Marlies ertränkt alles in Sahne, davon kann man schon mal den flotten Otto bekommen.«

»Ja, sonst hättest du ja auch etwas merken müssen«, erwidert Ruprecht.

Ich verstehe nicht ganz, aber das spielt auch keine Rolle. Irgendwie habe ich so eine Ahnung, dass es doch nicht an der Sahne liegen könnte. Die gute Marlies hat hier etwas nachgeholfen, nach allem, was ich vom gestrigen Abend behalten habe, macht das Sinn. Sie konnte ja nicht ahnen, dass der schöne Heinrich dem Pfarrer das Schwein wegisst. Mandy und Marlies haben ein gemeinsames Geheimnis, so viel ist schon mal klar. Die Frage ist nur, ob das etwas mit seinem Tod zu tun hat.

»Was weißt du eigentlich über die Ehe des Pfarrers?«, frage ich und bedeute Ruprecht mit dem Schwenken meiner Kaffeetasse, dass er sich an der Maschine bedienen soll.

»Ich mag die Tratscherei nicht«, mosert Ruprecht und reibt sich den Bauch. Mein Hinweis mit dem Kaffee ist bei ihm augenscheinlich nicht angekommen. »Das gehört sich nicht, vor allem, wenn jemand unter der Erde ist.«

»Er ist noch im Kühlhaus«, entgegne ich, aber Ruprecht ist schon angefixt und hört nicht mehr zu.

»Die ist damals mit ihm hergekommen, eine Städterin, also hochnäsig und für nichts richtig zu gebrauchen. Sie hat sich immer für etwas Besseres gehalten. Ansonsten hat sie gemalt, nur so bunten wirren Kram, also keine Bäume oder Berge, wie ich es mag ...«

»Die Ehe ...«, knurre ich.

Ruprecht zuckt mit den Schultern. »In jedem Fall hat der Pfarrer seine Wäsche selbst gewaschen und putzen musste er wohl auch. Mit dem Kochen hatte sie es auch nicht so. Mandy hat ihn öfter mal in der Stadt gesehen, immer mit einer Bockwurst im Brötchen. Wenn ich mir vorstelle, dass so eine läppische Wurst seine einzige warme Mahlzeit gewesen sein soll.«

Vor allem für einen Vegetarier, denke ich, halte aber meine Klappe.

Auf Ruprechts Gesicht liegt das nackte Entsetzen. »Das ist so grausam.« Er schaut mich eine Weile schweigend an und ich kann nicht einmal sagen, ob er nachdenkt oder weggetreten ist. Irgendwann gibt er wieder ein Lebenszeichen von sich. »Die hatten keine gute Ehe.«

»Aha.« Waschen, Putzen, Kochen ist Weiberkram. Bei uns im Thüringer Wald bevorzugt man ein klassisches Frauenbild. Ich muss innerlich grinsen. »Wie waren sie miteinander?«, hake ich nach.

»Also weißt du«, echauffiert sich Ruprecht. »Ich bin doch nicht so einer, der andere Leute ausspioniert.«

»Du warst doch oft im Pfarrhaus. Wie sind die beiden miteinander umgegangen?«, frage ich noch einmal.

Er atmet tief durch. »Ich habe immer gehofft, dass unsere Treffen auf ihren Yogaabend fallen. Dann konnte ich ihr im Haus nicht über den Weg laufen, wenn ich aufs Klo musste.« Ruprecht macht eine Pause. Ich überlege, ob ich etwas sagen muss, entscheide mich dann aber dagegen. »Sie ist immer nur schimpfend und mit einer Tasse Tee in der Hand herumstolziert und hat uns beleidigt. Richtig gemein war sie. Ich hatte Angst vor ihr. Der Pfarrer bestimmt auch.«

»Auf wen hatte sie es am meisten abgesehen?«, frage ich nach und kann eigentlich nicht sagen, warum mich das interessiert. Die Pfarrersfrau drangsaliert jetzt irgendwelche unschuldigen Spanier und ihr Ex ist eliminiert. Das ist übrigens ein tolles Wort, auch wenn ich es aus unerfindlichen Gründen nur selten benutze.

»Auf die Blaschkin«, schießt es aus Ruprecht heraus. »Einmal hat sie zu ihr gesagt, sie hätte schöne Augen.«

Ich muss mir den Bauch halten, so sehr muss ich lachen.

Ruprecht schaut mich verständnislos an.

Ich denke an den ausgeprägten Silberblick der Bürgermeistersgattin und habe Mühe, nicht einzupinkeln. Manche Weiber sind echt krass. Zickenterror ist ein viel zu mildes Wort.

»Also weißt du«, echauffiert sich Ruprecht. »Das gehört sich nicht, jemanden förmlich auf seinen Makel zu stoßen.« Er fuchtelt hilflos mit seinen Armen. »Oder meinst du, die Pfarrersfrau fand die Blaschkin wirklich hübsch? Immerhin hatte sie auch überall diese grässlichen afrikanischen Masken aufgehängt, von denen sie immer behauptet hat, sie seien Kunst.«

Ich verzichte an dieser Stelle auf weitere Nachfragen und denke mir meinen Teil. »Was von der Blaschke Ehefrau gehört?« Eigentlich nervt mich das. Seit Sonntag haben wir kein anderes Thema mehr als den Mord am Pfarrer und das Verschwinden der Blaschkin. Wie lange hält das eine Männerfreundschaft eigentlich aus?

»Wie vom Erdboden verschluckt«, sagt Ruprecht und klingt nun wieder, als müsste er dabei die Tränen herunterschlucken. Ich schaue ihn an und sehe, dass es sich nicht nur so anhört. »Der Blaschke Bürgermeister hat ein Foto ins Internet gestellt, an die Zeitung ist es wohl auch gegangen«, fährt er fort.

So viel Aufwand für seine verschwundene Frau hätte ich dem Kerl gar nicht zugetraut. »Irgendeiner wird sie schon gesehen haben. Öffentlichkeit hilft.«

»Na ja, jetzt wissen aber alle, wie wertvoll die Heiligen Drei Könige sind. Zweihundert Jahre alt, Handarbeit. Das ist selten. Ob die dann jemand wiederbringt, wenn er sie findet?« Ruprecht steht auf und verabschiedet sich mit dem Hinweis, dass es heute zum Mittagessen nur Kartoffelbrei und Möhrengemüse gibt. Das soll stopfen, auch bei Herrn Fuchs. Dann knallt meine Wohnungstür ins Schloss.

Der Blaschke Bürgermeister sucht die Krippenfiguren, während seine Frau abgemurkst im Wald liegt oder ihre Einzelteile in irgendeiner Kühltruhe stecken. Und mein Freund Ruprecht macht sich Sorgen darüber, dass sich jemand Caspar, Melchior und Balthasar mopsen könnte. Was Ruprecht angeht, mache ich mir keine Illusionen. Nicht, dass hier ein falscher Eindruck entsteht. Er ist auf Weihnachten gepolt, mehr nicht. Er meint das nicht böse. Er denkt einfach nicht weiter. Aber der Blaschke? Dem müsste doch der Tod des Pfarrers und das gleichzeitige Verschwinden seiner Frau irgendwie komisch vorkommen? Aber womöglich tut es das auch und er hat mich deswegen erpresst? Quatsch. Als er mir diesen Deal angeboten hat, war seine Alte noch da. Oder etwa nicht? Was ist, wenn der Blaschke eine Show abzieht? Er hat die Blaschkin weggeschafft, um sie zu schützen. Möglicherweise geht er auch von einem Serienmord am Weihnachtskomitee aus? Damit hat er die Zahl der potenziellen Opfer minimiert und das Risiko für uns alle entsprechend erhöht. Aber geben das die grauen Zellen vom Blaschke Bürgermeister überhaupt her? Und käme er auf die Idee, seine Frau vor einem Mörder zu retten? Der Kerl ist sich doch selbst der Nächste.

Ich stecke wieder in meinen Grübeleien fest. Über meinen Bildschirm laufen schon seit geraumer Zeit die Nacktbilder von Sabine. Ich weiß, ich hätte den Bildschirmschoner schon lange einmal ändern sollen, aber ich bin nun mal ein Gewohnheitsmensch. Abgesehen davon war meine Ex eine eindeutige Eins und wer weiß, ob ich noch einmal eine solche Frau treffe. Dass sie mich verlassen hat war ein herber Schlag. Sie wolle einen erfolgreichen Mann, hat sie geantwortet, als ich sie gefragt habe, wieso sie auch ihre Musikanlage einpackt. Erfolg ist ja dann doch irgendwie relativ, oder nicht? Ich bin jedenfalls dahingehend ganz zufrieden mit mir. Es kommt eben ganz darauf an, wie hoch man die Latte legt. Ich starre auf die Brüste von Sabine und kaue Erdnussflips.

»Ich wusste gar nicht, dass du so schön wohnst.«

Himmel! Ich verschlucke mich an den Flips und pruste sie

schließlich mit Karacho auf meine Tastatur. Ich drehe mich um und direkt hinter mir steht Kindergärtnerin Mandy und schaut sich nun ebenfalls die Brüste von Sabine an.

»Was machst du denn hier?«, frage ich. Das Blöde ist, dass ich mich in meiner eigenen Wohnung ertappt fühle und ich weiß nicht einmal, wobei. Normalerweise betritt niemand meine vier Wände, außer Ruprecht und der Opa natürlich. Herrn Fuchs inbegriffen. Dass ich nie Besuch bekomme, liegt nicht an mir, sondern an dem Flur in der unteren Etage, den ich mir mit Tante Hildegard teilen muss. Der ist wie der Gazastreifen, bewacht und umkämpft. Dort traut sich keiner durch. Mich zu besuchen ist das Risiko auf Tante Hildegard zu treffen nicht wert.

»Wie bist du denn reingekommen?«, frage ich mit klopfendem Herzen. Ich gebe zu, der Schreck hat mich etwas unhöflich werden lassen. Abgesehen davon, dass ich nicht mit Mandy gerechnet hatte. Eigentlich mit überhaupt niemandem. Ich spüle die Krümel in meinem Hals mit Kaffee herunter und schaue sie überrascht an.

»Ich muss mit dir reden«, haucht sie und starrt noch immer auf meinen Computer. »Wer ist das? Deine Freundin? Ihre Nase ist etwas groß.«

Ihre Nase? Na klar. Frauen eben. Mir ist das noch nicht aufgefallen. »Das tut nichts zur Sache«, sage ich, um das Thema zu wechseln. Ich wackle an der Maus und auf dem Bildschirm erscheint ein Textdokument, das so unverfängliche Schlagworte wie »Glockenspiel, Weihnachtsrute, Engelsflügel-Fetisch und Baumständer« enthält, fett und in Schriftgröße sechzehn. Ich drehe mich auf meinem Stuhl und versuche, mit meinem Rücken den Bildschirm zu verdecken.

»Schieß los«, sage ich und frage mich dabei immer noch, wieso ausgerechnet Mandy unversehrt an Tante Hildegard vorbeigekommen ist. Nicht, dass die Tante schon auf den Mörder getroffen ist und nun irgendwo da unten liegt, bewusstlos oder gar tot. Und wenn Mandy sie um die Ecke gebracht hat und nun mit mir weitermachen will? Das Hochgefühl, das sich beim Gedanken an das Ableben von Tante Hildegard augenblicklich in mir breitmachen wollte, ist nicht zu beschreiben. Aber ich muss auf der Hut sein. Was nützt es, wenn ich die gerade erworbene Freiheit nur kurz genießen kann, weil ich mir nichts, dir nichts in Mandys Kühltruhe lande. »Hast du eigentlich einen Gefrierschrank?«, frage ich spontan.

Mandy schaut verdutzt. »Ich bin eine gute Hausfrau«, sagt sie schließlich und ich bin mir sicher, sie hat mich missverstanden. »Häuslichkeit ist wichtig. Das Kochen ganz besonders. Aber auch eine behagliche Wohnung.« Sie schaut sich für meine Verhältnisse zu intensiv in meiner Hütte um. »Ein paar Gardinen könnten hier sehr nett aussehen.«

Scheiße, sie richtet meine Bude ein. »Wo ist Tante Hildegard?«, frage ich alarmiert. Ich brauche Gewissheit und Mandy braucht Ablenkung.

»Ach, die sitzt in der Küche und nimmt ein Kaninchen aus«, säuselt Mandy. »Sie sagt, das will sie für dich zum Nikolaustag zubereiten.« Sie fängt an, sich sanft hin und her zu drehen. »Das schmeckt bei mir bestimmt besser. Ich habe das Rezept von Marlies. Die macht dazu Rosenkohl. Echt lecker. Ich könnte auch mal für dich kochen.«

Tante Hildegard ist eine Heuchlerin, denke ich und versuche, meine Enttäuschung über ihre Noch-Existenz zu verbergen. Im nächsten Moment fällt mir ein, dass Mandy möglicherweise keine unnützen Leichen produzieren will und Tante Hildegard deswegen verschont hat und gleich zu mir heraufgekommen ist. Tante Hildegard würde das, selbst wenn sie es mitbekommen hätte, nicht verhindern. Mit meinem Ableben wäre sie so frei wie ich mit ihrem. Dann müsste Mandy aber eigentlich eine Waffe bei sich haben, oder nicht? Ich scanne sie mehrfach von ihren schlecht gefärbten schwarz-weißen Haaren bis hinunter zu den spitz zulaufenden Stiefeln.

Mandy bemerkt das und ihre Pausbacken leuchten dunkelrot. Offenkundig denkt sie etwas anderes als ich.

»Deine Tante ist aber nett«, sagt sie und es hört sich an, also ob wir schon an dem Punkt sind, an dem ich ihr meine Familie vorstelle. Dabei steht sie wie angewurzelt und bemüht sich, an mir vorbei auf den Computer zu sehen. »Sie wollte wissen, ob ich deine neue Freundin bin. Dabei hat sie gelacht. Sie schien sich richtig über den Gedanken zu freuen.« Während sie das sagt, lässt sie ihre Zunge über ihre Lippen fahren, was den offenkundig billigen Lippenstift, den sie trägt, breit schmiert. Die Erotik der Situation ist kaum auszuhalten. Was bin ich für ein Glückspilz. Wenn ich Mandys Opfer werde, kann ich nur hoffen, dass mein Foto dann nicht neben ihrem in der Zeitung erscheint. Meine Güte wäre mir das peinlich. Sollte ich das hier überleben, nehme ich mir Tante Hildegard vor. Das ist schon mal klar. Die scheint doch tatsächlich zu denken, dass ich nichts Besseres mehr abkriege. Gehässige alte Ziege.

»Was willst du?«, frage ich angesäuert.

Mandy schnauft.

»Marlies kann nichts dafür. Es war meine Idee.« Sie senkt den Kopf und schaut mich von unten an.

Ich hoffe, ich liege mit meiner Ahnung richtig. Sollte das zu ihrer Taktik gehören, ist das allerdings echt perfide. Ich stelle mich erst einmal doof. Das gelingt mir ohne große Mühen.

»Marlies?«

»Du sollst doch den Mord am Pfarrer aufklären und ich will nicht, dass du denkst, Marlies und ich hätten etwas damit zu tun«, fährt sie fort. Frauen können schweigende Männer einfach nicht ertragen. »Es war nur Abführmittel in der Soße. Auch nicht viel. Aber wir haben, also ich habe gedacht, wenn der Kerl auf dem Klo hockt und das Öffnen des ersten Türchens verpasst, dann macht ihn der Blaschke Bürgermeister platt.« Ihre Oberlippe fängt an zu zittern.

Abführmittel als Racheakt einer gedemütigten Frau. Alle Achtung. Und ich habe ihr doch tatsächlich einen Mord zugetraut.

»Das hat nicht ganz geklappt«, bemerke ich und schaue, als ob der Pfarrer an dem Schweinebraten gestorben ist.

»Du meinst nicht?«, fragt sie naiv und tritt ganz dicht an mich heran.

Darauf fällt selbst mir nichts mehr ein.

»Was ist, wenn die Polizei den Braten mitgenommen hat, um ihn zu untersuchen. Die kriegen das doch sofort raus«, jammert sie.

Mandy war im Pfarrhaus, um den Braten zu holen, fällt es mir wie Schuppen von den Augen. Sie war der Einbrecher, vor dem Ruprecht gezittert hat. »Da war kein Braten«, sage ich. »Das hätte ich mitbekommen. Ich hatte ja Wache.«

Sie schaut mich mit großen Augen an. »Und ich dachte, die Polizei …« Sie beißt sich auf die Unterlippe. Der Lippenstift kommt damit an seine absolute Grenze.

»Nein, ganz sicher nicht«, beruhige ich sie.

Sie legt ihre kleinen Knubbelfinger auf meine Schulter und fängt an, mich zu streicheln. »Du bist ein echter Held, weißt du das?«

Was Mandy jetzt denkt, will ich mir lieber nicht ausmalen. Wenn ich meinen Arm zurückziehe, gebe ich den Blick auf Sabine, die mittlerweile wieder zu sehen sein muss, frei. Bleibe ich so sitzen, bekomme ich irgendwann ein Herpesbläschen. Entschuldigung, aber für mein Kopfkino kann ich nichts. Das überrollt mich einfach. Da können Frauen wie Mandy noch so einen guten Charakter haben.

»Dann hat den Braten bestimmt einer von den anderen mitgenommen, während ihr alle im Badezimmer des Pfarrhauses gestanden habt«, sagt sie und es hört sich an, als müsste sie sich selbst beruhigen.

»Mit Sicherheit. Du weißt doch, wie unsere Leute sind. Die können alle nicht an einem Wildbret vorbeigehen, noch dazu mit satt Wacholder«, erwidere ich. Nun bewege ich meine Schulter doch leicht von ihr weg. Die spitzen rosa Fingernägel in direkter Nähe zu meinem Gesicht machen mich nervös.

»Wenn du mal Lust hast auf ein Glas Sekt, ich lade dich gern in den ›Hirschen‹ ein. Kurt hat auch Kerzen.« Mandy gibt nun alles. »Quasi als kleines Dankeschön dafür, dass du auf mich aufpasst.«

Mir war das mit dem Aufpassen nicht klar und Sekt vertrage ich nicht, aber gut. Ich versuche, sie mit dem Hinweis auf die Wichtigkeit meiner Arbeit abzuwimmeln.

Sie nickt verständnisvoll und schleicht auf Zehenspitzen aus meiner Wohnung. Das wirkt ziemlich albern. Aber gut, wenigstens stimmt die Richtung. An der Tür dreht sie sich noch einmal zu mir um. »Der Sexartikel wird dein Durchbruch. Ich glaube ganz fest an dich.« Sie streckt mir zwei gedrückte Daumen entgegen und drückt die Augen zusammen. »Toi, toi, toi!« Dann ist sie verschwunden.

Das ganze Dorf weiß über meine Arbeit Bescheid. Mir ist schon lange nichts mehr peinlich. Und einen Ideenklau befürchte ich auch nicht. Dennoch. Ruprecht kann einfach seinen Mund nicht halten. Ich sollte mit ihm nicht mehr über meine Arbeit reden. Davon kriege ich eine Schreibblockade.

Es ist schon erstaunlich, wie viele Dorfbewohner auf der Straße anhalten oder aus den Fenstern ihrer Häuser schauen, wenn sich die Prozession des Weihnachtskomitees durch das Dorf bewegt, um die feierliche Aktivierung des nächsten Türchens anzugehen. Ich hätte das niemals für möglich gehalten, aber wie wir gerade so über den Dorfanger in Richtung Forsthaus stapfen, passiert es wieder. Manche Leute jubeln sogar, andere singen Weihnachtslieder und einige der Kinder kreischen vor Angst oder vor Freude, das ist ja bei allen, die unter einen Meter groß sind, ein fließender Übergang.

Der Blaschke Bürgermeister hat sein gönnerhaftes Gesicht aufgesetzt und schreitet wie ein Pfau durch die Gemeinde. Ab und zu hebt er dabei den rechten Arm und bewegt ihn mit steifem Handgelenk und nach außen gedrehtem Handrücken wie einer dieser großen Staatsmänner, wenn sie in ihren Karossen an den Massen vorbeifahren. Diese Bewegung hat er zu allem Überfluss durch die Zeitlupe, in der sie abläuft, perfektioniert. Ich wette, um das so einzustudieren, übt er tagtäglich heimlich vor dem Spiegel. Etwa drei Schritte hinter ihm müssen Ruprecht und ich gehen. Aus Ermangelung des Pfarrers und der Blaschke Ehefrau, die eigentlich die dritte Reihe bilden, folgen unter demonstrativ eingehaltener Lücke Maria und Josef und danach Ulf und Marlies. Diese beiden und der Blaschke Bürgermeister sind in Zivil. Beneidenswert. In dem vom Blaschke angeordneten gebührenden Abstand folgt dann das Volk. Der Becher Mirko ist auch dabei. Ich muss ihn nicht ansehen, um zu wissen, dass er mich unentwegt beobachtet. Ich gebe zu, etwas mulmig ist mir dabei schon. So muss sich Meryl Streep in ›Jenseits von Afrika‹ gefühlt haben, wenn Robert Redford dauernd seinen Massaikrieger im Schlepptau hatte. Der Kerl hat auch immer nur Angst einflößend gestiert und dabei ausgesehen, als warte er auf etwas.

Mirko wartet auch. Dabei tue ich schon, was ich kann. Ruprecht verteilt derweil mit stolz geschwellter Brust Bonbons und lacht dabei, als hätte er im Lotto gewonnen. Unsere Rollenverteilung ist experimentell, ich weiß. Aber mir reicht es, wenn ich mit auf dem Rücken verschränkten Armen und einem sturen Geradeausblick am nächsten Türchen angekommen bin und die Sache schleunigst hinter mich gebracht habe. Heute verspreche ich mir nicht mal neue Erkenntnisse in dem Mordfall, denn wie gesagt, wir sind auf dem Weg zum Forsthaus und dass Opa und Ruprecht keine Mörder sind, da bin ich mir absolut sicher. Das gilt auch für Herrn Fuchs.

Ruprecht wollte unbedingt bei dem lebendigen Adventskalender dabei sein und der Opa hat zähneknirschend zugestimmt. Der Opa ist ein anständiger Kerl und Ruprecht eine Nervensäge. Dabei hofft er jedes Jahr aufs Neue, das vierundzwanzigste Türchen sein zu dürfen. Schon Tage bevor die teilnehmenden Familien bekannt gegeben werden, ist er ganz hibbelig. Irgendwann im Sommer ist das und der Blaschke macht daraus einen Staatsakt. Ruprecht wird immer enttäuscht. Dabei entspricht das Forsthaus ganz klar derjenigen Weihnachtsromantik, die der Blaschke immer haben will. Dunkles Fachwerk mit grünen Fensterläden. Wenn das nicht echter Weihnachtszauber ist. Zumindest mehr als die Nullachtfünfzehn-Fertigteil-Hütte, in der der Blaschke nebst Frau, wenn sie jemals wiederauftaucht, lebt.

Das Blaschkeheim ist am Heiligen Abend dran und das schon von Anbeginn dieses Schwachsinns. Mich erstaunt es nicht, dass die Oberen ihre Macht auskosten, sogar bei uns im Thüringer Wald. Dass die Annehmlichkeiten unserer politischen Klasse auf einen Außenstehenden etwas infantil wirken könnten, verstehe ich. Aber das ist eine Frage des Angebots. Wenn du keinen Dienstwagen haben kannst, nimmst du eben das vierundzwanzigste Türchen. Ganz einfach. Hauptsache, du kriegst überhaupt etwas, was die anderen nicht haben. Na ja, ich jedenfalls kann Ruprecht bei diesem unsinnigen und unerreichbaren Wunsch nicht unterstützen, obwohl ich ihm ansonsten gern helfe. Damit rangiert das Forsthaus konsequent auf den Plätzen zwei bis zehn. Heute ist es das vierte Türchen und wir bewegen uns gerade auf den Vorgarten zu. Was die Deko angeht, ist der Opa gegenüber seinem Enkel allerdings erstaunlich rigoros. Mehr als dieser quietschbunte Schlitten mit den vier davor gespannten Rentieren, der im Vorgarten stehen darf, ist nicht drin. Einmal hat Ruprecht heimlich versucht, noch einen beleuchteten Weihnachtsmann hinzumogeln, aber der hat es keine vierundzwanzig Stunden geschafft. Dann hatte der Opa ihn über den Hausmüll entsorgt und über die Sache wurde nie wieder geredet.

Als der Blaschke durch die weit geöffnete Gartenpforte marschiert, sehe ich das hässliche Zeug schon stehen. Unbeleuchtet natürlich. Alles andere käme, bevor der Blaschke dafür nicht das Signal gegeben hätte, einer Gotteslästerung gleich. Vom Opa fehlt derweil jede Spur. Das kenne ich von Ruprechts Erzählungen. Glücklicherweise musste ich das noch nie live erleben. Der Opa lässt auf sich warten. Er lehnt es ab, wie ein bestellter Vorklatscher auf der Türschwelle zu stehen und dem Blaschke zu huldigen. Opa kommt, wenn alle da sind. Er braucht die Show und den gedemütigten Blaschke Bürgermeister. Wenigstens die Außenbeleuchtung hat er abgeschaltet. Der Blaschke steuert also auf die Haustür zu, als ich direkt darüber etwas sehe, was da nicht hingehört. Der Blaschke Bürgermeister scheint es im gleichen Moment mitbekommen zu haben und stoppt den Zug mit unwirschen Armbewegungen. Dann ertönt ein markdurchdringender Schrei und ich sehe etwas im Schnee landen.

»Daf ift Fabotage«, brüllt er wie von Sinnen. »Ich verbiete mir daf!«

Ich realisiere vor allen anderen, was da über der Haustür vom Opa baumelt, zumal ich auch der Einzige bin, der sich getraut hat, auszuscheren und die Sache aus der Nähe zu betrachten. Und so stehe ich vor der Tür und traue meinen Augen kaum. Über mir hängen Caspar, Melchior und Balthasar, kopfüber und mit roter Lackfarbe überzogen. Die Heiligen Drei Könige aus Lerchenholz, verunstaltet und missbraucht. Halleluja. Die Mitglieder des Weihnachtskomitees stehen unverändert und machen den Eindruck, als seien sie allesamt zeitgleich zu Eis erstarrt. Mirko lässt mich nicht aus den Augen. Ich trotte langsam zum Rest zurück und berichte Ruprecht hinter vorgehaltener Hand, was ich genau gesehen habe. Der starrt nur apathisch auf sein Heim. Der Blaschke rennt derweil im Zickzack auf die Haustür zu, stoppt und stößt einen entsetzlichen Schrei aus. Dann tobt er durch den Vorgarten. Irgendwann schnappt er sich die Rentiere und hält ihnen Vorträge über Respekt und Anstand. Nachdem er fertig ist, schlägt er einem nach dem anderen den Kopf ab. Das ist ohne großartige Kraftanstrengung möglich. Sie sind aus dünnem China-Plastik. Ich weiß das, weil ich Ruprecht immer helfen muss, sie aus dem Keller zu holen. Die anderen halten den Blaschke jetzt sicherlich für unheimlich stark. Ich halte ihn nur für peinlich und saublöd.

»Saubere Vorstellung.«

Ich erkenne die Stimme und zucke zusammen. Irmgard. Wo kommt der Schrumpfkopf denn so plötzlich her?

»Ich dachte mir, ich schaue mir den Spaß mal an«, sagt sie und klingt heute nicht annähernd so wahnsinnig wie der Blaschke Bürgermeister. »Wie ich sehe, hat sich das gelohnt. Hängt die Blaschke Ehefrau auch bei euch irgendwo?«

Böse Falle, denke ich und überlege fieberhaft, wie ich jemandem glaubhaft erklären soll, dass wir damit nichts zu tun haben. Aber das muss ich gar nicht, die Sache regelt sich gerade von allein.

Denn just in diesem Moment reißt der Opa eines der unteren Fenster auf und schiebt den Lauf eines Gewehrs heraus. Dann kommandiert er: »Ruprecht und Adam zum Objekt. Alle anderen verschwinden, sonst knalle ich einen nach dem anderen ab. Blaschke, du bist der Erste.«

Krasse Show, denke ich. Und seine Enkelin steht neben mir.

Es ist kurz vor Mitternacht. Der Blaschke Bürgermeister sitzt in einem Kleinbus der Polizei und ich höre sogar durch die geschlossenen Fenster, wie er drinnen krakeelt. Die Spurensicherung ist jetzt schon fast drei Stunden im Forsthaus zu Gange. Glücklicherweise hat Opa die letzte Scheibe des Schweinebratens zum Abendbrot aufgegessen, ohne Soße versteht sich. Und Ruprecht musste anschließend den Topf zu Marlies bringen. Angeblich hat sie nicht einmal gefragt, sondern Ruprecht nur fünf Gläser Bratapfelmarmelade eingepackt und dankbar gelächelt. Unsere einzige Spur zum Pfarrer ist also vernichtet. Ich betone, unsere einzige. Irmgard sieht das nicht so. Die macht sich einen Spaß daraus, uns zu brüskieren. Ich hatte nichts anderes erwartet, es lässt mich kalt. Den Opa auch. Mit über achtzig Jahren hat man kaum noch etwas zu verlieren, sagt er. Er sitzt neben dem Aquarium und putzt sein Gewehr. Da er die Flinte ordnungsgemäß angemeldet hat, kann seine Enkelin ihm nichts anhängen. Alles andere gilt als Notwehr, zumindest sieht das der Opa so. Denn woher sollte er denn wissen, dass der Blaschke sich nicht nur an der Deko abarbeitet? Für ihn musste das nach dem Überfall eines Wahnsinnigen aussehen. Dass die Heiligen Drei Könige den Blaschke haben durchdrehen lassen, das konnte er ja nicht wissen. Aus den Fenstern des Forsthauses konnte man die nicht sehen. Nichtsdestotrotz besteht er vehement auf Personenschutz. Und darauf, dass der Blaschke in eine Anstalt eingewiesen wird. Und Schadensersatz für die zerstörten Rentiere will er auch, aber nur, um den Blaschke finanziell zu schädigen, nicht, weil er die Teile so gern mochte. Aber damit wird er wohl nicht durchkommen.

Ruprecht hingegen ist ziemlich fertig. Er hockt mit hängendem Kopf auf der Ofenbank und jammert unentwegt. Noch niemals in der Geschichte unserer Dorfweihnacht hat es etwas Vergleichbares gegeben. Gut, Alfred manipuliert hin und wieder einzelne Glühbirnen oder versteckt Teile der Dekoration im Bushäuschen, aber dass eines der Türchen im Adventskalender nicht geöffnet werden konnte, das ist ein Skandal. Für Ruprecht zumindest. Zertrümmerte Rentiere leuchten nun einmal nicht. Das hätte sich der Blaschke vorher überlegen können.

»Wieso ausgerechnet bei uns?«, klagt Ruprecht. »Das ganze Dorf wird darüber reden. Mein guter Ruf als Ruprecht, mein Engagement. Alle werden mich meiden, weil sie denken, ich habe unsere Dorfweihnacht auf dem Gewissen …« Er reißt mit verzweifeltem Gesicht an seinem braunen Sackkleid rum. Ich bin gespannt, wann die Mottenlöcher nachgeben. »Alles nur wegen dem Pfarrer. Der hat alles kaputt gemacht.«

»Dass Knecht Ruprecht einen guten Ruf hat, wäre mir neu«, witzle ich, um ihn etwas aufzuheitern.

Ruprecht hört nicht zu und versinkt zusehends in Apathie.

Der Opa schaut mich an. Ich stehe auf, hole eine Flasche von seinem Selbstgebrannten und lasse sie rumgehen. Die Jungs mit den weißen Anzügen zieren sich erst ein bisschen, greifen dann aber doch zu. Ich hoffe, dass sie die Blaschke Ehefrau nicht auch noch irgendwo bei uns finden, rot angelaufen und an den Füßen aufgeknöpft. Wenn der Mörder ein Arsch ist, kann das passieren. Dennoch habe ich keine Angst. Mein Gewissen ist rein, also was die Blaschke Ehefrau angeht. Bezüglich des Pfarrers natürlich auch. Ich fühle mich lediglich verarscht, aber so richtig. Und zwar von dem, der den Pfarrer und die Blaschkin auf dem Gewissen hat. Das die auch tot ist, daran besteht für mich nun kaum noch ein Zweifel. Wer die Heiligen aus dem Morgenland an die Wand nagelt, bringt auch eine Bürgermeistersgattin um.

Herr Fuchs knurrt. Das muss an Irmgards Erscheinen liegen. Sie kommt aus dem Keller herauf und so wie sie guckt, hat sie den Karton mit ihren Kinderfotos, den der Opa beim Sperrmüll im Kohlenkeller lagert, gefunden.

»Ich frage euch jetzt das letzte Mal«, faucht sie, »seid ihr sicher, dass ihr nichts mitbekommen habt?«

Wir schütteln alle drei synchron den Kopf. Ruprecht und ich waren mit dem Weihnachtskomitee unterwegs und der Opa hatte seine Kopfhörer auf. Abgesehen davon hat der Mörder keine fetten Nägel in den Balken geschlagen. Das bisschen Lärchenholz hat doch kein Gewicht. Da haben ein paar dünne Drahtstifte vollkommen ausgereicht. Das sagt zumindest der Opa. Für mich befinden sich handwerkliches Geschick und Atomphysik auf einer Ebene. Einer von den Typen, die unseren Schuppen durchwühlen, kommt herein und glotzt uns fies an. Ich vermute zunächst, dass er sauer sein könnte, weil er nichts vom Schnaps bekommen hat, sehe dann aber, wie er Opas Nagelkiste vor sich herträgt. Irmgard steckt ihre Geiernase hinein und verzieht ihren Mund zu einem schadenfrohen Grinsen. Sie braucht nichts zu sagen, ich kann es mir denken. Es waren Opas Nägel, an denen die Figuren gebammelt haben. Der schnallt es auch sofort.

»Der Dreckskerl hat sich auch noch an meinem Werkzeug vergriffen. Muss man denn hier neuerdings auch noch seinen Schuppen verrammeln?«, schimpft er. »Das will ich ersetzt haben. An wen muss ich mich da wenden?«

»Ganz eindeutig, seine Fingerabdrücke sind überall an dem Behältnis«, sagt der Mann im weißen Plastikanzug und deutet auf Opa.

Der lacht hysterisch auf.

Bei Irmgard kommt das vor den Kollegen Bloßgestelltwerden gut an. Sie, die mit ihrer Familie nichts zu tun haben will, bekommt mit einem verdächtigen Opa jetzt die volle Breitseite. »Was habt ihr mit der Frau von dem Blaschke gemacht?«, zetert sie, augenscheinlich zu allem bereit. Irmgard kann sich offenkundig nicht erlauben, mit uns besonders zimperlich zu sein. Sie will sich nichts nachsagen lassen. Das verstehe ich. Aber was sie uns da unterstellt, finde ich bodenlos. Was sollen wir denn mit der Blaschkin?

Nachdem keiner von uns antwortet, holt sie zu einem neuen Schlag aus. »Da wo die Krippenfiguren sind, da ist die Frau des Blaschke nicht weit, da bin ich mir absolut sicher.«

Im Keller und im Schuppen ist sie schon mal nicht, denke ich und frage mich, wieso der Täter den Verdacht auf uns lenken will? Falls das der Plan sein sollte. Nur macht der ganz und gar keinen Sinn. Wir waren zum Tatzeitpunkt auf dem Dorfanger, dafür gibt es Dutzende Zeugen. Abgesehen davon haben wir kein Motiv, weder beim Pfarrer noch bei der Blaschkin. Darauf könnte Irmgard auch mal kommen. Es sei denn, der Mörder will nur von sich ablenken, weil er schon das nächste Ding plant.

»Seid ihr eigentlich schon mal bei dem Blaschke Bürgermeister im Haus gewesen? Und können wir überhaupt sicher sein, dass die drei roten Könige die sind, die ihm abhandengekommen sind?«, frage ich und fixiere Irmgard mit meinem Blick. Das fällt mir schwer, aber es muss sein. Der Schrumpfkopf soll mich ernst nehmen. »Meines Wissens wurde bei dem nicht eingebrochen. Die Frage ist, wie kommen die Heiligen Drei dann hierher? Und vor allem, wenn seine Frau entführt wurde, wie er behauptet, wieso gibt es dann keine Lösegeldforderung? Abgesehen davon hat er sie noch nicht einmal als vermisst gemeldet oder liege ich da etwa falsch?« Und noch einen. Nachladen. Abschuss. »Meinst du, die Blaschkin wurde gemeinsam mit den Krippenfiguren aus ihrem Haus gezerrt? Oder hat sie darauf bestanden, die Drei mitzunehmen, quasi als Andenken.«

Irmgard schiebt das Kinn nach oben und drückt die Augenbrauen runter. So etwas Ähnliches habe ich schon einmal in einer Geisterbahn gesehen, aber da bin ich auch durch. Das hier ist ein Machtkampf und ich muss ihn gewinnen, wenn ich den Opa, Ruprecht und mich da raushauen will.

»Wer sagt mir denn, dass nicht einer von euch Idioten bei dem Blaschke ein und aus geht und sich die Teile nebenbei gegriffen hat, weil der Bürgermeister zum Beispiel gerade auf dem Klo saß.« Irmgard fängt an, mit dem Fuß zu wippen. Das hat sie schon als Kind gemacht und es bedeutet nichts Gutes. »Und bei der Gelegenheit habt ihr auch gleich seine Frau herausgezerrt.«

»Das gilt dann aber für alle hundertzweiundfünfzig Dorfbewohner«, antworte ich. Beim Blaschke gibt sich halb Eliasborn die Klinke in die Hand, das weiß ich ganz sicher. Von Ruprecht. Ich war noch nie dort und ich habe es auch nicht vor.

»Hunderteinundfünfzig«, verbessert mich Ruprecht. »Der Pfarrer ist ja nun nicht mehr. Na ja, vielleicht dann doch hundertfünfzig, wegen der Blaschke Ehefrau. Aber die kann ja die Teile auch eingesteckt haben, bevor sie verschwunden ist.«

»Danke für den überaus intelligenten Hinweis, Bruderherz«, giftet Irmgard.

Ich denke darüber nach, Irmgard noch mehr zu provozieren, aber das wäre dämlich. Das hier könnte nämlich gefährlich werden. Sie sucht nach einem Schuldigen und wir bieten uns natürlich an.

»Und was haben wir bitte von alledem, also vor allem, wenn wir für den toten Pfarrer und das Verschwinden der Blaschkin verantwortlich wären?«, lege ich nach. »Meinst du, wir sind so blöd und führen die Polizei dann auf unsere

Fährte, indem wir uns dem Blaschke seine Drei Heiligen an die Tür nageln und das kurz vor Weihnachten.«

»Ich habe mit der Kirche nichts am Hut, aber Heiligenfiguren schänden, auf die Idee käme ich trotzdem nicht«, pflichtet mir der Opa bei. »Dafür kommt man in die Hölle.«

»Für Mord auch«, kontert Irmgard.

»Nicht an unserem Pfarrer«, antwortet Opa, schließt das Gewehr im Schrank ein und beginnt seelenruhig, seine Fische zu füttern.

Irmgard ist plötzlich erstaunlich entspannt. Ich weiß nicht, ob mich das freuen sollte. Frauen, die das Reden einstellen, gehen meist zum Angriff über.

»Jetzt gibt es kein viertes Türchen«, murmelt Ruprecht geistesabwesend in die Stille. »Seit dem ersten Dezember ist kein einziger Tag wie üblich verlaufen. Was ist das nur für ein gruseliger Advent.«

Wir sind gerade Verdächtige in einem Mordfall und einer Entführung und wer weiß, was sonst noch, und Ruprecht denkt an den verpatzten Advent. Die Einstellung ist eben alles.

»Ich bleibe dabei, deine Unterstellung ergibt keinen Sinn«, lege ich nach.

»Doch, wenn ihr den Blaschke zu Tode erschrecken wolltet«, hält Irmgard dagegen. »Und wenn ihr der Dorfweihnacht endlich ein Ende bereiten wolltet. Und genau das ist doch euer Ziel.« Jetzt hat sie den Opa und mich im Visier und liegt damit, das muss ich ja zugeben, bei uns beiden vollkommen richtig.

Ich schnaufe verächtlich, um mir etwas Zeit zum Nachdenken zu verschaffen. »Den Blaschke juckt das Verschwinden seiner Frau nicht, wieso sollte er sich dann an dieser albernen Aktion hier stören?« Ich weiß, wie sehr der Bürgermeister an seinem Weihnachtsspielzeug hängt und ahne schon, dass das Argument nicht zieht.

»Halt mich nicht für blöd. Ich kenne den Blaschke länger als du. Der hätte sogar seine eigene Mutter gegen eine anständige Nordmanntanne eingetauscht«, sagt Irmgard drohend.

Das Stadtweib ist schlau. Das ist schlecht für mich. »Wenn wir es gewesen wären, dann hätte der Blaschke am ersten Advent die Weihnachtsgurke gefressen und der Pfarrer würde noch putzmunter durch die Gegend rennen«, kontere ich. »So ist der Aufwand viel zu hoch.«

Das sitzt. Denn Irmgard weiß, dass ich faul bin. Ich lade vorsichtshalber aber noch mal nach. »Außerdem wäre Ruprecht der Letzte, der auf seine Dorfweihnacht verzichten würde.«

Irmgard bedenkt ihren Bruder mit einer abwertenden Geste. Aber ich kann ihr ansehen, dass sich die Qualität meiner Argumente zusehends steigert und ihr den Wind aus den Segeln nimmt. Und schon setze ich den Blattschuss: »Das hier ist eine andere Kiste und an deiner Stelle würde ich mich einmal fragen, warum eigentlich hier vom ersten Tag an der Wurm drin ist. Zwei Mitglieder des Weihnachtskomitees hat es schon erwischt. Dazu kommt die Verstümmelung der Heiligen Drei Könige. Das ist kein Zufall. Es geht um unsere Dorfweihnacht.«

Einer der Polizisten kommt rein und flüstert Irmgard etwas ins Ohr. Sie nickt. »Wenn das so ist, dann ist das kein Spiel und ihr solltet von jetzt an sehr gut auf euch aufpassen. Immerhin sind noch sechs Leute vom Weihnachtskomitee am Leben und wer weiß, wie lange das noch so bleibt.« Ohne weiter auf uns zu achten, verschwindet sie in die kalte Nacht.

Der Opa steht auf und geht zum Waffenschrank.

Ich sehe durch das Fenster, wie der Spelzer mit seiner Arzttasche angelaufen kommt, einen großen Bogen um Irmgard macht, beim Polizeiauto ankommt, die Tasche abstellt und eine Spritze aufzieht. Dann geht die Wagentür auf. Der Blaschke Bürgermeister wehrt sich so gut es geht. Wenn ich es richtig erkenne, versucht er sogar den Doktor zu beißen. Optimistische Aktion, wenn man nur noch auf den Felgen unterwegs ist. Das muss ich schon sagen oder hat ihm jemand sein Gebiss aus dem Schnee gewühlt? Ich jedenfalls nicht. Da muss er schon warten, bis der Frühling kommt. Zwei Polizisten bringen den Blaschke zur Raison und der Spelzer verpasst ihm eine Injektion. Mit etwas Glück streckt ihn das für die nächsten drei Tage nieder. Das erspart uns so einiges, vielleicht auch ein neues Verbrechen.

Es ist noch dunkel und ich zuckle in Ruprechts Auto über die Landstraße. Nein, ich will nicht fliehen. Vor zwanzig Jahren vielleicht, da hätte das Sinn ergeben, aber heute ist mir das zu anstrengend. Vor allem wäre das auch absolut unnütz, so kurz vor Tante Hildegards Ende. Ich habe die Nacht im Forsthaus verbracht, also das, was davon nach dem Verschwinden der Polizei noch übrig war. Wie zu erwarten, habe ich nicht schlafen können. Schuld ist Irmgard. Nein, der Schrumpfkopf ist mir nicht im Traum erschienen, so weit kommt es noch. Sie hat uns den zugedröhnten Blaschke Bürgermeister aufs Auge gedrückt, falls sein Kreislauf durch das Beruhigungsmittel versagt oder so. Der Opa und Ruprecht sind einfach zu gutmütig, sogar mit dem Schrumpfkopf. Also bei mir hätte der Blödmann nicht gepennt. Dabei bin ich ja der Überzeugung, dass Irmgard uns testen wollte. Russisch Roulette mit Blaschkes Leben. Können die mutmaßlichen Mörder des Pfarrers bei einem sedierten Bürgermeister widerstehen? Das ist böse, ich weiß, aber so ist Irmgard nun einmal.

Der Blaschke lebt jedenfalls. Und wie. Die ganze Nacht hat er in der Küche auf dem Kanapee gelegen, vor sich hin gesabbert und fantasiert. Meine Güte, in dessen krankem

Hirn will ich auch nicht stecken. Nachdem ich das ganze Gefasel nicht mehr hören konnte, habe ich mir Ruprechts Auto geschnappt und bin zur nächsten Tankstelle gefahren. Im Kofferraum liegt jetzt ein absolut überteuertes LED-Pinguinpärchen oder in Ruprechts Welt: das vierte Türchen. Natürlich weiß ich, dass es keine Pinguine im Thüringer Wald gibt. Aber hat hier schon mal jemand ein Rentier gesehen? Oder den Weihnachtsmann vielleicht? Das Christkind? Das sowieso nicht, das hätte der Pfarrer niemals zugelassen. Aber der ist ja ohnehin nun nicht mehr. Die Bahn wäre frei für die weihnachtliche Ökumene. Egal. Wenn man Not hat, darf man nicht wählerisch sein. Das habe ich auch dem Tankwart gesagt, der mich in meinem Nikolaus-Fummel ziemlich schräg von der Seite angeguckt hat. Er meinte, ich hätte mich im Tag geirrt. Schließlich sei heute erst der fünfte Dezember. Ich habe ihm gesagt, dass ich meiner Zeit immer voraus bin, aber mal ehrlich, wann bitte hätte ich mich bei dem Chaos umziehen sollen? Die an der Tanke jedenfalls denken jetzt, ich bin ein Irrer mit einer Schwäche für Kostüme und Vögel, und freuen sich den ganzen Tag daran, einen Dummen für die überteuerte Deko gefunden zu haben. Dafür habe ich wenigstens die Frühstücksbrötchen geschenkt bekommen.

Schon von Weitem sehe ich das dunkle Forsthaus. Während ich gerade vorsichtig die Pinguine aus dem Auto hebe, kriege ich aus dem Augenwinkel mit, wie Heinz und Sieglinde, die Zeitungsausträger bei uns im Dorf, am Gartenzaun stehen bleiben und in die Dunkelheit gaffen. Schließlich ziehen sie irgendwann aufgeregt diskutierend ab. Man fällt in unserem Dorf ohne Weihnachtsbeleuchtung auf, vor allem, wenn man ein Teil des Kalenders ist. Ruprecht hatte recht. Meine Fresse, ist das alles krank. Ich beeile mich mit den Anschlüssen, bevor der Rest des Dorfes anmarschiert kommt. Mirko beobachtet mich dabei, aber mittlerweile habe ich mich schon an ihn gewöhnt. Dennoch, irgendwie bizarr ist das schon, dass er bereits im Morgengrauen hier herumlungert. Eventuell hat er Redebedarf. Mir ist jedenfalls gerade nicht danach. Eines der Kabel hat sich verknotet. Mist.

Wenig später ziehen zwei neonblaue überlebensgroße Pinguine einen halb so großen bunten Schlitten, dessen Kufen in unterschiedlichem Takt flackern. Der Wutausbruch vom Blaschke hat eben nicht nur die Rentiere in Mitleidenschaft gezogen. Der Vorgarten des Forsthauses liegt jetzt in einem psychedelischen Licht, das eher an einen LSD-Trip als an eine beschauliche Weihnacht im Thüringer Wald denken lässt. Dennoch muss das jetzt so gehen. Halbwegs zufrieden mit meinem Werk, mal abgesehen davon, dass es der geschmackliche Super-GAU ist, schleiche ich, mit dem guten Vorsatz, für alle das Frühstück zuzubereiten, in die Küche. Zu spät. Der Opa war schneller und nickt mir bei meinem Eintreten anerkennend zu. Ruprecht steht am Fenster und schaut hinaus. Im Schein der antarktischen Vögel sehe ich, wie er ein paar Tränen verdrückt.

»Das vergesse ich dir nie«, sagt er. »Vögel hat keiner im Dorf.«

Und niemand hier hätte dafür hundertfünfzig Scheine hingelegt, denke ich, lasse meinem Freund aber die Freude und schlürfe meinen Kaffee, während der Blaschke im Schlaf das kleine Einmaleins herbetet.

»Jetzt mal Klartext, Jungs«, fordert der Opa. »Wie lautet unser Schlachtplan?«

»Es gibt keinen. Das Spektakel ist hiermit beendet, ein für alle Mal«, antworte ich. Ich halte die Dorfweihnacht mit dem gestrigen Ausraster unseres Dorfoberhauptes für erledigt und wenn sich unsere Leute künftig am Heiligen Abend zu einem Gottesdienst in der Kirche treffen, wer immer den auch abhalten soll, dann ist das aus meiner Sicht schon viel. Das Ding ist Geschichte. Warum sollte nicht auch bei uns endlich der Atheismus einziehen. Ich bin kein Nikolaus mehr. Und den Mörder des Pfarrers kann jemand anderes suchen. Das Blaschkeweib auch. Von nun an geht der Sexartikel vor, schon allein, weil das Geld für Ruprechts Deko das letzte war, das ich für diesen Monat noch hatte.

»Dann werden die Absonderlichkeiten aufhören.« Der Opa versteht mich, ohne dass ich einen dieser Gedanken aussprechen muss. Nachdenklich wiegt er den Kopf, wobei er sein Brötchen dick mit der Bratapfelmarmelade von Marlies beschmiert. »Es ist allerdings gut möglich, dass wir schon viel zu tief in dem Schlamassel drinstecken.«

Der Blaschke rattert das Alphabet runter. Mit den Zischlauten hat er dabei so seine Probleme.

»Das mit den Königen war ein Zeichen«, sagt Ruprecht mit verschwörerischer Miene.

»Eine eiskalte Drohung«, antwortet der Opa.

»Eher eine Warnung. Oder ein Hinweis«, widerspreche ich. »Oder ein Witz.«

»Du bist dem Mörder gefährlich nah gekommen«, sagt Ruprecht und schaut mich voller Bewunderung an.

Ich bin mir sicher, dass das nicht stimmen kann und dass

der Mörder das sehr wohl weiß. Ich bin ein schlichter Nikolaus und nicht von der CSI. Meine einzigen beiden Verdächtigen, also Marlies und Mandy, sind aus dem Rennen. Abführmittel, wie lachhaft. Das Tierarztehepaar ist nicht mal in die engere Wahl gekommen. Auch für Verbrecher gibt es Altersgrenzen. Es ist niemand mehr da, dem ich einen Mord anhängen könnte.

»Denkt nach, Jungs«, sagt der Opa.

Der Blaschke äfft derweil die Stimme seiner Frau nach. Das Piepsen kriegt er durchaus glaubhaft hin. Wenn das stimmt, dass man im Traum das Erlebte verarbeitet, dann muss es bei den beiden richtig Zoff gegeben haben.

»Ich wecke den nicht«, sagt der Opa. »Schlimm genug, dass die Sofakissen danach in die Reinigung müssen. Er soll seine ganze Ehe ruhig noch einmal durchleiden. Das müssten fast fünfzig Jahre sein.« Der Opa grunzt schadenfroh.

»Der Pfarrer stirbt am ersten Dezember. Eigentlich hätte man meinen können, dass der Blaschke danach die Dorfweihnacht aussetzt. Spätestens am zweiten Dezember, also bei unserem Besuch im Kindergarten, muss jedem noch so Minderbemittelten aufgegangen sein, dass dem nicht so ist. Am gleichen Abend ist die Blaschke Ehefrau weg.« Ich nehme einen ordentlichen Bissen von meinem Brötchen und kaue.

Ruprecht nutzt den Moment. »Und die Krippenheiligen.«

»Aber selbst das Verschwinden der eigenen Ehefrau bringt unseren fanatischen Bürgermeister nicht aus dem Konzept. Die Figuren sind für ihn schmerzlicher, auch das wird seinen Grund haben. Dennoch läuft auch das dritte Türchen plangemäß durch. Aber dann …«

»Dann kann irgendjemand dieses Elend nicht mehr mitansehen«, ergänzt Opa und nickt zustimmend. »Es muss ein Schocker her, der dem Blaschke so richtig den Garaus macht. Der letzte noch fehlende Tropfen, der das Fass zum Überlaufen bringt.«

»Genau!«, rufe ich euphorisch. Meine Güte, das Adrenalin in der Blutbahn eines Mordermittlers soll man nicht unterschätzen. »Da nichts den Blaschke aufhalten kann, greift derjenige zum Äußersten und trifft den Bürgermeister an seiner empfindlichsten Stelle.«

»Die Heiligen Drei Könige«, haucht Ruprecht ergriffen.

Der Opa nickt andächtig.

»Na ja, irgendeine von diesen unnützen Weihnachtsdekorationen halt«, werfe ich ein.

»Also ging es gar nicht um uns«, meldet sich Ruprecht mit fast schon kindlicher Freude. Er schlägt sich mit der flachen Hand vor die Stirn. »Und ich hatte schon befürchtet, die Leute im Dorf mögen mich nicht mehr.«

»Nein, es geht um den Blaschke und darum, dass dieses Spektakel hier endlich ein Ende haben muss«, antworte ich. »Wir waren nur zufällig an der Reihe.«

»Dann ist ja nur gut, dass wir nicht die Ehre des ersten Türchens hatten«, bemerkt der Opa und schaut Ruprecht dabei streng an.

Der senkt den Kopf und sagt kleinlaut: »Ich kenne niemanden, der das nicht will. Alle lieben unsere Weihnacht.«

»Ich nicht«, konstatiert der Opa und grinst provokant.

Ich schlucke und denke mir angesichts Ruprechts Empfindsamkeit meinen Teil.

»Wieso sollte jemand unsere Dorfweihnacht so sehr hassen und uns alle obendrein?«, fragt Ruprecht und klingt dabei richtiggehend enttäuscht.

»Weil jemand den Blaschke hasst«, antwortet der Opa in einer erschreckenden Abgeklärtheit.

»Aber dafür opfert man doch nicht eine der bedeutendsten Traditionen im Thüringer Wald«, hält Ruprecht dagegen.

»Dafür opfert man noch viel mehr«, erwidert der Großvater und ich verstehe sehr gut, was er meint.

Wir essen nicht mehr. Stattdessen schweigen wir und starren betreten auf den Blaschke Bürgermeister. Der blubbert Spuckebläschen zwischen seinen Lippen hervor und röchelt dabei wie ein Baby. Seine intensive Traumphase scheint nun vorbei zu sein und fast wünsche ich mir, sie würde noch etwas andauern. Denn das, was den Blaschke im realen Leben erwartet, ist tausendmal schlimmer als seine wirren Träume. Wenn jemand zum Mörder geworden ist, nur weil er ihn und sein Faible für diesen Schwachsinn nicht mehr ertragen kann, dann hat er nichts mehr zu lachen. Der Blaschke Bürgermeister gehört jetzt zu den gefährdeten Personen im Dorf, also eigentlich steht er an erster Stelle. Und das Schlimmste ist, die übrigen Mitglieder vom Weihnachtskomitee gehören auch dazu. Der Blaschke darf das fünfte Türchen nicht öffnen. Unsere Dorfweihnacht muss ein Ende haben.

»Ich verstehe das trotzdem nicht«, flüstert Ruprecht. »Es wäre doch viel einfacher gewesen, den Blaschke die Weihnachtsgurken essen zu lassen. Wieso hat der Mörder dann den Umweg über den Pfarrer genommen?« Er wirft dem Bürgermeister einen mitleidigen Blick zu.

»Der Blaschke hat keine Badewanne.« Der Opa schüttet sich aus vor Lachen.

Ich bemühe mich, ernst zu bleiben.

Der Opa klatscht seine Hände auf die Oberschenkel. »Derjenige will den Blaschke leiden sehen, und zwar so richtig. Er hat sicherlich angenommen, den Blaschke mit dem Mord am Pfarrer von den Füßen zu hauen. Und darüber hinaus sollten ihm natürlich die schmerzhaften Diskussionen um die Zukunft seines Festes nicht erspart bleiben. Der Kerl sollte so richtig Dreck fressen. Abgesehen davon heißt das ja nicht, dass er nicht auch noch drankommt. Der Mörder arbeitet sich an einem nach dem anderen aus dem Weihnachtskomitee ab und am Ende ist der Blaschke an der Reihe. Du siehst die Lawine quasi auf dich zurollen und kannst nicht entrinnen. Das ist der blanke Psychoterror.« Opa redet sich in Rage. Irgendwann bemerkt er an unseren Gesichtern, dass er mit seiner Theorie Unruhe verbreitet. »Nichts für ungut, Jungs«, sagt er und klopft uns auf die Schultern.

Ich brauche kurz, um mich wieder zu sammeln. Die Lawine. »Aber Blaschke leidet nicht«, entgegne ich. »Also nicht in dem erhofften Maß. Stattdessen hat er mich losgeschickt, um sein Problem zu lösen.« Ich nehme mir noch einen Kaffee. »Und weil ich nicht schnell genug bin, tobt sich der Täter hier munter weiter aus. Mal abgesehen davon, dass sich der Schrumpfkopf hier auch noch rumtreibt. Die Frage ist, was kommt nach den verunstalteten Heiligen Drei Königen? Was ist die Steigerung?«

Ruprecht schlägt sich erschrocken die flache Hand vor den Mund.

Der Opa atmet tief aus und grinst. »Ostern.«

Jetzt muss ich auch grinsen. »Es wäre gut, den Blaschke hierzubehalten«, sage ich. »Nicht, dass noch mehr passiert.«

Opa nickt zustimmend. »Wenn du recht hast und der Blaschke gibt auf, dann besteht ja keine Gefahr mehr.«

Ruprecht schaut mich fragend an. »Und wenn nicht? Ihr kennt ihn doch.«

»Mhm.« Opa kratzt sich sein penibel rasiertes Kinn. »Irgendjemand muss die Sache stoppen«, sagt er und sieht mich so an wie damals, als Ruprecht zwei Mal durch die praktische Führerscheinprüfung gefallen ist. Drei Wochen habe ich in Opas altem Lada den Fahrlehrer gegeben. Und das nur, weil ich der einzige Mensch auf der Welt bin, der mit Ruprecht nie die Geduld verliert. Ich weiß nicht, ob das gut oder schlecht ist, in jedem Fall hat Ruprecht die Prüfung bestanden. Ich schweife schon wieder ab.

Der Opa klopft mir auf die Schulter. »Ich weiß, dass ich mich auf dich verlassen kann.«

Damit ist die Entscheidung wohl gefallen.

Der Blaschke Bürgermeister ist im Forsthaus gut aufgehoben. Der Opa ist sich noch nicht klar, ob er ihn in den Keller sperrt. Er entscheidet das spontan, also je nachdem wie der Bürgermeister sich benimmt. Wenn er sich gut aufführt, darf er in der Küche bleiben. Ich wette, ihn nachher eine Etage tiefer anzutreffen. Nur das Grundstück verlassen darf er nicht, eine reine Schutzmaßname für die Verbliebenen des Weihnachtskomitees. Und für ihn selbst. Der Opa sagt, er sichert das Hinterland, aber an die Front kann er nicht mehr. Die Front bin nun also ich. Was ich genau tun soll, weiß ich noch nicht. Eines ist aber schon mal klar, als Erstes wechsle ich die Klamotten. Der Nikolaus ist hiermit Geschichte. Ich hoffe, das war noch rechtzeitig genug und ich trage keine bleibenden Schäden davon. Ich gehe also erst mal nach Hause und bin für meine Verhältnisse trotz dieses Durcheinanders erstaunlich gut drauf.

Wie ich da so durch das Dorf trotte, sehe ich ein Polizeiauto vor dem Haus von Alfred Recknagel stehen. Irmgard ist auch da. Alfred tritt in Begleitung von zwei Beamten auf die Straße. Sind das etwa Handschellen? Ich fasse es nicht. Der Schrumpfkopf hat doch tatsächlich den einzigen Oppositionellen in diesem armseligen Kaff verhaftet. Die Randgruppen sind immer die Gekniffenen. Jetzt ist mir klar, was der Blaschke Bürgermeister gestern Abend der Polizei erzählt hat. Er vermutet Alfred hinter dem Boykott unserer Dorfweihnacht und sicherlich auch hinter dem Mord. Der Mord ist ja quasi auch so etwas wie ein Ausdruck der Missbilligung. Ich sage es immer wieder, der Blaschke ist ein charakterloses Arschloch. Alfred tut mir leid. Ich strecke meinen Zeige- und Mittelfinger zu einem »V« aus. Das Victory-Zeichen soll Alfred signalisieren, dass ich voll und ganz hinter ihm stehe.

»Verschwinde, du Vollidiot!« Dem Schrumpfkopf entgeht nichts.

Alfred ist kein Mörder. Er ist der letzte Aufrechte hier,

denn er hasst diesen Weihnachtsscheiß. Außerdem war er einer der wenigen Freunde des Pfarrers. Warum auch immer. Wenn ich mich für meine Mitmenschen interessieren würde, wüsste ich das. In jedem Fall habe ich die beiden öfter auf der Bank vor dem Pfarrhaus sitzen sehen. Alfred ist Glasbläser, ein Künstler sozusagen, er neigt nicht zu rabiaten Aktionen.

»Die Demokratie ist unser höchstes Gut!«, höre ich Alfred schreien. Jetzt übertreibt er aber, finde ich. Offenkundig ist ihm der Grund seiner Verhaftung nicht ganz klar.

»Verweist mich ruhig des Landes. Das wird das Blaschke-Regime auch nicht retten. Wir sind mehr Dissidenten, als ihr euch vorstellen könnt.« Alfred dreht das ganz große Rad. Meine Fresse! Kann man aus dem Thüringer Wald ausgewiesen werden? Dann würde ich das mal für Tante Hildegard anregen.

Jetzt schaut er mich zornig an, als ob ich etwas mit diesem Wahnsinn hier zu tun hätte. Ich hebe beschwichtigend die Hände.

»Mitläufer!«, brüllt Alfred, dann wird er von Irmgard auf die Rückbank des Polizeiautos geschoben.

Ich senke meinen Blick und sehe zu, dass ich Land gewinne. Auf die Idee, die hiesigen Glasbläser abzuklappern, ist der Dreiviertel-Germanist nicht gekommen. Ich sollte mich mit meinen intellektuellen Bemühungen auf meine Artikel beschränken und die wirklich anspruchsvollen Sachen anderen überlassen, auch wenn die nur Irmgard heißen. Dennoch, der Blaschke ist ein Verräterschwein. Und ich bin ein Mitläufer, da hat Alfred wohl recht. Aber nur wegen Ruprecht, so weit möchte ich das schon eingeschränkt wissen.

Mies gelaunt schleiche ich in mein und Tante Hildegards Eigenheim. Der alten Nebelkrähe will ich nun nicht auch noch über den Weg laufen. Es gelingt mir und ich komme unversehrt in meiner Bude an. Ich habe die Sicherheitsnadel noch nicht richtig von diesem grässlichen Umhang gelöst, da fällt mein Blick auf meinen Schreibtisch und das am Bildschirm klebende A4-Blatt. »Du bist der nächste!«, steht da mit aufgeklebten Zeitungsbuchstaben. Rundherum sind goldene Sternchen drapiert. Für ein paar Sekunden glaube ich an durch den abrupten Wechsel von der Kälte in die warme Stube ausgelöste Halluzinationen, verwerfe das dann aber wieder, reiße mir den stinkenden Umhang vom Hals und gehe zu meinem Tisch. Ich habe mich nicht geirrt. Verwundert schaue ich mich nach allen Seiten um. Der Bote ist natürlich längst über alle Berge. Aber was habe ich erwartet? Dass derjenige auf meinem Sofa hocken bleibt, um meine Reaktion auf seine Post mitzubekommen? Das habe ich nun von meiner Sparsamkeit. Mit einem Vorhängeschloss vor unserem Hintereingang wäre mir das nicht passiert. Aber die fünf Euro hätte ich erst in all meinen Taschen zusammensuchen müssen. Zu viel Aufwand. Dafür habe ich nun die erste Morddrohung meines Lebens bekommen. Ist das überhaupt eine? Der Nächste wobei? Womöglich ist auch das spurlose Verschwinden gemeint oder dass ich mit roter Farbe eingesprüht und an den Füßen aufgehängt werden soll? Das sieht man mal wieder, wie wichtig eine eindeutige Botschaft ist. Mir wird gedroht und ich weiß nicht einmal womit. Na ja, in jedem Fall mit einem fetten Rechtschreibfehler. Wer auch immer mich einschüchtern will, die Orthografie gehört nicht gerade zu seinen Steckenpferden. Die Substantivierung eines Adjektivs, das kann doch nicht so schwer sein. Dann nimmt man sich eben einfach mal einen Duden. Dafür interessierte sich derjenige anscheinend für »Jagd und Hund«. Aus dieser Zeitschrift stammen die Buchstaben. Das erkenne ich sofort. Schließlich habe ich für die mal einen kleinen Artikel zum Fuchsbandwurm verfasst. Wenn ich nur daran denke, brennt es in meinem Mund. Aber ich glaube, das ist jetzt irgendwie Nebensache.

Tante Hildegard kocht irgendetwas. Die meisten Gerichte kann man ja bereits während ihrer Zubereitung am Geruch erkennen, aber für das, was meine Mitbewohnerin so zusammenrührt, gibt es keine eindeutigen Erkennungsmerkmale, außer, dass das Zeug zum Himmel stinkt. Glücklicherweise wird man in unserem Gazastreifen, also dem Flur, schon immer vorgewarnt. Ich halte die Luft an und reiße ihre Küchentür auf. Ein gräulicher Dunst hüllt mich ein. Selbst ohne zu atmen kriege ich die geballte Ladung des Gestanks ab. Ich schmecke ihn auf der Zunge. Meine Güte, ist das widerlich.

»Es war jemand im Haus«, sage ich und beschränke mich auf das Wesentliche. Eine Grußformel hätte Tante Hildegard nur verschreckt oder sie am Ende noch misstrauischer gemacht. Wir verzichten seit Jahren auf derartige Floskeln. Das kürzt unsere Zusammentreffen ab und erspart uns beiden die Heuchelei.

Tante Hildegard, die mit dem Rücken zu mir vor dem Herd steht und in einem Topf rührt, von dem ich annehme, es befindet sich Hundegeschnetzeltes darin, reagiert nicht.

»Es war jemand im Haus«, brülle ich aggressiv.

»Freilich. Gestern. Deine neue Freundin, das dicke,

dämliche Ding aus dem Kindergarten.« Tante Hildegard versenkt einen gehäuften Löffel Schmalz in dem Topf. »Offenbar muss man in deinem Alter nehmen, was kommt. Erst recht bei deinem Aussehen.«

Tante Hildegards Beleidigungen bin ich gewöhnt. Sie hat früh genug damit angefangen. Und ein Fünfjähriger ist nun mal leicht zu konditionieren. Jetzt kommt mir das zugute. »Gestern Abend oder heute früh«, schreie ich. »Hast du was mitbekommen?«

Nun dreht sie sich doch zu mir um. »Wieso?«

»Weil da etwas in meiner Wohnung ist, das da nicht hingehört«, entgegne ich. Mehr muss das alte Graupelwetter nicht wissen.

»Umzugskartons?«, fragt sie, dreht sich zu mir um und strahlt hoffnungsvoll. »Oder Anstand, Fleiß, Ordnung? Möglich, wenn du hier unten bist.«

Tante Hildegard ist eine blöde Sau. Ich bin mir sicher, dass sie etwas mitbekommen hat. Es sei denn, der Eindringling war gestern Abend da, während sie vor dem Fernseher abgehangen hat. Bei der Lautstärke, in der sie sich die Programme reinzieht, könnte in Suhl die Atombombe gezündet werden und sie würde es nicht mitbekommen.

»War gestern Volksmusik?«, frage ich.

»Der Silbereisen sieht auch immer abgehalfterter aus«, entgegnet sie. »Aber noch nicht so schlimm wie du.«

Es war also Volksmusik. Und wenn ich es mir recht überlege, macht das auch nur so Sinn. Der Zettel pappt seit gestern Abend an meinem Computer. Denn nur dann konnte der Überbringer sicher sein, dass ich nicht zu Hause sein werde. Schließlich stand das vierte Türchen an und ich bin der Nikolaus. War. War der Nikolaus. Im Umkehrschluss bedeutet das, derjenige kennt sich bei uns aus. Und er hat mich im Visier. Verdammt! Ich habe mal einen Film gesehen, in dem bekam jeder, der ermordet werden sollte, vorher eine schwarze Rose zugeschickt. Ich habe mich damals gefragt, wo es diese Sorte Rosen gibt. Also schwarze habe ich bei uns noch nicht gesehen. Jetzt habe ich diesen Fresszettel mit den Sternchenaufklebern. Optisch passt das ja wenigstens zu einem Weihnachtsdorf. Allerdings ist mir so ein komischer Zettel bisher noch nirgendwo untergekommen, weder im Pfarrhaus noch beim Blaschke. Apropos Blaschke …

Ohne mich weiter mit Tante Hildegard auseinanderzusetzen, verziehe ich mich wieder eine Etage höher, steige unter die Dusche, ziehe mir frische Klamotten an und weiß plötzlich ganz genau, was ich jetzt tun muss.

Die Morddrohung raschelt in meiner Jackentasche, während ich durch unser Dorf spaziere. Meine Füße sind auch schon nass. Stoffturnschuhe bei dreißig Zentimetern Neuschnee sind keine so gute Idee, ich gebe es zu. Aber noch länger in Eckberts Stiefeln zu stecken, war mir zutiefst zuwider, zumal sich die Sache mit dem Nikolaus erledigt hat.

Wie gesagt, die Morddrohung habe ich sicherheitshalber bei mir. Ein Handyfoto davon habe ich auch, vor meinem Computerbildschirm, der das Datum von heute zeigt. Nachher überlegt es sich der Mörder noch anders und will die Drohung wieder abholen. Mit mir nicht. Ich kann alles beweisen. So eine Mordermittlung macht einen echt misstrauisch.

Ich kann es immer noch nicht glauben, dass jemand einfach so in meine Bude marschiert ist. Nicht, weil ich etwas Wertvolles besitze, um das ich bangen muss. So was habe ich schon, also irgendwie. Allerdings möchte ich den Dieb sehen, der sich einen vierundvierzigjährigen Plüschhasen mit abgekauten Ohren klemmt. Den Hasen hat mir meine Mutter geschenkt. Der bleibt, und wenn ich dafür handgreiflich werden muss. Nein, mich treibt etwas anderes um. Die Botschaft, die ich auf meinem Schreibtisch gefunden habe, stammt von einem Mörder. Da kann derjenige noch so viele Sternchen aufkleben. Die machen es auch nicht besser. Ein Mörder kommt in mein halbes Haus und kündigt seine nächste Tat an. Gut, er wusste, dass ich nicht da sein werde. Ich bin als Nikolaus eine öffentliche Person und entsprechend unter Beobachtung. Abgesehen davon hat der Blaschke Bürgermeister die Türchenöffnungszeiten überall anschlagen lassen, sogar im »Hirschen« auf dem Klo habe ich eine seiner Bekanntmachungen gesehen. Dabei benutzen das nur Kurt und ich. Die anderen gehen in den Vorgarten.

Aber der Knackpunkt ist ein anderer: Tante Hildegard. Entweder wusste der Mörder nicht, dass Satans Rache im Parterre haust, oder er fürchtet sich nicht vor ihr. Ersteres kann ich nahezu vollständig ausschließen. Jeder hier bei uns im Wald weiß von unserer Grusel-WG. Und wenn der Mörder nicht aus unseren Reihen kommt, dann hat er mich ausspioniert und sollte einigermaßen lesen können, wovon ich nach dem Buchstabengeschnipsel aus »Jagd und Hund« ausgehe. Folglich dürften ihm unsere Namensschilder nicht entgangen sein. Tante Hildegard hat ihres sogar doppelt so groß und an beide Haustüren machen lassen. Sie meint, die optische Dominanz bringe ihr Punkte in unserem familiären Guerillakrieg. Auch ein Verlierer sollte das Gefühl kennen, alles versucht zu haben. Ich kann gönnen.

Wenn ich mir aber klarmache, dass jemand bei mir einsteigt, der keine Angst vor Tante Hildegard hat, dann läuft es mir eiskalt den Rücken herunter. Jeder, der die alte Schrapnelle schon einmal von Weitem gesehen hat, kriegt das Fürchten. Das Risiko, dass sie durch das Haus latscht, während der Mörder seinen Schund bei mir auslegt, ist hoch, mit oder ohne ohrenbetäubende Volksmusik. Machen wir uns nichts vor. Tante Hildegards Blase stammt aus einer Zeit, in der die Titanic auf dem Meeresgrund noch nicht mal zu rosten angefangen hat, da kann man nicht mehr viel verlangen. Den Verschleiß hältst du nicht auf, da kann auch Silbereisen nichts daran ändern.

Wie auch immer, den Menschen, der sich nicht vor Tante Hildegard fürchtet, muss ich erst noch kennenlernen. Na ja, wenn er mir eine Weihnachtsgurke in den Mund stopft, wird es wohl so weit sein. Mein Plüschhase jedenfalls ist nun an einem sicheren Ort. Den bekommt dann Ruprecht, als Andenken. Aber nein, der wird ja bis Weihnachten auch … Meine Güte, in welchen Zeiten leben wir eigentlich!

Dem Opa und Ruprecht, da komme ich nämlich gerade noch einmal her, habe ich nichts von dem Drohbrief erzählt. Das kann ich später immer noch tun. Dafür habe ich Ruprecht die Scherben gebracht, die ich am Montagabend aus der Wanne des Pfarrers mitgenommen habe. Was das angeht, ist Ruprecht ein Freak und wir haben gute Chancen, dass er herausbekommt, wer die Kugeln gemacht hat. Bei uns im Thüringer Wald hat nämlich jede Glasmanufaktur ihr individuelles Design und Gnade dem Mörder, wenn der Pfarrer in billigem China-Import gestorben ist. Pfui Teufel! Abgesehen davon kann ich mit den Scherben möglicherweise Alfred raushauen. Bei der Gelegenheit konnte ich gleich sichergehen, dass der Blaschke noch immer im Forsthaus herumgammelt und nicht zufällig geflohen ist. Opa hat ihn nach einem fetten Frühstück mit ein paar Schnäpsen abgefüllt und ihm nebenbei seinen Haustürschlüssel abgenommen. Der Alkohol und das Beruhigungsmittel müssen sich irgendwie in die Quere gekommen sein. In jedem Fall ist der Bürgermeister wieder in einen Tiefschlaf verfallen, der mir etwas Zeit gibt, die Spur seiner Frau, der Heiligen Drei Könige, und meiner Morddrohung aufzunehmen. Machen wir uns mal nichts vor, wenn der Täter halbwegs strategisch vorgeht, dann hätte auch dem Pfarrer und der Blaschkin ihr Tod angekündigt werden müssen, vorausgesetzt, die Bürgermeisterfrau ist ebenfalls nicht mehr am Leben. Im Pfarrhaus hat die Polizei nichts gefunden, zumindest nichts, von dem ich weiß. Aber so wie ich den Pfarrer einschätze, hat er seine Morddrohung mit den Werbeprospekten im Altpapier entsorgt. Möglicherweise hat er das Teil für einen Brief von einem seiner Schäfchen gehalten, dann hat er nicht mal reingeguckt, ganz sicher. Tja, Soziophobie kann tödlich enden. Interessant wird es in der Hütte vom Blaschke Bürgermeister. Da war die Polizei nicht. Womöglich werde ich fündig. Dann wäre so einiges klarer, vor allem, dass ich ein echt großes Problem habe.

»Du holst dem Blaschke wohl ein paar frische Schlüpper«, schreit der Tischler Funke quer über die Straße, als er mich mit dem Schlüssel an der Haustür des Bürgermeisters hantieren sieht.

»Recht so. Ihr seid feine Kerle, ich hätte den nicht bei mir aufgenommen. Der ist doch nicht dicht.« Erwin Lenzer steht neben ihm und stopft ein paar Nadeln, die er gerade von unserem Heiligtum abgeknispelt hat, in seine Pfeife. »Der totale Schwachmat«, schmatzt er zwischen zwei dunkelbraunen Qualmwolken hervor.

So schnell ändern sich die Zeiten. Helden fallen vom Sockel, Wahrzeichen werden geschändet, das Ende unserer Kultur ist eingeläutet. Passt. Ich bin dabei. Aber vorher muss ich sichergehen, dass ich nicht der Nächste auf der Todesliste des Weihnachtshassers bin. Die Männer bleiben stehen und warten, was passiert. Ich bewege mich nun ebenfalls nicht mehr und schaue die beiden herausfordernd an. Ich stehe auf dem Standpunkt, dass man wenigstens souverän wirken muss, auch wenn man genau weiß, dass man unrecht tut. Das beeindruckt das Gegenüber. Gleich wird es hier nämlich von Zeugen meines Einbruches wimmeln. Bei uns im Dorf ist es wie beim Domino, fällt einer um, folgen alle anderen. Funke und Lenzer sind jetzt quasi der erste Spielstein. In etwa zehn Minuten ist die Sache gelaufen, dann wissen alle Bescheid.

»Der Alfred soll es ja gewesen sein, also das mit dem Pfarrer.« Der Funke Tischler hält es zuerst nicht mehr aus. »An Totensonntag haben die sich nach dem Gottesdienst mächtig in den Haaren gehabt«, weiß er. »Dass Irmgard das aber so schnell herausbekommen hat. Erstaunlich. Na ja, der liebe Gott versucht seine Missgeschicke eben immer an anderer Stelle wieder gutzumachen.«

Erwin Lenzer nickt grinsend. »Unsere Oma hat die Ohren einer Fledermaus, dafür ist sie komplett blind.« Jetzt lacht er schallend, wobei Rauchwölkchen aus seiner Nase kommen. Du ahnst es nicht, der Kerl raucht sein gepanschtes Kraut auch noch auf Lunge. Kein Wunder, dass die Lebenserwartung von uns Männern vergleichsweise niedrig ist. Solche wie der Lenzer versauen den Schnitt.

Den Spruch vom Funke habe ich allerdings auch so verstanden. Da brauche ich Erwins Ausflug in die Tierwelt nicht. Dass sich der Pfarrer und Alfred gestritten haben sollen, ist mir aber neu.

»Den Zoff hat das halbe Dorf mitbekommen«, sage ich und winke ab. »Wenigstens am Totensonntag hätten sie sich einmal zusammenreißen können.« Mit dem letzten Satz habe ich es etwas übertrieben, das kann ich an den Gesichtern der Männer deutlich sehen.

»Der Pfarrer war nicht der Schlechteste«, wirft der Funke ein.

»Freilich nicht«, bestätigt der Lenzer.

Das kann man sehen, wie man will.

»In letzter Zeit war er eben nicht so gut drauf«, sagt Funke noch, und ich kann sehen, dass unsere Unterhaltung an dieser Stelle beendet ist. Eines geht mir jetzt jedenfalls auf. Die Liste derer, die in der letzten Zeit mit dem Pfarrer aneinandergeraten sein müssen, ist länger, als ich zunächst angenommen habe. Nur keiner von denen wird ein Wort sagen. Der arme Alfred.

Kurt und Erwin gaffen nur noch. Wenn ich jetzt nicht

mein Ding durchziehe, werden sie misstrauisch. Mit Sicherheit bin ich der einzige Mensch bei uns im Dorf, der noch nicht beim Blaschke Bürgermeister zu Hause war, neben Tante Hildegard natürlich. Das kann man auch als Privileg auslegen. Darauf hätte ich stolz sein können. Nun ist es vorbei.

In der Hütte vom Blaschke Bürgermeister bleibt mir der Atem weg. Um es mal freundlich auszudrücken, es stinkt wie in einem Fuchsbau. Widerlich. Sicherlich hat seit dem Verschwinden der Blaschkin keiner mehr gelüftet. Und das bei meiner Neigung zu Ekelbläschen. Lustlos schaue ich mich um. Auch wenn es um mein Leben geht, ist es mir absolut zuwider, in anderer Leute Sachen zu stöbern. Noch dazu ist die Einrichtung vieles, aber nicht schön. Ich würde sie sogar geschmacklos nennen. Sicherlich ist das alles eine Frage des ästhetischen Empfindens und darin bin auch ich wahrlich kein Meister. Aber das hier beim Blaschke sieht kolossal zum Speien aus. Ein dominantes Dunkelbraun trifft auf eine geballte Ladung Weihnachtsschmuck, so würde ich das, was ich gerade sehe, zusammenfassen. Was ich nicht sehe, ist die Blaschke Ehefrau, ihre Handtasche und einen Großteil ihrer Klamotten. Damit bin ich in meiner Beziehung zum Blaschke, wenn ich diese Umschreibung für unser Nicht-Verhältnis überhaupt wählen sollte, beim absoluten Nullpunkt angekommen. Die Blaschkin ist nicht entführt und sie ist auch nicht ermordet worden, es sei denn, sie hätte dafür ihre Kleiderschränke ausgeräumt und ihre Zahnbürste eingepackt. Heutzutage mag vieles denkbar sein, aber das ist zu abwegig. Sie ist schlichtweg abgehauen. Ob der Blaschke das nicht geschnallt hat, weil er nicht so weit denken kann, um mal nach ihren Klamotten zu sehen, ob er es nicht wahrhaben oder sich einfach nur wichtigmachen wollte, weiß ich nicht. Meine Tendenz jedoch ist klar: Der Kerl ist plemplem.

Ich schlendere also durch diese einrichtungstechnische Geschmacksverirrung und schnüffle ausgiebig in Blaschkes Sachen. Mir macht das keine Freude, nicht, dass hier der falsche Eindruck entsteht, und neugierig bin ich von Natur aus auch überhaupt nicht, aber dass der Blaschke das gesamte Dorf mit dieser Entführungsnummer auf den Holzweg geführt hat, piept mich echt an. Dafür kann ich jetzt auch ohne schlechtes Gewissen in seiner Unterwäsche kramen. Rache ist süß.

Ich schiebe eine seiner Unterhosen in meine Jackentasche. Mehr nicht. Wir wollen es ja mal nicht übertreiben. Nachher versteht der Kerl das noch als Einladung, Weihnachten bei uns im Forsthaus zu verbringen, jetzt, wo er keine Angehörigen mehr zur Verfügung hat. Das fällt aus. Konzentrier dich, Nikolaus, konzentrier dich. Nikolaus, da war es schon wieder, das nächste Anzeichen meiner aufkeimenden Psychose. Ich bin Adam. Punkt. Und ich suche nach Hinweisen in einem Mordfall. Ich lasse von dem Schubfach mit den Verfehlungen der Modeschaffenden ab und nehme mir das Wohnzimmer vor.

Die Krippe hat die Ausmaße der Kühl-Gefrier-Kombination, wie sie bei Kurt im »Hirschen« in der Küche steht. Aber die Heiligen Drei Könige sind nicht zu sehen. Wenigstens in diesem Punkt hat der Blaschke nicht gelogen. Sieh an. Andere Frauen packen das Familiensilber ein, wenn sie ihren Mann verlassen, die Blaschkin nimmt drei Schnitzmännchen mit. Jeder wie er mag.

Ich fummle ein bisschen an den noch übrigen Holzfiguren rum. Die Proportionen des Jesuskindes hauen nicht hin und Marias Nase, na ja, den Span hätte man auch noch runterholen können. Und die beiden Kamele erst. Kamele? Der Blaschke hat echt einen Vogel. Da hätte er ja gleich noch Pinguine aufstellen können. Ich lege Maria und Josef ins Stroh, schließlich haben die einiges nachzuholen, und lasse das Kind verschwinden. Der Kerl war ohnehin ein Kuckuck. Da fällt mein Blick auf die Fensterbank. Jetzt kommt es ganz dicke. Da stehen tatsächlich die Drei Könige, hintereinander wie die Gänse. Sauber. Die sind im Anmarsch, als sei nichts gewesen. Der Blaschke muss bei den Königen über eine Zweitbesetzung verfügen. Ersatzbänkler quasi, für den Notfall. Abgefahren. Moment. Ich schaue mir die Kerle einmal näher an. Sie stammen ohne Zweifel vom gleichen Schnitzer wie das Jesuskind, die Kuh und all die anderen Gestalten, die hier herumstehen. Hatte Ruprecht nicht irgendetwas vom Erbe des Blaschke Urgroßvaters und von Unikaten geschwafelt? Einwandfrei. Die Könige gehören dazu. Ganz eindeutig. Dann waren die Knaben an unserer Haustür nur billige Repliken und Blaschke wusste das genau. Aber was sollte dann dieses ganze Theater? Pah. Jetzt habe ich es. Das hysterische Geschrei um die gemeinsam mit den Königen entführte Ehefrau ist also nichts weiter als ein Ablenkungsmanöver. Die Blaschkin hat ihren Mann nicht verlassen. Sie ist geflohen und zwar, weil sie den Pfarrer ermordet hat. Der Blaschke weiß das und wirft Nebelkerzen. Nebenbei behält er die Mordermittlungen im Auge und wartet ab, was passiert. Der Kerl spielt auf Zeit. Und mit mir. Der Blaschke hat die Drei Könige ans Forsthaus genagelt, um den Verdacht auf uns zu lenken. Wenn ich an Irmgards Unterstellungen denke, wäre das fast aufgegangen. In jedem Fall stehen wir seitdem in einem schlechten Licht da. Überdies hat es für richtig Wirbel im Dorf gesorgt und für Mitleidspunkte beim Blaschke. Der arme Mann, dem jemand die Frau, seine Könige und die Weihnachtstradition nehmen will.

So langsam begreife ich, was hier abgeht, und ich muss aufpassen, dass ich nicht ausraste. Aber wie passt meine Morddrohung in diese Theorie? Sie könnte ein weiteres Puzzleteil in Blaschkes Vertuschungsstrategie sein. Die kitschigen Sterne würden zu ihm passen. Und der Rechtschreibfehler. Natürlich, er spricht ja schon falsch, wie soll er denn dann fehlerfrei schreiben können? Aber welchen Sinn macht das überhaupt? Jetzt fange ich an zu schwitzen. Natürlich, ich suche nach dem Mörder. Ich bin eine Gefahr für den Blaschke und seine Mörderfrau. Allerdings hat der Blaschke mich selbst beauftragt … Ich schlage mir mit der flachen Hand vor die Stirn. Natürlich, er ist davon ausgegangen, dass ich das nicht packe und mit etwas Glück dabei noch Spuren verwische. Im Umkehrschluss bedeutet das aber, dass ich irgendetwas entdeckt haben muss, oder? Ansonsten müsste er mir ja nicht drohen. Mir fällt nur gerade nicht ein, was das sein sollte. Niemals hätte ich gedacht, dass ich mich einmal in die Gedankengänge dieser Halbirren hineinversetzen muss. Wie tief soll ich denn noch sinken? Egal. Die Blaschkin hat den Pfarrer umgebracht und ihr Mann deckt sie. Das ist ja an Hinterhältigkeit nicht zu überbieten. Na warte, Bürschchen. Der Kerl ist ja noch ein besserer Schauspieler als Tante Hildegard.

Fassen wir zusammen: Die Blaschkin befindet sich auf der Flucht und hat nicht einmal daran gedacht, die Drei Weisen aus dem Morgenland mitzunehmen. Warum auch? Sie hatte sicherlich schon genug zu schleppen. Der Blaschke weiß über das Verbrechen seiner Frau Bescheid und versucht sich in billigen Ablenkungsmanövern, wie das vorgetäuschte Verschwinden der Könige. Nebenbei bezichtigt er noch den armen Alfred. Die Frage ist nur, warum sollte die Blaschkin den Pfarrer umgebracht haben? Mir fällt die Mandy wieder ein. Möglicherweise hat der Pfarrer ja nicht nur ihr die Wahrheit über ihr Aussehen gegeigt. Die Blaschkin ist, was das angeht, auch keine Granate, im Gegenteil, die hat es noch schlimmer getroffen als unsere dicke Kindergärtnerin. Wenn der Pfarrer hier losgelegt hat ... O je!

Wie ich zehn Minuten später das Haus verlasse, ohne neuen Drohbrief, dafür mit der Gewissheit, dass der Blaschke ein Lügenschwein und seine Frau womöglich eine Mörderin ist, kommen die ersten Schaulustigen über die Straße getrippelt.

»Na, hat der Blaschke seine Frau im Keller einbetoniert?«, schreit mein Nachbar Gerhard mit hoher Stimme.

»Endlich ist im Advent mal was los bei uns«, poltert Rudolf.

»Bleibt der für immer bei euch wohnen?«, ruft der Funke Tischler dazwischen. »Dann wird ja sein Haus endlich frei.«

Was der Rest der Meute Sinnhaftes von sich gibt, höre ich schon nicht mehr. Ich grüße, damit die nicht auf die Idee kommen, ich hätte etwas zu verbergen. Wir haben zehn Grad minus, da rührt nicht mal der Blaschke Zement an, denke ich, und wieso irgendjemand auf dessen Heim spekulieren sollte, ist mir schleierhaft. Hier stehen mindestens zehn andere Hütten leer und die müssen nicht erst von zwei Tonnen Weihnachtsdeko-Sondermüll befreit werden. Sorgen haben die Leute. Dabei beschäftigt mich jetzt eher die Frage, wie ich den Blaschke und seine Frau überführen kann, ohne uns alle in Gefahr zu bringen. Immerhin haben wir uns den wahnsinnigen Bürgermeister ja auch noch ins Haus geholt.

Marlies hat Hirschrücken gemacht. Ich kann mich nicht erinnern, wann ich das letzte Mal in der Adventszeit so viele leckere Mahlzeiten bekommen habe. Was das angeht, ist die Sache mit unserer etwas anderen Weihnachtszeit ein echter Gewinn. Das schlechte Gewissen gegenüber dem toten Pfarrer treibt Marlies zu Höchstleistungen. Oder ist es das neue Rasierwasser vom Opa? Ich hoffe jedenfalls, die Gute behält sich diesen Schwung, meinetwegen auch gern bis ins nächste Jahr. Wer Ruprecht und mir etwas kocht, wenn der Opa mal nicht mehr ist, weiß ich nicht. Das wird wohl auf Fräulein Fast Food hinauslaufen. Aber daran mag ich nicht denken.

Wir essen alle gemeinsam, also bis auf Marlies, die musste wieder nach Hause und für ihren Mann die Randstücke aufwärmen. Es stört mich, dass der Blaschke Bürgermeister an unserem gemeinsamen Mittagessen teilnimmt, auch wenn ich ihn damit besser im Auge habe. Der ist ein Fremdkörper und gehört nicht hierher. Abgesehen davon hat er so dermaßen einen sitzen, dass er massive Schwierigkeiten hat, seine Gliedmaßen zu koordinieren, vor allem was seine rechte Faust angeht. In der steckt nämlich der Löffel, mit dem er versucht, den Hirsch-Kloß-Rotkraut-Brei, den Ruprecht ihm gemacht hat, in seinen Mund zu schieben. Tja, eines ist schon mal klar, ohne Mixer wird der Blaschke nicht über den Winter kommen. Oder das mit dem Klimawandel stimmt und der Schnee taut schneller weg. Was geht es mich an. Ruprecht ist der Fürsorgliche von uns beiden. Er meint, der Blaschke verdirbt sich mit dem unzerkauten Fleisch den Magen. Ich hatte eher Sorge, dass er nicht satt wird und uns den ganzen Braten wegfrisst. Gut gekaut, ist halb verdaut, hat meine alte Kindergärtnerin immer gesagt. Dennoch, ich gebe es zu, es wäre auch irgendwie interessant gewesen, zuzusehen, wie lange der Blaschke braucht, um ein Stück Hirsch so weit einzuspeicheln, dass er es mühelos schlucken kann. Ich versuche das gerade. Jetzt steckt der Hirsch in meinem Hals und rückt weder vor noch zurück. Ein Hustenanfall befördert das Fleisch von meiner Speiseröhre zurück in meinen Mund. Ich kaue lieber und gönne dem Blaschke seinen Babybrei. Ich bin ja kein Unmensch, nicht einmal bei unserem kriminellen Bürgermeister. Dabei muss ich zugeben, dass es mir lieber gewesen wäre, ich hätte Opa und Ruprecht vor dem Essen in meine Entdeckung einweihen können. Aber solange der Blaschke dabei ist, kann ich das vergessen. Jetzt muss ich das erst einmal mit mir allein ausmachen. Ich habe kurzzeitig sogar schon daran gedacht, Irmgard anzurufen. Aber was hätte ich ihr sagen sollen? Für meine Vermutungen habe ich keine Beweise. Und Irmgard neigt nicht gerade dazu, mir zu vertrauen. Im Gegenteil, der Schrumpfkopf wird alles, was ich sage, irgendwann gegen uns verwenden. Das Risiko will ich nicht eingehen.

»Ich bin nur geblieben, weil ihr daf mit dem vierten Türchen geradegebogen habt«, lallt der Blaschke, wobei eine lila-braune Flüssigkeit aus seinen Mundwinkeln läuft.

Der Opa bohrt das Messer in einen Kloß. Ich weiß genau, was er denkt.

»Die Pinguine sind viel besser als die Rens«, plappert Ruprecht. »Das ist modern. Und das Licht sieht man noch einen halben Kilometer weit.«

Ich habe Mühe, mich zurückzuhalten und beschließe, dem Blaschke nach dem Essen eine reinzuhauen. Bei Tisch gehört sich das nicht.

Jetzt sagt keiner mehr was und der Blaschke übertrifft mit seinen Schmatzgeräuschen sogar Herrn Fuchs, wenn es Hühnerfrikassee gibt und er seinen Napf ausleckt.

»Na Mahlzeit!« Irmgard steht unerwartet in der Küche. Ihr erster Blick gilt dem Blaschke und ich kann deutlich sehen, wie sie ihn auf Vollständigkeit scannt und dabei nicht sein Gebiss meint. Wenn ich mal jemanden umbringen sollte, also den Blaschke oder so, dann würde ich die Leiche nicht zerstückeln. Die Wildschweine freuen sich auch über ein anständiges Stückchen Fleisch, das sie selbst reißen können, vor allem im tiefsten Winter. Irgendwelche Vorteile muss der Thüringer Wald ja auch haben. Ich erwäge gerade, Irmgard meine Meinung dazu an den Kopf zu knallen, als sie nachlegt. »Trautes Familienglück. Wie herzig.« Bei dem letzten Wort kann ich ihre Eckzähne sehen. Ruprecht hat glücklicherweise nicht hingesehen. Ihm ist vor Schreck über Irmgards Erscheinen das Besteck in die Soße gefallen und er leckt es nun ab, um weiteressen zu können. Auch der Opa kümmert sich lieber um den Hirsch als um seine Enkelin. Nur der Blaschke unterbricht sein Gefutter und grinst sie an. Dabei sieht er aus wie ein Dreijähriger, der sein erstes Schokoladeneis bekommen hat, nicht ganz so fröhlich, aber bis zu den Ohren beschmiert. Ich ahne, was Irmgard denkt, und bin heilfroh darüber, dass sie den Rest von dem Kerl nicht sehen kann. Jedenfalls weiß ich seit gestern, dass der Blaschke im Haus nur in Unterhose herumläuft, was ein etwas anderes Licht auf die Flucht seiner Gattin werfen könnte, wenn da nicht der Mord am Pfarrer gewesen wäre.

»Irmchen kommt, um unf zu fagen, daff fie den Mörder gefafft hat«, sagt er erfreut.

Mir fällt Alfred wieder ein und ich schnalle sofort, was hier abgeht. »Alfred und der Pfarrer waren befreundet, da ist ein Streit nichts Ungewöhnliches«, sage ich wütend. »Man denunziert niemanden unberechtigt, nur um ihn aus dem Weg zu räumen und von seinen eigenen Schweinereien abzulenken.« Ich beiße mir auf die Zunge. Der Zeitpunkt, dem Blaschke klarzumachen, dass ich ihm dicht auf der Spur bin, ist falsch, zumal da ja noch eine Morddrohung zwischen uns steht.

Ruprecht schaut verblüfft.

»Welcher Idiot kommt denn auf die Idee, dass Alfred Baumkugeln und vor allem eine Weihnachtsgurke zweckentfremdet?«, fragt der Opa, der das Spiel nun ebenfalls durchschaut hat. »Alfred liebt die Glasbläserei wie kein Zweiter im Dorf und er ist ein Ästhet. Zerstörung liegt ihm nicht.«

»Irmchen weif fon, waf fie tut«, mischt sich der Blaschke wieder ein. »Fie ift ein Profi.« Die Selbstzufriedenheit ist ihm ins feiste Gesicht geschrieben. Er schiebt seinen dicken Daumen über die auf dem leeren Teller verbliebenen Soßenreste und leckt ihn gierig ab. Das wiederholt er, bis das Gedeck als frisch gespült durchgehen könnte. Schließlich steht er auf, wischt seine Hände an seiner Feinrippunterhose ab, schwankt zum Sofa und knallt sich darauf. »Ein kurtfef Nickerchen und dann muff ich meine Rede für heute Abend üben.« Kaum dass er den Satz ausgesprochen hat, schläft er schon.

»Ich erkläre euch Deppen nicht meine Arbeit.« Erst jetzt spricht Irmgard wieder. »Alfred bleibt in U-Haft.«

»Du dumme Kuh«, rutscht es dem Opa heraus. Er hüstelt den Satz hinter einer Serviette, die er sich vor den Mund hält, weg. Ich frage mich, ob ihm die Beleidigung seiner Enkelin peinlich ist oder ob er nur aufpassen muss, dass ihm nicht noch mehr rausrutscht.

»Alfreds Motiv würde mich mal interessieren«, werfe ich ein. »Möglicherweise hat ihm die Predigt am Totensonntag nicht gefallen.« Den Schrumpfkopf provozieren, das kann ich.

Irmgard kneift die Augen zusammen. »Was weißt du von den Geschehnissen nach dem Gottesdienst? Warst du möglicherweise dabei?«, keift sie.

Ich zucke nur mit den Schultern und registriere, dass Alfreds Aussage nicht ganz befriedigend gewesen sein muss. Der schlaue Schrumpfkopf kommt also in unserem Fall nicht weiter.

Irmgard schaut mich an, als sei sie selbst ganz überrascht davon, dass ich in der Kirche gewesen sein könnte.

Ich genieße den seltenen Moment ihrer Unterlegenheit.

»Wie viele Zellen habt ihr eigentlich in der U-Haft?«, frage ich, worauf mich Ruprechts ängstlicher Blick streift.

»Spuck es aus und spar dir das Drumherumgerede!« Irmgard hat noch nie grässlicher ausgesehen. In Opas Blick liegt Stolz. Der gilt mir, nicht seiner Enkelin.

»Der Pfarrer befand sich in den letzten Wochen auf einem Kreuzzug gegen seine Schäfchen«, sage ich.

»War er das nicht schon von Anbeginn seiner Tätigkeit?«, will Opa wissen.

»Mhm. Zumindest hat er kurz vor seinem Tod noch mal richtig aufgedreht«, erkläre ich. »Du wirst in jedem zweiten Haus jemanden finden, den er beleidigt, missachtet und dem er was weiß ich angetan hat …«

»Zeugen?« Irmgard fährt mir über den Mund.

»Na schon mal alle dicklichen Weiber«, antworte ich wahrheitsgemäß.

»Namen!«, fordert sie.

Jetzt macht Opa ein Gesicht wie damals, als ich ihm Tante Hildegards Bananenpudding zum Nachtisch angeboten habe. Da war ich acht Jahre alt. Seitdem ist das niemals wieder vorgekommen. Ich schwöre es.

»Namen!« Irmgard meint, wenn sie ihre Forderungen wiederholt, kriegt sie eher, was sie will. Das hat sie schon als Mädchen so gemacht. Aber bei mir beißt sie damit auf Granit. Wieso stellt sich hier eigentlich kein Lerneffekt ein?

Ich verschließe meine Lippen.

»Ihr wollt es nicht anders.« Sie grinst hämisch. »Dann wird Alfred wohl noch ein bisschen ausharren müssen und wer weiß, was noch so alles herauskommt …«

»Der arme Alfred. Aber wenn das so ist, können wir

doch das fünfte Türchen ...«, sagt Ruprecht und beendet den Satz nicht, weil ich ihm unter dem Tisch einen heftigen Tritt verpasse.

»Alfred ist kein Mörder«, blafft der Opa.

»Aber er ist jemand, der dem Pfarrer gedroht hat, sich beim Bischof über ihn zu beschweren«, antwortet Irmgard. »Er hatte etwas gegen den Pfarrer in der Hand. Und ich wette, ihr wisst genau, was!«

Ich zeige mit dem Finger auf und mache ein übertrieben doofes Gesicht. »Hätte dann nicht Alfred in der Badewanne sitzen müssen? Aber der Ermordete ist doch der Pfarrer, oder?«

»Was du so alles kombinieren kannst«, sagt Irmgard mit der Stimme einer liebenden Mutter, die sogleich in das schauderhafte Gezeter einer Bestie umschlagen wird. »Dann will ich euren paar grauen Zellen mal ein wenig auf die Sprünge helfen. Was wiegt schwerer, ein Rüffel von einem Bischof oder das Ende der Familientradition?«

»Alfred ist Glasbläser«, sage ich, um etwas Zeit zum Nachdenken herauszuschlagen. »Seine Familie, schon immer.«

»Blitzmerker«, beschimpft mich Irmgard.

»1898«, salutiert der Opa. »Keine Gurken, nur Augen!«

»Das würde der Pfarrer niemals machen! Auch wenn er Hunde nicht leiden konnte«, schreit Ruprecht. »Warum sollte er auch Alfred das Geschäft mit den Dackeln kaputt machen?«

Er versucht, sich zusammenzureißen, aber ich sehe ihm an, wie sehr er mit sich kämpft.

So langsam begreife ich, was Irmgard meinen könnte. Alfreds Familie macht Glasaugen. Für Hunde. Genauer gesagt für Dackel, also nur für den Waldi von Steiff. Seit über hundertzwanzig Jahren haben sie dieses Privileg. Alfreds Urgroßvater soll einmal etwas mit einer Steiff gehabt haben, oder war es ein Dienstmädchen? Egal. Alfred liebt Dackelaugen. Er kann auch nichts anderes. Dafür hat er es nicht so mit Vorschriften. In Alfreds Werkstatt hat sich seit 1898 nichts verändert. Keine Spur von Arbeitsschutz, von Brandschutz ganz zu schweigen. Alfred ist da sehr tolerant. Und ich kann mir gut vorstellen, dass da noch mehr im Argen liegt.

»Der Pfarrer wollte Alfred bei den Behörden anscheißen?«, fragt der Opa perplex. »Dann hätte der einpacken können.«

Irmgard lächelt nur diabolisch.

Ich kann nicht abstreiten, dass Alfreds Motiv damit mehr als handfest ist. Aber warum hinterlässt er mir einen Drohbrief?

»Tja, wer Alfred seine Dackelaugen nehmen will, hat keine guten Karten. Was er an denen findet, ist mir allerdings schleierhaft. Bis heute sehen die Teile gleich aus. Nur einmal, es muss in den Fünfzigerjahren gewesen sein, da musste Alfred Schielaugen machen.« Opa kichert. »Ich weiß noch, ich dachte damals, das sei eine Schikane von den Genossen. Silberblickdackel als Ausdruck des Kalten Krieges. Dabei war das einfach nur modern. Moden gibt es ...«

Dackel hin, Dackel her. Alfred kann es nicht gewesen sein. Er ist überhaupt nicht der Typ für einen Mord. Hinzu kommt, dass alles, was seit dem ersten Türchen passiert ist, mit Alfreds Wut auf den Pfarrer nicht erklärt werden kann. Insbesondere meine Morddrohung nicht. Auch wenn mich

Alfred möglicherweise gehasst hat, was ich mir nicht vorstellen kann, ist das unter seinem Niveau.

»Liest Alfred die ›Jagd und Hund‹?«, frage ich einfach mal so in die Runde.

»Er hasst die Jagd, soweit ich weiß«, erwidert Opa.

»Deine geistlosen Ausdünstungen kann ich nicht mehr ertragen«, sagt Irmgard und macht auf dem Absatz kehrt.

Ich schaue den Opa fragend an. Er nickt mir auffordernd zu. »Irmchen, zurück!«, befiehlt er resolut.

Erstaunlicherweise ist bei Irmgard noch ein letzter Rest kindlichen Respekts gegenüber älteren Familienmitgliedern übrig geblieben. Sie hält inne.

Nun muss ich wohl in den sauren Apfel beißen und sie einweihen. Ich gehe ein paar Schritte auf sie zu, nur so viel wie notwendig, um ihr den Drohbrief zu geben. Sie schaut abwechselnd auf das Papier in meiner Hand und auf mich. Dann zieht sie ein Taschentuch aus ihrer Jackentasche, nimmt mir damit das Teil ab und liest. Ich frage mich, ob es möglicherweise ein Fehler war, den Zettel mit bloßen Händen anzupacken. Nachher dreht mir der Schrumpfkopf noch einen Strick daraus. Wir kennen sie ja.

»Die Buchstaben sind aus der ›Jagd und Hund‹«, erkläre ich pflichtschuldig. Die Ziege soll nicht denken, dass ich mir keine Gedanken mache.

Sie faltet das Teil zusammen, steckt es weg und betrachtet mich amüsiert.

»Der Absender war in meiner Wohnung, höchstwahrscheinlich gestern Abend. Alfred traut sich niemals an Tante Hildegard vorbei. Er liest auch keine ›Jagd und Hund‹. Das hat der Opa gesagt«, fahre ich zugegebenermaßen immer unsicherer fort. »Der das da gemacht hat, könnte es ernst meinen.« Ich merke, wie ich viel zu viel rede. Wieso reagiert Irmgard nicht? Die muss doch irgendetwas sagen?

»Die Blaschkin ist abgehauen, alle ihre Sachen sind weg. Nur die Heiligen Drei Könige, die sind noch da. Der Blaschke weiß was. Er hat gelogen. Möglicherweise hängt er mit drin.« Hat sich meine Stimme überschlagen? Meine Wangen fangen an zu glühen. Was der Schrumpfkopf vor dreißig Jahren nicht geschafft hat, kriegt sie jetzt hin. Ich wünsche mir, sie würde mich wieder in den Schwitzkasten nehmen, da könnte ich mich wenigstens wehren.

»Na, Schiss?«, frohlockt sie. Dann knallen die Absätze ihrer Stiefel auf den Holzfußboden, wie ich es nur aus den Western kenne, in denen der Böse gewinnt, und sie verschwindet.

»Hätten wir ihr etwas anbieten müssen?«, fragt Ruprecht unsicher.

Der Opa erhebt sich, eilt auf den Blaschke zu und greift nach seinem Arm. Mit dem Lebenswillen eines dem Tode Geweihten springe ich ihm bei und ehe sich der Bürgermeister versieht, findet er sich zwischen dem Sperrmüll im Keller wieder. Ruprecht wirft ihm noch seine Hose die Kellertreppe herunter. Dann montiert der Opa zwei fette Vorhängeschlösser. Ich will leben und wenn der Blaschke bis Silvester da unten sitzen muss.

Hatte ich erwähnt, dass Ruprecht als Halbwüchsiger einmal Jagdhorn spielen wollte? Sicher nicht, denn mir war es bis vor einer Stunde auch entfallen. Oder besser gesagt: Ich hatte es verdrängt. Jetzt sind die Erinnerungen an dieses weniger rühmliche Kapitel unserer Freundschaft in schonungsloser Härte zurückgekehrt.

Ruprecht hat es nicht so mit Musik, noch viel weniger mit Instrumenten. Dabei geht das mit den Noten noch. Ruprecht atmet falsch. Deswegen konnte er damals auch nicht mit in meine Fußballmannschaft. Was nützt ein Stürmer, der nach fünf Minuten hyperventilierend zusammenbricht. Das sieht auf dem Platz irgendwie blöd aus. Beim ersten Mal bringt das vielleicht noch Mitleidspunkte bei den Mädels, aber irgendwann schnallt selbst die Einfältigste, dass eine Lungenentzündung nicht die gesamte Saison andauert.

Genauso verhält es sich auch beim Jagdhornblasen. Auch dauerhaft blutunterlaufene Augen sind keine Garantie für das Treffen der richtigen Töne oder überhaupt Töne. Ruprecht und ich sind nicht verwandt. Er hat Ausdauer. Zwei Jahre sah er wie Dracula aus. Dann konnte ich es nicht mehr ertragen und habe ihm das Horn geklaut. Der Opa hat es gut versteckt. Nicht so gut, dass der Blaschke es nicht vierzig Jahre später finden konnte.

»Ich hätte das Teil damals in den Hausmüll stecken sollen …«, bemerkt der Opa. »… oder der Sammlung der Welthungerhilfe spenden, einfach im Bus liegen lassen, mit dem Auto darüber fahren …«

»Alles wäre besser gewesen«, entgegne ich. Die Zellstofftaschentücher, die ich mir in die Ohren gestopft habe, taugen nichts. Erstaunlicherweise kriegt der Blaschke das mit der Atmung problemlos hin. Nur ab und zu scheint er gegen etwas zu laufen. Das liegt daran, dass Opa die Sicherung rausgemacht hat. Er dachte, der Blaschke und das Horn können nicht im Dunkeln. Aber Pustekuchen!

»Mein schönes Horn«, jammert Ruprecht. »Wo kommt das denn jetzt her, es war doch nirgendwo zu finden? Wenn das nicht weggekommen wäre, wäre ich heute ein festes Mitglied unseres Sextetts.« Er senkt enttäuscht den Kopf. »Was ich für Konzerte hätte geben können, mit so vielen glücklichen Menschen.«

Der Blaschke unter uns gibt alles.

»Gut, Jungs«, der Opa erhebt sich. »Der Kerl drangsaliert uns die komplette Adventszeit schon genug, dann muss ich mir das in meinem eigenen Haus nicht auch noch geben. Wir verziehen uns zu Marlies. Da gibt es auch noch Nachtisch. Irgendwann wird selbst dem Blaschke die Luft ausgehen.«

»Das Weihnachtskomitee hat noch nie hier getagt«, sagt Ruprecht enttäuscht, während er unschlüssig herumsteht und sich in der Küche von Marlies umschaut.

»Harte Zeiten erfordern ungewöhnliche Maßnahmen«, antworte ich und sehe zu, wie Marlies einen Teller mit Plätzchen nach dem anderen auf den Tisch stellt. Nach den Backwaren folgen Gläser mit Schokoladenpudding und irgendeiner dunkelroten Masse, die einen ziemlich starken Alkoholgeruch verströmt.

»Die Pfarre ist versiegelt«, bemerkt der Opa, während er sich eines von den roten Teilen reinzieht. »Und hier ist die Versorgungslage besser. Glühweincreme, Marlies, bei dir werde ich wirklich immer schwach.«

»Käffchen?« Marlies blüht zusehends auf.

Wir nicken alle drei. Es wäre aber auch absolut ausreichend gewesen, wenn nur Opa geantwortet hätte. Marlies hat sowieso nur Augen für ihn.

»Er ist im Wald«, plappert Marlies beschwingt, wobei sie das »er« irgendwie eigenartig betont.

»Aha«, antwortet der Opa.

»Weihnachtsbaum holen. Kann dauern«, entgegnet Marlies und gibt Pulver in die Maschine.

»So, so«, erwidert der Opa nur der Höflichkeit halber.

»Die Förster passen um diese Zeit besonders auf und man ist ja wählerisch. Eine Krücke kommt mir nicht ins Haus. Das weiß er.«

»Klar.« Der Opa greift nach dem zweiten Glas. »Der Baum als Statussymbol, auch wenn er nur geklaut ist.«

»Wir haben locker zwei Stunden für uns.« Sie zwinkert wollüstig.

Ich schaue zwei Mal hin, da ich so etwas bei einer Siebzigjährigen noch nie gesehen habe. Marlies holt die Sammeltassen aus dem Schrank und deckt den Tisch. Ich fasse das alles nicht. Die beiden reden über den Mann von Marlies und es hört sich an, als ob sie sich über Hämorriden austauschen. Ich bin noch nie fremdgegangen, nicht mal bei Sabine und mit der war ich eine Ewigkeit zusammen, sechs Monate, fast sieben, um genau zu sein. Die Wahrscheinlichkeit für einen Seitensprung soll ja ansteigen, je länger man zusammen ist. Irgendwie logisch, denn irgendwann hat man auch die beste Hausmannskost über. Aber muss man deswegen gleich über das Schnitzel herziehen? Das ist unfair. Immerhin kommt der Mann von Marlies damit zurecht, dass Opa das Filet kriegt und für ihn nur der Verschnitt bleibt. Das spricht für eine starke Persönlichkeit. Oder nennt man das Selbstaufgabe?

»Wo bleiben die anderen?« Ruprecht hat sich mittlerweile auch gesetzt und probiert einen Schokoladenpudding. »Nur weil der Blaschke nicht da ist, müssen ja nicht alle gleich unpünktlich sein. Die Sache ist ernst.«

Marlies horcht auf. »Was meint der Junge?«, fragt sie an Opa gewandt.

Opa hebt beschwichtigend die Hände, als Ulf, der Gemeindearbeiter, und Inge und Walter Zenker die Küche betreten. Das Paar ist in Zivil und ich hätte sie fast nicht erkannt. Ich kann es nicht fassen, wie sehr sich dieser Weihnachtskram schon in mein Gehirn gefressen hat, nach fünf Tagen. Ich erwarte, mit Maria und Josef am Kaffeetisch zu sitzen. Was wäre aus mir geworden, wenn ich das bis zum Ende hätte durchziehen müssen? Ich darf gar nicht daran denken.

»Wir kommen aus dem Forsthaus«, lautet Walters Begrüßung. »Habt ihr da eine Musikkassette laufen? Tolles Programm. Kann ich mir die überspielen?«

»Gehört den Jungs«, entgegnet Opa, ohne mit der Wimper zu zucken.

Walter schaut mich erwartungsvoll an. Ich wähne mich im falschen Film, mache mir dann aber den Spaß. »Ich ziehe dir das auf deinen I-Pod, kein Problem.«

Walter schaut mich an, als hätte ich gegenüber Inge das mit der Nutte erwähnt. Augenscheinlich hält er einen I-Pod für etwas Unanständiges. Auch gut. Das Thema ist damit beendet. Dafür entspinnt sich eine Diskussion über das Ausbleiben des Blaschke Bürgermeisters.

»Gut«, der Opa ergreift rasch das Wort und ich bin froh darum. »Der Blaschke ist nach dem gestrigen Zwischenfall unpässlich. Die Ereignisse des heutigen Tages verlangen trotzdem eine unverzügliche Klärung.« Opa kann gut mit Rhetorik. Anders als der Blaschke. »Fassen wir die Gefechtslage zusammen. Adam hat eine Morddrohung bekommen. Wer von euch kann Ähnliches vorweisen?«

Opa hat die Informationsweitergabe auf ein Minimum reduziert. Kein Wort über Alfred. Auch nicht vom Verdacht gegen den Blaschke Bürgermeister und seine Frau. Opa und Ruprecht haben ganz schön dumm aus der Wäsche geguckt, als ich ihnen auf dem Weg zu Marlies davon erzählt habe. Der Opa hält meine Theorie durchaus für möglich. Nur Ruprecht ist anderer Meinung und verteidigt den Blaschke, aber er weiß es einfach nicht besser. Opa sagt, wir brauchen mehr Beweise und vorher darf nichts ans Licht der Öffentlichkeit. Schließlich will er hier im Dorf sterben und man weiß ja nie, wie der Mob reagiert. Volkes Meinung über seinen Herrscher ist eben nicht konstant. Da mag er wohl recht haben. Dass der Blaschke auch für meine Morddrohung verantwortlich ist, hält er jedoch für abwegig und begründet das hauptsächlich mit dessen Angst vor Tante Hildegard. Opa tippt auf einen Trittbrettfahrer, einen, der mich nicht leiden kann oder womöglich neidisch ist. Am Ende kommt das wohl auf das Gleiche hinaus. Da ich jedoch kaum Kontakt zu den Dorfbewohnern habe, weiß ich auch nichts über ihre persönlichen Befindlichkeiten. Es bleibt unkalkulierbar und ich wünsche mir, dass Opa ausnahmsweise einmal nicht recht behält. Der Blaschke Bürgermeister ist da irgendwie schon ein reellerer Gegner.

Die verbliebenen Mitglieder des Weihnachtskomitees hüllen sich in Schweigen.

Irgendwann ergreift Walter Zenker als Erster die Initiative. »Zunächst stellt sich mir erstens die dringliche Frage, ob es sich tatsächlich um die Ankündigung deiner Ermordung handelt, lieber Nikolaus. Zweitens, wenn dies eindeutig bestätigt werden kann, brauche ich Gewissheit, ob das ernst gemeint ist oder ob es sich hier nur um einen perversen Spinner handelt, der sich den Tod unseres geschätzten Pfarrers zunutze machen will. Drittens …«

»Fresse.« Das ist mir nicht nur so rausgerutscht. Ich meine das ernst. Nur weil der Zenker auf Josef macht und einigermaßen zählen kann, muss er mich nicht für blöd halten. »Was soll ich mit jemandem, der an die Unbefleckte Empfängnis seiner Frau glaubt, über Wahrheit und Fiktion reden? Ich weiß, was ich gesehen habe. Und Irmgard Gmeiner weiß es auch. Der habe ich den Wisch nämlich heute Mittag in die Hand gedrückt. Und ob derjenige es ernst meint, können wir ja testen, wenn die nächste Drohung bei dir im Briefkasten liegt.«

Maria, also Inge, schaut mich mit weit aufgerissenen Augen an. Dabei habe ich nicht einmal ein Geheimnis verraten. Ich meine, jeder weiß, dass das Jesuskind nicht von ihrem Mann ist.

Ihr Mann bekommt Probleme mit der Luft.

Marlies schenkt Selbstgebrannten aus.

»Also ich habe keine derartige Drohung erhalten«, rettet Ulf die Situation.

»Wir auch nicht«, murmelt Maria irgendwann. »Meint ihr, das könnte gefährlich werden?«

Opa bejaht das und beharrt dabei darauf, dass die Dorfweihnacht umgehend beendet werden muss. Er sagt, das würde die Situation entschärfen. Wenn die Blaschkin tatsächlich die Mörderin ist, spielt das aus meiner Sicht keine Rolle. Das weiß auch der Opa, aber er versucht, aus der Sache das Optimum für uns herauszuholen. Clever.

Mir ist dabei ein wenig mulmig, da er die wesentlichen Teile meiner Entdeckung unterschlägt. Aber er will nun mal nicht alles preisgeben. Immerhin kann es ja sein, dass einer vom Weihnachtskomitee mit drinhängt. Die anderen nehmen das mit der Morddrohung erstaunlich gelassen, nur Maria schaut mich hin und wieder mitleidig von der Seite an. Aber nur, wenn sie nicht gerade mit Ulf auf ihre Gesundheit anstößt und die Plätzchen verspeist.

»Aber wenn doch keiner von uns so einen Brief hatte …«, hebt Ulf irgendwann an. »Nicht einmal der Pfarrer.«

Na klar. Da haben wir es wieder. Der tote Pfarrer ist der Beweis für meinen Wahnsinn. »Meint ihr etwa, ich habe mir das Ganze nur ausgedacht, um mich wichtigzumachen?«, brülle ich. »Habe ich so etwas nötig oder was?«

An ihren Gesichtern kann ich erkennen, dass die letzte Frage ein Fehler war. Offenkundig denken sie genau das. Bis auf den Opa und Ruprecht natürlich. Die wissen, dass ich niemals die »Jagd und Hund« kaufen würde. Und Basteln ist sowieso nicht mein Ding. Auch meine neue Duzfreundin Marlies scheint mir etwas unentschlossen. Sie tätschelt mir die Wange und macht mir ein Marmeladenbrot. Ich ziehe es vor, von nun an schweigend vor mich hin zu kauen.

Nach dem fünften Schnaps zeigt Walter sein wahres Gesicht. »Gut, dass dieser Kelch an uns vorübergegangen ist. Manchmal ist es eben richtig, in der zweiten Reihe zu stehen. Ab jetzt geht es in der Adventszeit immer eine Woche nach Mallorca, nicht wahr, Schneckchen. Prost.« Er knufft seine Frau in die rot glühende Wange. Gläser klirren. Inge kichert.

So ist das dann. Einem selbst brennt der Frack und das Umfeld plant den nächsten Urlaub. Aber wehe, denen geht es an den eigenen Kragen, dann ist das Geschrei groß. Was habe ich erwartet? Bis zum vergangenen Sonntag gab es nichts Wichtigeres als unsere Dorfweihnacht und dann, zack, bringt ein kleiner Zwischenfall alles aus den Fugen. Ich frage mich durchaus, wie ernst die Kollegen hier unsere Traditionen nehmen und wie wichtig die Gemeinschaft wirklich ist? Gerade in der Not sollte man doch zusammenhalten.

Ich erwäge kurzzeitig, mir die »Jagd und Hund« und eine Tube Kleber zuzulegen, um etwas Bewegung ins Spiel zu bringen. Dann stünde ich aber mit dem anonymen Briefeschreiber auf einer Stufe. Wenn der nachzieht und bei den anderen dann zwei Drohbriefe auftauchen, bin ich der Gelackmeierte, zumal Irmgard mir sofort draufkommen würde. Ich beschließe abzuwarten und die Augen offen zu halten. So schnell steckt mir keiner eine Weihnachtsgurke in den Mund, nicht einmal zum Spaß.

Der Opa hat ganz schön einen sitzen, als wir ihn nach Hause bringen. Er hält die leuchtenden Pinguine für einen Angriff der Russen. Dass deren Artillerie nicht über ein blaues LED-Licht verfügt, lässt er nicht gelten und weist uns an, die Schnapsvorräte im Garten zu vergraben. Ich verspreche ihm, mich umgehend darum zu kümmern. Er macht noch diverse Ansagen bezüglich seines französischen Rotweins und lässt sich dann brav von Ruprecht ins Bett bringen.

Glücklicherweise herrscht im Forsthaus bei unserem Eintreffen absolute Ruhe. Ich hatte schon Sorge, dass Opa den Blaschke mit einem Rotarmisten verwechseln könnte. Die Folgen will ich mir nicht ausmalen. Der Opa hat flinke Finger, wenn es um den Abzug seines Jagdgewehrs geht. Und auch wenn die Sachlage dann deutlich klarer als beim Pfarrer wäre, ich habe keine Lust auf eine neue Leiche, nicht einmal, wenn sie Blaschke heißt.

»Ich weiß überhaupt nicht, was ich jetzt machen soll«, sagt Ruprecht und schaut betreten auf seine Armbanduhr, als er aus Opas Schlafzimmer zurückgekehrt ist. »Normalerweise würden wir gleich das nächste Türchen öffnen. Soll das für alle Zeiten vorbei sein?« Er schnieft. »Wie verbringen Leute, die keine Dorfweihnacht haben, die Abende im Advent? Ohne Lichter und Lieder? Keinen Glühwein? Einsam und allein?« Unschlüssig schaut er mich mit traurigen Augen an.

Ich kann ihm darauf keine Antwort geben. Das würde ihn nur verletzen. Das ungewohnt gute Essen und die vielen Fußmärsche durch unser Dorf haben mich müde gemacht. Ich überlege, nach Hause zu gehen und mich auf die Couch zu schmeißen. Ein, zwei Gruselschocker könnte ich mir noch geben und dann wäre der Tag auch geschafft. Heute lohnt es sich ohnehin nicht mehr, in meinen Sexartikel einzusteigen. Wegen der paar Stunden, die der Tag noch hat, mache ich mich nicht mehr krumm. Nun ist Feierabend.

Ruprecht sitzt einfach nur so da und bläst Trübsal. Er scheint tatsächlich nichts mit sich anfangen zu können.

»Bier und eine Runde Karten?«, höre ich mich fragen.

»Ach nee«, mault er und ich kann sehen, dass irgendetwas an ihm nagt. Es dauert nicht lange, dann lässt er es raus. »Müssen wir dem Blaschke Abendbrot bringen?«, fragt er leise. »Und eine Decke? Nachts wird es bestimmt kalt da unten.«

»Eine halbe Scheibe und die Decke erst, wenn ihm mindestens zwei Zehen abgefroren sind«, frotzle ich.

Ruprecht kriegt nichts mit. »Ich frage ihn mal, ob er lieber Bierschinken oder Leberwurst draufhaben will.« Er steht auf und trottet langsam in Richtung Flur. Ich höre, wie er vorsichtig an die Kellertür klopft und nach dem Blaschke ruft. Dann tut sich eine Weile nichts. Ich beschließe, Ruprecht noch etwas Gesellschaft zu leisten, und hole mir ein Bier aus dem Kühlschrank.

»Bierschinken?«, schreit Ruprecht aufgebracht aus der Diele. Schließlich steckt er seinen Kopf ins Zimmer. »Der ist beleidigt. Dabei ist die Wurst ganz frisch.«

So langsam werde ich misstrauisch. Ich laufe zu Ruprecht, hämmere mit der Faust gegen die Tür und schreie: »Blaschke, das fünfte Türchen ist dran!«

Ruprecht will erst protestieren, bemerkt dann aber meine Strategie.

Unter uns bleibt es still. Ich brauche kurz, um Opas

Schlösserparade zu lösen, und stolpere fast noch die Treppe hinunter, weil Ruprecht, der sich nicht traut, zuerst hinabzusteigen, von hinten schiebt und drängelt. Vom Blaschke Bürgermeister ist nichts zu sehen. Dafür hat er es sich richtig nett gemacht. Der alte Liegestuhl ist aufgeklappt. Überall brennen Teelichter und eine Flasche von Opas gutem Rotwein musste auch dran glauben. Dazu hat er sich ein Glas eingekochte Birnen und einen Stapel Schmuddelheftchen reingezogen. Ich sehe Ruprechts entsetzten Gesichtsausdruck und befürchte, er wird dem Opa Vorwürfe machen.

»Da sind ja meine Zeitschriften«, jubiliere ich. »Die muss ich bei euch vergessen haben. Und Opa packt sie einfach ins Altpapier. Dabei sind die wichtig für meinen Artikel.« Ich schnappe mir die Teile und schiebe sie flugs in meine Jacke. Das Erscheinungsdatum muss Ruprecht nicht sehen. Das würde nur unnötig meine Argumentationskette infrage stellen. 1990 musste ich noch keine schmierigen Schreibaufträge annehmen. Das weiß sogar Ruprecht.

Die Situation entspannt sich wieder, zumindest was Opas Intimitäten angeht. Der Blaschke bleibt weg.

»Er ist geflohen«, spricht Ruprecht das Unübersehbare aus. Mir ist dabei nur nicht klar, wie der dicke Rumpf des Bürgermeisters durch die Kellerfenster gegangen sein soll.

»Ich habe dem Opa schon vor Wochen gesagt, dass jeder Idiot die alte Kohlenklappe aufbekommt. Siehst du, ich hatte recht«, beantwortet Ruprecht die in meinem Kopf wabernde Frage.

»Und ich bin in Lebensgefahr«, schreie ich und renne los.

Auch der größte Irrsinn ist vorhersagbar, vorausgesetzt natürlich, man kennt den Plan für die Dorfweihnacht. Ich bin einmal quer durch das Dorf gerannt. Woher soll ich auch wissen, wer mit dem fünften Türchen dran ist? Ruprecht weiß es, aber der musste sich erst sein Kostüm überziehen. Der Ernst der Lage weicht den Prinzipien. Mir bleibt die Spucke weg. Wenn ich Ruprecht nicht am Kriegerdenkmal in die Arme gelaufen wäre, würde ich jetzt noch umherirren. Kein anderer Mensch ist auf der Straße, natürlich nicht, die beklatschen alle den Blaschke Bürgermeister oder verstecken sich hinter ihren Fensterläden, bis das Spektakel vorbei ist.

»Das ist dem Rahmen nicht angemessen«, schimpft mir Ruprecht schon von Weitem entgegen.

Ich suche mir die Klamotten immer noch selbst aus, in denen ich sterbe, denke ich und haste neben ihm in Richtung Wald. In der Wildnis hätte ich nicht gesucht. Niemals. Hier draußen gibt es nur das Haus der Köhler-Recknagel-Brüder. Wieso die ein Türchen sein können, erschließt sich mir nicht, in absoluter Alleinlage macht das irgendwie keinen Sinn. Ich stelle mir vor, dass es Leute gibt, die sich an einem lebendigen Adventskalender erfreuen. Die sind abartig, ganz klar, aber jeder hat so seinen Spleen. Diese Leute schlendern also so durch unser Dorf, von Türchen zu Türchen. Möglicherweise haben sie Kinder dabei. Sie unterhalten sich, singen, vielleicht zählen sie sogar gemeinsam. Eins, zwei, drei, vier, sechs ... Noch mal, schließlich kann einem schnell ein Haus durchflutschen. Eins, zwei, drei, vier, sechs. Es wird nicht richtiger. Warum nicht? Weil die Fünf fehlt. Also bitte, wie bekloppt ist das denn? Nicht genug, dass es bei uns fünfundzwanzig Türchen gibt. Das merkt man jedoch erst am Ende und womöglich findet das der ein oder andere noch amüsant. Wir haben glücklicherweise nicht alle den gleichen Humor. Aber mittendrin eines auszulassen, Himmel!

Ruprecht bleibt stehen und starrt in den dunklen Wald. »Wir sind noch rechtzeitig. Siehst du?«

Ich sehe nichts, aber das meint er wohl.

»Bei den Köhler-Recknagel-Brüdern ist es immer nett«, japst Ruprecht kurz vor der Atemnot. »Die haben es echt drauf. Und warmen Gin mit roten Beeren drin gibt es auch. Wenn es mehr Himbeeren als Johannisbeeren sind, ist es perfekt. Aber nicht die gefrorenen, die werden zu weich.«

Himbeeren, natürlich. Es ist ja auch nicht so, dass hier gerade eine grausame Ermordung ins Haus stehen könnte. Die meinige, aber das nur nebenbei. Ja, so ist Ruprecht. Und ich latsche mit ihm durch den Wald. Himbeeren. Na Klasse. Abgesehen davon weiß ich nicht, was bei zwei alleinstehenden, Mitte sechzigjährigen Männern aus dem Wald nett sein soll. Und den Gin kann ich mir selbst kaufen, irgendwann Ende Januar oder wenn der Spelzer seine Wette verliert.

Die beiden Brüder jedenfalls murksen den ganzen Tag an irgendwelchen ausgedienten Elektrogeräten herum und verkaufen die dann als Zweite Wahl. Nebenbei wetteifern sie gegeneinander, wer schneller eine Trommel aus einer Waschmaschine ausbauen oder einen Rasenmäher zu einer Kehrmaschine umfunktionieren kann. Gut, irgendetwas scheint an diesem Geschäftsmodell zu funktionieren. Die Kerle fahren zwei fette Autos und werfen auch ansonsten so ziemlich mit der Kohle um sich. An Tattoos fehlt es ihnen jedenfalls nicht und die gehen ab einem Quadratmeter Grundfläche echt ins Geld. Das habe ich mir zumindest sagen lassen.

Die Klänge eines Schlagzeuges werden laut. Ich bleibe stehen, da ich nicht sicher bin, ob meine Ohren falsche Signale empfangen. Tun sie nicht. Jemand trommelt »Stille Nacht, Heilige Nacht«. Zeitgleich tauchen überall um uns herum an den Baumstämmen tanzende rote Laserpunkte auf, die sich langsam zu schlangenartigen Gebilden formen, dann ganz verschwinden, um im nächsten Moment wieder als Punkte zu erscheinen und die Metamorphose erneut durchzumachen, als Endlosschleife quasi. Ich glaube nicht an diese verschrobenen Theorien zum Untergang der Welt oder über das Auftauchen von Außerirdischen, aber wenn diese wirklich einmal eintreffen sollten, dann würde das sicher so aussehen. Hölle! Die Wildtiere können einem echt leidtun. Die Farbe Rot verursacht Stress, meine ich.

»Können Hirsche Farben sehen?«, frage ich Ruprecht und muss dabei unweigerlich an eine mit einer Überdosis Adrenalin versetzte Knackwurst denken. Das verdirbt den Geschmack, hundertprozentig. Also wenn dieser Weihnachtsscheiß mir jetzt noch meine letzte echte Freude nimmt, Essen ist schließlich der Sex des Alters, dann laufe ich Amok. Das geht zu weit, eindeutig.

»Oh, Antony hat schon angefangen«, bemerkt Ruprecht, ohne auf mich einzugehen, und beschleunigt seine Schritte.

Ich lasse das dann eben mit der Fragerei und konzentriere mich lieber darauf, den Blaschke Bürgermeister wieder einzufangen. Hat Ruprecht gerade Antony gesagt oder habe ich mich verhört? Offenkundig wollte Anton Köhler-Recknagel nicht mehr Anton heißen und nennt sich jetzt Antony. Antony Köhler-Recknagel. Ich denke einfach nicht weiter über all das nach. Das hilft.

Wir nehmen den nächsten Abzweig und der Wald ist wieder laserfrei. Allerdings bekomme ich langsam einen Eindruck, was weiße Weihnacht auch bedeuten kann. In der Einfahrt zum Grundstück der Brüder türmen sich Waschmaschinen, Kühlschränke, Gefriertruhen, einfach alles, was der Markt an Weißware so zu bieten hat. Den Farbtupfer bilden Kunststoffweihnachtsmänner, die sich über Strickleitern die Griffe hochhangeln oder aus den geöffneten Bullaugen der Vollautomaten gucken. Ruprecht ist vollkommen aus dem Häuschen. Augenscheinlich mag er die Brüder Köhler-Recknagel besonders gern, oder er übersieht den Elektroschrott. Ich kann es nicht genau deuten, und da kommt auch schon der nächste Hingucker. Wenn man nämlich das Waschmaschinenspalier hinter sich gelassen hat, trifft man auf einen Weihnachtsmann nebst Weihnachtsfrau, die einem fröhlich entgegenwackeln. Das mit dem Wackeln liegt an den drei Metern Höhe, die die beiden schätzungsweise haben, und an der Luft, mit der sie gefüllt sind. Aus deren Schatten tretend, offenbart sich mir dann das gesamte Arrangement: ein Karussell, in dem Weihnachtsmänner auf Rentieren fahren, ein in einem Baum hängender Heißluftballon aus dessen Korb, o Wunder an Originalität, ein Weihnachtsmann lugt, ein Motorrad mit einem solchen Kerl, ein Doppeldeckerflugzeug ... Ich kann nicht weiter hinsehen. Der Eindruck erschlägt mich. Hier abseits unseres Dorfes ist ein aufblasbares XXL-Weihnachten angesagt. Dazwischen hockt ein vergleichsweise winzig kleiner Antony und trommelt den umstehenden Zwergen etwas vor, während sein Bruder, ich nehme an, er nennt sich jetzt Franky, die Noten hält. Alle sind da, bis auf den Pfarrer und die Blaschkin natürlich. Maria und Josef hatten sogar noch Zeit, sich umzuziehen. Diese Verräter!

»Daf fünfte Türchen!«, schreit der Blaschke und ich sehe, dass er Ruprechts alte Hausschuhe trägt, die karierten, mit denen er immer Herrn Fuchs zum Pinkeln in den Garten bringt. Na klar, Ruprecht parkt die Teile auf der Kellertreppe und Blaschkes Stiefel hat der Opa in den Schuhschrank geräumt. Er weiß sich eben zu helfen, der werte Herr Bürgermeister. Für einen frischen Pullover und eine kurze Wäsche hat es dann schließlich aber doch nicht gereicht. Sein Gesicht strotzt vor Kohlenstaub, was mir wiederum sagt, dass er knappe fünf Stunden gebraucht hat, um den zweiten Kellerausgang zu finden. Ansonsten hätte er nämlich noch genug Zeit gehabt, sich zu Hause zurechtzumachen. Niemand scheint sich daran zu stören. Stattdessen schauen alle betreten auf mich, vor allem seit in den riesigen Figuren die Beleuchtung angegangen und der halbe Wald erhellt ist. Nur der Becher Mirko schaut mich heute irgendwie gelöster an. Womöglich hatte er etwas von dem Glühgin, den Ruprecht vorhin erwähnt hat.

Ich atme flach und bewege mich nicht. Aus den Augenwinkeln behalte ich die Lage im Auge. Die sind sauer, weil ich das weibische Kleid und den Umhang nicht trage. Der Blaschke schwafelt Belangloses und Antony klopft dazu behutsam auf das Becken. Die anderen hören nicht auf, mich anzugaffen. Jetzt geht es mir auf. Die Sache mit dem Drohbrief hat die Runde gemacht. Die warten darauf, dass der Mörder wieder zuschlägt. Diese hinterhältige Brut.

Stille. Nur das Rascheln des Kunststoffs ist zu hören. Das Starren bekommt langsam etwas Pathologisches.

Dann fällt ein Schuss. Ein weiterer folgt. Und noch einer. Eine ganze Salve prasselt auf uns herunter. Ich zerre Ruprecht am Ärmel und wir rennen um unser Leben. Er ist dicht neben mir und scheint nichts abbekommen zu haben. Im Vorbeiziehen kann ich noch sehen, wie die Riesendeko anfängt zu vibrieren und schließlich nach und nach zusammensackt und die Gäste unter sich begräbt. Aber da sind wir schon über den Gartenzaun gesprungen und im Dickicht des Waldes untergetaucht.

Ein Versteck im Wald macht Sinn, mit einer Ausnahme: Es hat frisch geschneit. Wir schlagen also ein paar Haken und laufen streckenweise rückwärts. Natürlich nehmen wir nicht den Waldweg und vom Dorf weg bewegen wir uns auch. Ganz so doof sind wir ja nun auch nicht. Der Mörder offenbar schon. Denn als ich mich gerade um eine professionelle Spurenverschleierung bemühe, fallen mir die Fußspuren auf, die schnurstracks zur Hinterseite des Hauses der Köhler-Recknagels führen. Ruprecht hat sie auch bemerkt. Glücklicherweise sagt er kein Wort, sondern gibt nur Handzeichen. Die Schüsse haben aufgehört. Das Grundstück liegt schlagartig im Dunkeln, aber noch immer hört man alle durcheinanderschreien. Ich erkenne die Stimme vom Blaschke und empfinde eine leichte Enttäuschung. Wir haben Zeit und hocken uns hinter eine kleine Fichte. Es gibt nur zwei Zugänge zum Anwesen der Brüder. Wenn der Schütze nicht den Hauptweg nehmen will, was ihn an den Leuten vorbeiführen würde, muss er wieder hier langkommen. Wir sind nicht weit in den Wald hineingegangen und obwohl Schnee liegt ist es um uns herum nun stockduster. Kalt übrigens auch, aber ich habe ein drängenderes Problem. Ich bin nachtblind. Normalerweise schränkt mich das nicht weiter ein. Wie auch, in einer Welt aus elektrischem Licht, Autoscheinwerfern und Handytaschenlampen? Aber hier, mitten im Wald, ist das zugegebenermaßen etwas unkomfortabel.

»Ich hocke direkt neben dir«, flüstert Ruprecht und will mich damit beruhigen.

»Ich weiß«, entgegne ich gelassen. Worüber soll ich mich auch aufregen? Ruprecht und ich sind unverletzt. Der Opa schläft seinen Rausch aus und Herr Fuchs leistet ihm dabei Gesellschaft. Etwas anderes zählt nicht.

»Woher?«, will Ruprecht nun wissen. »Du kannst doch gar nichts …«

»Intuition«, falle ich ihm ins Wort und meine eigentlich seinen penetranten Gestank nach Mottenkugeln. »Sag mir, was du siehst«, fordere ich. »Wir müssen auf der Hut sein, nicht, dass der uns noch erwischt.« Ich weiß, die Situation erschließt sich auch ohne großartige Erklärung, aber bei Ruprecht gehe ich lieber auf Nummer sicher.

»Die Blaschkin«, entgegnet Ruprecht und lässt nicht den Hauch von Verwunderung erkennen.

Ich reagiere nicht auf ihn. Das ist mir zu blöd.

»Sie hat ein Gewehr bei sich und kommt direkt auf uns zu«, redet Ruprecht weiter.

Ich beschließe, ihm nun doch zu glauben und überlege fieberhaft, was jetzt eine sinnvolle Strategie sein könnte. Unsere Lage ist misslich und die Blaschkin offenkundig zu allem bereit. Möglicherweise hat sie bei den Köhler-Recknagel-Brüdern bereits ein Massaker hinterlassen. Tausend Gedanken schießen mir gleichzeitig durch den Kopf. Ich denke sogar an Tante Hildegard, aber nur, weil ich mich ärgere, dass sie nicht unter den Opfern sein kann und nun wider Erwarten als Siegerin aus unserem familiären Kleinkrieg hervorgehen wird.

Ruprecht hat aufgehört zu atmen. Das kann nur bedeuten, dass die Frau des Bürgermeisters gleich bei uns sein muss, und plötzlich findet er meinen Verdacht ihr gegenüber nicht mehr so abwegig. Wir haben nur eine Chance. Ich stelle mich der Blaschkin in den Weg, damit Ruprecht fliehen kann. Das könnte dann wenigstens wie ein heldenhafter Tod aussehen. Und Ruprecht würde leben. Er kann sich besser um den Opa kümmern. Anderenfalls würde sie mich wie ein umherirrendes Karnickel abknallen, wenn ich mir nicht vorher an einem der Baumstämme den Schädel einschlage. Das sieht nicht aus. Dann sehe ich dem Tod lieber ins Gesicht, also bildlich gesprochen, denn ich kann nicht einmal die Hand vor meinen Augen erkennen.

»Du läufst tiefer in den Wald und versuchst dich dann irgendwie in Richtung Straße durchzuschlagen. Du kommst nicht zurück, egal was passiert. Sobald du Empfang hast, rufst du deine Schwester an«, kommandiere ich.

»Ist gut, Nikolaus«, sagt Ruprecht, ohne das kleinste Anzeichen von Verstörung erkennen zu lassen.

»Mein Plüschhase liegt im Gefrierfach. Den holst du dir, noch bevor die Polizei im Dorf eintrifft. Sobald Tante Hildegard von alledem Wind bekommt, räumt sie meine Hütte aus. Du musst schneller sein. Meine gute Lederjacke kannst du auch haben und den Duden, das ist die neueste Auflage. Und grüß den Opa von mir und sag ihm Danke für alles«, japse ich zugegebenermaßen nun doch etwas aufgewühlt. Immerhin verkündet man nicht jeden Tag sein Vermächtnis. In meinem Fall ist das zwar nicht gerade üppig, aber viele Leute besitzen nicht einmal ein Buch, geschweige denn ein Wörterbuch der deutschen Sprache, obwohl sie es sicherlich dringender nötig hätten als ich. Okay. Das war es. »Es geht los. Leb wohl, mein Freund!« Ich klopfe Ruprecht auf die Schulter. Am liebsten hätte ich ihn umarmt, aber so viel Zeit ist nicht.

»Ich gehe erst einmal an den nächsten Baum da«, erwidert er. Es raschelt. »Der Stress legt sich auf meine Blase.«

»Bleib unten. Die knallt dich ab«, rufe ich ihm aufgeregt zu. Was war jetzt eigentlich an meiner Ansage so unverständlich? »Ruprecht, bitte, die Blaschkin!« Ich schnappe nach Luft, so aufgeregt bin ich.

»Die wird nun hoffentlich ihr Auto gefunden haben«, erwidert Ruprecht entspannt und ich kann hören, was er nicht mehr halten konnte. »Meine Güte, die ist vielleicht hier herumgeirrt. Dass die Frauen aber auch so wenig Orientierungssinn haben.«

In der Ferne wird ein Motor angelassen.

»Ah«, sagt Ruprecht mit hoher Stimme. »Sie hat es geschafft.«

Mein Herz schlägt bis zum Hals. Ich richte mich auf und atme tief durch. So schmal ist also der Grat zwischen Leben und Tod. War das jetzt eigentlich so etwas wie eine Nahtoderfahrung? Ich weiß es nicht. Es ist womöglich auch nicht wichtig. Geduldig warte ich, bis Ruprecht wieder neben mir steht.

»Hoffentlich passt mir deine Lederjacke auch«, sagt er. Ich schweige und lasse mich zurück zum Haus der Köhler-Recknagel-Brüder führen. Mal sehen, wer noch am Leben ist.

Alle. Es ist kaum zu glauben, aber niemand aus unserer Weihnachtsgemeinde hat auch nur einen Kratzer abbekommen. Merkwürdig. Nicht, dass ich unbedingt in Blut waten wollte, also vielleicht bis auf das vom Blaschke Bürgermeister, aber das hier ist schon seltsam. So schön aufgereiht wie die alle gestanden haben, hätte die Blaschkin wenigstens ein paar Zufallstreffer landen müssen. Das muss ich erst einmal sacken lassen. Den Anblick, der sich uns bietet, übrigens auch. Die stimmungsvolle Beleuchtung des Köhler-Recknagel-Grundstücks ist einem Flutlichtscheinwerfer gewichen, dessen Stärke in den Augen brennt. Damit lassen sich jedoch die Acrylfetzen der Deko, die überall verstreut umherliegen, besser ausmachen. Für Ulf, unseren Gemeindearbeiter, ist das ein echter Vorteil. Er hat sich nämlich bereits ans Aufräumen gemacht. Akribisch sammelt er alle braunen Teile zusammen. Die Rentiere, natürlich. Ulf mag Tiere gern. Allerdings erweist sich sein Vorhaben als nicht so einfach, denn mitunter ist da noch die Hand eines Weihnachtsmannes oder dessen Stiefel dran. Ulf gibt jedoch nicht auf. Er hält eisern an der Sortierung fest.

Ruprecht hilft ihm und kümmert sich um die Reste des Schneemannes. Das ist einfacher, der hatte keine Fremdextremitäten. Ich muss nicht lange überlegen, um zu verstehen, warum die Jungs den ganzen Kram nicht einfach in der Restmülltonne versenken, ungeordnet wohlgemerkt. Das ist wie beim Puzzeln, erst wird farblich vorgearbeitet und dann zusammengesetzt. Wie man so etwas kleben beziehungsweise grundsätzlich den Drang danach verspüren kann, erschließt sich mir nicht, aber das ist auch nicht meine Aufgabe. In jedem Fall führen Ulfs und Ruprechts Aktionismus dazu, dass Anton Köhler-Recknagel, also Antony, mit dem Heulen aufgehört hat. Dass ein paar gesprengte Weihnachtsmänner einen gestandenen Mann umhauen können, hätte ich nicht für möglich gehalten, aber wir haben alle so unsere Schwachpunkte. Mein Plüschhase sitzt ja schließlich auch im Kühlschrank.

Ilse kümmert sich derweil ganz rührend um Antony, indem sie ihm Gin einflößt. So zumindest steht es auf dem Etikett der Flasche. Die Mühe, das Zeug zu erwärmen, macht sich nun auch keiner mehr. Aber für die Menge, die Ilse dem armen Kerl gerade reindrückt, ist das vielleicht auch besser so. Es muss schon eine Weile her sein, dass sie jemandem die Flasche gegeben hat. Wenn ich an ihren Sohn denke, würde ich sagen, mindestens zwanzig Jahre oder so. Jedenfalls scheint sie vergessen zu haben, dass man zwischendurch immer mal absetzen muss. Antony macht schon große Augen und sein Schlucken wirkt auch nur noch wie ein panischer Reflex. Aber er hält durch. Sein Bruder Frank, sorry, Franky, patrouilliert währenddessen mit einem Gewehr vor dem Haupteingang des Grundstückes. Er will Schlimmeres verhindern. Wer kann es ihm verdenken? Und die anderen? Die stehen mit blassen Gesichtern in der Gegend rum und warten, was passiert.

Jetzt erst entdecke ich in dem Durcheinander den Blaschke Bürgermeister. Er hockt apathisch auf einer alten Mikrowelle. Seine Pudelmütze hängt ihm tief ins Gesicht und er hat einen von Ruprechts Hausschuhen verloren. Das wird Ruprecht nicht gefallen. Er mag die alten Dinger. Angeblich stammen die noch von seinem Vater.

»Damit hast du es echt übertrieben, Blaschke«, sage ich, während ich mich vor ihm aufbaue. »Ich zeige dich an und deine Alte sowieso. Was auch immer euer Problem mit dem Pfarrer war, mich ziehst du da nicht mehr mit rein. Und Ruprecht auch nicht. Ihr seid ja gemeingefährlich.«

Es dauert Minuten, bis er mich bemerkt. »Adam«, haucht er und ich meine, eine tiefe Dankbarkeit dabei hören zu können. »Kannft du mir bitte fagen, wer nun eigentlich die Gefenke bringt, daf Chriftkind oder der Weihnachtfmann?«

Ich weiß nicht, was mich mehr erschreckt, die bescheuerte Frage oder das Wörtchen »bitte«. Verdattert zucke ich mit den Schultern.

»Überall fieht man immer nur Männer mit rotem Antfug und weiffem Bart«, der Blaschke lässt seinen ausgestreckten rechten Arm kreisen. Ich lasse ihn nicht aus den Augen, dass man dem Kerl nicht trauen kann liegt ja wohl auf der Hand.

»Aber an Heiligabend fagen alle, daf Chriftkind bringt die Gefenke. Verftehft du daf?«, fährt er fort.

»Das juckt mich nicht«, antworte ich bemüht freundlich.

»Möglicherweife find der Weihnachtfmann und daf Chriftkind auch Partner, alfo fo wie der Nikolauf und Knecht Ruprecht. Fie arbeiten im Team, verftehft du? Find beide dann aber gleichberechtigt oder ift einer der Chef? Ich tippe ja auf den Weihnachtfmann alf Vorgefetften, immerhin ift er ein Mann. Aber welchef Geflecht hat eigentlich daf Chriftkind? Ift daf wirklich ein Mädchen? Heutfutage weif man daf ja bei einigen Leuten nicht mehr fo genau.«

»Mhm.« Bei uns im Dorf habe ich dahingehend noch nichts Zweideutiges entdeckt. Die Männer tragen Gummistiefel und die Frauen Schürzen. Deutlicher kann man die geschlechtertechnischen Abgrenzungen kaum ziehen.

»Und wiefo muff der Weihnachtfmann durch den Kamin kommen? Wir haben alle Türen an unferen Häufern. Daff ift doch viel bequemer.« Der Blaschke hebt den Zeigefinger. »Die Fache mit dem Kamin hat einen gewaltigen Haken. Immerhin befinden wir unf mitten im Klimawandel. Damit gibt ef immer weniger Kamine in der Welt. Wie kommen alfo Leute mit einer Elektroheitfung an ihr Tfeugf, na, wie, häh? Ich fage dir mal waf, Adam, daf ift allef Lug und Trug. Kein Menf pafft durch eine Effe.«

Pause.

In mir macht sich Fassungslosigkeit breit. Aber der Blaschke Bürgermeister ist noch nicht fertig. Er beugt sich so nah zu mir hin, dass ich den Wacholder in seinem Atem riechen kann. Marlies muss an ihrer Dosierung arbeiten, so viel ist mal sicher.

»Und diefef Xf-maf erft. Haft du eine Ahnung, waf daf bedeutet? Eine normale Fprache jedenfallf ift daf nicht. Ef gibt ja kaum Worte mit xf. Mit ›maf‹ am Ende auch nicht. Daf ift ein Geheimcode, gantf ficher. Irgendetwaf von den Ruffen. Und wir find fo blöd und kleben die Botfchaft an unfere Häufer. Möglicherweife hat daf ›xf‹ ja etwaf mit Auf-ftreichen zu tun. Vernichten, wegmachen, verftehft du?« Er schaut mich fragend an. »Wir beflaggen unfere Häufer mit der Aufforderung tfum Töten.« Er schüttelt verzweifelt den Kopf. »Daf muff aufhören. Dafür fetfe ich mich ein. Daf verfpreche ich dir hier und jetft.« Er streckt mir die Hand entgegen, vor lauter Mitleid reiche ich ihm meine und drücke fest zu. So ein Handschlag unter Männern ist schon was wert, normalerweise.

Der Blaschke fährt unbeirrt fort: »Weift du, daff der Weihnachtfmann in den UFA Fanta Clauf genannt wird?«, fragt er und hört sich dabei an, als verkünde er mir ein streng gehütetes Geheimnis.

»In Italien nennt man ihn Babbo Natale, in Dänemark Julemanden, in Belgien Black Pete …«, leiere ich runter. Dabei staune ich selbst über mich. Bis zu den Recherchen zu meinem Sexartikel hatte ich keine Ahnung davon. Aber wieso habe ich das eigentlich behalten?

»Fanta Clauf«, haucht der Blaschke. »Fanta, daf kommt von Fatan. Und Klauf hief der Vater meiner Frau, das Arfch-loch. Fchnallft du ef jetft?«

Santa, Satan, für mich klingt das verdammt nach einem Anagramm. Mehr nicht. Aber dem Blaschke das zu erklä-ren… lassen wir das. Außerdem kenne ich seinen Schwie-gervater nicht und damit steht mir kein Urteil zu.

»Wenn du meinst, der Teufel kommt in Gestalt deiner Frau, da hast du recht. Wir hätten alle tot sein können. Ich weiß nicht, was deine Alte mit dieser Show hier bezweckt, aber das hört umgehend auf«, fahre ich ihn an. »Deswegen sagst du mir sofort, wo du sie versteckt hälst!«

»Wen? Ich bin nicht verheiratet.« Der Blaschke verdreht die Augen und rutscht seitlich in den Schnee. Ganz offensichtlich brennt bei ihm das Licht gerade nur noch auf Sparflamme. Das rettet ihn auch nicht. Dafür werde ich sorgen. Aber erst einmal muss ein Krankenwagen her.

Die Sanis sind echt in Ordnung. Die haben den Blaschke schlafen lassen. Angeblich soll das bei einer schweren Traumatisierung das Beste sein. Wenn das so ist, müsste ich seit dem ersten Dezember oder zumindest seit heute Morgen in der Kiste liegen und pennen, aber es gibt nun einmal die Harten und es gibt den Blaschke Bürgermeister. Gott wird schon seine Gründe haben. Jedenfalls waren die Jungs so freundlich, mich mit ins Dorf zurückzunehmen. Ruprecht wird noch eine Weile brauchen, alle weißen Kunststoffstücke im Schnee zu finden, und ich wollte nicht allein gehen. Die Dunkelheit ist schuld. Was denn sonst? Ich habe mich auf dem Anger absetzen lassen. Die letzten paar Meter gehe ich zu Fuß. Schließlich muss ich nachdenken und frische Luft soll dabei ja Wunder wirken.

Die Blaschkin ist Jägerin. Sie weiß, wie man mit einer Waffe umgeht. Wenn sie gewollt hätte, dann wären ein paar von uns wie die Fliegen umgefallen. Offenkundig war das aber nicht ihr Ansinnen. So langsam dämmert es mir. Der Anschlag galt einzig und allein der monströsen Dekoration.

Die hat sie anständig geschrotet. Hoffentlich hat sie auch noch mal auf die Laser-Projektoren gehalten. Wenn schon, denn schon. Die Hirsche werden es ihr danken. Aber welchen Sinn ergibt das alles? Ich will ja nicht besserwisserisch sein, aber das Geballer lenkt doch unmöglich von einem Mord ab. Wenn sie wirklich die Täterin ist, dann sollte sie auf der Flucht sein und nicht immer wieder ins Dorf zurückkommen, um das Adventsgedöns ihres Mannes zu sabotieren. Nun sind die Blaschkes nicht gerade die Hellsten, aber dass sie sich damit unnötig in Gefahr bringen, müsste selbst den beiden aufgehen. Dabei schien der Bürgermeister ebenso überrascht über den Angriff zu sein wie wir alle. Oder kann man eine Traumatisierung vortäuschen? Seltsam.

Ich stoppe vor dem Haus von Becher Mirko. Die Tür der Scheune ist weit geöffnet und es brennt Licht. Wie ich da so eine Weile stehe und mit mir hadere, ob es ein guter Zeitpunkt wäre, einmal mit Mirko zu reden, so von Mann zu Mann, sehe ich, wie er mit einer geschulterten Tanne um die Ecke kommt und in der Tenne verschwindet. Was soll's? Ein Schwätzchen kann nicht schaden. Immerhin wollte er mich von der Last des Nikolauses befreien und eine Cola hat er auch springen lassen.

»Hi Mirko«, rufe ich schon kurz vor der Tür. In solch unsicheren Zeiten will man ja niemanden erschrecken. »Hast du den Schock gut …?« Unwichtig. Was ich gerade sehe, ist interessanter. Mirko scheint ein ungewöhnliches Hobby zu pflegen. Weihnachtsbaumfetischismus. Tolles Wort. Hoffentlich merke ich mir das bis nach Hause. Das könnte in meinen Sexartikel einfließen. Überall in seiner Scheune stehen Nordmanntannen, mindestens ein Dutzend, aufgereiht wie die Zinnsoldaten, fein säuberlich angespitzt und eingeständert. Dazwischen hantiert er mit verzerrtem Gesicht und auf Zehenspitzen, denn die rot-goldene Baumspitze, die er einem seiner Schützlinge verpassen will, scheint nicht so zu wollen, wie er will.

»Ist das deine gute Tat für die Blinden, Armen und Waisen unseres Dorfes?«, scherze ich. »Oder eine Strafarbeit unseres feinen Herrn Bürgermeisters?«

Mirko schaut bedröppelt. »Ist sie gerade?«, fragt er und sieht mich dabei fast schon verzweifelt an.

»Wenn du so fragst, nein«, antworte ich.

»Rechts oder links?«, japst er.

»Ein, zwei Zentimeter nach rechts, aber wirklich nicht mehr«, entgegne ich.

Mirko müht sich redlich, aber es nützt nichts. »Mist. Noch mehr kann ich von dem Baum nicht absägen. Dann fehlt es an der Größe und die schönsten Äste kleben auf dem Boden. Wo sollen denn dann aber die Pakete stehen? Es darf keine Abweichung geben.« Unentschlossen schaut er auf ein etwas abseits an einer Wand lehnendes letztes ständerloses Exemplar. »Dann ist der wohl meine letzte Chance.«

Ich verstehe nicht.

Mirko scheint mir das anzusehen und stammelt eine Erklärung. »Morgen ist Nikolaus …, na ja, da will Melanie, dass der Baum steht. Sechster Dezember bis sechster Januar, so lautet die Regel.« Er schnauft und wischt sich den Schweiß von der Stirn.

Melanie ist Mirkos Frau. Und das grenzt an Terror. »Ich würde mal sagen, sie kriegt für jedes Zimmer zwei«, frotzle ich.

Mirko scheint nicht zum Lachen zumute. »Das sind nur die Dummies«, antwortet er ein wenig beschämt.

Ich verstehe noch immer nicht.

»Mensch, Adam, frag doch nicht so blöd«, blafft er vorwurfsvoll.

Dass ich etwas gesagt habe, war mir nicht bewusst. Ich schaue Mirko an und versuche die Bäume auszublenden.

Er lässt die Arme fallen und sieht dabei aus, als wollte er sich ergeben. »Die Baumspitze ist so etwas wie meine Wasserwaage. Mit ihr teste ich, ob der Baum gerade gewachsen ist. Manchmal kann man noch ein bisschen was am Stamm kürzen oder ihn schräg anschneiden, aber wenn die Natur nicht will ...«, er zuckt mit den Schultern. »Wenn ich den perfekten Baum gefunden habe, kommt das Fine Tuning.« Er geht auf einen der Bäume zu, den ich persönlich als absolut perfekt eingestuft hätte, und ruckelt an einem der Äste. »Siehst du, hier. Ein top Ast. Den säge ich raus und setze ihn mit einem kleinen Stiftnagel in den anderen ein.«

»In den mit der Spitze«, bemerke ich.

Mirko nickt.

»Dann sind die anderen alle die Ersatzteillager«, ergänze ich.

»Wenn du so willst.«

»Kein leichter Job, vor allem, wenn du heute Abend noch damit fertig werden musst«, sage ich und weiß nicht, ob ich ihn bedauern oder beim Förster anzeigen soll. Denn dass die Dinger allesamt geklaut sind, darauf möchte ich wetten. Das nenne ich mal Raubbau an der Natur. Und warum? Weil der arme Kerl bis zum sechsten Januar ansonsten keinen guten Gott mehr zu Hause hat.«

»Ach«, Mirko winkt ab. »Unsere Dorfweihnacht geht vor und ich wollte unbedingt das fünfte Türchen sehen.«

Ein Freak, denke ich. Das erklärt natürlich, warum er sich freiwillig für den Nikolausjob gemeldet hat. Es ist schon erstaunlich, wie viele Leute in unserem Dorf hinter der Dorfweihnacht stehen.

»Das war aber auch eine tolle Show heute Abend, trotzdem, na ja du weißt schon.« Mirko macht sich daran, die letzte Nordmanntanne in einen Ständer zu wuchten. Die Schießerei von gerade eben scheint ihn nicht großartig zu belasten. Klar nicht, wenn man eine Braut wie Melanie im Nacken sitzen hat. Ich wünsche ihm, dass die Tanne den Anforderungen genügt, sonst wird er wohl eine Nachtschicht schieben müssen. »Es ist eben alles nicht so einfach, nicht einmal im Advent«, bemerkt Mirko versonnen.

Wem sagt er das.

»Ich freue mich übrigens, dass du mich als deinen Vertreter haben willst. Melanie sieht das auch so. So eine Position ist schon was wert im Dorf«, hechelt er, während er vornübergebeugt den Stamm justiert. »Ich werde dich nicht enttäuschen.«

Ich stutze. Zunächst denke ich noch an meinen Sexartikel und will den Verlag schon verfluchen, dass er Mirko parallel mit dem Schreiben beauftragt hat. Mirko, wer? Dann geht mir aber auf, wie abwegig das ist. Meines Wissens ist Mirko über den Hauptschulabschluss nicht hinausgekommen und das lag nicht daran, dass er so hervorragende Aufsätze schreiben konnte. Diese Schlussfolgerung ist nun wirklich Bockmist. Da kann man mal sehen, wie sehr mich diese Doppelbelastung stresst. Heiliger Nikolaus und Sexartikel-Autor, das kriegt kein normaler Mensch zusammen. Mal abgesehen von der kleinen, nebenbei laufenden Mordermittlung. Mirko spricht von der Rolle als Nikolaus. Junge, was bin ich begriffsstutzig.

»Ich habe mir alles genau abgeguckt«, redet Mirko weiter.

»Ist mir überhaupt nicht aufgefallen«, nuschele ich. Wieso eigentlich Vertretung? Der Blaschke ist doch das Allerletzte.

Gerade als ich Mirko danach fragen will, was der Blaschke noch so zum Besten gibt, bekommt der Abend seinen nächsten unerwarteten Höhepunkt.

»Was ist denn hier los?« Der Schrei ist so laut, dass es in meinen Ohren zu piepen anfängt. »Rumstehen und quatschen, das können die Herren, was? Und ich darf mich da drinnen allein abrackern. Das ist ja mal wieder typisch. Heimlich, still und leise nach draußen verduften und auf dicke Hose machen, aber wenn man dann genau hinguckt, ist nichts passiert.« Der letzte Satz war kaum in der Welt, da war Melanie Becher auch schon wieder abgedüst.

Mirko, der mit ihrem Auftauchen sofort Haltung angenommen hat, rührt sich nicht.

Ist es naiv, Frauen für den liebevolleren, freundlicheren und herzlicheren Teil der Menschheit zu halten? Wenn man eine Tante Hildegard hat, ja, aber generell? Natürlich nicht. Frauen sind eigentlich etwas Tolles und Ausnahmen bestätigen die Regel.

»Du kannst dich wieder rühren«, sage ich und bin damit wohl etwas zu blauäugig.

»Sie ist noch nicht fertig«, haucht Mirko angstvoll.

In der Tat. Im nächsten Moment kommt seine Frau wieder hereingeschossen. »Wenn ihr euch hier langweilt, dann könnt ihr gern meinen Part in dieser Weihnachtsscheiße übernehmen und drei Stunden mit fünf pubertierenden Zicken jede gottverdammte Hütte dieses verfickten Weihnachtsmarkts anglotzen, sauteure und heillos überzuckerte Lebkuchen kauen und alle Geschäfte abklappern, um einen dunkelgrünen, nein keinen lindgrünen, auch keinen froschgrünen«, ihre Stimme erreicht eine fiese Höhe, »beschissenen Nagellack zu finden und wenn ihr denkt, ihr seid da lebend rausgekommen, fängt der Spaß von vorn an, denn die lieben Herzchen haben es doch tatsächlich verbummelt, an den Nagellackentferner zu denken. Und weil mein verantwortungsbewusster Herr Gemahl uns alle so toll auf Öko trimmt, darf es natürlich nicht irgendeiner mit fiesen Chemikalien sein, nein, ein Umweltsiegel braucht der Rotz, auf geht es in die nächste Runde.« Melanie braucht augenscheinlich keinen frischen Sauerstoff. »Und jetzt hockt die Brut da drin und streicht Eigelb auf die Plätzchen, malt Zuckersterne und streut Puderzucker. Nebenbei vermöbeln sie sich gegenseitig, denn sogar das Auslecken einer Teigschüssel verlangt nach einem Wettbewerb. Dabei kann das Abbrechen eines Fingernagels zu einer wahren Tragödie werden, aber wenigstens war der grün, dunkelgrün. Angesichts dieses Dramas interessiert es auch niemanden, dass Eier, Zuckersterne und Puderzucker kein normaler Bestandteil meines Küchenfußbodens sind, von den Gardinen mal ganz abgesehen.«

Melanie schießt auf ihren Mann zu und ich kann sehen, wie ihre Nase fast seine berührt. Das nenne ich mal einen Angriff. »In zehn Minuten steht in meinem Wohnzimmer der perfekte Baum und wenn ich auch nur einen noch so winzigen Mangel entdecken kann, kochst du an Heiligabend den Fraß für deine Mutter allein. Ist das angekommen?«

Sogar die Nachbarn zwei Häuser weiter dürften verstanden haben, was Melanie ihrem Mann mitteilen wollte. Das Knallen der Tür bei ihrem Abdampfen inbegriffen.

Mirko geht zu einem Regal und nimmt zwei Flaschen Bier raus. Während er beide mit den Zähnen öffnet und mir meine reicht, sagt er: »Von Januar bis November ist sie nicht so. Aber dieser Dezember. Weiß der Fuchs, was da in sie fährt!« Mirko weiß, von was er redet. Hundertprozentig. Die Kostprobe war eindeutig. »Und dann verschwindet auch noch ihre Freundin. In der Weihnachtszeit. Einen besseren Zeitpunkt hätte sie sich dafür nicht aussuchen können. Die beiden haben doch immer zusammengehockt. Und das ein oder andere Glas Glühwein hätte meine Melanie garantiert entspannter gemacht.«

»Freundin?«, frage ich und bei mir gehen alle Alarmglocken an.

Mirko nickt leicht. »Melanie hat nichts gewusst. Die Blaschkin ist einfach am Montag nicht zum Gelee- und Marmeladenabend gekommen. Aber sag bloß nicht, dass du das weißt.«

Wie jetzt? Das ganze Dorf hat das mitbekommen. »Na ja, aber länger kann man das kaum verheimlichen. Dafür muss sich keiner schämen«, schwadroniere ich absolut planlos, proste ihm zu und trinke in kleinen Schlucken. Das überbrückt etwas Zeit. Mirko will mir schließlich etwas erzählen, nur, dass er es noch nicht weiß und ich nicht direkt danach fragen kann, weil ich es auch nicht weiß. Wenn die Blaschkin hinter Schloss und Riegel sitzt, brauche ich echt

Urlaub. Dieses permanente Nachdenken ermüdet. Dafür schmeckt wenigstens das Bier.

»Siehst du, das habe ich auch gesagt. Ehebruch kommt in den besten Familien vor.« Mirko scheint froh zu sein, das endlich mal loswerden zu können.

»Freilich«, bestätige ich. »Mein Onkel Willy hat seine Frau, also meine Tante Sieglinde, über fünfundzwanzig Jahre lang betrogen. Das geht alles.« Wie gesagt, außer Tante Hildegard habe ich keine Anverwandten. Sieglinde und Willy, keine Ahnung, wer das sein soll.

»Wo die Liebe hinfällt. Da kannste nichts machen. Seine Alte war wirklich ein garstiges Weib. Wer kann es ihm verdenken, wenn er sich mal etwas umorientiert hat. Wir leben ja alle nur einmal.«

Wer hat in fremden Gefilden gewildert, der Blaschke? Wie jetzt? Wer leidet denn dermaßen an Geschmacksverirrung, um mit dem in die Kiste zu steigen? Deswegen ist seine Olle ausgezogen, weil er sie beschissen hat? Dann hätte sie ihn vorhin auch abknallen können. Der ganze Aufwand lohnt doch sonst nicht. Aber als gehörnte Ehefrau hätte ich es mir wenigstens nicht nehmen lassen, die Heiligen Drei Könige einzusacken und sie höchstselbst an unsere Tür zu nageln, ach Quatsch, angezündet hätte ich die Teile und das auf Blaschkes Fernsehsessel. Das wäre das Mindeste gewesen. Das Schwein hätte ich bluten lassen. Mirko scheint abzuwarten, wie ich mich dazu positioniere. Mir fällt allerdings nichts anderes als ein kluges »Mhm« ein.

Mirko nuckelt in einer Seelenruhe an seiner Flasche. Dabei hat er höchstens noch sechs Minuten bis zu seiner Hinrichtung. »Wenn er gewusst hätte, dass er stirbt, hätte er vielleicht schon letzte Weihnachten fremdgevögelt. Das wäre ihm zu gönnen gewesen.«

»Absolut«, entgegne ich betont überzeugt. »Das unterschreibe ich.« Jetzt erst begreife ich: Der Kerl redet vom Pfarrer. Herrje! Der Pfarrer hatte ein außereheliches Verhältnis. Da sieht man es mal wieder, mit meinem ersten Gedanken an eine Prostituierte lag ich nicht so falsch. Das Pfarrhaus war eine Lasterhöhle. Wenn das der Blaschke Bürgermeister wüsste, dann würde er den Herrnhuter eigenhändig abschneiden oder einen roten aufhängen. Der Gedanke amüsiert mich. Ich gebe es zu. »Dass er aber dafür Geld hatte«, plappere ich unbedarft und von der Freude über meine Entdeckung beflügelt.

Mirko reißt die Augen so weit auf, dass ich Sorge habe, sie könnten Schaden nehmen. »Meinst du, die Blaschkin ist eine von dieser Sorte? Echt jetzt? Wow!« Er trinkt hastig von seinem Bier. »Na ja, so eine richtige Weihnachtsdekoration kann eben auch ins Geld gehen und irgendwo muss das ja herkommen. Aber sag davon bloß Melanie kein Wort.«

Die Weihnachtsgeschenke werden von langbeinigen Rauschgoldengeln in ultraknappen dunkelgrünen Bikinis gebracht. So stellt sich der moderne Mann die Heilige Nacht vor. Und damit er den Anblick ausgiebig genießen kann, klingeln die Chicas ganz profan an der Haustür, nichts mehr mit dem altmodischen Schornsteinrutschen. So eingeölt wie die Mädels sind, sieht das nicht aus, als wären sie aus dem Kamin gepurzelt. Nur Bikinis? Das könnte zu platt sein. An Weihnachten geht es auch irgendwie um das Auspacken. Mantel und hohe rote Lackstiefel sind gesetzt. So ein Weihnachtsmannkostüm hat nun mal auch etwas von einer Uniform. Darauf fahren die meisten ab. Das schlägt alles, was auf dem Gebiet des Erotikthrill bisher da gewesen ist.

Meine Fingerspitzen sind schon langsam taub, so sehr hämmere ich auf meine Tastatur ein. Es ist gleich drei Uhr morgens und Tante Hildegard trappelt nun zum fünften Mal aufs Klo. Mein Nachbar war auch schon mehrfach draußen. Allerdings lag das bei ihm wohl an den erheblichen Massen Neuschnee, die seit zwei Stunden vom Himmel fallen. Er schaufelt und kehrt wie besessen. Dass ein Teil von seinem Schnee auf unserem Gehweg landet, finde ich erst unverschämt, dann fällt mir aber ein, dass Tante Hildegard für das Schneeräumen zuständig ist. Der Haufen hat gleich die Höhe des Fensterbretts ihrer Küche erreicht. Er denkt sicherlich, wir kriegen das nicht mit und gehen von einer Verwehung aus. Möglich ist alles, wenn es nicht gerade so windstill ist wie heute. Was Tante Hildegard indessen denkt, wenn sie sich bei Anbruch des Tages ans Räumen macht, muss mich nicht kümmern. Gleichwohl ist es schon erstaunlich, was man vom Treiben seiner Mitmenschen so alles mitbekommt, wenn man die Nacht zum Tag macht.

Aber nun weg mit dem Abscheu dieser Welt. Wer ölt die Engel ein? Das Christkind. Irgendwie naheliegend. Beschwingt vollende ich die zweite Seite. Es ist Nikolaustag, wann, wenn nicht heute? Frohgemut erhebe ich mich von meinem Schreibtisch und strecke mich ausgiebig. Die Flocken vor meinem Fenster werden immer weniger. Versonnen schaue ich in die Nacht. Meine süßen blonden Engel, oder sind sie rothaarig …? Vor welch schwierige Entscheidungen einen das Leben stellt.

Ich seufze zufrieden und erwäge gerade, mir noch eine Tüte Erdnussflips zu gönnen, als ich einen Schatten wahrnehme, der da nicht hingehört. Was war das? Eine dunkle Gestalt ist direkt vor unserem Haus über die Straße gehuscht. Habe ich mir das eingebildet? Langsam fasse ich neben mich und lösche das Licht meiner Schreibtischlampe. Der frische Schnee und die Massen an strahlenden Schwibbögen in den umliegenden Fenstern hüllen das Dorf in ein Dämmerlicht, das sogar mich noch etwas erkennen lässt. Da ist jemand, eindeutig. Just vor unserer Haustür verschwindet er aus meinem Blickfeld. Natürlich, der versucht reinzukommen. Ich bin dran. Der Nikolaus wird an seinem Gedenktag kaltgemacht. Wie einfallsreich. Oder soll das etwa witzig sein? Unser Mörder ist wohl ein Scherzkeks, was? Lautlos eile ich die Treppe hinab. Darin bin ich unschlagbar. Für irgendetwas müssen meine vierundvierzig Jahre unfreiwillige Wohngemeinschaft schließlich gut sein.

Die Silhouette des Saukerls ist durch das Milchglas der Tür gut zu erkennen. Verdammt, der ist ein Riese. Ich schnappe mir den Reisigbesen, den Tante Hildegard zur Abwehr von Hexen grundsätzlich in der Nähe des Eingangs parkt, was auch immer das bringen mag, wenn sie ohnehin schon drinsitzt, reiße die Tür auf und ramme dem Halunken mit aller Kraft den Besenstil in die Magengrube. Das hat gesessen. Der Überraschungseffekt ist auf meiner Seite. Die Wucht auch. Er fällt nach hinten, überfliegt die kompletten fünf Stufen und landet mit Karacho auf dem Gehweg. Der

Feigling schreit nicht einmal. Besser für ihn. Der soll mich nicht noch mehr reizen.

»Bevor ich eine Weihnachtsgurke fresse, ramme ich dir eine Baumspitze in die Augen«, fauche ich und staune dabei über meinen bisher verborgenen weihnachtlichen Sadismus.

Ich sage es ja, der Advent bringt mich an meine persönlichen Grenzen. Mit einem Satz stehe ich neben ihm, bücke mich und verpasse ihm den Fausthieb seines Lebens. So schnell bringt der keinen um, mich erst recht nicht. Nicht ohne einen gewissen Stolz, immerhin war das die erste körperliche Auseinandersetzung meines Lebens, wenn man von meinem Ausraster im Kindergartenalter absieht, trete ich den Rückzug ins Haus an. Auf der obersten Treppenstufe fällt mir eine bunte Geschenketüte ins Auge, so eine mit glitzernden Schneemännern und allerlei anderem albernen Zeugs drauf. Sie ist ziemlich ausgebeult, was wohl an der Jumbo-Packung Erdnussflips und an den zwei Flaschen Glühheidi liegt, die oben herausragen. Wer …? Der Gedanke, der mich jetzt erfasst, ist eher unschön, um nicht zu sagen entsetzlich. Langsam drehe ich mich um und betrachte meinen vermeintlichen Mörder: dunkelbrauner, verschlissener Mantel, eine dazu passende spitze Mütze, langer Bart und die schweren Lederstiefel, die ihm der Opa letzte Weihnachten geschenkt hat.

»Der Nikolaus bringt die Gaben. Knecht Ruprecht hat damit nichts zu tun«, sage ich vorwurfsvoll und helfe meinem Freund auf. Seine Nase blutet, aber ansonsten sieht er noch ganz passabel aus. Vorsichtig klopfe ich den Schnee von seiner Kleidung und richte seine Mütze.

»Ich habe befürchtet, das wird mein letztes Stündchen«, jammert Ruprecht. »Jetzt, wo ein Mörder bei uns umgeht.«

»Und was machst du dann bitte um diese Zeit hier draußen?«, frage ich aufgebracht.

Ruprecht schaut mich an. Das Blut tropft auf seinen Fellmantel und verschwindet darin. »Es ist Nikolaustag«, sagt er entrüstet. »Wenn die Kinder morgen früh aufwachen, finden sie eine Kleinigkeit vor der Tür.«

»Erdnussflips und Glühwein?«, frage ich und der Schreck verschwindet so langsam aus meinen Gliedern.

»Unsinn.« Ruprecht rümpft die Nase, worauf noch einmal eine fette Ladung Blut hervortritt. »Das ist nur für dich. Das weißt du doch. Ich stelle dir jedes Jahr eine Tüte vor die Tür.«

Ich weiß es nicht. In den vergangenen Jahren muss ich an Nikolaus nie zu Hause gewesen sein. Oder …? Hoffentlich bekommt Tante Hildegard für jede geklaute Tüte Salzgebäck einen anständigen Gallenstein. Und dazu Bluthochdruck und Diabetes von dem viel zu süßen Wein.

»Die Kinder kriegen Schokolade und die Holzengel, die der Opa das ganze Jahr über schnitzt.« Ruprecht taumelt. Ich umfasse seinen Ellenbogen und schiebe ihn ins Haus. Er lässt es nur widerwillig geschehen.

Die Engel vom Opa, wie konnte ich die vergessen? Gleich morgen früh lege ich sie zu dem Hasen ins Gefrierfach.

»Nicht alle Eltern denken an den Nikolaustag, weißt du«, sagt Ruprecht ein wenig weinerlich. »Die Botschaft darf jedoch nicht vergessen werden.«

»Die Botschaft von Knecht Ruprecht ist eine andere und früh um drei hat der ohnehin Sendepause«, kommandiere ich.

Ruprecht weigert sich, mit nach oben zu kommen. »Über die Hälfte hat noch nichts«, sagt er. »Das muss ich noch zu Ende bringen. Um diese Zeit schlafen alle.« Sein Blick kann es mit jedem Hundewelpen aufnehmen.

Tante Hildegard und unser hinterhältiger Nachbar nicht, denke ich, aber die sind auch aus dem Kindesalter raus.

Ruprecht starrt mich an.

»Was?«

»Du bist der Nikolaus.«

»Ich habe keine Zeit.«

»Es ist mitten in der Nacht.«

»Deswegen.«

Schweigen.

»Was soll ich machen?«, frage ich zutiefst vorwurfsvoll. Ruprecht hat keinen Schimmer, was er mir da abverlangt. In zwei Stunden könnte ich meinen Artikel beendet und damit mein Weihnachtsgeld eingefahren haben. Was weiß denn ich, wann ich wieder einen so guten Lauf habe. Das kann Wochen dauern. Und dann? Es nützt nichts. Ruprecht ist mein Freund und ich habe ihm gerade eine blutige Nase geschlagen. Und das nur, weil Tante Hildegard seit Jahren mein Nikolauspräsent klaut.

»Um die Ecke steht mein Schlitten. Die Pakete sind alle identisch und nur für die Kinder«, schnieft Ruprecht schmerzerfüllt, aber glücklich. »Aber nicht ohne dein Kostüm! Schließlich ist Nikolausnacht.«

Wie wirkt das auf ein paar ahnungslose Frühaufsteher, wenn sie die Zeitung hereinholen oder mit dem Hund Gassi gehen und unerwartet ein Mann in einem zu kurzen weißen Kleid, Armeeunterhosen und Turnschuhen einen morschen Hörnerschlitten an ihnen vorbei durch die Nacht zieht? Lautere Freude sieht anders aus. Dabei frage ich mich, ob diese negative Einstellung gegenüber einem der ältesten Bräuche etwas mit unserer modernen Zivilisation zu tun hat. Man wird achtloser gegenüber den Traditionen, auch gegenüber Heiligen. Jedenfalls bin ich nach drei Stunden und unzähligen Paketen erheblich frustriert. Zwei Frauen wollten mich wegen Exhibitionismus anzeigen, dabei rutscht mein Kleid ganz automatisch nach oben und was das freilegt, ist absolut unspektakulär, also zumindest solange ich Unterwäsche trage. Einer der Köter hätte mich fast gebissen, aber nur, weil sein Herrchen ihn dazu ermutigt hat, und ein Mann hat sich darüber beschwert, dass er keine Vollmilchschokolade mag. Auf meinen Hinweis, dass der Nikolaus die Kinder beschenkt und sich deswegen nicht nach den Vorlieben der Erwachsenen richtet, hat er vor meinen Schlitten getreten und mich als Schwuchtel beschimpft. Die Schokolade hat er trotzdem behalten.

Nach dieser Erfahrung habe ich eine ungefähre Vorstellung davon, was Paketboten so alles geboten bekommen und die Sendung, die die bringen, kostet auch noch Geld, meistens zumindest. Halleluja! Was an der Nikolausnacht schön oder gar geheimnisvoll sein soll, das muss mir erst mal jemand erklären. Zu allem Überfluss bin ich bei meiner Rückkehr nach Hause auch noch Tante Hildegard in die Arme gelaufen. Sie ist vor der Haustür auf- und abmarschiert und hat dabei mit ihrem Gehstock im Schnee herumgestochert. Offenkundig geht sie davon aus, dass ihre jährliche Ration Erdnussflips und Glühheidi darunter begraben sind. Bei ihrem Tempo wird sie den halben Tag brauchen, sich durch die Schneemassen zu wühlen. Soll sie ruhig. Ein ordentlich gefegter Fußweg ist auch was wert. Mein Nikolausgeschenk steht sicher auf meinem Küchentisch.

Nun sitze ich seit einer Stunde wieder an meinem Schreibtisch. Meine Füße haben ihre normale Betriebstemperatur zurück und das Ungemach über meinen nächtlichen Einsatz weicht so langsam einem kreativen Loch. Hinter mir auf dem Sofa schnarcht Ruprecht. Seine Nase ist mittlerweile angeschwollen und glänzt leicht bläulich. Immerhin ist ihm nichts Schlimmeres passiert. Der diesjährige Advent zehrt an meinen Nerven, wobei es wirklich seltsam ist, wenn man förmlich auf ein Unglück wartet, noch dazu auf ein dermaßen existenzielles.

Da in meinem Kopf die erotischen Weihnachtsabenteuer ausbleiben, denke ich über den Mord an unserem Pfarrer nach. Die Blaschkin und er hatten also ein heimliches tête-à-tête. Schön für die beiden, also zumindest so lange der Pfarrer gelebt hat. Für den Blaschke sieht die Kiste schon schlechter aus. Wenn er davon gewusst hat, bringt ihm das ein fettes Motiv ein, eifersüchtiger Ehemann, der Klassiker. Mega! Dass unser Bürgermeister seinen Nebenbuhler dann noch mit einer anständigen weihnachtlichen Garnierung ins Jenseits befördert hat, ist schon fast zu schön, um wahr zu sein. So viel Stilsicherheit hätte ich dem Blaschke nicht zugetraut. Und seine Frau durfte ihren dahingeschiedenen Geliebten am Sonntag auch noch in seiner ganzen Pracht bewundern. Gut, da war nun nichts dabei, was sie im Zweifel nicht schon gesehen hatte, im Gegensatz zu der ahnungslosen und ziemlich erschütterten Dorfbevölkerung. Aber dass der Pfarrer in unserem Fall nicht nur nackt, sondern auch tot war, hat es zugegeben nicht besser gemacht. Für die Blaschkin muss das furchtbar gewesen sein. Da findet sie die Liebe ihres Lebens, möglicherweise eine Übertreibung, aber die unterstreicht meine Überlegungen, und zack, stirbt der Kerl an einer Überdosis Weihnachtsgurken. Doppelt tragisch, wenn man bedenkt, wie dünn gesät die Chancen für eine Frau ihres Aussehens sein müssen, von der Auswahl in unserem Kaff ganz zu schweigen. Die Blaschkin leidet entsetzlich, ich sollte auf Liebesromane umsatteln, aber anstatt, dass die Welt um sie herum auf ihren Schmerz Rücksicht nimmt, von dem die Welt selbstverständlich nichts wissen darf, und in die Trauergesänge um den Pfarrer einstimmt, wird das zweite Türchen zelebriert. Das ist zu viel für die arme Frau. Sie verschwindet und sinnt auf Rache. Rache an ihrem verblödeten, weihnachtssüchtigen Mann, dem nicht einmal der Tod ihres Geliebten heilig ist.

Möglicherweise ist ihr irgendwann dazwischen aufgegangen, dass ihr Mann der Mörder des Pfarrers sein könnte. Damit hat sie zwar bis zum vierten Türchen, Ruprechts Rentieren, gebraucht, aber ich will nicht mehr erwarten, als die Natur zu geben bereit ist. Jedenfalls erklärt das die Sabotage der Heiligen Drei Könige und natürlich auch den gestrigen Kugelhagel. Der hat den Blaschke ins Aus katapultiert. Endlich. Und trotzdem irgendwie schade. Allerdings ist mir bei dem ganzen Durcheinander noch nicht aufgegangen, warum der Blaschke dann behauptet hat, dass seine Heiligen Drei Könige ebenfalls verschwunden sind. Er hätte doch wissen müssen, dass die roten Teile nicht seine sind? Immerhin stehen die noch brav auf seiner Fensterbank. Möglicherweise hat er es in der Aufregung beim Forsthaus nicht bemerkt, das könnte ich gelten lassen. Die Nerven gehen ja öfter mal mit ihm durch.

»Ich hätte zu gern gesehen, was die Blaschkin bei Türchen Nummer sechs auffährt«, sage ich, ohne mir meines Gedankens richtig bewusst zu sein.

»Das Nikolaustürchen ist in diesem Jahr etwas ganz Besonderes«, nuschelt Ruprecht.

Erschrocken drehe ich mich zu ihm um. »Habe ich was gesagt?«

»Du bist neugierig auf das heutige Türchen. Aber beim Blaschke Bürgermeister findet das nicht statt«, antwortet Ruprecht. »Mehr verrate ich nicht.«

»Schon klar«, seufze ich. »Wie geht es dir?«

»Haben alle ihre Geschenke bekommen?«

»Ja!« Ich stehe auf und schalte die Kaffeemaschine an. Bis jetzt habe ich damit gewartet, um Ruprecht nicht zu wecken, aber nun wird es Zeit. »Mir war nicht bewusst, dass du mit Kindern auch die meinst, die gerade volljährig geworden sind. Das ist mir erst aufgegangen, nachdem ich eine Menge Pakete übrig hatte.«

»Aber …?«

»Ja!«

Ruprecht lächelt zufrieden, als die Tür aufgerissen wird und der Opa nebst Herrn Fuchs hereingestürzt kommt. »Wieso geht ihr nicht an eure Handys?«, fragt er aufgeregt und gibt uns nicht einmal Zeit für eine Ausrede. »Jetzt musste ich mit dem Schrumpfkopf reden. Da fängt der Tag schon hervorragend an. Na ja.« Er schnalzt abwertend mit der Zunge. »Wenigstens ist damit die eine Sache aus der Welt. Adam, dich wird nicht das gleiche Schicksal wie den Pfarrer ereilen. Diese Sorge sind wir los.«

»Aha«, rufe ich erfreut aus. »Und wieso?«

Der Opa grinst. »Tante Hildegard hat keine Handschuhe getragen, als sie deine Morddrohung gebastelt hat.«

Das nur vorweg: Tante Hildegard ist unversehrt. Noch. Ich stehe über den Dingen. Ganz sicher. Dafür habe ich unserem Nachbarn Bescheid gesagt, dass ich das mit seiner nächtlichen Räumaktion eine ganz große Sache finde, weil die Tante sich so sehr an dem vielen Schnee erfreut. Der erinnert sie nämlich an ihre Kindheit, in der die Dörfer bei uns im Wald noch richtig eingeschneit waren und die weiße Pracht mitunter bis zum ersten Stockwerk reichte. Was hat denn so eine alte Frau weiter als ein bisschen Erinnerung an die gute alte Zeit? Dann sollte man ihr wenigstens diese Freude gönnen. Unser Nachbar ist ein Herzensmensch. Sobald der nächste Schnee fällt, zieht er nach. Bei der Wetterprognose wird Tante Hildegard heute kaum freie Kapazitäten haben. Eigentlich bis Neujahr nicht. Der Opa sagt, das sei Strafe genug und allemal besser, als sie zu erwürgen. Das bringe mir nur Ärger ein und um das Haus kümmere sich dann auch keiner mehr. Womöglich müsse ich es sogar verkaufen. Der Opa denkt einfach mit.

Wir sind zu viert auf dem Weg ins Forsthaus. Drei Männer und ein Dackel. Schließlich müssen Ruprecht und ich irgendwann einmal frühstücken. Der Opa will die Lage diskutieren und meint, dafür braucht es ein anständiges Stück

Knackwurst. Ich kann ihm nicht widersprechen. Mein Plan zum weiteren Vorgehen ist noch recht simpel. Ein Anruf beim Schrumpfkopf und der Blaschke wandert in den Bau. Dafür kann sich Alfred wieder seinen Hundeaugen widmen. Schließlich muss er vorarbeiten, denn wenn er bald unser neuer Bürgermeister ist, kann die Zeit knapp werden.

Auf dem Dorfanger schiebt Walter Zenker zwei große Koffer in sein Auto. Sie scheinen ziemlich schwer zu sein, so wie er sich abmüht. Ilse, seine Frau, steht daneben und erklärt ihm die effizienteste Stapeltechnik. Da ihm die offenkundig nicht vor dem Einladen bekannt war, muss alles wieder raus. Dabei bringt ihn unser Morgengruß sichtlich aus dem Konzept. Er erschreckt sich so sehr, dass Ilses Beautycase, eine in ihrem Fall erstaunlich optimistische Bezeichnung für eine Tasche, wieder herausfällt und vor seinen Füßen landet.

»Äh, Nikolaus, also Adam. Du lebst?«, fragt er geradeheraus, während ich angestrengt versuche, ein wenig Erleichterung in seinem Gesicht zu lesen. Die Mühe hätte ich mir sparen können.

»Nein, ich bin ein Wiedergänger«, antworte ich sauer und überlege, ob man die Mutter und den Stiefvater des Jesuskindes in den Schnee schubsen darf.

»Wir dachten, die Attacke galt dir, und da du nicht mehr zu sehen warst, haben wir vermutet …«, erklärt Josef, also Walter Zenker, sichtlich bemüht.

»… dass ich irgendwo im tiefsten Wald liege und verblute«, fahre ich ihm über den Mund. »Und da habt ihr euch so richtig gesorgt.«

Er reagiert nicht, aber das tut auch nicht not.

»Ihr wollt wohl zur Kleiderspende?«, fragt der Opa und

ich kann aus dem Augenwinkel sehen, wie es um seinen Mund zuckt. Das macht er immer, wenn er sauer ist. Der Opa hasst nichts so sehr wie Fahnenflucht und nach nichts anderem sieht es aus.

»Nur ein Wochenendausflug«, beeilt sich Ilse zu sagen.

»Eine kleine Luftveränderung«, ergänzt ihr Mann. »Man muss ja auch mal raus aus dem Alltagstrott.« Sein Lächeln ist noch falscher als das von Tante Hildegard.

»Die hauen ab«, raune ich Ruprecht zu. »Maria und Josef lassen uns im Stich und das am wichtigsten Tag des Advents.«

Meine Stichelei verfehlt ihre Wirkung nicht. Feigheit und Egoismus wurden noch nie belohnt.

»Walter, wir müssten dann noch mal die Abläufe der nächsten Tage durchsprechen«, meldet sich Ruprecht zu Wort. Dabei ist er so aufgeregt, dass seine Stimme vibriert. »Der Blaschke Bürgermeister ist auf unbestimmte Zeit nicht regierungsfähig und damit hast du die Verantwortung, auch für das Dorf.«

Nicht regierungsfähig, was für ein krasses Wort, denke ich. Ruprecht hat es echt drauf. Dass er es ernst meint, lasse ich in diesem besonderen Fall mal gelten. Ihm glaubt man jedes Wort.

»Die Vertretungsregelung, der Katastrophenplan«, murmelt Walter nervös. Dabei schielt er für meine Begriffe ein wenig zu devot zu seiner Frau herüber. Aber Josef stand bei Maria ja auch unter dem Pantoffel. Welcher Mann schluckt sonst widerstandslos eine Ausrede wie einen vom Heiligen Geist eingehauchten Nachwuchs? Ich meine, dafür muss man entweder unglaublich naiv sein oder ein ganz klares Bild von Autoritäten haben.

»Das ändert natürlich alles«, gibt er zu und zerrt die Koffer wieder raus. Ilse steht mit erhobenem Kopf daneben und nickt wichtig. Mit der Aussicht darauf, die erste Frau im Dorf zu sein, schwinden offensichtlich die Fluchtgedanken. Ich bin mir nicht sicher, was Maria und Josef antreibt, Verantwortungsfühl, Loyalität oder schlichte Blödheit? Aber es spielt auch keine Rolle. Das Weihnachtskomitee ist weiterhin vollzählig, bis auf die bekannten Ausfälle, mit denen wir uns mittlerweile arrangiert haben. Wenn ich hier schon ausharren muss, dann bleiben gefälligst auch diejenigen, die auf diesen kranken Weihnachtszauber stehen, die Urheber allen Übels quasi. Auf Maria und Josef trifft das irgendwie sogar doppelt zu.

»Sehr gut, Junge«, murmelt der Opa beim Weitergehen. »Solange wir nicht wissen, wer es hier auf wen abgesehen hat, verlässt keiner länger als notwendig das Dorf. Hier haben wir sie alle im Auge. Diese Deppen versauen meinen Jungs nicht den Ruf. Wir finden den Mörder, das wäre ja gelacht.«

Ich staune, wie sehr sich Opa mittlerweile mit meinem Spezialauftrag identifiziert. Das scheint ihm richtig Freude zu machen. Aus seiner Sicht kann ich das verstehen. Endlich kommt einmal etwas Abwechslung in dieses Adventseinerlei. Abgesehen davon sortiert der Opa die Menschen von jeher in zwei Gruppen, die Freunde und Feinde, die Guten und Bösen. Er geht dabei ziemlich militant vor, aber ich vermute, das ist altersbedingt. Wir gegen den Rest der Gemeinde, die Frauen natürlich ausgenommen.

Ruprecht wirkt zufrieden, auch wenn ich ihm ansehen kann, dass seine Nase schmerzt. »Dann kommt heute Abend der vorläufige Höhepunkt«, jubiliert er. »Ihr werdet begeistert sein.«

Ich schaue den Opa von der Seite an, sage aber nichts, da ich an seinen malmenden Kieferknochen sehen kann, dass ihm irgendetwas nicht passt.

»Nur altes Brot? Und genug für alle ist auch nicht da«, mosert Ruprecht, während wir uns zum Frühstück setzen. Er ist unleidig, aber mit einer Nase, deren Größe sich verdoppelt hat, wäre ich das möglicherweise auch.

Ich bin nicht wählerisch. Das sollte jemand, der seine gesamten Monatseinnahmen in grell leuchtende Kunststoffpinguine gesteckt hat, auch nicht sein. Ich nehme mir eine Scheibe Brot und bemerke dabei, dass der soeben noch über unserem Tisch liegende blaue Schein verschwunden ist. Wenn die Typen von der Tanke mir alten Ramsch angedreht haben, der da draußen gerade durchgeschmort ist, sollen die mich kennenlernen. Im nächsten Moment geht die apokalyptische Beleuchtung wieder an. Und wieder aus.

»Der liebe Gott hat Erbarmen mit uns«, sagt der Opa und nickt mir verschwörerisch zu.

Hat er nicht.

Denn plötzlich steht Mandy in der Küche und macht ein Gesicht, als würde sie vor Vorfreude gleich platzen. Das mag mit dem zu tun haben, was sie da so angestrengt hinter ihrem Rücken zu verbergen versucht und das durch ihr nervöses Zappeln unaufhörlich raschelt. So etwas macht eventuell bei den echten Acht Eindruck, einem durchschnittlich gebildeten Mann wie mir ringt es jedoch nur ein müdes Gähnen ab. Alles was vor der Überraschung ist, hebt mich schon nicht an, warum sollte mich dann das Danach interessieren?

»Frische Brötchen«, kreischt sie, nachdem keiner von uns reagiert.

»Wenn das so ist«, sagt der Opa und steht auf, um ihr die Tüte abzunehmen. Augenscheinlich hatte sich Mandy das so nicht vorgestellt.

»Du warst nicht zu Hause, Adam«, sagt sie und klammert sich an die Tüte. »Tante Hildegard meinte, du bist ausgezogen, aber da ich in deiner Wohnung war und alle deine Sachen noch da liegen, dachte ich …« Sie bekommt einen knallroten Kopf. »Du hättest tot sein können. Und ich wollte doch ein romantisches Früh… es ist schließlich dein Tag … und … nun sitzt du hier …«

Es könnte sein, dass sie ein paar Tränen in den Augen hat. Ich schaue nicht hin. Die Schale lässt sich erstaunlich schlecht von der Knackwurst lösen und es wird höchste Zeit, dass ich etwas in den Magen bekomme.

»Du hast mir gar nicht erzählt, dass ihr …« Ruprecht kann sein Erstaunen nicht verbergen. Oder ist es Entsetzen? Wir haben bei Frauen einen ähnlichen Geschmack, auch wenn ich die Joker tatsächlich ziehe und er rein theoretisch bleibt. Mein Fußtritt bringt ihn zum Schweigen.

Opa hat sich da deutlich besser unter Kontrolle. »Alles palletti, Mädchen. Marmeladenbrötchen? Plätzchen? Ein Stück Stollen?« Opa erkennt die zügellosen Sehnsüchte der Frauen sofort und weiß sie zu bedienen. Das muss man ihm lassen. Bei Mandy hätte ich das auch hinbekommen. Schließlich springen einen deren Schwächen förmlich an.

Aber dazu braucht es irgendwie auch einen Willen. Ich kaue lieber Knackwurst.

Mandy, die nun endlich kapiert hat, dass ihr Plan nicht aufgeht, ist kurzzeitig unachtsam, sodass der Opa an die Brötchen kommt. Endlich. Der appetitliche Duft hat einen schon ganz taumelig werden lassen. Bei Ruprecht führt das dazu, dass jede Hemmschwelle fällt und er sich freudig auf die Semmeln stürzt, noch bevor Mandy beleidigt abgezogen ist.

Die kurzzeitige Verdunklung der Pinguine signalisiert mir ihr tatsächliches Verschwinden.

»Die milden Gaben am Nikolaustag, sieh an«, scherze ich.

Der Opa schaut mich nur skeptisch an.

»Konfuzius sagt, Rehe hüpfen nicht mit Hasen oder so ähnlich«, murmle ich, während ich mich nicht entscheiden kann, welche Brötchenhälfte ich mir zuerst einverleibe.

»Chinesen sind schlaue Leute«, antwortet der Opa.

Damit ist alles geklärt. Insgeheim frage ich mich jedoch, wie groß die Verzweiflung von Frauen wie Mandy eigentlich sein muss? Ich bin kein Adonis, also im Vergleich zu den anderen Männern im Dorf vielleicht schon irgendwie, aber das ist kein Grund, die Realität aus den Augen zu verlieren und sich aufzudrängen wie eine billige Heizdecke auf einer Butterfahrt. Der Pfarrer hat das gut auf den Punkt gebracht. Das muss man ihm lassen. Dafür ist er nun tot.

Wir haben uns heute mit dem Frühstück richtig Zeit gelassen. Warum auch nicht? Es ist ja quasi so etwas wie mein zweiter Geburtstag. Jetzt aber wirklich! Natürlich nicht wegen des vermaledeiten Nikolaustages, sondern weil ich nicht sterben muss, also nicht gleich und schon gar nicht durch eine Gurke. Entspannt lümmle ich auf dem Sofa, das ich zuvor anständig mit einer großen Decke präpariert habe. Die Körperflüssigkeiten des Blaschke Bürgermeisters und mein Ekelempfinden gehen einfach nicht zusammen. Da muss ich vorbauen. Der Opa erwärmt den von Marlies selbst gemachten Glühwein. Dazu gibt es Vanillekipferl von irgendeiner anderen Perle, deren Namen ich nicht behalten habe. Warum auch? Dass sie backen kann, reicht.

Ruprecht wollte sich lieber nützlich machen und ist, nachdem er sich zwei Kopfschmerztabletten eingeworfen hat, in den Wald zu den Köhler-Recknagels gegangen. Ulf ist wohl seit heute Morgen schon dort. Ihm fehlen noch die Spitzen von den Rentiergeweihen und Ruprecht will ihm suchen helfen. Ich befürchte, das kann dauern, da das Zeug durch den enormen Druck sonst wo im Wald gelandet sein kann. Ruprecht sagt, er habe Zeit, und dass es Ehrensache sei. Angeblich haben die Köhler-Recknagel-Brüder sich den Kram eigens anfertigen lassen, weil ihnen das, was da so auf dem Markt zu bekommen ist, zu winzig war. Das kann ich absolut nachvollziehen. Ganz klar. Ein Weihnachtsmann unter drei Metern Körpergröße ist unter echten Freaks inakzeptabel.

Der Glühwein schmeckt Bombe. Und wie ich so saumselig die Orangenscheiben auszutsche und Opa auf seinem Handy die Mittagessenangebote seiner Damen checkt, fällt mir das Elend von gestern Abend wieder ein.

»Den Blaschke Bürgermeister hat es echt erwischt«, sage ich und schildere noch einmal ausführlich alles, was sich so ereignet hat. Das brauche ich, um klarzusehen. Der Opa ist voll im Thema.

»Die Rentenkasse zahlt auch an Anstaltsinsassen«, sagt er ohne aufzuschauen. »Rehkeule oder Hackbraten? Wie die Annemarie darauf kommen kann, mir zum Nikolaus ein simples Mett anzubieten, ist mir ein Rätsel. Die wird doch keinen anderen haben.«

Wenn das so wäre, würde es Opa auch nicht erschüttern. Das kann ich sehen. »Reh«, antworte ich, aber das wusste der Opa auch so. »Herzoginnenkartoffeln wären schön. Die hatte ich lange nicht.«

»Kein Ding«, erwidert der Opa und tippt auf dem Telefon herum. »Ich werde Marlies als Backup einsetzen.« Er freut sich sichtbar über diesen Schachzug. »Und auf Weihnachtstiramisu hätte ich auch ein Lüstchen.«

Da ich das nicht kenne, kann ich dazu nichts sagen.

»Weißt du, Junge …«, sagt der Opa, legt das Telefon weg und löffelt die Heidelbeeren aus seinem Glühwein. »Heute am Nikolaustag trennt sich die Spreu vom Weizen, es ist der D-Day, wenn du so willst, der Moment, von dem an sich alles verändert.«

Ich kann nicht folgen, habe aber Sorge, dass der Opa nun auch von diesem Weihnachtstrip erfasst sein könnte. Glücklicherweise ist er das nicht.

»Diese hirnrissige Adventszeremonie von dem Blaschke sieht für heute garantiert etwas Besonderes vor. Nach allem, was ich nun weiß, wird die Blaschkin es sich nicht nehmen lassen, hier aufzutauchen und die Veranstaltung zu sprengen, zumal sie möglicherweise noch nicht mitbekommen hat, dass ihr Mann nicht mehr da ist.«

»Meinst du wirklich?«, frage ich unschlüssig.

Der Opa nickt wissend. »Verletzte, rachsüchtige Frauen! Junge, es gibt nichts Schlimmeres auf der Welt. Wehe dem, der das auf die leichte Schulter nimmt oder meint, die Zeit würde ihm beistehen. Keine Frau vergisst, was ein Mann ihr angetan hat. Niemals!«

Da ich die Zahl von Opas Selbstversuchen nicht kenne, kann ich nichts über die empirische Haltbarkeit seiner Behauptung sagen. Aber ich nehme ihm das ab. Und ich kriege Angst. Nicht vor der Blaschkin. Die ist einfach nur doof. Nein, ich gehe im Geiste meine Verflossenen durch und überlege, welchen Bock ich geschossen haben könnte. Der Opa scheint das Gleiche zu tun. Er braucht dafür aber entschieden länger und wird immer entspannter. Irgendwann redet er weiter.

»Das Programm läuft heute Abend wie geplant durch. Walter Zenker wird in seiner wichtigen neuen Rolle schon dafür sorgen. Ihr schnappt die Blaschkin und schafft sie hierher. Das Weib kriegt Hausarrest, wenn es sein muss, bis Weihnachten. Es darf nicht noch einen Toten geben, nicht mal aus Versehen.«

»Die hat eine Waffe!«, rufe ich und verschlucke mich fast an einer Zimtstange.

»Wenn sie gewollt hätte, wäre die Hälfte vom Dorf heute nicht mehr am Leben …«, der Opa winkt ab. »Es ist die einzige Möglichkeit, den Mörder des Pfarrers zu erwischen. Die Blaschkin ist der Schlüssel.«

»Und die wohnt dann hier?«, will ich wissen und versuche abzuwägen, was schlimmer ist, einen Bauchschuss oder dieses Weib im Haus zu haben.

»Ich gebe zu, das ist der Schwachpunkt meines Plans«, erwidert der Opa. »Aber vielleicht kriegt sie ja ein anständiges Essen auf den Tisch, jetzt wo Annemarie schwächelt. Und wenn nicht, bleibt sie eben auf dem Zimmer oben. Eingeschlossen, versteht sich.«

Das ist nun schon der zweite vollbesetzte Reisebus, der an uns vorbeifährt. Der Busfahrer hupt und die Fahrgäste lassen es sich nicht nehmen, gegen die Scheiben zu klopfen und ausgelassen zu winken. Wer kann es ihnen verdenken? So oft kommt das sicherlich nicht vor, dass sie den Heiligen Nikolaus und Knecht Ruprecht Seit' an Seit' durch eine zauberhafte Winterlandschaft wandern sehen. Wir scheinen eine Attraktion zu sein. Ruprecht genießt die Aufmerksamkeit sichtlich, während ich vor Scham am liebsten im Erdboden versinken möchte. So ein bisschen Weihnachtswahn unter Dörflern kann ich einigermaßen wegstecken, aber das hier nimmt gerade die Ausmaße eines Stones-Konzerts an. Nur dass ich nicht Mick Jagger bin, sondern ein Depp in ausrangierten Armeeunterhosen.

»Das wird das Beste, was du je erlebt hast«, schwärmt Ruprecht ausgelassen. Dabei fängt er vor Freude ziemlich weibisch an zu tänzeln.

»Lass das!«, blaffe ich ihn an. »Du machst mit deiner Hampelei alles nur noch schlimmer.«

»Wieso das denn? Weihnachten ist das Fest der Freude,

da darf man ausgelassen sein«, mault er zurück, schwingt aber während des Laufens nicht mehr ganz so ausladend mit seinen Armen.

Ich frage mich schon lange nicht mehr, ob Ausgelassenheit in unserer Situation das Richtige ist. Das müssen andere entscheiden. Offenkundig tun sie das auch, denn wieso sonst sollten die Massen aus den Nachbardörfern zu uns pilgern, obwohl es sich mittlerweile kilometerweit herumgesprochen haben muss, was unserem Pfarrer passiert ist. Aber was weiß ich schon.

»Ich verstehe dich nicht. Heute ist Nikolaustag«, sagt Ruprecht vorwurfsvoll.

Die Leute um uns herum werden mehr. Dagegen scheint der Schnee abzunehmen. Mir war nicht bewusst, dass sich mitten durch unser Dorf eine Wetterscheide zieht, aber nach allem, was ich sehe, muss das wohl so sein. Beim Forsthaus lag vor wenigen Minuten noch gut und gern ein halber Meter Schnee und hier kann ich an einigen Stellen schon das Grüne in den Vorgärten sehen. Eine Straße weiter möchte man meinen, es wäre kaum eine Flocke vom Himmel gefallen. Seltsam.

Ruprecht ist nun recht schweigsam, doch damit kann ich umgehen.

Der Gemeindearbeiter Ulf kommt uns entgegengerannt. »Ich muss die Autos einweisen. Der Sportplatz ist schon zugeparkt. Ihr müsst Ilse beim Einlass helfen. Die hat immer noch Probleme mit ihrem Knie und sollte abgelöst werden«, japst er und hetzt an uns vorbei.

Das begreife, wer kann.

»Und ich hatte Angst, dass drei Euro zu viel sein könnten«, sagt Ruprecht leise und schiebt sich zwischen den Menschen durch, die vor der Gartentür der Meinerts Schlange stehen. »Wieso, was kostet das denn?«, frage ich neugierig und drängle hinter ihm her.

»Zehn.«

»Pro Bus.«

»Pro Person«, antwortet Ruprecht kleinlaut.

»Ein warmes Essen und die Stripperin inbegriffen?«, will ich wissen.

»Nicht mal eine Glühheidi«, entgegnet Ruprecht. »Der Blaschke hat gesagt, die Leute hätten in der Weihnachtszeit eine locker sitzende Geldbörse und das sollten wir mitnehmen.«

So kenne ich den Bürgermeisterarsch. Sauber. Schade, dass er nicht hier ist, ansonsten könnte er einmal live erleben, was passiert, wenn die Leute merken, dass sie abgezockt werden. Nichts anderes passiert hier gerade. Selbst wenn die Tierarztgattin, Antony Köhler-Recknagel und unser Bläser-Sextett gemeinsam das »Weihnachtsoratorium« aufführen würden. Das ist Wucher und Betrug und eine Frechheit.

»Was will der Blaschke denn mit den Einnahmen machen?«, frage ich.

»Na für den Schlitten«, erwidert Ruprecht.

Ich will das eigentlich doch nicht wissen, aber Ruprecht redet schon weiter.

»So einen großen, den auch Rentiere ziehen können«, fährt Ruprecht fort.

Spätestens bei dem Wort »Rentiere« bin ich raus.

»Damit wollen wir dann alle nächstes Jahr durch das Dorf

fahren.« Ruprecht scheint darüber erfreut zu sein. »Also Maria und Josef, der Heilige Nikolaus, Knecht Ruprecht und der Blaschke auf dem Kutschbock. Die anderen passen nicht mehr rein, also Marlies, die Blaschkin ist ja wohl dann weg.« Er scheint zu überlegen, ob diese Schlussfolgerung nun gut oder schlecht ist.

»Mhm.« Ich will gerade so richtig Dampf ablassen, von wegen, dass der Becher Mirko liebend gern in den Schlitten will, da wird Ruprecht von zwei ziemlich scharfen Bräuten bedrängt, die mit ihm ein Selfie machen wollen. Meine Gegenwehr hält sich in Grenzen, als ich dazukommen soll. Eine junge Frau nach der anderen kommt herbei und schmiegt sich an mich, während wir beide Wange an Wange in ihr Handy lächeln. Großzügig wie ich bin, habe ich auch kein Problem damit, ein paar von den Miezen mit unter meinen Umhang zu nehmen. Mein Kleid kommt gut bei denen. Jetzt noch ein Küsschen rechts, Küsschen links und die nächsten Mädels werfen sich dem braven Nikolaus an den Hals. Ruprecht ist schon dazu übergegangen, Autogramme zu geben, zumindest hat eine der Damen ihren Anorak und ihre Bluse aufgeknöpft und fuchtelt nun mit einem Stift vor seiner Nase herum.

»Ich habe einen langen Namen, der passt da nicht drauf«, rufe ich, worauf alle umstehenden Männer laut johlen. Um Zoten war ich noch nie verlegen. Einige der Damen fühlen sich angestachelt und machen sich schon mal frei.

Ich sehe, wie Ruprecht seinen richtigen Namen auf die üppige Auslage kritzelt. Jetzt bin ich an der Reihe und staune nicht schlecht, wie viele Buchstaben »Heiliger Nikolaus von Myra« eigentlich hat. Die Mädels, die über ausreichend Platz verfügen, schaue ich mir etwas näher an, nur aus Recherchegründen versteht sich. Opa hatte recht, ab heute ist alles anders. Ich liebe meinen Nikolausjob, Weihnachten und überhaupt alles hier.

»Nikolaus und Knecht Ruprecht!« Ilse hat uns entdeckt und das scheint ihr verzweifelter Ruf nach Unterstützung zu sein.

Aber was geht mich Ilses Knie an? Ruprecht zuckt kurz zusammen, scheint dann aber das Gleiche zu denken. Der Ansturm nimmt kein Ende. Eine halbe Stunde später habe ich ein gutes Dutzend Papierschnipsel mit Telefonnummern in meiner Unterhose stecken. Dass der Heilige Nikolaus Taschen in seinem Gewand hat, kommt in der Geschichte offenkundig nicht vor. Irgendwie logisch, denn er soll ja geben und nicht nehmen. Wie dem auch sei, das Kitzeln der Zettel ist nicht das Problem, nur Schwitzen sollte ich dann doch nicht zu stark. Ruprechts Wangen glühen und er strahlt über das ganze Gesicht. Ich nehme an, er hat auch eine Nummer abbekommen. Da er eine Jeans unter dem Stinkepelz trägt, ist er dahingehend deutlich besser präpariert.

»Jetzt wird es noch besser«, freut er sich.

Ich bin eigentlich durch und kann gehen. Wir reißen uns von den letzten versprengten Groupies los und nehmen Position im Garten ein. Selbstverständlich hat es noch keiner gewagt, das Licht anzumachen, und so stehen wir in der Dunkelheit und warten, was passiert, also Ruprecht wartet, ich bin nur da. Leise Musik ertönt. Ich erkenne die »Nussknacker-Suite« von Tschaikowsky und es klingt nicht wie das laienhafte Gedudel, das wir ansonsten hier geboten bekommen, sondern verdammt nach einer zerkratzten Schallplatte. Ich schließe die Augen und versuche im Geiste, den einzelnen Zetteln in meiner Hose ein Gesicht zuzuordnen. Vorfreude ist die schönste Freude. Die Begeisterungsrufe meiner Mitmenschen reißen mich aus meinen Gedanken. Ich öffne die Augen und kann nicht recht glauben, was ich sehe. Der Obstgarten der Meinerts sieht anders aus als sonst, ganz eindeutig. Die Bäume stehen noch an ihrem Platz, logo, aber sie werden nun von gelben Lichterketten in Szene gesetzt. Echt innovativ. Es ist ja nicht so, dass ich so etwas in den letzten Tagen nicht schon mal gesehen hätte, aber immerhin setzen die Meinerts auf dezente Weihnachten. Das spricht für sie. Die Wirkung des Lichtes potenziert sich allerdings durch die Tonnen von Schnee, die hier aufgefahren worden sind. Das erklärt den Schwund außerhalb der Gartenparzelle, aber was um alles in der Welt …?

»Ein Schneedorf!« Ruprecht klatscht in die Hände. »Wie allerliebst.«

So etwas in der Art muss es wohl sein. Ich sehe einen Schneetresen, an dem schon, obwohl der Startschuss noch nicht einmal gefallen ist, der Funke Tischler lehnt und mit seinen drei Fingern sechs Glühheidi bei Kurt ordert. Daneben befinden sich zwei kleine Toiletten-Iglus. Der Dörfler an sich ist nun mal ein Pragmatiker. Kurze Wege haben eben auch ihre Vorteile. Aber schmilzt der Schnee nicht, wenn …? Ich werde das im Auge behalten. Da fällt mir ein, hoffentlich hat jemand an die größeren Geschäfte gedacht. Gut erkennbar jedenfalls dürften diese sein. Eigentlich muss ich das nicht wissen. Momentan bin ich aphtenfrei und will es auch bleiben.

Im nächsten Iglu, das die Ausmaße meines Wohnzimmers hat, bieten die Dorfschönheiten Topflappen, Stricksocken, Marmelade und allerlei in nächtlicher Heimarbeit Entstandenes an. Mirkos Frau ist auch dabei. Sie befestigt gerade mundgeblasene Weihnachtsgurken an einer in einem Schneeregal eingebauten Wurststange. Zwei Dutzend hat sie locker schon aufgefädelt. Das Geschäft wird laufen, so wie der Pfarrer vorgearbeitet hat. Gegenüber den Mädels gibt es einen Grill und diverse Sitzmöglichkeiten. Modell Bierzeltgarnitur aus gefrorenem Wasser. Die ziehen sich bis vor die große Bühne am Ende des Gartens, auf der Maria und Josef bereits stehen und uns aufgeregt herbeiwinken. Wir folgen dem Aufruf und bewegen uns nun durch ein Spalier von klatschenden Menschen. Ich erkenne zwei Blondinnen wieder und hoffe inständig, dass deren Kontakte in meiner Hose stecken.

Da stehen wir nun vor den Massen. Maria und Josef, Nikolaus und Knecht Ruprecht. Vier Leute. Ich schaue mich nach Ilse und Ulf um. Man muss ja mit allem rechnen. Die beiden sind da, stehen aber etwas abseits neben einem großen, mit Bettlaken verhangenen Haufen. Ilse macht einen etwas verdrießlichen Eindruck. Das kann aber auch daran liegen, dass sie ihr linkes Bein leicht nach oben hält und es sich auf nur einem Bein miserabel steht. Alle warten, dass der Nussknacker den Mäusekönig besiegt hat. Dann herrscht gespannte Stille. Ich scanne die Gesichter nach der Blaschkin ab. Ist das hinter dem Schneeengel Tante Hildegard? Was macht die denn hier? Die Schießerei von gestern hat sie hergetrieben. Die alte Gewitterziege hofft auf eine Wiederholung, natürlich. Ich remple Ruprecht an, aber der kriegt nichts mit.

»Liebe Weihnachtsfreunde«, hebt Josef pathetisch an. »Heute ist der zweitwichtigste Tag des Jahres.«

Das kann man sehen, wie man will. Ich persönlich bevorzuge meinen Geburtstag und das Datum meiner Einschulung. Der Zenker will mit aller Gewalt noch wichtiger als der Blaschke Bürgermeister sein. Und vornehmer. Was wiederum keine Leistung ist. Ich schalte auf Durchzug und überlege, von welcher Seite die Blaschkin angreifen könnte. Der Garten ist rundherum eingezäunt. Damit man den romantikfeindlichen Maschendrahtzaun nicht sieht, haben die Meinerts eine Mauer aus Schnee errichtet, die gut und gern auf eine Höhe von eins achtzig kommt. Dabei waren sie sehr konsequent. Lücken kann ich jedenfalls nicht entdecken. Die Blaschkin, die sogar gegen Ruprecht ein Winzling ist, kann da nicht darüber gucken, geschweige denn steigen. So viel ist sicher. Die einzige Möglichkeit ist die Gartenpforte und die behalte ich ab jetzt im Auge. Schwerer Fehler, denn während Josef die gesamte Familiengeschichte von sich und Maria, also über zweitausend Jahre, herunterbetet, hält vor der Pforte ein Taxi. Es dauert kurz, bis ich kapiere, wer da gerade in einen Rollstuhl gehievt wird und nun, geschoben vom Taxifahrer, das Spalier durchrollt. Dass der Blaschke Bürgermeister dabei ziemlich blass um die Nase ist, tröstet mich wenig. Die dämliche Winkerei, die er ansonsten immer veranstaltet, bleibt heute auch aus, stattdessen starrt er auf uns, als wären wir die Ausgeburt der Hölle. Josef hat ihn nun ebenfalls entdeckt. Zumindest stoppt er abrupt sein Gesabbel und wartet sichtbar angespannt auf das, was nun passiert. Zunächst nicht viel, denn die Schneebühne verfügt zwar über eine Treppe, aber nicht über eine Rampe.

Die Männer, also alle außer ich, müssen ran, um zu helfen. Ulf, Josef, Ruprecht und der Taxifahrer gegen den Blaschke.

Nachdem unser geschätztes Dorfoberhaupt endlich auf der Bühne angekommen ist, sinken die Räder seines Gefährts und damit er selbst erst einmal gute zehn Zentimeter ein. Ich bedauere, dass die Meinerts den Schnee doch ziemlich festgeklopft haben müssen, ansonsten hätte möglicherweise nur noch der Kopf des Blaschke herausgeguckt. Für die Show hätten die Leute dann gern die zehn Euro hingelegt. Für das, was jetzt kommt, möglicherweise auch.

Der Blaschke räuspert sich verheißungsvoll und brabbelt mit schwerer Zunge eine Begrüßung, die keinen Sinn ergibt, aber gut klingt. Der Kerl ist zugedröhnt bis in die Haarspitzen und wiederholt alles zwei Mal. Er will gerade ansetzen und den Leuten noch mal für ihr Kommen danken, da schreitet Ulf ein. Ob er dem Blaschke die Peinlichkeit ersparen oder Ilses Gejammer nicht mehr ertragen kann, weiß ich nicht. In jedem Fall raunt er dem Blaschke etwas zu und der geht umgehend zum Hauptteil über. Der Hauptteil scheint der riesige verdeckte Haufen zu sein, den Ulf und Ilse die ganze Zeit flankieren. Auf ein Signal reißen sie die Laken runter. Ruprecht hatte recht. Das schlägt alles bisher Dagewesene. Hinter uns sitzt die Mutter Gottes und hält das Jesuskind in ihrem Arm. Josef fehlt, sicherlich hat für den der Schnee nicht mehr gereicht.

Ich staune über die ausgezeichnete handwerkliche Arbeit. Ich meine, einen Schneemann kann jeder bauen, aber das hier? Wow! Das Einzige, was die Anmut dieser Szene vielleicht ein wenig stören könnte, sind die Lichterketten, die jemand in die Körper gedrückt hat. Die Kabel sind unsichtbar, das ist schon in Ordnung, aber dass Maria und ihr Sohn wie zwei leuchtende Schweizer Käse daherkommen, hat durchaus etwas Befremdliches. Ich hoffe still, dass die Meinerts wenigstens daran gedacht haben, LEDs zu nehmen, da sehe ich, wie sich die ersten Tautropfen an der Nase des Kindes bilden. Clever. Die Leute bemerken davon nichts und kriegen sich angesichts dieser Überraschung kaum ein.

»Was hätten die Meinerts ohne Schnee gemacht?«, frage ich Ruprecht leise.

»Der Sand war schon bestellt«, antwortet er, ohne jegliche Verwunderung erkennen zu lassen.

Dann wäre das mit der Illumination noch eine größere Herausforderung gewesen, denke ich, lasse es aber gut sein. Der Kopf des Gottessohnes zeigt bereits leichte Deformationen. Dann geht es los. Ich weiß nicht, aus welcher Ecke das Wasser zuerst gekommen ist, aber nur wenige Sekunden nach dem ersten Strahl treffen uns die Fontänen gefühlt von allen Seiten. Kurz darauf steht die Bühne vollständig unter Wasser, falls man das bei einem Schneebau so sagen kann. Die Frage, ob LED oder herkömmliche Glühbirnen, stellt sich nun ebenfalls nicht mehr, denn das Zeug hatte gerade einen Kurzschluss. Um uns herum taut die wochenlange Arbeit der Meinerts zusehends. Die Vorderräder vom Rollstuhl vom Blaschke hängen schon in der Luft. Er schreit um sein Leben. Ruprecht und ich retten uns mit einem Sprung in die Massen. Auf ein Zeichen sprinten wir aus dem Garten auf die Straße. Die Blaschkin. Der Opa lag wieder einmal richtig, das Weib ist skrupellos. Aber auf ihren kurzen Beinen bei Weitem nicht so schnell wie der Heilige Nikolaus und sein Gefährte Knecht Ruprecht. Da ich wieder Eckberts Stiefel an den Füßen habe und meinen von Wasser triefenden Umhang hinter mir herziehe, gewinnt Ruprecht das Rennen um Längen. Erstaunlich, denn auch sein Fellkostüm muss nass etliche Kilogramm mehr Gewicht haben. Die Wut scheint ihn jedoch zu beflügeln. Er stürzt sich auf die Blaschkin wie ein Spitzentorhüter auf den Ball. Unter Gezeter geht die Frau Bürgermeister zu Boden. Ruprecht auch. Wirklich bedauernswert, dass die Meinerts den gesamten Schnee aufgebraucht haben. Für Ruprecht nicht, der liegt oben.

Mein Rücken schmerzt. Mein Fuß auch. Aber ich will nicht klagen. Ruprecht hat es schlimmer erwischt. Der hat jetzt zu seiner geschwollenen Nase auch noch ein blaues Auge. Allerdings lenkt das die Aufmerksamkeit von den diversen Kratzwunden in seinem Gesicht ab. Der Rest seines Körpers hat wohl auch so einiges abbekommen. Jedenfalls hält er sich immer wieder die Seite und atmet schwer. Nachdem er die Blaschkin erwischt hatte, hat sie richtig aufgedreht. Das ganze Besteck. Anfangs dachte ich noch, dass er das wieder hinbiegen kann, aber dann musste ich eingreifen und das Blaschkeweib, das mittlerweile die Oberhand hatte, von ihm herunterzerren. Mit dieser ungewohnten Belastung kann mein Rücken nicht umgehen. Was die Blase an meiner Fußsohle angeht, na ja, jedem seine Scheiße. Ich hätte den Kieselstein auch vor meiner Jagd auf die Bürgermeistersgattin herausschütteln können. Aber irgendwie wäre das gegenüber Ruprecht nicht fair gewesen.

»Ah«, Ruprecht hockt sich vorsichtig zu mir auf das Sofa. Er sieht wirklich entsetzlich aus, aber ich verkneife mir, es ihm zu sagen. Am Ende zählt schließlich der Erfolg. Und der sitzt uns in persona der Blaschkin mit verschränkten Armen gegenüber und tut so, als würde er uns nicht kennen.

»Genug, Weib!« Der Opa marschiert schon geraume Zeit in seiner Küche auf und ab. Er meint, die Blaschkin so zum Reden zu bringen, aber bis jetzt waren all die Worte, die sie von sich gegeben hat, nichts als Beleidigungen uns gegenüber. Dabei kann sie noch froh sein. Sie darf in der warmen Stube bleiben, während ihr Mann bei uns in den Keller gesperrt wurde. Ich überlege, ob ich ihr das an den Kopf knalle. Aber womöglich geht das dann schlecht für uns aus. Ich meine, wer kaserniert schon den eigenen Bürgermeister?

»Das ist Freiheitsberaubung«, piepst die Frau des Bürgermeisters aufgebracht. »Ich zeige euch alle an. Auch bei uns gibt es so etwas wie Recht und Gesetz.«

Ruprecht pumpt neben mir ganz schön. Er ärgert sich sicherlich, dass er ihr nicht einen ordentlichen Fausthieb verpasst hat. Aber dafür ist er einfach zu anständig. Lieber hat er sich vermöbeln lassen.

Opa bedient sich am Glühwein und wirkt dabei, als wollte er Zeit rausschinden.

Ich beschließe, das auf meine Art zu klären, lehne mich entspannt zurück und bedenke die Alte mit einem schmierigen Grinsen. »Nur Anstand und Moral sind flöten gegangen, während im Pfarrhaus die Betten quietschten.« Wenn ich mit ihr allein gewesen wäre, hätte ich drastischere Worte benutzt. In Opas Beisein darf ich das nicht.

Sie versteht mich trotzdem auf Anhieb, läuft knallrot an

und japst nach Luft. »Aber … das … Magnus Sebastian.« Das anfängliche leise Schluchzen schwillt zu einem hysterischen Heulkrampf an.

»Wer ist das?«, fragt der Opa.

»Der Pfarrer«, antworten Ruprecht und ich wie aus einem Mund.

»Bescheuerte Namen gibt es«, kommentiert der Opa. »Na ja, jetzt ja nicht mehr.«

»Ein Verhältnis mit dem Pfarrer kann jeder haben«, rede ich los.

Ihr Greinen stoppt und sie schaut mich mit schmalen Augen an. Offenkundig hat sie das in den falschen Hals gekriegt.

»Ich meine, das juckt uns nicht, mit wem Sie …, also uns nicht, Ihren Mann vielleicht.« Ich winke genervt ab. Worüber reden wir hier eigentlich? Wir sind erwachsene Menschen. »Jedenfalls sind Sie dadurch verdächtig.«

»Du hast wohl ein Rad ab, du Halbaffe!«, kreischt sie wie von Sinnen. »Nur weil mein Mann sich erbarmt hat …«, der Sauerstoff scheint knapp zu werden, »damit so einer wie du mal am gesellschaftlichen Leben teilhaben kann, mal wahrgenommen wird. Das ist nun der Dank dafür!«

Der Heilige Nikolaus als Resozialisierungsprogramm für unterbeschäftigte Germanisten? Ich darf jetzt nicht lachen. Das untergräbt meine Autorität.

»Sie sind abgetaucht und haben Ihre Beziehung zum Pfarrer verschwiegen. Abgesehen davon neigen Sie zu unkontrollierten Gewaltausbrüchen, wie man an der Aktion bei den Köhler-Recknagels unschwer erkennen kann. Es war nur Glück, dass keiner verletzt wurde.«

»Die erhängten Heiligen Drei Könige und vorhin das Wasser«, ergänzt Ruprecht.

»Tzzz. Das bisschen Wasser. Und die Könige waren nur billiger Baumarktkram. Gott bewahre, dass ich mich an echter Thüringer Handwerkskunst vergreife. Wenn der Blaschke öfter zu Hause wäre, hätte er das mitgeschnitten.« Die Blaschkin bläht die Wangen auf. »Ihr habt doch keine Ahnung. Eher hätte ich den Blaschke umgebracht als die Liebe meines Lebens«, krakeelt sie und springt auf.

»Na, das hört sich doch gut an.«

Ruprecht und ich sitzen schlagartig kerzengerade. Der Opa lässt seinen Glühweinbecher fallen. Dass sich Irmgard aber auch immer so anschleichen muss.

Irmgard hockt sich neben mich auf die Lehne des Sofas und fletscht die Zähne. »Es kann nicht sein, dass der gute Magnus Sebastian die Nase voll von dir hatte und deswegen sterben musste?« Wenn der Schrumpfkopf ihr an dieser Stelle den gebratenen Rammler Erich vorgeworfen hätte, wäre ich auch nicht erstaunt gewesen. Denn irgendwie werde ich das Gefühl nicht los, dass diese alte Geschichte hier gerade mitschwingt.

»Wir wollten heiraten«, schnieft die Blaschkin, wobei sie sich ganz langsam wieder auf ihren Stuhl sinken lässt. Überhaupt scheint die Anwesenheit von Irmgard auf sie wie Valium zu wirken. Jetzt jedenfalls ist sie handzahm.

»Das hätte ich im Nachhinein auch behauptet«, sagt Irmgard. »Der arme Kerl kann ja nicht mehr widersprechen.«

»Hat er auch so nie«, murmelt die Blaschkin.

»Die totale Selbstaufgabe«, wirft der Opa ein. »Es gibt eben keine richtigen Kerle mehr.«

»Na ja, gegenüber Mandy und Marlies konnte er anders, puh«, kommentiere ich, halte mich dann aber zurück, nachdem Irmgard mir auf den Oberarm schlägt.

»Wusste dein Mann von eurer Beziehung?«, fragt sie.

»Nein.«

»Ganz sicher nicht«, bestätigt Ruprecht.

Irmgard wird immer genervter von unserem Fünfergespräch. »Bevor du den Pfarrer hättest heiraten können, wäre das aber notwendig gewesen«, sagt sie spitz.

»Ja.«

»Wenigstens etwas«, flüstert der Opa.

Ruprecht und ich sind nicht so mutig.

»Wer wusste im Dorf noch davon?« Irmgards Stimme ist nun laut. Sie meint wohl, das schüchtert uns ein.

»Niemand.« Die Blaschkin haucht das Wort nur noch. Dabei kann sie Irmgard nicht einmal mehr ansehen.

»Na, na, na.« Hier muss ich mich mal einschalten.

Irmgard sieht aus, als wolle sie mir eine kleben.

Die Blaschkin wirkt irritiert, gibt dann aber zu, dass ihre Freundin Melanie eingeweiht war. Ändern tut das jedoch nichts. Irmgard nimmt es lediglich zur Kenntnis.

»Wie lange lief das schon mit dir und dem Pfarrer?«, hakt sie nach.

»Seit Pfingsten«, sagt die Blaschkin und drückt ein paar Tränen weg.

»Und du meinst im Ernst, dass man irgendetwas in diesem Dorf sechs Monate geheim halten kann?« Irmgard amüsiert sich, zumindest nehme ich das an. Ihrer Grimasse nach zu urteilen, könnten es auch Zahnschmerzen sein. »Vor deinem Mann, dem Bürgermeister?«

»Nein.« Das Gesicht der Blaschkin leuchtet nun dunkelrot. Sie öffnet den Mund, drückt die Lippen aber umgehend wieder zusammen.

»Was?«, herrscht Irmgard sie an.

»Mein Mann hat Magnus Sebastian gezwungen, die Weihnachtsgurken zu essen, da bin ich mir absolut sicher«, schnauft die Blaschkin. »Er war am Sonntagnachmittag im Pfarrhaus. Gegen fünfzehn Uhr.«

»Schon wieder dieser bekloppte Name«, bemerkt der Opa.

Die Blaschkin scheint von diesem Einwurf aus dem Konzept gebracht zu sein. »Der Gedanke ist für mich so schrecklich. Ich habe mit einem Mörder unter einem Dach gelebt.« Sie zieht auf eine Art den Rotz hoch, die mir meine Kindergärtnerin immer verboten hat.

»Und das ist der Grund, aus dem du unsere Dorfweihnacht sabotiert hast? Es ging nur darum, dem Blaschke eine reinzuwürgen?«, schreit Ruprecht mit schriller Stimme. »Das ist alles?« Schweißperlen sammeln sich auf seiner Stirn. »Für deine eigenen Befindlichkeiten lässt du ein ganzes Dorf leiden? Unser Dorf. Unsere Weihnacht.«

Einen Mord zu rächen, indem man einen vermeintlichen Mörder drangsaliert, ist aus meiner Sicht einigermaßen angemessen. Ob es unbedingt so klug ist, steht dabei auf einem anderen Blatt. Eventuell wäre es sinnvoller gewesen, zur Polizei zu gehen und den Kerl anzuzeigen. In jedem Fall hätte es weniger Aufwand gemacht. Für alle. Und ich hätte die vergeudete Zeit dringend für meinen Sexartikel gebraucht.

»Was wollte dein Mann vom Pfarrer«, leiert Irmgard, die sich mehr an der Dramaqueen Ruprecht als an dem Gejammer der Blaschkin zu stören scheint. »Der Blaschke bewegt sich doch nicht umsonst, schon gar nicht so kurz vor seinem wichtigsten Auftritt.«

»Mit ihm über die Weihnachtsgurke sprechen«, haucht die Frau des Bürgermeisters und heult noch schriller, als sie spricht. »Er war richtig wütend. Und er hat fast eine ganze Stunde dazu gebraucht.«

»Das kann hinkommen«, sagt der Opa, nachdem Irmgard wieder abgezogen und die Blaschkin auf dem Klo verschwunden ist. »Eine Stunde Weihnachtsgurken kauen kann tödlich enden.«

»Und um sechs war der Blaschke Bürgermeister wieder pünktlich auf dem Anger, um unsere Dorfweihnacht zu eröffnen.« Ruprecht kriegt sich überhaupt nicht mehr ein. »Der wusste bei seinem Gang ins Pfarrhaus ganz genau, was ihn erwartet. Aber so hat er sich unverdächtig gemacht. Der hat uns eiskalt den ersten Dezember versaut, was red ich, den kompletten Advent.«

Ich muss zugeben, dass Eifersucht ein Mordmotiv ist, was sogar ich mir erklären kann, doch in unserem Fall geht das leider nicht auf.

»Was auch immer der Blaschke mit dem Pfarrer eine Stunde gemacht hat, umgebracht hat er ihn jedenfalls nicht«, sage ich und komme mir wie ein bescheuerter Oberlehrer vor.

An den Gesichtern vom Opa und Ruprecht kann ich sehen, dass mein Gefühl mich nicht trügt.

»Du musst dich nicht schlecht fühlen, weil du quasi nur zufällig auf den Mörder gestoßen bist«, erwidert der Opa fast schon liebevoll. »Du kannst stolz sein auf deine Leistung. Das hätte nicht jeder im Dorf hingebracht, also eigentlich keiner.«

Ruprecht stimmt ihm zu.

Ich erschrecke darüber, dass die beiden mich für einen eitlen Querulanten halten. »Der Blaschke war es nicht, ganz sicher«, wiederhole ich.

»Irmgard ist gerade im Krankenhaus bei ihm. Der wird gestehen«, ereifert sich Ruprecht. »Ab morgen läuft hier alles wieder in geordneten Bahnen.«

»Das Geständnis mag sie bekommen, aber es ist gelogen. Abgesehen davon weiß der Blaschke Bürgermeister momentan nicht einmal, ob er Männlein oder Weiblein ist. Seine Aussage taugt also nichts.«

»Du machst dich wichtig«, antwortet Ruprecht angesäuert.

Der Opa hat Mühe, sich ein Nicken zu verkneifen. »Du hast doch gehört, dass die Blaschkin den ganzen Sonntagnachmittag bei ihrer Freundin Melanie gehockt hat. Sie kann es demnach nicht gewesen sein. Auch wenn dein anfänglicher Verdacht gegenüber diesem Weib nicht unbegründet war, deine jetzige Sturheit ist es schon.«

Ich bin nicht blöd. Stur auch nicht. »Der Pfarrer hat nach dem Weggang vom Blaschke noch gelebt. Hundertprozentig. Mandy war gegen kurz nach vier beim Pfarrer«, erkläre ich. »Da war er noch putzmunter und vollständig bekleidet.«

»Die Vettel und Magnus Sebastian?«, wispert die Blaschkin mit weit aufgerissenen Augen und zitternder Unterlippe. »Er hatte was mit der Dicken?«

Ich hatte erwartet, dass sie länger auf dem Klo brauchen würde. Normalerweise ist das bei Frauen so. Die Blaschkin scheint, was das angeht, fix zu sein. Mein Fehler.

»Nein!«, entgegnen wir drei Männer gleichzeitig.

»Aber …?«

»Nein!«, wiederhole ich angefressen. Die Schlussfolgerungen der Frauen laufen immer nach dem gleichen Muster ab. Wenigstens darauf ist Verlass.

»Mandy ist die Täterin. Deswegen war sie auch am Sonntag zehn Minuten zu spät auf dem Anger. Das hat mich schon gewundert. Ansonsten ist sie doch mit allem so genau«, konstatiert die Blaschkin und tut dabei so, als seien wir Luft.

Ich liege auf meinem Sofa und starre an die Decke. Es ist noch nicht einmal neun Uhr abends und ich bin stinksauer. Das mit den Zetteln in meiner Unterhose war eine saudumme Idee, vor allem, nachdem ich mit Wasser übergossen wurde, einen Dauerlauf veranstaltet habe und eine Rangelei mit der Bürgermeistersgattin hatte. Die Schnipsel sind etwas zerfleddert, haben es aber überlebt. Die Tinte nicht, also zumindest nicht in Kombination mit dem Papier. Nicht eine einzige Nummer ist in Gänze erkennbar. Stattdessen befinden sich die Abdrücke meiner einzigen Chancen in diesem Jahr auf meinem Hintern, spiegelverkehrt und verwischt. Alle, die schon einmal versucht haben, ein Selfie von ihrem Hintern zu machen, wissen, dass man das vergessen kann. Man kann auf diesem Foto nichts erkennen, zumindest keine Telefonnummern von ein paar heißen Schnitten. Ich müsste jemanden bitten, sich hinter mich zu knien und mit einem Spiegel die Zahlen abzupinnen. Abzüglich der sicherlich enormen Fehlerquote habe ich mir eine Rettung von maximal ein oder zwei Kontakten ausgerechnet. Das ist mager. Ich weiß. Aber in meiner Notlage greift man nach jedem Strohhalm.

Ruprecht würde mir bestimmt helfen. Aber den kann ich momentan nicht fragen. Der spielt Karten. Und ich wollte nicht länger im Forsthaus bleiben. Das hatte aber nichts mit der Blaschkin zu tun. Die war nach drei Selbstgebrannten vom Opa ganz verträglich. Außerdem scheint sie gut Skat kloppen zu können, zumindest besser als ich, wenn ich den Spielverlauf richtig gedeutet habe. Ansonsten besteht bei den drei Kartenspielern auch traute Einigkeit, vor allem was die Täterschaft von Mandy angeht. Die Blaschkin hat am lautesten geschrien. Natürlich, sie will ihren Magnus Sebastian rächen und wenn ihn schon nicht der eigene Ehemann gerichtet hat, dann eben eine jüngere Frau, mit der er womöglich etwas gehabt haben könnte. Die vermeintliche Nebenbuhlerin kriegt eine ordentliche Breitseite verpasst. Also in den Gehirnen von Frauen will ich echt nicht stecken. So ein Bockmist aber auch. Mir jedenfalls wollte irgendwann keiner mehr zuhören. Nicht einmal Ruprecht und das will etwas heißen. Und in dieser Situation soll ich ihn fragen, ob er sich meinen Hintern anguckt? Nein. Dann dusche ich lieber drei Tage nicht.

Natürlich habe ich keine überzeugenden Argumente,

die gegen Mandy als Täterin sprechen. So wie es sich darstellt, war unsere Kindergärtnerin die Letzte, die den Pfarrer lebend gesehen hat. Trotzdem bin ich mir sicher, dass Mandy es nicht getan hat. Der Mord am Pfarrer brauchte Geduld und Kaltblütigkeit, beides keine Eigenschaften der dicklichen Mandy. Ich sage ja, stichhaltige Argumente sind nicht so mein Ding. Dennoch, für mich passt das alles nicht zusammen. Abgesehen davon müsste sie mindestens zwei Säcke Scherben in das Bad des Pfarrers gekippt haben. Die sind vielleicht nicht so schwer, aber eine Frau mit Mandys Fingernägeln kriegt doch den rauen Stoff nicht angefasst, ohne sich ihre rosa Krallen abzubrechen. Bei Mandy waren aber alle noch dran. Ich muss es wissen, sie hat mich angefasst. Auch ein schwaches Argument, ich weiß. Wie wäre es mit Bauchgefühl? Ich gebe zu, anfänglich hatte ich sie im Verdacht, mittlerweile halte ich das für abwegig. Schließlich lerne ich auch dazu.

Morgen früh will der Opa mit Irmgard telefonieren. Er sagt, er muss sich erst ein paar Stunden erholen, bevor er seine Enkelin wiedersehen kann. Dann ist Mandy fällig. Und gegen Irmgard hat sie keine Chance. Zumal es im Pfarrhaus von ihren Fingerabdrücken wimmeln wird. Hoffentlich hat sie den Schweinebraten wenigstens nicht auch noch im Badezimmer gesucht. Die Welt ist ungerecht.

Auf dem Nachhauseweg habe ich gesehen, wie Alfred aus dem Bus gestiegen ist. Er hat mich nicht einmal gegrüßt. Möglicherweise denkt er, ich hätte ihn geopfert, um aus dem Nikolaustheater rauszukommen. Das würde ich niemals tun. Aber die Menschen sehen nun einmal nur das, was sie sehen wollen, beziehungsweise, was sich ihnen aufdrängt. Ich stoße einen tiefen Seufzer aus und warte darauf, dass ich mich besser fühle. Unter mir rumpelt es. Sicherlich ist Tante Hildegard gestürzt. Schon wird mir etwas leichter ums Herz. Eine anständige Prellung wird sie ein wenig beschäftigen. Umso länger dauert es, bis sie das Problem mit ihrer Gefriertruhe bemerkt. Rache ist süß. Niemand wagt sich ungestraft in meine Bude und jubelt mir eine dilettantische Morddrohung unter. Dann muss er mit dem Schlimmsten rechnen, zum Beispiel mit einem gezogenen Stecker. Mit Lebensmitteln aus einer unterbrochenen Kühlkette ist nämlich nicht zu spaßen, vor allem im fortgeschrittenen Alter nicht. Der Weihnachtsbraten hat sich damit erledigt. Bei dem Zeug, das sie angehäuft hatte, würde ich sagen, alles bis Ostern ist für die Mülltonne. Ich kann nicht verhehlen, dass ich mich dabei ein wenig schlecht fühle. Nicht, weil Tante Hildegards Versorgungslage gefährdet wäre. Scheiß drauf. Nein. Lebensmittel zu verschwenden, ist nicht so mein Ding. Aber ich habe nun mal nicht viel Auswahl bei den Waffen, mit denen ich gegen Tante Hildegard ins Feld ziehen kann. Alles, was den Drachen wirklich anhebt, sind ihre Ersparnisse, warme Mahlzeiten und Florian Silbereisen. Aber was bitte kann der für meine verkorkste Verwandtschaft?

Ich bewege mich nicht und überlege. Morgen früh jedenfalls gehe ich nicht zum Frühstück ins Forsthaus. So viel steht schon mal fest. Dafür rufe ich Irmgard an. Aber bis dahin muss ich beweisen können, dass Mandy keine Mörderin ist.

Nein, es war keine gute Idee. Ganz sicher nicht. Das geht mir aber erst auf, als der Schneeball gegen Mandys Wohnungsfenster geknallt ist. Ich stehe wie angewurzelt auf der Straße und starre hinauf. Der Schneefalleffekt der Eiszapfenkette, mit der unsere Kindergärtnerin das Fenster geschmückt hat, macht mich im Nu rammdösig. Möglicherweise laufe ich deswegen nicht weg. Weihnachtshypnose. Ich denke an die griechische Mythologie und an die Seefahrer, die willenlos dem Gesang der Sirenen gefolgt sind. Angeblich sollen die entgegen den Erwartungen der Männer keine wunderschönen Frauen gewesen sein. Mandy streckt ihren Kopf zum Fenster heraus. Glücklicherweise erwarte ich nichts. Ich sehe ihr verschämtes Lächeln und weiß, dass ich einen Fehler gemacht habe.

»Adam«, haucht sie mit einem Hauch von Laszivität, der mich erschaudern lässt.

Nein, Mandy, du unterliegst einer ganz krassen Fehlannahme, denke ich und will das am liebsten herausschreien. Warum kann ich nicht einfach ein richtiges Arschloch sein?

»Du fensterlst.« Sie hat Mühe, das Wort auszusprechen. Erotik ist nicht Mandys Ding. Der bayerische Dialekt auch nicht. Ganz klar.

»Das gibt es bei uns im Thüringer Wald nicht«, murmle ich.

»Willst du raufkommen?«, fragt sie und es hört sich an, als ob sie Marvin, Angelo und Klaus eine Linsensuppe mit Blutwurstscheiben aufschwatzen will.

Eher hole ich mir Erfrierungen vierten Grades, schaue zu, wie die Nekrose sich ausbreitet und opfere meine Zehe wie Reinhold Messner am Himalaya. »Keine Zeit«, nuschle ich.

»Ah.« Sie fragt sich sicher, was ich dann um diese Zeit will und in ihrem Kopf läuft ein Film ab, den ich mir im Fernsehen nicht reinziehen würde, geschweige denn, dass ich mitspielen will. »Ich müsste mir sowieso erst etwas anziehen«, raunt sie und zwinkert dabei deutlich zu oft. Sie denkt, ich bin zu schüchtern, und versucht das Eis zu brechen.

»Na, Adam!« Kurt und der Funke Tischler tauchen plötzlich wie aus dem Nichts neben mir auf. »Kleiner Nachtspaziergang.« Kurt grinst scheinheilig. Und Funke verdeutlicht mir mit den drei Fingern seiner rechten Hand, was hier seiner Meinung nach gleich abläuft. Glücklicherweise zieht Kurt ihn weiter. Ich warte, bis die beiden genügend Abstand haben, und fange an zu reden.

»Wo bist du am Sonntag hingegangen, nachdem du dem Pfarrer den Baumschmuck gebracht hast?«, frage ich nachdrücklich, aber trotzdem angestrengt bemüht, so wenige Zuhörer wie möglich zu haben.

An Mandys Mimik kann ich sehen, dass gerade sämtliche Hoffnung in ihr stirbt. »Deshalb kommst du her?«, fragt sie enttäuscht. Dabei dreht sie ihren Oberkörper sanft hin und her und schnippst mit dem Finger kleine Häufchen Schnee vom Fensterbrett. Je länger ich schweige, umso wütender scheint sie zu werden, zumindest lassen die Schneebälle, die sie nun formt und die jetzt mit Karacho herunterfliegen, diese Annahme zu. Die Geräusche rufen ihre Eltern auf den Plan. Das war das, was ich durch meine Fensteraktion vermeiden wollte. Saubere Taktik, Adam, wirklich. Ihr Vater öffnet das Fenster und schaut mich an. Er braucht augenscheinlich einen Moment, bis er kapiert, dass ich es wirklich bin. Dann grinst er breit.

»He, Adam, du bist es«, ruft er freudig. »Willst du am Sonntag zum Mittagessen kommen?«, fragt er, als sei es das Normalste der Welt, dass nachts ein fremder Kerl vor seinem Haus steht. »Heiligabend gibt es bei uns übrigens Karpfen. Ein anständiger Schnaps ist bei mir auch immer drin. Wenn du mal mein Auto brauchst, kein Problem.«

Ich muss mich nicht einmal fragen, was hier gerade passiert. Das versteht jeder Idiot sofort. Der verzweifelte Vater will mir seine Tochter schmackhaft machen. Er meint, ich falle auf die Nummer mit der Mitgift rein.

Seine Frau sagt im Hintergrund etwas, das ich nicht verstehen kann.

»Wieso? Der Junge ist doch in Ordnung. Irgendetwas wird er schon arbeiten. Und ein Haus hat er schließlich auch«, antwortet Mandys Vater in das Zimmer hinein.

Hallo Leute! Ich stehe hier und kriege jedes Wort mit. Ich könnte wegen der abwertenden Behandlung beleidigt sein.

»Wie, das gehört zur Hälfte Hildegard?«, fragt ihr Vater und ich hoffe, dass ihm Zweifel an diesem Geschäft kommen. »Ich dachte, die ist längst tot. Ach, na ja, das wird schon«, redet er seiner Frau gut zu. Er schaut mich wieder an. »Kommst du nun, Adam?«

»Ich bin schon verplant«, antworte ich schnell. »Ich hatte nur ein paar Fragen zum Ablauf des siebten Türchens. Der Kindergarten ist dabei. Und ich bin ja noch neu im Geschäft.« Eine absolut geniale Ausrede, abends um zehn, auf der Straße, bei minus acht Grad.

Mandys Vater will mir nicht so recht glauben. Er mustert mich jetzt, als wäre ich einer von denen, die seiner Tochter nur an die Wäsche wollen, um sich danach aus dem Staub zu machen. Ich kann ihm schwören, dass ich schon vorher verschwinde, und zwar so was von, halte aber lieber meinen Mund, denn ich möchte niemanden demütigen.

»Die Kerle werden auch immer wählerischer«, kommentiert ihr Vater und knallt das Fenster zu.

»Was ist denn nun?«, meldet sich Mandy mit weinerlicher Stimme.

»Wo warst du am Sonntagnachmittag nach dem Besuch beim Pfarrer«, frage ich energischer. Meine Güte, ich will nur helfen und dabei mache ich mich total zum Klops.

»Zu Hause«, entgegnet sie schnippisch.

»Allein?«

Mandys Gesichtszüge hellen sich wieder auf. »Bist du eifersüchtig? Das musst du nicht sein. Ich bin nicht so eine.«

»Wie spät war es, als du das Pfarrhaus verlassen hast?«, frage ich weiter.

»Kurz nach vier«, antwortet sie. »Das weißt du doch. Ich war auch nur im Flur. Ich bleibe doch nicht mit dem Arsch allein im Haus, obwohl da ja noch jemand gewesen sein muss.«

»Hat dich jemand gesehen, also beim Kommen und Gehen?«, hake ich nach, als mir bewusst wird, was Mandy gerade von sich gegeben hat. »Wie, da war noch jemand?«

»Na, da standen doch ein paar Männerstiefel vor der Treppe zu seiner Wohnung. Die hatten so schöne gelbe Streifen und so niedliche Bommelchen dran. Der Pfarrer muss Besuch gehabt haben«, antwortet sie kleinlaut.

»Und du meinst, die gehörten einem Mann?«, frage ich unsicher.

»Die waren riesig«, entgegnet Mandy mit weit aufgerissenen Augen.

Hoffentlich verwechselt sie da nicht vor lauter Aufregung irgendetwas. Natürlich könnte der Pfarrer Besuch gehabt haben. Wenn, dann kann das nur sein Mörder gewesen sein.

»Gibt es Zeugen dafür, dass du gleich wieder gegangen bist, Mandy? Das ist wichtig. Hast du den Besuch gesehen, eine Stimme gehört?«

Mandy sagt nichts mehr. Womöglich wirft sie gleich mit einem Blumentopf nach mir. Sie fängt leise an zu schniefen. Dann wird sie lauter.

»Ich dachte, wir sind …, wir könnten …«

Das Fenster im Erdgeschoss geht wieder auf. »Hau ab, du Drecksau!«, plärrt ihr Vater.

Mandy ist keine Mörderin. Und ich bin ein Idiot, aber das ist ja nichts Neues.

Die Gurke hängt am Baum. Natürlich tut sie das. Ich habe eine Weile gebraucht, um draufzukommen, was bei uns dahingehend nicht stimmt. Eigentlich hat es die ganze Nacht gedauert. Nach meinem unseligen Besuch bei Mandy bin ich zu Kurt in den »Hirschen« gegangen. Kurt hatte zwar eigentlich nicht geöffnet, aber er hatte nichts dagegen, dass ich mit ihm Fußball gucke. Wir haben Eierpunsch getrunken und ein bisschen gequatscht. Kurt verfeinert seinen Punsch noch mit Eierlikör. Das hat er mir aber erst gesagt, nachdem ich den ganzen Topf ausgetrunken hatte. Er kennt eben die Geschmäcker seiner Gäste. Kurt ist ein Profi. Und der Punsch musste weg. Nach der Wasserwerfer-Aktion der Blaschkin hatte keiner mehr Lust, etwas zu trinken. Ich kann es den Leuten nicht verdenken. Bei den Außentemperaturen gefrieren einem die nassen Klamotten am Leib. Ich weiß, wovon ich rede. Kurt sitzt nun auf zehn Litern Eierpunsch. Und was noch schlimmer ist, er kann nichts umkommen lassen. Da ist er eisern. Auch wenn er mir mehrfach angedroht hat, dass dieses süße Zeug zwei Mal klebt. Ich habe einen Moment gebraucht, um seinen Hinweis zu verstehen.

Während wir locker zwei Liter des Gebräus niedergemacht haben, hat Kurt mir erzählt, wie das bei ihm war, also das mit Trude, seiner Frau. Er meint, sie wäre immer gut mit ihm gewesen. Und für ihr Aussehen konnte sie ja nichts. Daran hätte er sich schließlich aber gewöhnt. Im Vergleich zu seiner Trude findet Kurt Mandy richtig hübsch. Aber das Beste wären die fünfzehn Jahre Altersunterschied zwischen Mandy und mir. Kurt sagt, die bleiben das ganze Leben und eine jüngere Frau mache immer mehr her. Und länger arbeiten könne die auch. Das gilt allerdings auch für ein zwanzigjähriges Model. Das hat Kurt nicht gesagt. Das denke ich. Jedenfalls sieht Kurt das mit Mandy nicht so eng. Er meint, das wäre ja kein Muss, nicht einmal bei der dürftigen Auswahl hier bei uns im Wald. Er ist eben ein echter Kumpel. Und nach fünf Gläsern Punsch ist mir das Gerede der Leute ohnehin egal. Die Weihnachtsgurke nicht. Denn als ich mitten in der Nacht vom »Hirschen« nach Hause gewankt bin, habe ich sie im Baum hängen sehen, gleich zwei Mal. Und genau da liegt der Fehler.

»Niemals!« Ruprecht steht komplett neben sich. »Das

entspricht nicht unserem Brauch.« Er hält inne. »Aber es passt perfekt zu dem Desaster, das wir hier durchmachen müssen. Dann könnte die Blaschkin doch …«

Einmal Sabotage, immer Sabotage. »Unwahrscheinlich. Damit schadet sie ihrem Mann nicht«, sage ich.

»Den Eierpunsch von Kurt verträgt nicht jeder. Da kann man schon mal zwei Gurken sehen«, sagt der Opa verständnisvoll. Nebenbei schält er Orangen für Ruprecht und mich.

»Ich bin gerade eben noch mal an unserer Fichte gewesen. Es hängen zwei Weihnachtsgurken am Baum. Ganz sicher«, antworte ich und bin froh, dass ich doch wieder ins Forsthaus gegangen bin. Erstens, weil es ein leckeres Frühstück gibt, und zweitens, weil die Blaschkin noch im Bett liegt und ihren Rausch ausschläft. Leider ist der Zeitpunkt, bei meinem Telefonnummernproblem um Hilfe zu bitten, noch immer eher ungünstig. »Das ist ein Hinweis auf den Mörder«, beschwöre ich die beiden.

»Auf Mandy?«, fragt Ruprecht erstaunt.

Ich berichte, was ich gestern Abend noch herausgefunden habe. Sie glauben mir. Der Opa gibt sogar zu, dass er sich gestern in seiner Meinung von der Blaschkin etwas zu sehr hat beeinflussen lassen. Er sagt, dass er es nicht mehr gewöhnt ist, eine Frau im Haus zu haben, und dass die der Sargnagel einer Männerfreundschaft sein kann. Ab sofort will er dahingehend auf der Hut sein. Mir ist gleich viel wohler.

»Habt ihr Irmgard schon informiert, also wegen Mandy?«, frage ich vorsichtig.

»Telefonate niemals vor dem Frühstück«, antwortet der Opa und reicht mir einen Schnitz Orange. »Die Blaschkin wird mit Irmgard nicht reden. Der Rammler Erich steht immer noch zwischen denen und ich glaube, die Blaschkin hat deswegen so langsam ein schlechtes Gewissen. Eine wie Irmgard vergisst nichts, nicht einmal ein totes Karnickel. Wer soll es ihr auch verdenken. Richtige Freunde hatte sie ja nie.«

»Was machen wir nun?«, fragt Ruprecht.

Ich weiß es gerade nicht, tendiere aber dazu, Irmgard trotzdem anzurufen. Schließlich muss irgendjemand die Gurken untersuchen. Offenkundig denkt Ruprecht in eine andere Richtung.

»Eine der Gurken muss weg. Und die zweite braucht ein anständiges Versteck. Ansonsten macht ja der ganze Brauch keinen Sinn«, schimpft er. »Ich werde das im Weihnachtskomitee ansprechen müssen. Anhand unserer Liste finden wir den Übeltäter schnell.«

Der Opa schaut erstaunt zu Ruprecht.

Ich auch. »Welche Liste?«, frage ich.

»Die Weihnachtsgurkenliste«, antwortet er mit vollem Mund und mit einer Geste absoluter Selbstverständlichkeit.

»Was ist eine Weihnachtsgurkenliste?«, wollen Opa und ich fast gleichzeitig wissen.

Ruprecht erklärt das ausschweifend und umständlich. Aber was ich verstanden habe ist, dass es seit 1972 eine Auflistung aller Leute gibt, die das Privileg haben, ihre Gurke in den dörflichen Weihnachtsbaum hängen zu dürfen, jedes Weihnachten nur eine Gurke von einem Dorfbewohner. Angeblich muss der dann auch feste Regeln befolgen. Die Gurke muss in der Nacht vom ersten auf den zweiten Dezember angebracht werden, darf nicht sichtbar sein und über das Versteck muss derjenige dann bis zur Weihnachtsnacht Stillschweigen bewahren. Dann, am nächsten Morgen, dürfen die Dörfler nach dem Gottesdienst zum Baum gehen und nach der Gurke suchen. Wer sie findet, der hat das gesamte darauffolgende Jahr Glück. Momentan reicht die Planung der Auserwählten bis ins Jahr 2042. Angeblich wird die Liste vom Weihnachtskomitee geführt, unter der Aufsicht vom Blaschke Bürgermeister versteht sich, der wohl am Ende das alleinige Entscheidungsrecht innehat.

»Dann wäre ja mal interessant zu wissen, wer dieses Jahr die Ehre hatte«, sagt der Opa und fügt wie beiläufig hinzu: »Da lebe ich schon immer in diesem Kaff und bin niemals einer jener Privilegierten gewesen, die ein Gemüse in einer alten Fichte verstecken dürfen.« Er schüttelt den Kopf. »Das sollte mir zu denken geben. Ich fühle mich um meine Rechte als Bürger dieser Gemeinde gebracht.« Der Opa ist offenkundig gut drauf.

»Du wärst 2040 dran«, antwortet Ruprecht, wobei er sich nicht traut, von seinem Teller aufzusehen. »Mehr konnte ich beim Blaschke nicht rausholen. Aber das dürft ihr nicht wissen.«

»Toll«, kommentiert der Opa lapidar.

Ich bin wieder einmal fassungslos über die eiskalte Berechnung des Blaschke Bürgermeisters. Aber ich rege mich nicht auf. Das bringt sowieso nichts. Und mit etwas Glück erlebt der Opa seinen hundertsten Geburtstag, ob er sich dann noch um die Gurke schert, bleibt abzuwarten.

»Wer durfte dieses Jahr?«, wiederhole ich Opas Frage.

»Erwin Lenzer«, antwortet Ruprecht. »Aber, dass er gleich zwei Gurken aufhängt, das war nicht abgesprochen.«

Ruprecht kann die Liste also auswendig. Ich hätte es wissen müssen. Und was Erwin angeht, der war schon immer unverschämt und der Hellste ist er auch nicht, aber ich halte mich mit dieser Äußerung zurück. Es geht um eine Weihnachtsgurke und nicht um den Weltfrieden.

»Dann müssen wir wohl mal mit Erwin reden«, sagt der Opa und schaut mir dabei tief in die Augen.

»Wir, natürlich«, murmle ich und mache mich auf den Weg.

Erwin Lenzer besitzt ein Haus und eine Frau. Beides vollständig. Damit hat er mir schon mal so einiges voraus. Aber nur damit. Denn Erwin ist der König der Einfältigkeit, um es mal vorsichtig auszudrücken. Möglicherweise liegt das an dem Tabak, den er sich seit der vierten Klasse reinzieht, aber vielleicht hat sich die Natur bei ihm auch nur einen kleinen Spaß erlaubt. Mut zur Lücke. Das soll ja vorkommen. Ansonsten halte ich ihn für einen ziemlichen Großkotz, vor allem seit er den Job beim Straßenbau hat. Er meint, er sei etwas Besseres, nur weil er die Leitkegel einsammeln darf.

Erwin ist in seiner Küche. Ich bin mir nicht ganz sicher, da ich ihn nicht gleich ausmachen kann, aber anhand der grauen Rauschschwaden, die mich beim Betreten des Raumes förmlich einhüllen, liegt das nahe.

»Erwin?«

»Nikolaus?«

Mein Instinkt hat mich nicht getrogen. Er muss hier irgendwo sein.

»Du kommst genau richtig«, höre ich ihn sagen.

»Wieso das denn?«, schimpft seine Frau. »Der stört doch nur. So jedenfalls werden wir nie fertig.«

»Lass mal, das passt schon«, antwortet Erwin gelassen. »Vielleicht will er mitmachen.«

Bei was denn mitmachen, zur Hölle?

Irgendwo knurren ein paar Hunde. Die Pinscher, natürlich. Hoffentlich trete ich nicht noch auf die Köter drauf. Erwin versteht bei seinen Hunden keinen Spaß. Behutsam taste ich mich Meter für Meter vor. Wenn ich bisher gedacht habe, dass ich in puncto Weihnachtspsychose bei meinen Mitmenschen schon alles erlebt habe, dann werde ich gerade eines Besseren belehrt. Am Ende des Raumes befindet sich ein großer offener Kamin, in dem das Feuer lodert. Eigentlich hätte das etwas Romantisches, na ja, zumindest Gemütliches, wenn sich davor nicht der halb nackte Erwin auf einem Bärenfell räkeln würde. Halb nackt ist dann aber auch wieder irgendwie falsch, denn Erwin trägt eine Art weiße Pampers und einen Schultergurt, an dem zwei Federflügel angebracht sind. Seine Frau, die in ihrem weißen, fast durchsichtigen Hängekleidchen trotz ihrer überdimensionierten Flügel eigentlich recht neckisch aussieht, lehnt an ihm und kämpft mit den Hunden, die sich in ihren ebenfalls weißen Stramplern nicht ganz so wohl zu fühlen scheinen.

»Drück mal auf den Auslöser«, fordert Erwin. »Ich kriege so langsam einen Krampf im Bein.«

»Aber achte darauf, dass Dancer, Prancer und Vixen freundlich gucken«, sagt seine Frau.

Ich brauche kurz, bis mir aufgeht, wen sie meint. »Rudolph ist nicht da«, bemerke ich spöttisch.

Erwin schaut mich böse an. »Mach hin, Mensch!«

Jetzt erst bemerke ich die Kamera und das Stativ. Mein Bedauern gilt der Familie, den Freunden und allen Bekannten der Familie Lenzer, die diese Weihnachtskarte in ihrem Postkasten finden werden. Ich stelle mir vor, wie diese armen Menschen nichts ahnend beim Frühstück sitzen und den Briefumschlag öffnen. Bei dem Anblick kommt einem ja das Ei hoch.

»Ich wollte eigentlich nur kurz mit dir reden«, sage ich, ohne dem Fotoapparat Beachtung zu schenken. Diese Schuld muss ich nicht auch noch auf mich laden.

»Erst das Foto, los! Wir hocken schon zwei Stunden hier und die Hunde pinkeln mir noch in die Bude«, meckert Erwin. »Ich stelle übrigens den Erzengel Gabriel dar.«

War der fett und verheiratet? Ich muss mir auf die Zunge beißen. Zähneknirschend schnappe ich mir das Gerät und knipse wie wild darauf los. »Kommt schon, Dancer, Prancer und Vixen, gebt alles. Ihr habt es drauf, Babys. Jäh!«, schreie ich. Erwins Frau merkt, dass ich sie verarsche, und beendet das Shooting. Endlich.

»Was hast du auf dem Herzen?«, fragt Erwin, nachdem er sich mit seiner Windel und mir an den Küchentisch gesetzt hat. Ich bemühe mich, nicht auf seinen goldenen Brustflaum zu starren. Dem Hersteller von Brusttoupets für Engel sollten die Hände abfaulen.

»Ihr seid in diesem Jahr diejenigen mit der Weihnachtsgurke«, sage ich.

Erwin stutzt kurz. »Ja.« Pause. »Ich habe seit vierundvierzig Jahren auf diesen Tag gewartet«, antwortet er.

»Ich habe es noch nicht einmal auf die Liste geschafft«,

nörgelt seine Frau, die hinter ihm steht und ihn immer wieder in eine Speckfalte seines Bauches kneift.

»Du bist ja auch eine Zugezogene«, entgegnet Erwin sachlich.

Sie macht einen Schmollmund.

»Stimmt irgendetwas nicht?«, will Erwin dann wissen.

»Ach nö, alles okay.« Ich spiele die Sache bewusst herunter. Eigentlich ist sie auch absolut unwichtig, für mich jedenfalls. »Man sieht die Gurke. Das kommt nicht so gut.«

»Also weißt du, Schätzchen«, echauffiert sich Erwins Frau, »du hättest dir schon ein wenig Mühe geben können. So etwas macht man genau einmal in seinem Leben. Außerdem wolltest du mich mitnehmen, damit ich ein Foto machen kann.«

»Das haben wir doch schon besprochen«, knurrt Erwin. »Es gibt nun mal Dinge, die ein Mann allein tun muss. Und meine Gurke verstecken, das werde ich ja wohl hinbekommen.« Er lacht schmierig.

Alles klar, denke ich und ignoriere den platten Spruch. Ein echter Mann tritt den Gang zum Weihnachtsbaum allein an. Ich nicke und versuche mich in einem vorwurfsvollen Blick.

»Kann ja schnell behoben werden und fällt auch nicht so auf, da die andere auch zu sehen ist.«

»Welche andere?«, kreischen Erwin und seine Frau im Duett.

Das ist ein Affront. Absolut. Ich unterdrücke den Reflex, mir die Ohren zuzuhalten. Stattdessen huste ich das Brennen aus meiner Lunge.

»Da will mich jemand fertigmachen. Nicht genug, dass

ich mein gesamtes Leben auf dieses Weihnachtsfest warten musste! Jeder Idiot war vor mir dran, sogar die Geburtsjahre 1980, 1984 und 1990. Dabei ist Weihnachten für mich der Höhepunkt des Jahres …«

Erwin ist knallrot angelaufen. Sein güldenes Brustfell vibriert, so sehr regt ihn das auf.

»Für uns, mein Engelchen«, wirft seine Frau ein.

Er schnauft. »Ich mache alles für unsere Dorfweihnacht. Alles.«

Ich schaue ihn an. Seine Augenbrauen sind ebenfalls gold gefärbt.

»Ist ja halb so wild. Die andere Gurke kommt weg und der Schuldige wird zur Verantwortung gezogen«, sage ich ganz so, wie Ruprecht es mir aufgetragen hat. »Ganz sicher ist es nur ein Dummejungenstreich«, füge ich noch hinzu. Etwas Deeskalation kann nicht schaden. Erwin ist groß und stark, und wenn ihm das auch aufgeht, dann Gnade seinem Gegner. »Ich wollte dich nur einmal fragen, wegen dem Pfarrer. Du weißt schon, die Sache mit der Gurke. Womöglich gibt es da einen Zusammenhang.«

Erwin hebt die Augenbrauen. Er versteht den Zusammenhang nicht, schon klar.

»Rotweinpunsch?«, fragt er, schon im Aufstehen begriffen. Seine Windelhose ist ein wenig verrutscht. Jetzt brauche ich dringend Punsch …

Wie ich nach meinem, sagen wir einmal, zweiten Frühstück bei den Lenzers zurück zum Dorfanger komme, steht dort ein Polizeiauto. Zwei fremde Männer machen sich an unserer Fichte zu schaffen. Augenscheinlich suchen sie etwas zwischen den Zweigen. Daneben steht Irmgard und gestikuliert wild mit ihren dürren Armen. Sie sieht echt angefressen aus. Kein Wunder, denn hinter ihr hat sich ein ziemlicher Pulk von Menschen gebildet, die lautstark demonstrieren. Die Mitglieder des Weihnachtskomitees sind auch dabei, nur Ruprecht nicht. Der wusste nach Opas Anruf, was passieren würde, schon klar.

Wilfried Zenker tut sich besonders hervor. Ich höre Wörter wie »Schändung«, »Diebstahl« und »Traditionsbruch«. Die kommen eindeutig aus dem Mund unseres Josef. Die anderen gleiten gerade in die Fäkalsprache ab oder fangen an, sich gegenseitig zu schubsen. In emotional aufgeladenen Situationen kann man schon einmal den eigentlichen Gegner aus den Augen verlieren. Irmgard und ihre Kollegen jedenfalls bleiben körperlich unversehrt. An den Schrumpfkopf traut sich sowieso keiner ran und die Männer haben Dienstwaffen.

Ich habe es nicht besonders eilig damit, mich dazuzugesellen. Wenn die erste Gurke gefunden wird, dann bricht hier Anarchie aus, da möchte ich nicht daneben stehen. Seltsam ist das aber schon, dass die Polizei so lange braucht, um die Weihnachtsgurken zu sehen. Ich meine, die stechen einem quasi ins Auge, selbst wenn man eins acht im Turm hat. Jetzt werde ich doch neugierig.

»Du hast noch gefehlt«, schreit Irmgard bei meinem Anblick.

»Ich weiß«, antworte ich und grinse sie frech an. Einer der Polizisten hat mittlerweile eine Leiter aus seinem Auto geholt und ist mit dem Oberkörper in unserem Wahrzeichen verschwunden. In der Höhe wird er nichts finden, da bin ich mir sicher. Im nächsten Moment taucht er wieder auf, nickt Irmgard zu und lässt eine Weihnachtsgurke in einer Plastiktüte verschwinden. Die Reaktion des Volkes erinnert an Hooligans im Fußballstadion, nur dass die Bengalos noch fehlen. Aber das ist nur eine Frage der Zeit.

Der Zenker hat den Leuten nichts entgegenzusetzen. Da ist der Blaschke besser drauf, das muss ich schon sagen. Dass ein Fremder unsere Weihnachtsgurke aus dem Baum klaut, ist ein absoluter Tabubruch. Dagegen ist ein am ersten Dezember ermordeter Pfarrer eine Kleinigkeit. Irmgards Kollegen haben es jetzt plötzlich ziemlich eilig. Ich weiß nicht, ob sie aus Schiss vor Volkes Rache nicht genau hinsehen oder ob die zweite Gurke wirklich verschwunden ist, jedenfalls bleibt es bei diesem einen Exemplar. Ohne weiter auf den Schrumpfkopf zu achten, hechten sie in ihr Auto und rasen davon. Irmgard hat die Hände in ihren Manteltaschen und rührt sich nicht. Sie steht einfach schweigend da und schaut die Leute an. Das scheint schon auszureichen, denn nach und nach ziehen sich die Krakeelenden zurück. Die Weihnachtsgurke ist nicht mehr zu retten, das ist nun auch dem Letzten klar geworden.

»Ihr habt was übersehen«, sage ich, nachdem ich mit dem Schrumpfkopf allein zurückgeblieben bin.

»Ist das so?«, fragt Irmgard und bemüht sich sichtlich, mich dabei richtig blöd aussehen zu lassen. Möglicherweise braucht sie das für ihr Ego. Wie bedauernswert.

Ich ringe mit mir, sie einfach stehen zu lassen, denke dann aber an die Folgen. Kurzum, je eher der Fall aufgeklärt ist, umso so schneller habe ich wieder meine Ruhe.

»Es gibt zwei Gurken im Baum. Die könnten für deine Ermittlungen wichtig sein.«

Wenn ich mich so reden höre, bin ich dankbar, die Universität nicht noch früher verlassen zu haben. Ich wäre dann bezüglich meiner intellektuellen Reife für mein Umfeld kaum erträglich gewesen.

Irmgard scheint nachzudenken. »Du brauchst dich nicht so ins Zeug zu legen. Dein Pummelchen hat mit dem Mord nichts zu tun.« Ihrem Tonfall nach zu urteilen scheint sie das zu bedauern.

Jetzt bin ich perplex. Nicht, weil Irmgard von den Anschuldigungen gegenüber Mandy weiß. Das zeigt mir nur, dass nicht der Opa, sondern Ruprecht mit dem Schrumpfkopf gesprochen hat. Der konnte natürlich den Rand nicht halten. Was mich erstaunt ist, dass Irmgard zu dem gleichen Schluss kommt wie ich. Womöglich hätte ich mir das Affentheater unter Mandys Fenster gestern Abend sogar sparen können. Irmgard scheint schon mehr zu wissen.

»Der Blaschke und seine Frau auch nicht«, antworte ich, um ihr klarzumachen, dass ich nicht auf dem Schlauch stehe.

»Da magst du recht haben«, entgegnet sie und ich sehe ihr an, dass sie mehr von mir hören will.

»Erwin Lenzer ist dieses Jahr der mit der Gurke«, rede ich weiter.

Irmgard nickt kaum merklich. »Die Weihnachtsgurke, genau.«

Mehr kann ich zu dieser Sache nicht beisteuern. Aber immerhin weiß ich schon einmal, wer keinen Mord begangen hat.

»Wenn die zweite Gurke auftaucht, soll mein Bruder mich anrufen«, sagt sie und verschwindet grußlos in Richtung ihres Autos.

Mit dieser Theorie scheine ich also auch richtigzuliegen. Aber womöglich ist die Gurke nichts weiter als unser verzweifelter Versuch, irgendeiner Spur nachzugehen. Ich jedenfalls werde aus dem Schrumpfkopf nicht schlau.

Es hat mir keine Ruhe gelassen. Das mit der Gurke. Und so bin ich mit Ruprecht noch einmal losgezogen, in unseren Kostümen. Nein, ich will das jetzt nicht näher ausführen. Nur so viel: Es war notwendig, damit unsere Mitdörfler nicht misstrauisch werden. Der Heilige Nikolaus und Knecht Ruprecht sind quasi unantastbar. Dementsprechend haben wir uns mit einer Leiter bewaffnet und sind in die Fichte gestiegen, das heißt, Ruprecht ist gestiegen, ich habe Schmiere gestanden. Das Ergebnis ist ernüchternd: Es gibt keine weitere Gurke.

»Meinst du nicht, der Eierpunsch könnte dich etwas, na sagen wir mal, verwirrt haben«, hebt Ruprecht an.

Ich weiß, was ich gesehen habe, und strafe ihn mit Ignoranz. Langsam habe ich von diesem Theater hier echt die Nase voll. Am liebsten würde ich nach Hause gehen und mich ins Bett hauen. Aber daraus wird wohl nichts. Marlies hat gekocht.

Zwei Männer trotten nach einem langen Tag harter Arbeit nach Hause. Ihre Gliedmaßen sind von der beißenden Kälte fast steif gefroren. Sie sind müde, ausgelaugt, hungrig. Schon von Weitem sehen sie das warme Licht aus den Fenstern ihres Hauses scheinen. Der Duft von frisch Gebratenem erreicht ihre Nasen und gibt ihnen die Gewissheit, dass sie in Liebe erwartet werden. Cut. Ich leide unter zu viel Fantasie. Jetzt die Realität: Ruprecht ist eine halbe Stunde in einem bescheuerten Kostüm in den harzigen Zweigen eines Weihnachtsbaumes herumgekrochen, um eine Glasgurke zu suchen. Ich stand daneben, aber genauso bekloppt gekleidet.

Dabei friere ich inzwischen nur, weil die Wirkung des Alkohols nachgelassen hat. Das Einzige, was schon aus der Ferne leuchtet, sind die gruseligen Pinguine im Vorgarten des Forsthauses. Aber dafür stimmt das mit dem Braten und hungrig sind wir auch. Ja, ich gebe es zu, seit gestern bin ich ein wenig sentimental. Das kann an meinem drohenden Scheitern mit dem Sexartikel liegen oder auch daran, dass ich dem Tod ins Auge geblickt habe, zumindest einmal kurz. Aber eigentlich denke ich, dass das Gespräch mit Kurt über die Frauen schuld an meiner derzeitigen Gemütsverfassung ist. Oder liegt es an der missglückten Sache mit den Telefonnummern? Aber das hat ja auch mit den Weibern zu tun. Irgendwie fehlt einem schon etwas, so ganz ohne Frau. Derartige Gedanken sind nicht gut, Adam, ganz und gar nicht gut.

In dem Moment, in dem Ruprecht und ich in die Küche treten, bekomme ich die wahre Bedeutung dieses Mantras sehr eindrucksvoll vor Augen geführt. Vor Opas alter Einbauküche liefern sich Marlies und die Blaschkin einen erbitterten Kampf um die Kochtöpfe. Die Situation eskaliert fast, als die Blaschkin ihren Ellenbogen in die Rippen von Marlies rammt. Ob das nur passiert ist, weil sie schnell die Klöße aus dem Wasser nehmen musste oder ob die Blaschkin vorsätzlich gehandelt hat, weiß ich nicht. Im Ergebnis jedenfalls landet ein Teil der von Marlies zubereiteten Rinderrouladen auf dem Fußboden.

Herrn Fuchs freut es.

Den Opa auch. Der sitzt mit verschränkten Armen hinter der Frontlinie und grinst sich eins. »Ein Wettbewerb«, flüstert er uns zu. »Ich gebe den Schiedsrichter.«

Mir soll es recht sein. Konkurrenz belebt das Geschäft. Und so probieren wir uns einige Zeit später durch alles, was die Frauen gezaubert haben und was nicht auf dem Boden gelandet ist, um nach jedem Bissen, die eine oder andere ausschweifend zu loben.

Ich kriege kaum noch Luft, so viel habe ich in mich reingestopft. Fisch, Rinderrouladen, Sauerbraten, Klöße mit und ohne Semmelstückchen, Rotkraut, Pilze, Lebkuchen, Pudding, alles vom Feinsten. Dabei hat Opas Freundin Annemarie nicht einmal geliefert. Allein die Blaschkin und die Marlies waren heute Trumpf. Ich persönlich bevorzuge ganz eindeutig das Forellenfilet der Blaschkin, auch wenn mir klar ist, dass ich damit meiner Freundin Marlies das Herz breche. Dafür liegt die beim Lebkuchenauflauf vorn. Es ist aber auch verflixt. Glücklicherweise kommen wir nicht mehr bis zur Punktewertung, denn Marlies muss nach Hause zu ihrem Ehemann. Die Rouladen, die sie vor Herrn Fuchs retten konnte, hat sie für ihn mitgenommen.

Nun hängen wir Männer träge auf dem Sofa und warten, dass die Blaschkin uns Opas Selbstgebrannten bringt. Das tut sie erstaunlicherweise auch. Ich weiß nicht, was in die Frau des Bürgermeisters gefahren ist, aber irgendwie scheint sie doch ziemlich nett zu sein. So kann man sich vierundvierzig Jahre in einem Menschen täuschen.

»Magnus Sebastian hat ja im Pfarrhaus gewohnt«, sagt sie und genehmigt sich auch einen Schnaps. Dabei presst sie während des Trinkens die Augen fest zusammen und schüttelt sich, nachdem das Zeug runter ist.

»Schon immer«, bestätigt Ruprecht.

»Das gehört der Kirche«, redet sie weiter. »Aber das ist ja bei Weitem nicht so groß wie euer Forsthaus hier.«

Opa bestätigt das, wobei ich sehen kann, dass er nur mühevoll seine Augen offen halten kann.

Ruprecht fängt leise an zu röcheln.

»Zum Blaschke gehe ich nicht zurück. Wenn man einen Mann wie Magnus Sebastian lieben durfte, ist das ausgeschlossen«, sagt sie mit weicher Stimme. »Meine Ehe war ein schwerer Fehler.«

Ich habe zwar gerade gut und gern fünftausend Kalorien zu mir genommen und mein Gehirn dürfte kaum noch über Blutreserven verfügen, trotzdem wittere ich Gefahr: Die Blaschkin führt etwas im Schilde.

»Es sind ja nur noch zwei Wochen bis Weihnachten«, fährt sie fort. »Gerade in der Weihnachtszeit braucht es in einem Haus die Wärme und Fürsorge, die nur eine Frau geben kann.« Sie schenkt uns noch mal ein, wobei das für den Opa und Ruprecht momentan unerheblich ist. Der Opa schläft und Ruprecht scheint bewusstlos.

Die Sache liegt auf der Hand. Die Blaschkin weiß genau, dass ihr Alter sie nach der Nummer, die sie hier abgezogen hat, nicht mehr zurücknimmt. Dabei meine ich nicht ihr Rumgefummel mit dem Pfarrer. Das kratzt den Bürgermeister höchstwahrscheinlich nicht einmal. Die verkorkste Dorfweihnacht ist der springende Punkt. Die Olle steht auf der Straße. Und der Opa und Ruprecht sollen ihr Asyl gewähren. Vade retro satana!

»Maria hat auch in einem Stall gepennt. Und die war schwanger«, sage ich, um diese Diskussion im Keim zu ersticken. Es kann ja wohl nicht angehen, dass der Opa und Ruprecht wach werden und die Blaschkin ihren Hausrat bei uns eingeräumt hat. Ich weiß, dass der Opa diese Kröte geschluckt hätte, wäre es dabei immer noch um die Sicherheitslage im Dorf gegangen, aber die Blaschkin stellt aufgrund der neuesten Erkenntnisse keine Gefahr mehr dar. Damit ist sie raus. In jeder Hinsicht.

Die Blaschkin lässt sich nicht so leicht abwimmeln. »Der Mörder von Magnus Sebastian läuft noch immer frei herum. Ich bin die Frau, die er liebte. Das kann für mich gefährlich werden.«

Ich weiß nicht, wieso Frauen, die nicht ihren Willen bekommen, immer so unangenehm gellende Stimmen bekommen.

»Das würde ich nicht so eng sehen«, beschwichtige ich.

Mittlerweile ist ja wohl allen sonnenklar, dass hier niemandem an einem Serienmord gelegen ist, am wenigsten dem Mörder selbst. Sie will sich nur in unser ruhiges und friedliches Männerdasein einschleichen, nachdem ihre zutiefst dämliche Strategie nicht aufgegangen ist.

»Mit einem Gast ist es wie mit einem Fisch. Er stinkt nach zwei Tagen.«

Die Blaschkin springt empört auf und will mich gerade anfahren, als die Haustür knarrt und Irmgard den Blaschke Bürgermeister samt Rollstuhl in die Küche schiebt.

»Schaut mal, wen ich da im Garten gefunden habe«, schreit sie mit der Begeisterung von jemandem, der gerade in einen Hundehaufen getreten ist. »Den guten Armin. Er stand da ganz allein im Schnee.«

Der Blaschke lächelt entrückt.

Der Opa und Ruprecht sind vor Schreck hellwach.

»Und das hier gehört bestimmt auch ihm«, frohlockt Irmgard und hält ein Gebiss in die Luft. Eine Handvoll gelber Schnee guckt zwischen den beiden Kieferleisten hervor. Ich schaue auf Herrn Fuchs und dann wieder auf Irmgard. Mit einem Blick, aus dem die pure Genugtuung spricht, schiebt sie dem Blaschke die Kauleisten in den Mund und kneift ihn in die Wange. Er hustet kurz, schluckt zwei Mal und lächelt sie dann glückselig an. Die Bläschen sind zurück. Nichts gegen die festen Gewohnheiten von Herrn Fuchs, immerhin wären ohne seinen stetigen Harndrang die Zähne vom Blaschke so schnell nicht wiederaufgetaucht.

»Wir haben den guten Armin auf eigenen Wunsch aus dem Krankenhaus entlassen, da nichts über eine liebevolle Pflege im eigenen Heim geht«, flötet Irmgard. Sie tätschelt ihm den Hinterkopf, wobei das eher aussieht, als würde sie ihm den Schädel brechen wollen. »Keiner kann so gut für ihn da sein wie die eigene Frau. Nicht wahr?«

Der Blaschkin wird es offensichtlich ganz anders, aber sie scheint dem Schrumpfkopf nicht widersprechen zu wollen.

Sie hat ohnehin keine Chance. Der Rammler Erich und ihre terroristischen Angriffe auf unsere Dorfweihnacht machen sie quasi rechtelos. Langsam und mit gesenkten Schultern geht sie zur Garderobe und nimmt ihre Jacke. Ich springe auf und reiche ihr den Haustürschlüssel vom Blaschke, den wir im Schrank versteckt hatten. Sie scheint sich kurz zu wundern, reagiert aber dann nicht weiter. Kurz darauf ist sie mit dem sabbernden Bürgermeister verschwunden.

Ich schwanke zwischen Erleichterung und Sorge. Irmgard ist ein Racheengel. Womöglich hat sie sich auch noch etwas für uns ausgedacht. Aber wir haben keines ihrer Haustiere gegessen. Obwohl ich mir nicht ganz sicher bin, was Ruprecht damals mit dem Hamster gemacht hat, der ihm unter das Fahrrad gekommen ist.

»So!« Irmgard klatscht zufrieden in die Hände. »Das hätten wir. Und ihr drei erklärt mir jetzt, wieso Erwin Lenzer schwört, die Weihnachtsgurke in den Baum gehängt zu haben, obwohl nicht einer der darauf vorhandenen Fingerabdrücke von ihm stammt. Und dann hätte ich gern noch gewusst, was der Pfarrer mit dieser blödsinnigen Gurkenliste zu tun hatte? Der Blaschke kann sich an nichts erinnern und die anderen Mitglieder des Weihnachtskomitees sind ahnungslos, doch ihr …«, sie droht uns mit ihrem spindeldürren Zeigefinger, »ihr verheimlicht mir etwas.«

Es ist Samstagnachmittag. Der Pfarrer ist nun schon sechs Tage tot. Oder sechs Türchen. Und ich habe nach wie vor keinen Plan. Damit stehe ich allerdings nicht allein da. Irmgard ist auch keinen Schritt weiter. Ich glaube, sie hasst mich dafür noch mehr, zumal sie offenkundig der Meinung ist, dass sie an der Nase herumgeführt wird.

Ich kann nicht abstreiten, dass die Geschehnisse bei uns im Dorf auf einen Außenstehenden wie ein Panoptikum wirken müssen, aber Himmel, der Schrumpfkopf ist hier geboren. Sie muss es doch besser wissen. Und mal ehrlich, wenn ich etwas hätte, was ich ihr verheimlichen könnte, dann würde ich das sicherlich liebend gern tun, aber momentan weiß ich beim besten Willen nicht, was das sein sollte.

Ruprecht sitzt am Wohnzimmertisch und betrachtet die Glasscherben, die wir aus der Wanne des Pfarrers haben mitgehen lassen, durch eine Lupe. Dabei murmelt er irgendein Kauderwelsch vor sich hin. Das macht er jetzt schon den dritten Tag in Folge, aber es bringt nichts. Wer weiß, aus welcher Ramschbude der Mörder die Weihnachtskugeln hat. Echte Thüringer Handwerkskunst scheint das jedenfalls nicht zu sein. Es hätte mich auch gewundert, wenn irgendjemand in unseren Kirchenknaben auch nur einen Euro investiert hätte. Aber was weiß ich schon.

»Der Pfarrer hatte eine Gurke im Mund. Kann das was mit der Gurkenliste zu tun haben? Ist das Zufall?«, fragt sich der Opa mittlerweile schon zum vierten oder fünften Mal. »Der Pfarrer steht nicht auf der Liste. Die Geistlichen des Dorfes standen noch nie drauf. Er führt sie auch nicht. Der Blaschke macht das allein. Aber der Pfarrer kennt natürlich den Inhalt.« Das wissen wir alles von Ruprecht, doch erklärt das irgendetwas?

»Ein paar Kinder haben sich einen Streich erlaubt«, sage ich. »Zwei Weihnachtsgurken, das ist doch witzig.«

Ruprecht schaut mich an, als hätte ich seine Mutter beleidigt. »Das wagt sich niemand. Von klein auf wissen hier alle um die Bedeutung des Gurkensymbols.«

Der Opa verdreht die Augen.

Die Gurke als Sakrileg. Das nimmt hier Ausmaße an, mein lieber Herr Gesangsverein!

»Dann hätten die Kids die zweite Gurke hängen lassen«, schlussfolgert der Opa. »Sonst macht der Streich keinen Sinn.«

»Sie haben Schiss gekriegt?«, werfe ich ein.

Ruprecht wird ungehalten: »Wie oft soll ich es euch noch sagen. Niemand bei uns im Dorf erlaubt sich mit der Weihnachtsgurke einen Scherz. Seit 1972 nicht!«

»Das sah beim Pfarrer irgendwie anders aus«, kontere ich und bin immer noch erstaunt, dass ich mein ganzes Leben von diesem Weihnachtsheiligtum verschont geblieben bin. Wenn ich es mir recht überlege, habe ich diesen seltsamen Baumschmuck eigentlich erstmals im Mund des Pfarrers aus der Nähe gesehen. Was muss ich im Tal der Ahnungslosen gelebt haben.

»Noch mal!«, fordert der Opa. »Erwin ist an der Reihe. Er geht am ersten Dezember zum Baum und versteckt die Gurke. Dass der Pfarrer zu diesem Zeitpunkt bereits in einem Zinksarg abtransportiert wurde, muss ihn dabei nicht jucken. So weit geht alles nach Plan, wenn man bei diesem Firlefanz hier überhaupt von einem ›Plan‹ sprechen kann. Dass Erwin das mit dem Versteck nicht ganz auf die Reihe bringt, muss uns auch nicht irritieren. Das ist nun mal so. Irgendwann zwischen dem ersten Dezember und gestern Abend kommt jemand anderes und bestückt den Baum mit einer zweiten Gurke.« Der Opa hält kurz inne. »Wir wissen ja überhaupt nicht, wann das passiert sein kann. Die Gurke hängt womöglich auch schon seit Sonntag.« Tiefe Falten zeigen sich auf seiner Stirn. »Ist Erwin glaubhaft, wenn er sagt …?«

»Ja«, unterbreche ich den Opa. »Er ist auch einer von denen.« Ich bedeute dem Opa mit einem Daumenzeig auf Ruprecht, was ich meine.

»Eine Pandemie«, raunt der Opa mir zu.

»Mir ist vorher nichts aufgefallen, aber ich interessiere mich auch nicht so für geschmückte Bäume«, sage ich noch.

Ich kann sehen, dass Ruprecht sich ärgert. Er steht mehrmals am Tag auf dem Dorfanger und himmelt den Baum an. Ihm ist nichts aufgefallen.

»Entweder hat sich der Mörder einen Scherz mit uns erlaubt oder jemand, der weiß, wer den Pfarrer auf dem Gewissen hat, gibt uns einen Hinweis.« Der Opa lächelt. »Dass ich auf meine alten Tage noch einmal so viel Spaß wegen eines Geistlichen haben kann, hätte ich nie für möglich gehalten.«

Ich vermute, dass der Opa der ganzen Angelegenheit zu viel intellektuelles Niveau unterstellt. »Es kann auch alles nur Zufall sein oder ein blöder Witz«, sage ich.

»Letzteres trifft ja bei uns wohl auf vieles zu«, antwortet der Opa.

Ich kann ihm nicht widersprechen.

»Wir sollten uns einmal die Gurkenliste ansehen und die nächsten Kandidaten befragen. Womöglich hat sich jemand einfach nur im Jahr geirrt. Das würde dann auch erklären, wieso das Ding wieder verschwunden ist. Fehler sind ja korrigierbar. Dann brauchen wir dieser Spur womöglich nicht mehr nachgehen und können uns auf etwas anderes konzentrieren, das mir noch nicht aufgegangen ist.« Diese simplen Sätze, die mir durchaus logisch erscheinen, lassen bei Ruprecht fast die Sicherungen durchbrennen.

»Die ist geheim! Beim Blaschke sickert nichts durch! Oder hat einer von euch mitbekommen, dass seine Frau ihn seit Monaten betrügt?«, brüllt er, als müsste er sein Leben verteidigen. »Gibt es auf dieser Welt denn nichts mehr, das den Menschen heilig ist? Ich fasse es nicht. Diese Gesellschaft kennt keine Grenzen. Ich habe mein Wort als Schriftführer des Weihnachtskomitees gegeben. Ich bin verantwortlich. Das ist nicht irgendein einfacher Schriebs. DAS IST DIE WEIHNACHTSGURKENLISTE!«

»Die Liste, sofort«, sagt der Opa und lehnt sich in seinem Sessel zurück. Dabei hat er einen Blick wie ein Mafiakiller aufgesetzt. Den Gesichtsausdruck hatte er schon früher drauf, aber im Laufe der Zeit hat er ihn perfektioniert.

Ich wage nicht zu atmen. Ruprecht ist ein guter Kerl, aber wenn man ihn auf dem falschen Fuß erwischt, mutiert er zum Tier.

Der Opa ist auch nicht von schlechten Eltern und er hat die stärkeren Nerven, also kann er dem Gegner länger in die Augen gucken. Ruprecht kneift irgendwann.

Minutenlang tauschen die beiden nur wütende Blicke aus. Schließlich steht Ruprecht wortlos auf und verschwindet in seinem Zimmer. Kurz darauf beugen wir unsere Köpfe über ein handgeschriebenes und mit Fettflecken übersätes graues Blatt Papier. Das also ist der Heilige Gral des Weihnachtskomitees. Dagegen sah sogar Tante Hildegards Drohbrief deutlich besser aus.

»Fresszettel«, kommentiert der Opa und spricht damit meine Gedanken aus.

Wie dem auch sei. Die Schrift des Blaschke Bürgermeisters sieht aus, als wäre es ein Übungsheft aus der Grundschule. Das erleichtert die Sache ungemein, eine Jahreszahl und dahinter ein Name, von 1972 bis 2042. Es gibt keine einzige Korrektur und keine Doppelungen. Alle vergangenen Gurken sind feinsäuberlich abgestrichen. Bis auf die von Erwin Lenzer.

»Wieso ist dieses Jahr noch nicht abgehakt?«, frage ich.

»Ich darf das nicht«, antwortet Ruprecht. »Ich muss die Liste nur aufbewahren.«

»Als Schriftführer?«, frage ich. Das Weihnachtskomitee ist eine Diktatur.

»Wieso liegt die Liste nicht beim Blaschke oder bei einem Notar?«, will der Opa wissen und zwinkert mir dabei zu.

»Der Notar hat zu viel Geld verlangt«, antwortet Ruprecht. »Und der Blaschke wollte die Liste nicht zu Hause haben, weil er mit seiner Frau zusammenwohnt. Er sagt, das ist zu gefährlich. Die Frauen sind zu flatterhaft. Die Liste könnte kopiert werden oder sogar ganz wegkommen.« Ruprecht nickt voller Inbrunst. »Hier im Forsthaus ist es dahingehend sicherer.« Mit diesem Satz fühlt er sich offenkundig nicht so recht wohl. »Ihr schnüffelt nicht in meinen Sachen.«

»Da mag etwas dran sein«, entgegnet der Opa. »Dann hängt der Blaschke für dieses Jahr trotzdem nach.«

»Ich habe ihn am Montag gefragt, aber er hat nicht reagiert«, sagt Ruprecht betroffen. »Noch mal habe ich ihn nicht erinnert, das hätte angesichts des Mordfalls pietätlos wirken können. Das wollte ich nicht. Aber korrekt ist das nicht. Ich weiß.«

Die Ernsthaftigkeit, mit der er diese Sache behandelt, erschreckt mich immer wieder. Dem Opa scheint es ebenso zu ergehen. Uns fehlen die Worte. Ruprecht nutzt den Moment und bringt das Schriftstück wieder in Sicherheit.

Der Opa schaut mich ratlos an. »Ich hatte keine Ahnung, welche Schätze in meinem Haus lagern«, sagt er. »Ich sollte die Hausratversicherung erhöhen.«

Ich reagiere nicht, weil ich mich in einer gedanklichen Schleife befinde. Was ist, wenn … Ruprecht kommt zurück. »Wer kennt die Namen auf der Liste, also die künftigen?«, frage ich.

»Nur die Mitglieder des Weihnachtskomitees, aber die haben Schweigepflicht«, antwortet Ruprecht und ich kann ihm ansehen, dass er sich nicht mehr so recht auf die Scherben konzentrieren kann.

Der Pfarrer also auch, denke ich. Er könnte ein Geheimnis verraten haben. Aber ist das ein Grund für einen Mord? Eher nicht.

»Wann und wie erfahren die Auserwählten von ihrem Glück?«

Ruprecht atmet schwer. »Am Totensonntag geht eine Delegation des Weihnachtskomitees zu demjenigen und überbringt die Botschaft. Vorher nicht! Das ist dann ein wirklich feierlicher Akt.«

»Vorher weiß derjenige nichts?«, fragt der Opa noch einmal nach.

Ruprecht schüttelt wie wild den Kopf.

»Na, da hat sich Erwin, unser Erzengel, aber gefreut«, sage ich. »Und Dancer, Prancer und Vixen erst.«

Ruprecht stimmt zu. »Erwin war total aus dem Häuschen. Er hat den Blaschke umarmt und geküsst. Ich glaube, er hat sogar vor Rührung geweint. Erwin hat schon so lange auf diesen Tag gewartet.« Er seufzt. »Es ist immer ganz rührend, wenn man merkt, wie wichtig unsere Dorfweihnacht für die Menschen ist. Das macht mich richtig stolz.«

»Er ist erst vierundvierzig!«, empört sich der Opa, ohne auf Ruprechts sentimentales Gequatsche einzugehen. »Was soll ich denn dann sagen?« Man kann deutlich hören, dass er nichts sagen würde, weil ihm das vollkommen hintenrum vorbeigeht.

»Keine Ehre, kein Rückgrat«, murmelt der Opa noch. »Männer, die im Arm von anderen Männern weinen, weil sie eine Gurke aufhängen dürfen. Stellt euch einmal vor, solche Kerle müssen unser Land verteidigen oder unsere Grenzen schützen. Wir wären so was von verloren.«

»Mit den Grenzen ist es nicht mehr so streng«, antworte ich. »Da können nun auch Weicheier hin.«

»Mhm.« Der Opa scheint das Thema abgehakt zu haben.

»Wir müssen uns die noch ausstehenden Leute vornehmen«, sage ich. »Zweiundzwanzig.«

»Einundzwanzig«, verbessert der Opa. »Ich zähle nicht.«

Auch wieder wahr, zumindest im Hinblick auf die Gurke.

Ruprecht schnappt nach Luft. »Das dürft ihr nicht. Dann wäre die komplette Liste ungültig. Ihr könnt mich nicht verraten. Dafür werde ich aus dem Weihnachtskomitee ausgeschlossen. Oder Schlimmeres.« Er kriegt ganz glasige Augen.

Was kostet die Welt, wenn sich der Pfarrer im Jenseits und der Bürgermeister auf dem Höhepunkt einer Geistesstörung befinden? Das zieht bei Ruprecht nicht. Ich weiß das und versuche es auf eine andere Tour.

»Wir gehen gemeinsam und tun so, als ob wir die neuen Kandidaten für die Gurke aussuchen. Ein bisschen Small Talk und fertig. Ein Weihnachtsgurken-Casting eben. Die Leute reden, wenn man sie lässt, glaub mir, noch dazu, wenn sie meinen, sie haben eine Chance auf diese besondere Ehre, also die Gurke. Ganz unverdächtig und kein Wort von der vorhandenen Liste, versprochen.«

Ruprecht überlegt kurz. Dann reißt er die Augen weit auf. »Dann aber nur in unseren Kostümen. Ich will mir schließlich nicht vorwerfen lassen, dass ich nicht glaubhaft bin. Die Leute sind bei so etwas empfindlich. Da stimmst du mir doch zu, Nikolaus, oder nicht?«

Wie gesagt, ich trage nun seit sechs Tagen dieses bescheuerte Outfit. Dann kommt es auf einen siebten nun auch nicht mehr an. Der Mensch wächst mit seinen Aufgaben, so sagt man das doch. Ich stumpfe lediglich immer mehr ab, aber das ist mir mittlerweile auch schon egal.

»Ich kann nicht mehr«, jammert Ruprecht. »Jedes Mal denke ich, mir rutscht etwas raus. Das ist so anstrengend und einen handfesten Hinweis haben wir bisher auch nicht bekommen.«

»Noch acht Leute«, tröste ich ihn und zweifle so langsam selbst an unserem Vorhaben. Alle, mit denen wir bisher gesprochen haben, wollen nicht in der Nähe des Baums gewesen sein, haben keine Weihnachtsgurken zu Hause oder leben in so viel Ehrfurcht vor unseren dörflichen Traditionen, dass sie niemals auf die Idee kommen würden, ihnen zuwiderzuhandeln. Dabei hatte ich bisher bei keinem der Dorfbewohner das Gefühl, dass sie uns nicht ernst nehmen oder Lügengeschichten erzählen. Als Duo scheinen wir echt über eine erstaunliche Reputation zu verfügen, im Gegensatz zu meiner One-Man-Show in der Nikolausnacht. Die meisten haben mich sogar mit Heiliger Nikolaus angesprochen und mir einen Stuhl angeboten. Ruprecht hingegen musste stehen. Er ist ja nur der Knecht und böse noch dazu.

»Im Zweifel haben wir es wenigstens versucht«, sage ich, um ihn etwas zu beruhigen.

Ruprecht schaut auf die Uhr. »Nur noch zwei Stunden bis zum siebten Türchen. So eine stressige Adventszeit hatte ich noch nie.«

Was soll ich da erst sagen? Zunächst jedoch machen wir

eine kurze Pause beim »Hirschen«. Kurt ist heute nicht so gut drauf und reicht uns das Glühbier lediglich aus dem Fenster. Angeblich hat er frisch gebohnert und will nicht, dass wir Trappen auf dem Boden machen. Ich wärme meine Hände an der Tasse und starre stumpfsinnig vor mich hin. Glücklicherweise gibt es nicht wieder Eierpunsch. Ich weiß jetzt übrigens, was Kurt mit dem »zwei Mal kleben« gemeint hat. Da ist warmes Bier schon besser. Und der Punsch kann heute Abend noch unter die Leute. Einmal aufkochen und fertig.

»Ihr macht wirklich viel für unser Dorf. Das muss man euch lassen«, lobt uns Kurt. »Dabei ist das alles umsonst.«

»Du auch«, antwortet Ruprecht. »Ohne deinen ›Hirschen‹ gäbe es im Dorf kein soziales Leben.« Ruprecht hat offenkundig den zweiten Teil nicht mitbekommen. Seelenruhig schlürft er das heiße Getränk.

»Ach, was heißt das schon«, sagt Kurt. »Früher war irgendwie mehr Advent.«

Ich kann darauf nichts sagen, denn ich verstehe den Satz nicht.

»Das stimmt«, bestätigt Ruprecht. »Und mehr Lametta.«

Jetzt machen beide ein betretenes Gesicht.

»Der Pfarrer ist tot, das gibt dann mit der Kirche auch nichts«, redet Kurt weiter. »Und ob der Blaschke Bürgermeister je wieder wird ...« Er winkt ab. »Wenn man einmal was am Kopf hat, so was bleibt doch. Das kennt man ja aus dem Fernsehen. Nein, nein, unser Dorf ist am Ende. Das sage ich euch, Jungs. So ein Elend aber auch.«

Ruprecht ist kurz vorm Heulen.

Ich frage mich, welche Laus dem ansonsten so lebenslustigen Kurt über die Leber gelaufen sein kann. Dieser Defätismus passt überhaupt nicht zu ihm. Abgesehen davon hat er sich noch nie um den Pfarrer oder um den Blaschke geschert. Kurt macht sein eigenes Ding. Er verkauft Bier und Schnaps und steht damit ganz oben in der Rangordnung der beliebtesten Leute im Dorf.

»Wenn erst ein Steinchen ins Rollen gekommen ist, dann kommt eine ganze Lawine nach«, fährt Kurt fort, vergisst dabei aber nicht, uns nachzuschenken. Erstaunlich wie freigiebig alle mir gegenüber mit dem Alkohol sind, seitdem sich unser Bürgermeister mental ausgeklinkt hat.

Ich denke an den Pfarrer und muss Kurt zustimmen. So was kann das dörfliche Leben ganz schön erschüttern, zumindest in normalen Gegenden.

»Seitdem ich heute früh an unserem Weihnachtsbaum war …« Kurt schaut zu uns runter. »Ach, Jungs«, seufzt er. »Ich gehe immer kurz vor Tagesanbruch einmal um unseren Weihnachtsbaum, müsst ihr wissen. Das ist mein Mantra.« Er ballt die Faust. »Das gibt Power für den Tag.« Die Power klingt bei ihm wie »Bauer«, aber egal. Wir verstehen ihn trotzdem.

Ruprecht nickt eilig. Ich beschränke mich aufs Atmen. Kurt ist ein feiner Kerl. Er lebt eben einfach schon viel zu lange hier.

Kurt hebt den Kopf und reißt seine Augen weit auf. »Da hingen zwei Weihnachtsgurken. Könnt ihr euch das vorstellen?«

Ich bemühe mich, die Mundwinkel unten zu halten. Zu viel Eierpunsch, na klar.

Ruprecht beißt sich auf die Lippen und wirft mir einen verstohlenen Seitenblick zu.

»Das war für mich das Zeichen«, sagt Kurt und macht eine dramatische Pause. »Ich verkaufe den ›Hirschen‹ und ziehe in die Stadt. Das mit dem Bier und dem Cordon Bleu ist auf die Dauer nix, zu ungesund. Und was soll das werden, wenn hier über kurz oder lang nur noch alte Leute rumlaufen. Was verdient man denn an einer Seniorenportion noch? Nee, hier bin ich fertig.« Ohne weiter auf uns zu achten, zieht er seinen Oberkörper zurück und knallt das Fenster zu.

Ich leere gemächlich meine Tasse. Wenn Kurt geht, wird es verdammt öde hier. Aber vor allem, wer macht mir dann montags meinen Hackepeter?

Oma Brütting ist mordsmäßig alt. Sie sitzt in ihrem Fernsehsessel und ist bis zum Hals in eine Plüschdecke mit Leopardenmuster eingeschlagen. Ich weiß nicht, was sie sonst noch alles unter die Decke gestopft hat, aber ihr Kopf steht in keinem Verhältnis zu dem Leopardenkörper darunter. Als Ruprecht und ich in ihr Wohnzimmer treten, schaut sie uns mit kindlichen Augen an und gackelt wie ein kleines Mädchen.

»Der Weihnachtsmann ist da, der Weihnachtsmann ist da!«, kreischt sie fröhlich. »Ich war immer artig. Frag mich nur. Ich kriege ein Geschenk.«

Dann fängt sie unvermittelt an zu kreischen und verdeckt ihr Gesicht mit dem nach oben gestreckten Arm.

»Der hat eine Ratte mitgebracht. Wo gibt es denn so etwas? Das ist ja eine Sauerei. Das hat es früher bei mir nicht gegeben. Mein Haushalt war immer blitzeblank.« Mit dem anderen Arm versucht sie Ruprecht zu verscheuchen. »Gusch, gusch!«

Ruprecht ist sehr nachsichtig mit älteren Menschen, aber das trifft ihn. Das kann ich sehen. »Ich bin der Knecht Ruprecht, Oma Brütting. Ich bin der Gefährte des Heiligen Nikolaus«, erklärt er betont herzlich.

»Seit wann hat der Weihnachtsmann einen Kerl dabei?«, fragt sie und schaut uns misstrauisch an. »Ihr seid Betrüger. Bestimmt kommt ihr von denen, die mir die Staubsauger verkauft haben. Ich habe schon drei davon. Keinen Einzigen kann ich benutzen. Dreckszeug.« Sie legt den Kopf schief. »Ach nein, die sahen anders aus. Ihr seid aus dem Auto, das das Essen bringt. Ich will heute kein Eis. Bei dem Wetter. Das gibt Läuse im Bauch. Ihr spinnt wohl. Schert euch weg! Und die Erbsen hängen mir auch zum Hals raus.«

»Wir sind Nikolaus und Knecht Ruprecht und wir wollen uns nur mit dir unterhalten«, sagt Ruprecht zusehends unsicherer.

»Haut ab!«, schreit die alte Brütting, als trachteten wir ihr nach dem Leben. »Nikolaus und Knecht Ruprecht? Die gibt es wohl? Eine alte Frau auf den Arm nehmen, das wollt ihr! Haltet ihr mich für senil oder was? Ihr seid Betrüger!«

»Ruhe, sonst holt der Weihnachtsmann seine Rute raus und mit den Geschenken ist auch Sense«, brülle ich. »Und die Ratte hier hat ganz schön spitze Zähne.«

Darauf ist Oma Brütting nicht gefasst. Sie wirkt ein wenig irritiert, lächelt dann aber verschmitzt. »Setz dich, Junge. Willst du ein Plätzchen oder ein Stück Schokolade?« Ruprecht hingegen bekommt nur argwöhnische Seitenblicke.

Ich hocke mich aufs Sofa und checke die Lage. Oma Brütting ist gut und gern Ende achtzig und ihre Synapsen zeigen deutliche Ermüdungserscheinungen. Laut der Gurkenliste vom Blaschke darf sie in fünf Jahren ran. Ich frage mich echt, nach welchen Kriterien dieser Hornochse das mit den Weihnachtsgurken regelt. Die Oma weiß doch heute schon nicht mehr, wo der Bus fährt.

Die Tür geht auf und eine junge Frau steht im Zimmer. Sie stutzt kurz bei unserem Anblick, fängt dann aber zu lachen an.

»Das ist aber nett, dass Nikolaus und Knecht Ruprecht bei den älteren Leutchen Hausbesuche machen. Das freut unsere Oma, wo sie doch so ein großer Weihnachtsfan ist.«

»Das sind Diebe und an die Wäsche wollen die mir auch«, kreischt die Oma jetzt.

Die junge Frau lacht nun noch lauter und stellt sich als Amelie, die Enkelin von Oma Brütting, vor. Ich gebe zu, dass Amelie mein Fall wäre, aber bevor ich angreifen kann, quatscht die Ratte, also Ruprecht, los.

»Wir kommen vom Weihnachtskomitee. Es geht um die Planungen für die nächsten Jahre … Das mit der Weihnachtsgurke …« Ruprecht gerät ins Stottern. Er kann nun mal nicht lügen und mit hintersinniger Gesprächsführung hat er es auch nicht.

Amelie schlägt die Hände zusammen und macht auf dem Absatz kehrt. »Natürlich, natürlich. Ich hole uns ein Gläschen. Darauf müssen wir trinken. Wie konnte ich nur so unhöflich sein.« Sie verschwindet in dem Raum, aus dem sie gekommen ist.

»Habe ich etwas Falsches gesagt?«, fragt Ruprecht mich leise.

»Die Ratte spricht«, kommentiert Oma Brütting lautstark.

»Du hast eigentlich gar nichts gesagt«, antworte ich und warte ab, was passiert. Dass mir Amelie niemals vorher aufgefallen ist, kann ich nicht verstehen. So viele Leute gibt es doch bei uns im Dorf nicht, vor allem nicht so attraktive.

Amelie kommt mit einem gut gefüllten Tablett zurück. Sie verteilt Schnapsgläser und schenkt mit sanften Bewegungen ein. Dabei lächelt sie unentwegt und erklärt uns, dass sie erst vor einem Monat zurück ins Dorf gezogen ist, da ihre Oma nicht mehr gut allein sein kann. Sie ist Krankenschwester und fängt im neuen Jahr beim Spelzer in der Praxis an. Ich spüre ein spontanes Ziehen in meinen Daumen, so eine Sehnenscheidenentzündung kann hartnäckig sein, und beschließe, den Doktor ab Januar öfter zu besuchen.

Nachdem sie mit der Flasche einmal die Runde gemacht hat, setzt sie sich und prostet uns zu. Das Glas von Oma Brütting ist schon vorher leer. Die hat einen Zug, da wird jeder Quartalssäufer blass vor Neid.

»Noch mal!«, fordert sie. »Schließlich hat man nicht jeden Tag die Feuerwehr im Haus. Aber gut, dass wir mit dem Leben davongekommen sind.«

»Aber das ist dann dein Letzter, Ömchen«, sagt Amelie liebevoll und gibt ihrer Bitte nach. »Nikolaus und Knecht Ruprecht trinken bestimmt auch noch mal mit.« Sie nickt uns auffordernd zu.

»Nix da, die gehen jetzt!«, befiehlt die Alte. »Der Ofen ist in Ordnung.«

»Entschuldigung, aber die Oma ist schon ein wenig wirr«, erklärt Amelie an mich gewandt. »Sie ist sehr krank und so langsam funktioniert der Kopf auch nicht mehr so gut. Deswegen bin ich froh, dass Sie so nett mit uns waren. Wer weiß, wie viele Weihnachtsfeste sie noch erleben darf. Herzlichen Dank noch einmal!« Sie stößt ihr Glas gegen meines und macht dabei einen Augenaufschlag, dass ich weiche Knie hätte, wenn ich stehen würde.

»Gern geschehen«, antwortet Ruprecht. »Hausbesuche hätten wir schon viel früher machen sollen. Es gibt so viele alte und kranke Menschen bei uns im Dorf. Die freuen sich über ein wenig Abwechslung.«

»Der stinkt«, sagt Oma Brütting und deutet auf Ruprecht.

Amelie hält sich die Hand vor den Mund und schaut peinlich berührt zu ihrer Oma rüber. »Ja, über Ihren Hausbesuch freuen wir uns auch sehr, den meine ich aber nicht«, entgegnet sie schließlich. »Dass die Oma ihre Weihnachtsgurke in den Baum hängen durfte. Das bedeutet uns sehr viel.«

»Der war ja ein richtiger Rebell. Das hätte ich ihm nicht zugetraut«, sagt der Opa und schaut Ruprecht und mich zufrieden an. »Lumumba auf den Schreck?« Er hält ein harmlos aussehendes Glas mit Kakao in die Höhe.

»Rum oder Amaretto?«, frage ich.

»Brandy. Annemarie hat ein tierisch schlechtes Gewissen. Sie hat sogar die Sahne selbst geschlagen«, antwortet der Opa vergnügt.

Ich freue mich, dass er einen schönen Nachmittag hatte, und greife zu.

»Der Pfarrer hat sich über alles hinweggesetzt, eiskalt. Sicherlich hat ihm das Verhältnis mit der Frau Bürgermeisterin dabei noch Auftrieb gegeben. So nach dem Motto, wenn ich die erste Frau im Dorf haben kann, dann bin ich ein Held. Und dass er vor dem Blaschke Bürgermeister keine Achtung mehr hatte, versteht sich ja von selbst. Ich meine, so wie die dem Hörner aufgesetzt haben. An Nächstenliebe glaube ich bei dem zumindest nicht. Dafür habe ich mittlerweile zu viel gehört.«

Ruprecht sagt nichts. Er ist zutiefst desillusioniert, vom Pfarrer, nicht von mir.

»Sieht sie gut aus, die Enkelin von der Oma Brütting?«, fragt der Opa.

Ich nicke und kriege rote Ohren, zumindest fühlt es sich so an.

»Der Pfarrer hat ihren Wunsch nur erhört, weil die Oma bald sterben wird«, sage ich und bemühe mich um ein ernstes Gesicht. »Amelie wusste nicht, wie das bei uns mit der Gurkenliste läuft. Sie hat gedacht, für alles rund um Weihnachten ist der Pfarrer zuständig. Und er hat sie ja auch in dem Glauben gelassen. Wenn er sie zum Blaschke geschickt hätte, dann hätte es dieses Durcheinander nie gegeben.«

»Aber die Oma Brütting wäre dann ohne diese Gurkenerfahrung gestorben, vermutlich. Der Blaschke jedenfalls wäre niemals von seiner selbst auferlegten Regel abgewichen, nicht einmal für eine wirre Greisin«, bemerkt der Opa. »Die unglückliche Frau Brütting.«

»Die hat das mit der Gurke schon vergessen, kaum dass

sie dem Weihnachtsbaum den Rücken zugedreht hatte«, witzle ich. »Der Pfarrer wollte dem Blaschke eins auswischen, das ist sonnenklar.«

»Er hat eigenmächtig die Liste geändert«, sagt Ruprecht tonlos. »Ohne Absprache. Nicht einmal informiert hat er uns darüber. Das ist Amtsanmaßung. Und eine feierliche Gurkenübergabe hat auch nicht stattgefunden. Das ist Betrug an Oma Brütting.«

»Das könnte sein Todesurteil gewesen sein«, entgegnet der Opa und spricht damit das aus, was ich schon die ganze Zeit denke. »Dann sind das die Fingerabdrücke von Oma Brütting auf der Gurke, die Irmgard konfisziert hat.«

»Das wird wohl so sein«, entgegne ich.

»Und wo ist die zweite Gurke hin?«, will der Opa wissen.

»Die hat der Mörder an sich genommen, damit die ganze Sache nicht auffliegt, würde ich meinen. Nur ein wenig zu spät«, entgegne ich.

»Die alles entscheidende Frage ist doch, ob der Pfarrer zugleich auch dem armen Erwin mitgeteilt hat, dass er raus aus dem Spiel ist«, sagt der Opa und wird dabei immer leiser.

»Dann hätte er keine Gurke in den Baum gehängt«, bemerkt Ruprecht.

Da wäre ich mir bei Erwin nicht so sicher, denke ich und ahne Schreckliches.

Ich weiß nicht, wie man einen Mörder überführt. Ich weiß nur, dass Erwin Lenzer gerade vor mir in der Schlange beim Bäcker steht und mit der Verkäuferin schäkert. Wenn das für ihn aufgeht, stelle ich auf neue Anmachsprüche um, Kategorie berufsbezogener Sexismus oder was mit Hunden. Die junge Frau hinter dem Tresen reagiert auf die »Du-hast-so-süße-Brötchenkrümel-im-Mundwinkel-Nummer« mit der simplen Frage nach seinem Brotwunsch. Dabei schaut sie ihn nicht einmal mehr an, sondern sortiert entspannt das Kleingeld in ihrer Kasse. Das sagt alles. Normalerweise würde ich ihr meinen hochgestreckten Daumen entgegenhalten, um ihr zu zeigen, dass es auch Männer gibt, die in einer Bäckerei nicht nur an ihr Hörnchen denken. Aber heute ist mir nicht danach. Erstens bin ich in Eile, denn in einer halben Stunde geht diese Türchenkacke in eine neue Runde, und zweitens halte ich Erwin für einen Mörder und da werde ich jetzt nicht anfangen, sein Sozialverhalten zu kritisieren. Das hätten schlauere Leute mal eher tun sollen, vielleicht im Kindergarten oder so, dann wäre sicherlich noch etwas bei ihm zu retten gewesen. Jetzt ist der Zug abgefahren.

Ja, Erwin Lenzer hat den Pfarrer umgebracht. Woher ich das weiß? Nach allem, was sich der Opa und ich zusammengereimt haben, drängt sich einem diese Schlussfolgerung geradezu auf. Der Pfarrer wurde wegen einer lumpigen Weihnachtsgurke umgebracht, der Gurke von Erwin Lenzer. Sicherlich gibt es Leute, die schon für weniger gestorben sind. Und meinem alten Schulkameraden Erwin so ein fettes Ding zu unterstellen, ist auch nicht von schlechten Eltern. Ich meine, er rätselt seit geschlagenen zehn Minuten, welche Brötchen er nehmen soll, das weckt nicht gerade Vertrauen in seine Entschlusskraft. Dennoch, es kann kaum anders sein.

Erwin war der Nächste auf der Gurkenliste. Wenn der Pfarrer ihm diese Stellung streitig gemacht hat, weil er die betagte Oma Brütting bevorzugt hat, dann hatte er ein Motiv. Das setzt natürlich voraus, dass der Pfarrer Erwin das Ganze gesteckt hat. Aber da unser Pfarrer in den letzten Monaten vor Kraft kaum gehen konnte, die Blaschkin verleiht Flügel oder so ähnlich, liegt auch das irgendwie nahe. Erwin erfährt, dass er raus ist, rastet aus und rächt sich am Pfarrer.

Nachdem alles vorbei ist, geht er zum Baum und platziert die Gurke. Immerhin steht er offiziell auf der Liste. Ob das Weihnachtskomitee die geändert hat oder nicht, spielt für ihn keine Rolle. Er fühlt sich im Recht. Und wenn es stimmt, dass er seit seiner Geburt auf diese große Ehre gewartet hat, ist das irgendwie auch nachvollziehbar, also zumindest bei einem Menschen mit seinen geistigen Fähigkeiten. Und dann komme ich, der Nikolaus, und verrate ihm, dass zwei Gurken am Baum hängen. Sicherlich hat er damit nicht gerechnet. Denn seine Gurke war entgegen den Regeln sichtbar angebracht und wenn mich jemand fragen würde, ich würde ihm dabei Absicht unterstellen. Erwin mag ziemlich weich in der Rübe sein, aber mit Weihnachtsbräuchen kennt er sich aus. Der Schweinehund hat seine Gurke zur Abschreckung benutzt. Wenn eine Gurke da ist, kommt keine andere dazu, eine ganz einfache Rechnung. Dabei hat Erwin allerdings nicht mit Omas Brüttings Wahrnehmungsdefiziten gerechnet. Und selbst wenn ihrer Enkelin Amelie etwas aufgefallen wäre, hätte sie nicht wissen können, dass hier etwas nicht stimmt, so unbedarft, wie sie an unseren Weihnachtsterror rangeht.

Ich betrachte Erwins dicken Stiernacken und seine breiten Schultern, die in dem weißen Strickpullover, über den er seine Engelsflügel gezogen hat, noch massiger wirken. Mir wird flau im Magen. Im Ergebnis hängen zwei Gurken im Baum. Erwin muss handeln. Die zweite Gurke verschwindet spurlos. Er glaubt, damit alle Hinweise auf sich beseitigt zu haben. Das Unglücksschaf schnappt sich jedoch die falsche Gurke, nämlich die von Oma Brütting. Er hätte besser aufpassen sollen, aber Erwin ist nun mal Erwin. Das ist meine Theorie. Und die vom Opa. Ruprecht überlegt noch.

Erwin hat zwar die Lady nicht klargemacht, dafür aber endlich drei Brötchen in der Tüte. Halleluja. Wie er so das Kleingeld aus seiner Hosentasche zusammensammelt, fällt mein Blick auf seine Stiefel. Hatte Mandy nicht irgendetwas von gelben Streifen und lustigen Bommeln erzählt? Modell norwegischer Einsiedler mit einem Faible für androgyne Mode? Das, was Erwin da an seinen Füßen hat, sieht verdammt danach aus. Die Teile stehen ihm nicht.

»Adam!«, ruft Erwin überrascht aus, nachdem er fast in mich hineingelaufen ist. »Da trifft man sich erst Jahre nicht und dann gleich zwei Mal in zwei Tagen.« Sein Lachen klingt dunkel. Zu dunkel. Er klopft mir im Vorbeigehen auf die Schulter. »Nichts für ungut, Adam.«

Ich nehme unwillkürlich eine Abwehrhaltung ein. Erwin scheint das bemerkt zu haben, zumindest hält er kurz inne und sieht mich ganz merkwürdig an. Am liebsten würde ich mich hinter der Theke verkriechen. Auge in Auge mit einem

Killer. Adam Märker, wie blöd bist du eigentlich, dass du dich selbst verrätst?

Erwin achtet glücklicherweise nicht weiter auf mich und verschwindet eilig. Ich beginne mit der Verkäuferin eine Unterhaltung über das Wetter. Draußen schneit es seit Wochen, das gibt etwas Stoff her. Nachdem das erschöpft ist, nicht nach meinem Dafürhalten, aber nach ihrem, wechsle ich zu den Inhaltsstoffen ihres Brotes. Auch ein dankbares Thema. Irgendwann wird ihr das zu doof. Garantiert steckt sie mich nun mit Erwin in eine Schublade. Meinetwegen soll sie ruhig denken, dass ich meine Pheromone nicht unter Kontrolle habe. Wer hat das schon? Hauptsache, sie lässt mich noch ein paar Minuten in der sicheren Obhut ihres Ladens. Denn draußen in der Dunkelheit wartet Killer-Erwin, da bin ich mir absolut sicher. Ich tue also so, als bemerke ich ihren Argwohn nicht, und philosophiere über die Anzahl der Sonnenblumenkerne auf einem durchschnittlichen deutschen Brötchen.

»Morgen, Kinder, wird's was geben …« Das Adventsständchen. Puh! Die alten Herren singen. Das bedeutet, das siebte Türchen ist in vollem Gange. Ich bin gerettet, vorerst. Ich werfe zehn Euro auf den Tresen, schnappe meinen Einkauf und haue ab. Zwei Häuser weiter hat sich eine riesige Menschentraube vor dem »Hirschen« gebildet. Kurt ist heute dran. Ich kann ihn schon sehen. Ruprecht ist auch da. Und Erwin. Erwin? Scheiße! Ich drossle mein Tempo auf die Geschwindigkeit, die ich ansetze, wenn der Paketdienst für Tante Hildegard klingelt und sie nicht zu Hause ist. Mit breiten Schultern drängle ich mich durch die Leute zu Ruprecht nach vorn. Ich muss ihn warnen. Und ich muss die Brötchen irgendwie loswerden, immerhin kann es sein, dass ich meine Hände brauche.

»Auf Dreiviertel«, murmelt Ruprecht, kaum, dass ich neben ihm stehe, ohne mich dabei anzusehen. »Irmgard ist unterwegs.« Bei den Worten verdeckt er seine Lippen mit dem Kragen seines stinkigen Mantels. Ich staune über Ruprechts Geistesgegenwart und über die Annahme, dass Erwin des Lippenlesens mächtig sein könnte. Aber was soll's.

Irmgard. Unsere Retterin. Früher habe ich mich gefreut, wenn sie vierzehn Tage ins Ferienlager gefahren ist und ich Ruprecht besuchen konnte, ohne sie sehen zu müssen. Die Zeiten ändern sich nun mal. Wenn sie nur schon da wäre. Wir haben eine knappe Stunde, dann werden die meisten hier verschwinden. Möglicherweise spendiert Kurt noch eine Runde, aber dann sollte der Schrumpfkopf nebst Sondereinsatzkommando hier eingetroffen sein. Hoffentlich wissen die auch, was sie erwartet. Erwin könnte durchdrehen und Geiseln nehmen. Mein Blick fällt auf Mandy, die mit den echten Acht etwas abseits steht. Und auf die alten Knaben, die jetzt gerade in die dritte Strophe einsteigen. Sie haben ihre Sonntagsanzüge aus dem Schrank geholt und dürften nicht besser riechen als mein Freund Ruprecht. Die stattlichen Männer, die früher einmal in dieser Montur gesteckt haben, sind ein paar Hutzelmännchen gewichen und ich bin nicht übermäßig pessimistisch, wenn ich mir bezüglich ihrer Selbstverteidigungs-Fähigkeiten nicht allzu große Hoffnungen mache.

Ansonsten wimmelt es natürlich, wie die Tage zuvor, von weiblichen Zuschauern, auch wenn die den Schicksen vom

Nikolaustag nicht ansatzweise das Wasser reichen können. Die Blaschkin ist auch da, hat aber genug damit zu tun, dass ihr Mann nicht aus dem Rollstuhl rutscht. Darüber hinaus würdigt sie uns keines Blickes. Dass sie sich das so nicht vorgestellt hat, ist schon klar, doch dafür bin ich nicht auch noch verantwortlich.

Ich analysiere unsere Situation und checke die Fluchtwege, mehr kann ich momentan nicht tun. Erwin schmettert aus voller Kehle die Weihnachtslieder mit, die die Honoratioren anstimmen. Sein Organ überdröhnt die Fistelstimmchen der Seniorencombo bei Weitem. Dabei kann ich sehen, wie er mich aus dem Augenwinkel beobachtet. Er ahnt, dass ich etwas mitbekommen habe, und ist auf der Hut. So lange wie wir hier das normale Programm abspulen, kann nichts passieren, versuche ich mich zu beruhigen. Da drüben ist Amelie Brüttings Kopf aufgetaucht. Sie lächelt mir zu. Ich habe bestimmt Chancen bei ihr, nur würde ich das gern zu einem anderen Zeitpunkt ausloten.

»Wo ist der Opa?«, raune ich Ruprecht zu.

»Zu Hause«, flüstert er. »Es ist besser so.«

Ich atme beruhigt aus. Das ist jetzt also eine Sache zwischen dem Heiligen Nikolaus, Knecht Ruprecht und dem selbst ernannten Erzengel Gabriel da drüben. Wenn ich unsere Rollen gegen die von Irmgard und ihrer Truppe tauschen könnte, wäre ich nicht abgeneigt. Aber im Dorf bleibt es ruhig, also bis auf den Gesang der Männer und das Getuschel der Leute. Das letzte Lied ist verklungen. Kurt kommt mit einem großen Topf herbeigelaufen und knallt ihn den Männern vor die Füße.

»Eierpunsch für alle!«, schreit er. Da Alkohol von meinen

Mitbürgern noch immer als Mangelware betrachtet wird, stürzen sie sich hemmungslos auf ihre Beute. Die Situation wird unübersichtlich. Ich versuche Erwin auszumachen. Doch der ist verschwunden.

Das Forsthaus liegt im Dunkeln. Nicht einmal die schrillen Pinguine sind zu sehen. Ich halte Ruprecht, der gerade die Gartenpforte aufdrücken will, am Ärmel fest. Dabei spüre ich, wie sich einige Teile des Kunstfells lösen und zwischen meinen Fingern hindurchrieseln.

»Hier stimmt etwas nicht«, flüstere ich und ziehe ihn zurück und damit aus dem Sichtfeld des Hauses. Seine Mütze ist ihm ein wenig zu weit über die Augenbrauen gerutscht und der Bart klebt an den Nasenlöchern, dennoch ist seine Unsicherheit unübersehbar.

»Die Pinguine«, flüstert er. »Sie werden doch nicht kaputt sein.« Er schaut mich an, als hätte ich ihm vom Lkw gefallene Ware angedreht. »Ach nö, das ist doch blöd.«

»Nein!«, fahre ich ihn an. »Die hat jemand ausgemacht. Jemand, der die Dunkelheit gesucht hat.« Ich verfluche meine Feigheit, die den Opa und Herrn Fuchs womöglich gerade ziemlich in Gefahr bringt. Ich hätte Erwin gleich in der Bäckerei ohne Ankündigung und von hinten eine verpassen sollen. »Der Opa und Herr Fuchs sind da drin …«, sage ich mit Nachdruck.

»Sie sind nicht allein. Der Erzengel Gabriel ist bei Ihnen«, haucht uns jemand ins Ohr.

»Himmel noch mal«, entfleucht es mir. Ich spüre Irmgards

Atem im Nacken und wie ich herumfahre, stößt meine Nasenspitze fast gegen ihre. Dieses grausame Weib! Der Schreck sitzt mir in allen Gliedern. Hinter meinen Schläfen hämmert es. Ich ringe nach Luft.

»Erwin ist der Mörder«, presse ich mühevoll raus. »Er muss es sein.«

Ruprecht schaut seine Schwester nur mit offenem Mund an. Wenn er nicht stehen würde, könnte man meinen, er hätte einen Herzinfarkt bekommen.

»Deswegen sind wir da«, entgegnet Irmgard und hört sich dabei an wie John Wayne auf seinem letzten Ritt.

Erst jetzt sehe ich das halbe Dutzend schwarz gekleideter Gestalten, die schwer bewaffnet auf ihr Zeichen zum Haus rüberrennen und es umstellen. Ich staune, dass die das absolut lautlos hinbekommen. Ruprecht und mein ängstliches Atmen hört man garantiert bis ins Nachbardorf. Irmgard ist gekommen und mit ihr ein riesiger Tross gut ausgebildeter Polizisten, die bei der kleinsten Kleinigkeit schießen werden, tröste ich mich. Der Opa und Herr Fuchs sind gerettet. Als ich gerade tief durchatmen will, redet Irmgard weiter.

»Du gehst rein und tust so, als sei alles wie immer. Wir stoßen dann nach.« Irmgards Worte sind messerscharf. »Wir wiegen den Kerl in Sicherheit. Vor dir hat er keine Angst.« Ich kann ihr die Schadenfreude geradezu anhören. Blödes Stück.

»Verstanden«, antworte ich. Dabei klebt mein Blick an Eckberts Stiefeln. Ich möchte nicht, dass der Schrumpfkopf das Letzte ist, was ich in meinem Leben zu sehen bekomme. Wer weiß denn, ob ich nicht schon im Vorgarten von Erwin niedergemetzelt werde.

»Ich gehe!« Ruprecht hat seine Stimme wiedergefunden. Kraftvoll hört sich jedoch anders an. »Nikolaus hat das alles nur wegen mir gemacht. Ich schulde ihm das.«

Irmgards Atemgeräusche verdeutlichen, was sie vom Vorschlag ihres Bruders hält.

Ich schaue Ruprecht kurz in die Augen und möchte ihn am liebsten umarmen. Dann mache ich mich auf den Weg. Ich weiß nicht, wie oft ich in meinem Leben über das alte Pflaster gelaufen bin. Es sind nur wenige Meter, aber die kommen mir heute endlos vor. Irgendwann kann ich die Risse im Lack der Haustür erkennen. Die Treppenstufen scheinen mir heute so hoch, dass ich Mühe habe, einen Fuß nach dem anderen darauf zu setzen. Ich strecke meine Hand aus. Gleich greife ich nach der Türklinke. Sie fühlt sich kalt an, eiskalt. Unter meinem Umhang raschelt die Brötchentüte.

Langsam drücke ich die Tür auf und trete ein. Ein vertrauter Geruch dringt in meine Nase und lässt die vielen Erinnerungen an dieses Haus und meine eigentliche Familie hochkommen. Vorsichtig taste ich nach dem Lichtschalter. Eigentlich bin ich davon ausgegangen, dass Erwin am Sicherungskasten war, zumindest hätte ich das an seiner Stelle so gemacht, aber nachdem der Flur erhellt ist, weiß ich, dass man von Erwin nicht allzu viel erwarten sollte. Im Umkehrschluss bedeutet das, dass die Pinguine doch Schrott sein könnten. Egal. Ich drehe mich kurz zu den anderen um, als müsste ich ihnen damit kundtun, dass ich mein Ziel erreicht habe. Dabei können die mich in der hell erleuchteten Diele deutlich besser sehen als ich sie. Der Adrenalinschub vermindert meine Zurechnungsfähigkeit, anders kann es nicht sein. Das sind beste Voraussetzungen dafür, die Vorhut der Polizei zu bilden. Schöner Schlamassel. Nikolaus und Knecht Ruprecht auf Verbrecherjagd und am Ende sterben wir alle durch die Hand des Mannes, der eine krankhafte Schwäche für Weihnachtsgurken hat. Schuld an allem ist der Blaschke Bürgermeister. Und natürlich Irmgard, die auch früher auf Erwin hätte kommen können, immerhin ist sie die Polizistin. Alles muss man selber machen.

Ich bewege mich auf Zehenspitzen durch das komplette Erdgeschoss. Alle Zimmer sind leer. Hinter mir raschelt es. Ich bleibe stehen und wage nicht, mich umzudrehen. Würde es besser ankommen, wenn ich meine Hände in die Luft strecken würde? Aber dann fällt meine Brötchentüte zu Boden. Auch schlecht. In den Western machen die das zwar immer so, die Cowboys werden dann aber trotzdem erschossen. Außerdem bin ich kein Cowboy. Ich bin ein Nikolaus.

Scheiße! Erwin hat einen Jagdschein, fällt mir in diesem Moment ein. Er trifft mich sicher, vor allem auf die paar Meter. Das war es also, Nikolaus, Adam, ach nennt mich doch, wie ihr wollt. Der Opa und Herr Fuchs sind womöglich schon tot. Und jetzt komme ich. Es ist ja nicht so, dass ich es nicht geahnt hätte, dieser Weihnachtsscheiß macht nur Ärger. Was soll's? Ich schenke mir das mit der billigen Geste und behalte meine Hände am Saum des Kleides. Dann sterbe ich eben wie ein Mann … im Nikolauskostüm.

Ich drehe mich um und sehe, dass einer von Irmgards Leuten an der Haustür Position bezogen hat und mich dabei unentwegt beobachtet. Dann bin ich doch der Peinlichkeit gerade noch einmal entronnen. Puh! Ich nicke ihm zu und steige die Treppe ins Obergeschoss hinauf. Stufe für Stufe. Wie Frauen in Kleidern derartige Hindernisse überwinden können, ist mir schleierhaft. Das sind Gefahrenquellen, die kein Mann zu würdigen weiß. Halt. Da ist etwas. Ein Knarren. Es kommt von rechts. Ganz sicher. Da ist ... Mir bleibt die Spucke weg. Ein Schuss fällt. Laut und erbarmungslos hallt er durch das Forsthaus. Ich bin bewegungsunfähig. Der Knall kam aus dem Badezimmer. Ein zweiter Schuss. Der Opa und Herr Fuchs, im eigenen Badezimmer gerichtet. Ich kann es förmlich vor mir sehen. Beide liegen in ihrem Blut, ein Greis und ein Dackel. Das ist die Tat eines Feiglings.

Mich überkommt die Wut. »Opa!«, schreie ich, als könnte ihn das wieder zum Leben erwecken. Dann geht alles ganz schnell. Und ich kann nicht einmal mehr sagen, was in welcher Reihenfolge passiert ist. Mit einem Mal stehen drei von Irmgards Polizisten neben mir. Einer von ihnen muss die Tür eingetreten haben. Das Geräusch von berstendem Holz und die Splitter um mich herum legen das nahe. In dem Fall ist es besser, dass der Opa das nicht mehr miterleben muss. Er liebt seine antiken Echtholztüren.

Ich kann mich nicht rühren. Die beiden anderen Polizisten drängeln an mir vorbei. Dann ertönt ein greller Pfiff. Ich kenne mich nicht aus mit den Geheimzeichen der Polizei, aber das bedeutet wohl, dass ich reinkommen soll. Ja, da liegen Heinrich Gmeiner und der Dackel Herr Fuchs. Muss ich die beiden wirklich identifizieren? Wieder dieser Pfiff. Ich muss also. Den Anblick, der sich mir bietet, werde ich mein Lebtag nicht vergessen.

Der Opa sitzt in einem dunkelblauen Stresemann mit

passender Krawatte und Einstecktuch im Schaukelstuhl. Er hat die Beine übereinandergeschlagen und stützt mit seinem Knie das Gewehr ab, dessen Abzug er mit seinem Finger festhält. Zu seinen Füßen liegt Herr Fuchs und kaut an der Badematte.

»Adam, komm rein«, nuschelt er mit breit gezogenem Mund, wobei die brennende Zigarre beim Sprechen auf und nieder wippt. »Mir ist der Erzengel Gabriel erschienen.«

Genau gegenüber vom Opa und quasi am Ende des Gewehrlaufs hockt Erwin Lenzer mit hängendem Kopf auf unserem Klo. Der Opa hat ihm ein paar fette Löcher in seine Engelsflügel geschossen.

»Der Advent hat noch siebzehn Tage, Jungs«, freut sich der Opa, während der Spelzer versucht, ihn aus dem Schaukelstuhl zu heben. »Was wollen wir machen?«

»Krankengymnastik«, antwortet der Spelzer mit versteinerter Miene, obwohl ich mir sicher bin, dass er nicht gemeint war.

»Ich hätte mir ein Kissen in den Rücken schieben müssen. Dieser Stuhl bietet einfach keinen Sitzkomfort«, schimpft der Opa, dem man den eingeklemmten Nerv nun deutlich anmerken kann. »Aber ich hatte keine andere Wahl. Irgendwie hatte ich es im Gefühl, dass Erwin wieder die Nummer mit der Badewanne durchziehen will. Irgendetwas stimmt mit dem Jungen nicht.«

»Er ist der Mörder und hat alles gestanden.« Irmgard hat wirklich ein Talent, die Leute zu erschrecken. »Die Weihnachtskugeln, in denen der Pfarrer lag, gehörten übrigens zur Aussteuer seiner Frau. Ihre Familie macht sich angeblich nichts aus echter Glasbläserkunst. Deswegen mussten die weg. Allerdings frage ich mich, wie ihr auf die Oma Brütting gekommen seid?« Sie schaut, als wären wir die Verbrecher.

»Zufall«, antworten wir drei gleichzeitig.

Herr Fuchs bellt dazu. Irgendjemand hat ihm ein Geweih aufgesetzt.